Eine grausige Entdeckung: An einem Flussufer werden menschliche Innereien gefunden. Für den Kriminalpsychologen Balthasar Levy und seine Chefin Michaelis hat der Fund eindeutig mit älteren, ungelösten Fällen zu tun. Der Profiler lässt Mitglieder einer Satanistengruppe festnehmen, aber dann verschwindet eine weitere Frau. Und die Anrufe des Serienkillers bei Levy nehmen kein Ende.

Roman Rausch, 1961 in Würzburg geboren, arbeitete nach dem Studium der Betriebswirtschaft lange Zeit im Medienbereich und als Journalist. 1992 gründete er die Schreibakademie storials.com.

Er ist bekannt geworden mit den Würzburger Kriminalromanen mit Kommissar Kilian und seinem Kollegen Heinlein. Für sein Debüt, «Tiepolos Fehler» (rororo 23486), wurde Roman Rausch 2002 mit dem Book on Demand Award ausgezeichnet. Weiterhin liegen im Rowohlt Taschenbuch Verlag die Kilian-und-Heinlein-Krimis «Wolfs Brut» (rororo 23651), «Die Zeit ist nahe» (rororo 23837) und «Der Gesang der Hölle» (rororo 23890) vor.

Roman Rausch

UND EWIG SEID IHR MEIN

Thriller

Rowohlt Taschenbuch Verlag

Originalausgabe
Veröffentlicht im
Rowohlt Taschenbuch Verlag,
Reinbek bei Hamburg,
Februar 2006
Copyright © 2006 by
Rowohlt Verlag GmbH,
Reinbek bei Hamburg
Umschlaggestaltung any.way,
Andreas Pufal
(Foto: zefaimages/masterfile/
Kathryn Hollinrake)
Satz Foundry Old Style
PostScript, PageOne, bei
Dörlemann Satz, Lemförde
Druck und Bindung
Clausen & Bosse, Leck
Printed in Germany
ISBN 13: 978 3 499 24106 2
ISBN 10: 3 499 24106 4

MEIN DANK GILT:

Alexander Horn und
Bernd Schabel für die
Hilfe bei der Recherche.
Dr. Thomas Tatschner
für den rechtsmedizi-
nischen Beistand.
Angela Kahlisch fürs
Lesen und die Kritik.
Blanka für die guten
Ratschläge und deine
Mitarbeit.

PROLOG

**IM SCHLAFSAAL EINES
WAISENHAUSES VOR
DREISSIG JAHREN.**

Er hielt die Augen geschlossen, bis das Licht erlosch und die Schritte auf dem Gang verklungen waren.

Durch die Gaubenfenster schien der Mond herein, sodass er nicht fürchten musste, an das eine oder andere Bettgestell zu stoßen. Er wartete noch eine halbe Stunde, erst dann war er sicher, dass alle fest schliefen.

In dieser Nacht würde er es beenden.

Er glitt aus dem Bett, setzte den nackten Fuß behutsam auf die Dielen – ein dünnes Knarzen. Er schreckte zurück, schaute sich um, ob jemand aufgewacht war. Dann versuchte er es erneut, dieses Mal vorsichtiger.

In seinem Geheimfach, unten im Gelenk des Gestells, hatte er alles Nötige deponiert – zwei Gürtel, die er dem Doktor aus dem Schrank gestohlen hatte, eine kleine Karaffe Waschbenzin aus der Wäscherei und die Streichhölzer aus dem Gemeinschaftsraum, wo der ewig müde Helfer Heinz Aufsicht hielt.

Mit Bedacht setzte er einen Fuß vor den anderen. Es lagen zwanzig Betten auf jeder Seite zwischen ihm und seinem Ziel. Seine Verlegung ans andere Ende des Schlafsaales hatte nichts an seinem Vorhaben geändert.

Endlich vor dem letzten Bett zu seiner Rechten angekommen, machte er Halt, horchte in die Stille hinein, ob der Junge vor ihm und auch die anderen schliefen.

Alles war ruhig. Der Junge hatte sich in seine Decke eingewickelt und schlief fest. Er hatte das Kopfkissen mit den Armen umschlungen. Der nächste Kontrollgang war erst in einer halben Stunde zu erwarten, er hatte also ausreichend Zeit.

Nun endlich war es so weit. Dieses Mal würde es klappen. Er legte die Gürtel um den Schlafenden, einen auf die Brust, einen auf die Knie, und führte beide Enden unter dem Bett zusammen. Er brauchte ihn nicht allzu fest zu zurren, nur so viel, dass sein Opfer für ein paar Augenblicke am Bett gefesselt war. Der Rest ergab sich von selbst.

Der Stöpsel von der Karaffe war schnell und geräuschlos entfernt. Ein dünner Strahl fuhr Slalom über die Zudecke und das Kopfkissen. Allerdings erwischte er auch das Gesicht des Jungen. Der öffnete die Augen und schaute dem anderen, der vor seinem Bett stand, ins Gesicht. Ein Moment der Unsicherheit. Keiner von beiden wusste, wie er sich verhalten sollte.

Erst als der Angreifer zu lächeln begann, lächelte auch der Ahnungslose. Er beugte sich auf, wollte ihn in die Arme schließen. Das *Ratsch* des Zündkopfs und das Aufflackern einer Flamme machten die Hoffnung zunichte. Jetzt erkannte er, wie sehr er sich in der Situation getäuscht hatte.

Er sprang auf, wurde aber vom Gürtel aufs Bett zurückgeworfen.

«Du büßt für das, was du getan hast», sagte der Angreifer und ließ das brennende Streichholz auf die Decke fallen.

Die Flamme zündete sofort. Neonblau schlängelte sie sich schnell zum Kopfkissen hoch.

Der Junge im Bett wehrte sich verzweifelt gegen die Fesseln und schrie um Hilfe. Die anderen im Raum wachten auf, sahen das Feuer. Aufgeregt rannten sie zum Gang hinaus. Nur einer nahm geistesgegenwärtig in dem Durcheinander eine Decke und warf sie über das Bett. Das Gros der Flammen erstickte, ein paar wenige züngelten an der Seite.

Der Angreifer schlug auf den jungen Helfer ein, zog ihn vom Bett weg. Zu spät. Auch er wurde von einem kräftigen Arm gepackt und zur Seite geschleudert.

Wasser aus einem Eimer ergoss sich über das Bett.

Alle schauten, ob aus der dampfenden Decke noch eine Reaktion zu erwarten war.

EIN PAAR TAGE SPÄTER.

Der Mann und die Frau, die mit dem Jungen sprachen, sahen aus, als würden sie eine Entscheidung herbeiführen. Seine Hände waren verbunden, und am Hals trug er ein braun gefärbtes Pflaster gegen die Brandwunde. Die Haare waren an der einen Seite bis auf die Kopfhaut abgesengt. Ansonsten hatte er das Feuer mit viel Glück und keinen weiteren, ernsthaften Verletzungen überlebt.

Der, der den Anschlag ausgeführt hatte, saß in der anderen Ecke des Raumes. Dazwischen, hinter dem Schreibtisch, der Heimleiter, der über die delikate Angelegenheit grübelte.

Doch das interessierte den Jungen, der sich ruhig auf den Stuhl neben dem Bett gesetzt hatte, nicht. Er hatte nur Augen für sein Opfer. Für die Angst, für den verzweifelten Kampf. Die Sache war noch nicht ausgestanden, so lange nicht, bis beendet war, was er sich vorgenommen hatte.

Doch das war ihm nicht gelungen, es war zu spät.

Als der Verletzte an der Hand der Frau den Raum verließ, blickte er nochmals herüber. Entsetzen und Traurigkeit standen ihm ins Gesicht geschrieben.

Der, der ihn töten wollte, blieb zurück.

Vorerst war er in Sicherheit.

ERSTER TEIL
ANUBIS

1

Es ist nur ein schmaler Grat zwischen Verstand und Trieb.

Der, der sich selbst den Namen *Der Meister* gegeben hatte, betrat den Aufzug von der Tiefgarage her. Sein Ziel war der fünfte Stock. In wenigen Minuten würde sie ihre Wohnung verlassen.

Im blanken Metall der Kabinentür korrigierte er den Sitz der Krawatte, zupfte das Revers des Anzugs zurecht und sah auf seine matt glänzenden Schuhe hinab. An seiner äußeren Erscheinung gab es nichts auszusetzen; er war eine attraktive Erscheinung. Nicht wenige Frauen würden sich in seiner Nähe wohl fühlen und sogar darauf hoffen, von ihm angesprochen zu werden.

Die Stimme aus den Ohrstöpseln trieb ihn vorwärts, ließ nicht ab, ihn zur Wohnung dieser Frau zu führen.

Dein Schweiß. Dein warmes Blut.

Sein Herz schlug im Gleichklang der pulsierenden Musikbeats. Die Erwartung, seine Hände bald auf ihr weißes Fleisch zu legen, es zu kneten und zu formen, es in Stücken aus dem Körper zu schneiden, euphorisierte ihn.

Vor zwei Wochen hatte er sie gefunden, diese Frau, die wie ein Donnerschlag in sein Leben getreten war. Sie war ursprünglich nicht seine erste Wahl gewesen, hatte sich an jenem Abend zwischen ihn und sein auserwähltes Opfer gedrängt.

Auf dem Parkplatz hinter dem Supermarkt war es gewesen. Der Wagen stand in Position, er war bereit zuzuschlagen. Doch dann kam sie, quetschte sich mit dem Sportwagen in die Lücke. Als sie ausstieg und ihm frech ins

Gesicht lachte, wusste er, dass nur sie diejenige sein konnte.

Da war er, dieser Blick, den er unter all den anderen bisher nicht gefunden hatte.

Er gab die andere auf.

An der Kasse stand sie vor ihm. Er las in ihren Einkäufen.

Eine Flasche Rotwein, Tagliatelle, eine Hand voll italienische Kräuter, eine Artischocke, eine Lage fein geschnittener Schinken, zum Dessert eine kleine Honigmelone und die Nachtausgabe der Stadtzeitung. Die Einkäufe einer Alleinstehenden.

Ihr Heimweg endete in ihrer Tiefgarage. Er parkte den Wagen hinter einer Säule und schaute sich um, wo die Überwachungskameras positioniert waren.

Sie wählte den gut beleuchteten Frauenparkplatz, mühte sich mit den Einkäufen und dem Aktenkoffer das kurze Stück zum Aufzug. Die Fahrt ging in den fünften Stock. Es gab nur drei Namensschilder dort.

Auf goldglänzendem Metall las er: Tessa Fahrenhorst.

Wie er vermutet hatte: Er hörte kein Wort hinter der Tür, sie war allein stehend.

Sie war perfekt.

Tags darauf folgte er ihr quer durch die Stadt zu einer Boutique, die sie anscheinend führte. Sie hatte zwei junge Angestellte. Es herrschte Betrieb, sie hatte offenbar Erfolg. Er trat ein und schaute sich um. Einem Gespräch unter den Angestellten entnahm er, dass sie morgen zur Modemesse aufbrechen würde. Dort sollte sie zwei Tage verbringen. Zwei Tage Modemesse hießen für ihn vermutlich zwei Tage Vorsprung, bis bei der Polizei eine Vermisstenanzeige eingehen würde.

Die Mittagspause verbrachte sie in einem italienischen Restaurant. Man kannte sie gut. An einen Zugriff war hier nicht zu denken, ebenso wenig wie in der Boutique. Blieb nur die Tiefgarage.

Er entschied sich für den Morgen, gleich wenn sie ihre Wohnung verlassen würde. Sie in der Tiefgarage abzupassen wäre günstiger gewesen, da sein Wagen in der Nähe stand, aber keine Frau ließ sich in der Tiefgarage ansprechen. Der Kontakt musste vorher stattfinden.

Der Aufzug hielt mit einem Ping im fünften Stock. Er prüfte den Inhalt seiner Jackett-Tasche. Ein Tuch, satt mit Chloroform getränkt und in eine Haushaltsfolie gewickelt. Er würde es schnell zur Hand haben, wenn es so weit war.

Heute war der erste Tag der Modemesse. Dieser und der folgende waren für Fachbesucher vorgesehen, er hatte sich informiert. Die Fahrt dorthin würde im Morgenverkehr zirka eine Stunde dauern. Wenn Tessa Fahrenhorst rechtzeitig zum Öffnen der Messetore vor Ort sein wollte, dann musste sie ungefähr jetzt ihr Fahrzeug aufsuchen.

Die Fahrstuhltür öffnete sich. Er schaute hinaus in den leeren Gang. Alles war ruhig. Nirgends ein Geräusch des Aufbruchs. Er drückte die Taste für den sechsten Stock, fuhr hoch und stellte sich in die Lichtschranke.

Er musste nicht lange warten. Da war das rote Licht, das anzeigte, dass jemand im fünften Stock den Fahrstuhl wollte. Er trat zurück in die Kabine. Jetzt wurde es ernst. Er war völlig ruhig. Alles würde nach Plan gehen.

Etwas irritiert, zu solch morgendlicher Stunde auf jemanden zu treffen, stieg sie zu. Er trat an die Rückwand zurück, damit sie genügend Raum für das Gepäck hatte. Ihre Hand hob sich, um die Taste zu drücken, stoppte, als sie sah, dass die Tiefgarage bereits gewählt war.

Ein kurzer Augenblick der Neugier, dann drehte sie sich zu ihm um. «Ich habe Sie hier noch gar nicht gesehen.»

Jetzt entschied es sich. Der erste Satz war immer der schwerste. Das vorbereitete Lächeln kam zum Einsatz.

«Familienbesuch, meine Schwester», antwortete er.

Sie nickte, schaute an ihm hinunter. «Boss oder Valentino?», fragte sie.

Er hatte auf die Frage gehofft: «Wie bitte?»

«Entschuldigen Sie, es ist eine Berufskrankheit. Ich wollte wissen, von welchem Hersteller Ihr Anzug ist.»

«Keiner von beiden. Es ist eine Maßanfertigung.»

Sie lächelte anerkennend. Er hatte gewonnen.

Ping. Tiefgarage.

Sie griff nach ihren Koffern, wollte aus dem Fahrstuhl gehen, kollidierte jedoch im letzten Moment mit der engen Öffnung.

«Darf ich Ihnen helfen?», fragte er.

«Das ist sehr freundlich. Ich stehe nicht weit.»

Sie traten hinaus, und sie blickte zu dem schwarzen Van neben ihrem Sportwagen. «Wer zum Teufel belegt schon wieder einen Frauenparkplatz?»

Er schaute nach links oben, wo er gleich in das Blickfeld der Überwachungskamera treten würde. «Das bin ich», entschuldigte er sich. «Meine Schwester hat ihn mir für eine Nacht überlassen. Es wird nicht wieder vorkommen.»

Sie bereute die Schelte. «Sorry, das ist dann etwas anderes. Wissen Sie, einige würden am liebsten gleich im Fahrstuhl parken.»

Sie erreichten die Parkplätze. Er achtete darauf, dass er nur von hinten gefilmt wurde. Sein Wagen stand links von ihrem. Er stellte die Koffer ab, sie schloss den Kofferraum auf. Er öffnete die Heckklappe an seinem Wagen. Sie schwang weit nach oben und verstellte den Blick zwischen der Kamera und dem Sportwagen.

«Vielen Dank für Ihre Hilfe», sagte sie, während sie die Koffer verstaute, «vielleicht kann ich mich mit einem Tee oder einem Glas Wein revanchieren, wenn Sie das nächste Mal Ihre Schwester besuch ...»

Der Meister drückte das mit Chloroform getränkte Tuch fest auf Mund und Nase. Sie wehrte sich, trat und schlug gegen den Angreifer. Vergebens.

Er stellte sich auf die Ladefläche und zog sie ins Innere seines Wagens.

2

«Ich musste sie einfach totmachen. Erst dann war ich frei.»

Balthasar Levy schloss die Augen, rief sich die Person in Erinnerung, die als Schlächter von Brunsbek die Medien in den vergangenen Monaten beschäftigt hatte.

Vom kleinen Aufnahmegerät in seiner Hand hörte er den weiteren Verlauf des Interviews, das er in den späten Abendstunden in einem kahlen Raum der Justizvollzugsanstalt geführt hatte.

Er hatte sich diesem Mann vorsichtig genähert; er durfte ihn nicht verschrecken, wollte von Anfang an sein Vertrauen gewinnen. Die Anfrage an den Inhaftierten und an die Vollzugsanstalt hatte Levy schriftlich formulieren müssen, mit dem Hinweis, Personendaten und weitere Details, die auf den Mörder und seine Taten schließen ließen, für seine Forschungsarbeit zu anonymisieren. Sie sollte seine Eintrittskarte für einen Lehrstuhl in Forensischer Psychiatrie an einer Universität werden.

Vom Band hörte Levy seine Frage: «Wieso mussten Sie sie töten? Sie hatten sich doch schon befriedigt.»

Die Bestie in Menschengestalt, die vom äußeren Erscheinungsbild eher einem Schmuseonkel glich – sanfte Augen, winzige Ohren, strubbelige Kurzhaarfrisur, einen Meter siebzig klein, kräftige Hände, ein leicht einfältiges Lächeln –, war gefasst. Er schien von der ihm entgegengebrachten Aufmerksamkeit sogar geschmeichelt.

«Ich kann es im Nachhinein gar nicht richtig beschreiben. Da war ein Drang in mir, ein unbeschreiblich starkes Gefühl, das mich hinaus auf die Straße trieb. Ich fuhr stundenlang herum, konnte jedoch niemanden finden, der meiner Vorstellung entsprach. Ich wollte schon wieder nach Hause fahren. Dann sah ich sie. Auf einem Fahrrad kam sie mir entgegen. Ich erkannte sofort, dass die passte. Ich gab ihr noch eine Chance. Wenn sie in die Seitenstraße abbog, dann würde ich sie verschonen ...»

«Doch sie kam Ihnen entgegen. Sie bog nicht ab.»

«Ich wusste, nein, ich spürte sofort, dass *er* sie mir geschickt hat.»

«Er? Wen meinen Sie damit?»

«Ich darf seinen Namen nicht aussprechen. Aber er steckt in mir, er ist Teil von mir, er ist mein zweites Ich.»

Levy ahnte, von wem er sprach. Der Teufel, der Satan oder der Beelzebub mussten herhalten, wenn das eigene Ich das Problem nicht lösen konnte. Die Verlagerung von Schuld auf eine außenstehende oder, wie in diesem Fall, auf eine innewohnende, übermächtige Person war ein gängiges Zeichen für die Unwilligkeit dieser Menschen, Verantwortung für ihr Handeln zu übernehmen.

Levy konnte sich einen sarkastischen Unterton nicht verkneifen. Er wusste, dass das unprofessionell war, aber er wollte ihn reizen, mehr zu sagen, sich zu verteidigen. «Und Sie konnten sich nicht gegen *ihn* erwehren?»

Die Bestie merkte auf. Sie spürte, dass Levy sie nicht

ernst nahm. Drohend antwortete sie: «Sie haben keine Ahnung, wie mächtig er ist, wenn er erwacht.»

«Was passiert dann mit Ihnen?»

«Ich werde ausgeschaltet ... wie eine Lampe, die man ausknipst. Er übernimmt mich, tut, was ihm gefällt, macht mich zum Werkzeug seiner wahnsinnigen Wünsche.»

«Sie erkennen also, dass Ihre Taten einer kranken Psyche entspringen?»

«Es sind ja nicht meine Wünsche, verstehen Sie? Ich bin völlig gesund, aber er ... ich weiß, dass er böse ist und Böses tut.»

«Warum hat er gerade Sie ausgewählt und nicht jemand anderen?»

«Wir kennen uns schon lange, seit ich ein kleiner Junge war, um genau zu sein. Meine Mutter drohte mir mit *ihm*, wenn ich nicht artig war. Dann würde er mich holen, mitten in der Nacht, wenn ich alleine im Bett lag, während sie unterwegs war. Nur wenn ich ganz still sein würde, dann würde er an meinem Fenster vorbeigehen und zu einem anderen Kind gehen.

Wir lebten damals am Rand eines Waldgebietes, die Bäume wuchsen auf Armeslänge an mein Fenster heran. Und eines Nachts, da konnte ich nicht schlafen, ich setzte mich auf, spähte durch die Gardinen auf den großen Baum vor unserem Haus ... und dann sah ich *ihn*. Er saß im Geäst, seine Augen funkelten mir entgegen, es raschelte. Ich schreckte zurück, verkroch mich unter dem Bett und weinte, aber nur leise, damit er mich nicht hören konnte. Doch es war zu spät. Ich hatte ihn gerufen, er kam zu mir, legte sich in mein Bett und forderte mich auf, zu ihm zu kommen. Ich gehorchte und stellte fest, dass er eigentlich gar nicht so schlimm war. Zumindest fühlte ich mich nicht mehr einsam.»

«Haben Sie Ihrer Mutter davon erzählt?»

«Natürlich nicht. Ich musste ihm mein Wort geben.»

Levy hörte das Rascheln von Papier auf dem Band. Er hatte nach dem Verhörprotokoll gesucht.

«Sie haben ausgesagt, dass Sie am dreiundzwanzigsten Mai um halb elf nachts die fünfundzwanzigjährige Vera K., nachdem Sie sie mit dem Auto von der Straße in ein Waldstück abgedrängt und dort mehrfach vergewaltigt hatten, schließlich mit einem mitgebrachten Hirschfänger verstümmelten. Präzise ausgedrückt, Sie schnitten Ihrem Opfer die Brustwarzen ab und rammten ihm das Messer in den Unterleib ...»

«Das stimmt so nicht. Ich habe sie in Besitz genommen.»

«Rammten ihr das Messer in den Unterleib, das Sie dann mehrmals drehten. Wenn die Vergewaltigte auf Grund dieser Verletzungen nicht bereits tot war, dann vollendeten Sie Ihr Werk, indem Sie einen tiefen Halsschnitt setzten, der, mit Kraft geführt, bis auf die Halswirbel vordrang.

Noch einmal meine Frage: Wieso mussten Sie sie töten? Diese Gewalt, die Brutalität ... Hätte es nicht gereicht, sie nach der Vergewaltigung einfach liegen zu lassen? Vielleicht hätte sie noch eine Chance gehabt, wenn jemand vorbeigekommen wäre?»

«*Er* hat es mir befohlen. ‹Erst wenn du sie totmachst, bist du frei›, hat er gesagt. Zuerst habe ich noch dagegen angekämpft, doch ich hatte keine Chance, seine Macht ist viel zu groß. Dann habe ich es getan. Und er hatte Recht. Als ich das Leben aus ihr weichen fühlte, überkam mich ein Hochgefühl, so, als ob ich schwebte ... und dann kam ich nochmal. Zuvor hatte ich nur abgespritzt. Das war nichts im Vergleich zu dem, was zum Schluss passierte. Erst als sie tot war, war ich frei, und ich fühlte mich wie neugeboren.»

Nicht eine Miene hatte er verzogen, während er dies sprach. Levy hatte in sein Gesicht geschaut und war erstarrt. Die innerliche Unbewegtheit dieses Mannes spiegelte sich auf dessen Äußerem wider. Keine Spur von Aufgewühltheit, von Scham oder Reue war zu erkennen. Fast mutete sein Ton kalt an, wäre da nicht dieser einfältige Gesichtsausdruck des Schlächters gewesen, der nach dem Fall Vera K. noch fünf weitere Frauen bestialisch tötete. Das waren zumindest die, von denen die Ermittlungsbehörden wussten und die sie mit ihm in Verbindung bringen konnten. In allen Fällen folgte auf die Vergewaltigung die Verstümmelung der Opfer und schließlich der finale Machtbeweis, Herr über Leben und Tod zu sein. Das erregte diesen Menschen, machte ihn Gott gleich. Das war stärker als jede andere Droge – und barg eine hundertprozentige Rückfallquote in sich.

Levy drückte die Stopp-Taste des Aufnahmegerätes und legte es neben das Keyboard. Auf dem Computerbildschirm wartete der Cursor auf die Eingabe der neuen Erkenntnisse, die Levy im Zuge seiner Forschungsarbeit an Serientätern in Deutschland sammelte. Er zögerte.

Fügte sich die zwanghafte Tötung des Opfers als eigentlicher Höhepunkt der Vergewaltigung in das bekannte Profil von Sexualstraftätern nahtlos ein, oder übersah er etwas? Er machte es sich nicht leicht, ging vorsichtig mit den Selbstbeweihräucherungen von Serienstraftätern in den Interviews um, wägte Aussage und Bewertung gegeneinander ab.

Doch für eine klare, zweifelsfreie Diagnose war es mittlerweile zu spät. Er hatte die Nacht durchgearbeitet und spürte, dass seine Konzentration nachließ. Der Morgen kroch zu ihm herauf ins elfte Stockwerk, einem zweihundert Quadratmeter großen Loft. Es war überaus geräumig, wies aber nur die allernotwendigsten Möbel auf. In der

Mitte eine Computeranlage. Sie diente ihm als Arbeitsplatz und als Kommunikationskanal zwischen ihm und der Welt draußen. Ansonsten standen im Raum nur noch ein Bett, ein Schrank, ein Tisch und zwei Stühle.

Levy schloss das Programm und schaltete den Rechner in Standby. Er trank das Glas zur Neige. Der Alkohol hatte ihn wach, ruhig und arbeitsfähig gehalten. Jetzt war Feierabend, jetzt brauchte er nur noch ein Bad, um sich von der Gewalt und dem sinnlosen Töten zu reinigen. Das Gefühl, von den Worten und Taten der Serientäter beschmutzt zu sein, ließ sich anders nicht beseitigen.

Während das Wasser einlief, steckte er seine Kleidung in die Waschmaschine und füllte viel Waschmittel ein, das der Kleidung einen frischen, unverbrauchten und vor allen Dingen reinen Duft geben sollte. Als die Maschine in den Hauptwaschgang schaltete und in das monotone, aber beruhigende Drehen verfiel, lag Levy bereits im Wasser und entspannte sich.

Jede Drehung der Trommel entfernte ihn ein Stück mehr von Mord und Totschlag, reinigte Leib und Seele. So wie eine Mutter ihr Kind wäscht, trockenreibt und eincremt, bevor sie es zu Bett bringt.

Doch Levys Mutter war nicht mehr da, genauso wenig wie sein Vater oder seine Geschwister. Er war mit zwölf Jahren Waise geworden. Seine Eltern waren bei einem Flugzeugunglück ums Leben gekommen. Aufgewachsen war er in Internaten, als Mündel eines Rechtsanwaltes. Die Erzieher hatten alles Mögliche versucht, um dem stillen und traurigen Jungen ein Heim und eine Heimat zu bieten. Levy schätzte sie dafür, wenngleich sie es nicht geschafft hatten, ihm die Traurigkeit auszutreiben. Heute waren die Stille und eine allzeit präsente Melancholie seine Wegbegleiter. Er hatte sich mit ihnen arrangiert.

Kurz bevor er sich ausreichend bettschwer fühlte, riss ihn der Computer aus seinem Dahindämmern. Der Bildschirm, den er durch die Badezimmertür von der Badewanne aus sehen konnte, zeigte die Nummer eines Anrufers, den er lange nicht mehr gesprochen hatte. Er kämpfte mit sich, ob er dieser Stimme aus der Vergangenheit folgen sollte.

Seine Neugier gewann die Oberhand. Er stieg aus der Wanne, nahm ein Handtuch und ging hinüber zum Kommunikationsterminal.

«Was willst du?», fragte er, bemüht, den aufkeimenden Widerwillen zu unterdrücken.

Der Anrufer zeigte sich diplomatisch. «Ich würde nicht anrufen, wenn es nicht wichtig wäre.»

Levy setzte sich auf den Stuhl, beugte sich vor, hatte jetzt das Computermikro direkt am Mund. «Du hast nichts, was für mich wichtig ist», flüsterte er.

«Ich denke schon», widersprach der Anrufer.

Levy antwortete nicht, wartete, was noch kommen würde. Als die Pause sich streckte, löste er die Spannung. «Also dann, rede.»

«Er ist wieder da.»

«Wer, *er*?»

«Unser Mann mit den Eingeweiden.»

Levy horchte auf. «Woher willst du wissen, dass er es ist und nicht ein anderer?»

«Es ist wie früher. Was am Fundort rumliegt, ist identisch mit dem von damals. Außerdem befindet sich der Fundort an einem Flusslauf. Exakt so wie damals.»

Damals war vor zwei Jahren, als Levy und sein ehemaliger Chef Sven Demandt von der Abteilung für Operative Fallanalysen beim Bundeskriminalamt einem Täter nachstellten, der nur die Eingeweide seiner drei Opfer zurückließ. Die Körper waren niemals aufgetaucht.

Levy versuchte vergeblich, diese neue Information herunterzuspielen, wenngleich er wenig Zweifel daran hegte, dass Demandt Recht hatte. Er persönlich hatte Levy ausgebildet, als er zur neu gegründeten Truppe beim BKA gestoßen war. «Vielleicht ist es das Gedärm eines Verunglückten, der in eine Schiffsschraube geraten ist», sagte Levy.

«Red keinen Unsinn», widersprach Demandt scharf. Er ließ sich nicht von einem seiner Schüler maßregeln. «Es passt alles. Unser Mann ist wieder aktiv.»

Levy schloss die Augen. Er wusste, dass er zum Angebot Demandts nicht nein sagen würde. Viel zu tief saß noch immer der Stachel von damals. Die monatelangen Ermittlungen, die aufkommende Nervosität, die sich bis zur offenen Aggression unter Kollegen steigerte, als ein Ermittlungserfolg ausgeblieben war. Schließlich der Alkohol.

Er war ein Wrack geworden, verkroch sich in eine Reha-Klinik, bis er sich vor einem Jahr auf die Füße eines freiberuflichen Fallanalytikers stellte.

«Wer leitet die Ermittlungen?», fragte Levy.

«Michaelis», antwortete Demandt trocken.

Der nächste Schock. Kommissarin Hortensia Michaelis war bereits damals im Team, wenngleich in ausführender und nicht leitender Funktion. Sie war eine der Cassandren, die Demandt vor dem labilen Levy gewarnt hatten. Darüber hinaus besaß sie den fast schon pathologischen Eifer, es zur ersten Kriminalhauptkommissarin des Landes zu bringen. Was sie jetzt offensichtlich geschafft hatte. Dass sie sich die Wiederaufnahme der Ermittlungen nicht entgehen lassen würde, war somit klar.

«Und wer ist von uns ... ich meine von euch dabei?», fragte Levy.

«Nur du», lautete die Antwort.

«Kannst du das verantworten?»

«Lass das meine Sorge sein. Zuvor noch eine Frage: Bist du trocken?»

Levy antwortete nicht gleich. Er wägte zwischen Lüge und Wahrheit ab. «Wenn ich an dem Fall dran bin, kannst du dich auf mich verlassen.»

«Dieses Mal könnte es auch meinen Job kosten.»

Levy bekräftigte seine Aussage.

«Gut», sagte Demandt, «dann treffen wir uns in einer Stunde. Ich schick dir einen Wagen vorbei.»

Levy widersprach. «Es ist sechs Uhr morgens. Ich arbeite nicht mehr am Tag, nur noch in der Nacht.»

Demandt blieb hart. «Wenn du das Saufen bezwungen hast, dann kannst du dich auch am Tage wieder sehen lassen. Bis später.» Ohne eine Antwort zuzulassen, legte er auf.

Levy erhob sich, ging zur Fensterfront, die sich über die Länge des Lofts erstreckte. Hamburg erwachte zu neuem Leben, so wie auch er, der nun wieder aus der Anonymität eines Ex-Alkoholikers in das Scheinwerferlicht der Ermittlungsbehörden und der Medien treten würde. Er konnte nicht sagen, ob ihm das gefiel.

Er schenkte sich noch einen ein, kippte ihn in einem Zug hinunter und suchte nach frischer Kleidung.

3

Der Fundort lag in einer Flussbiegung an einer versandeten Stelle, wo abgestorbene Baumwurzeln Treibgut aus den flachen Wellen filterten. Ein verschlissener Plastikkanister hing in einer Kralle fest, schaukelte im Takt des schwachen Wellengangs in einem dreckig braunen Schaumkranz aus Chemikalien. Das Ufer war flach, ging nach wenigen Metern in Büsche und Haselnusssträucher über. Dazwischen mehrere Brandstellen, an denen noch vor einigen Wochen Steaks und Würste gegrillt worden waren. Verkohlte Coladosen und Zigarettenstummel lagen wie vergessenes Fallobst verstreut umher.

Auf der anderen Seite des Flusses ragten Schornsteine einer Fabrik in den verhangenen Morgenhimmel. Ihre Rauchfahnen hingen schwer in der Luft. Kein Windstoß wollte sie mit dem Grau des Morgens und dem Bodennebel vermischen, der in weiten Schlieren dem Flusslauf folgte.

Als Levy sich der Fundstelle vom Parkplatz aus näherte, erkannte er hinter dem Absperrband Demandt im Gespräch mit jemandem. Um sie herum suchten Mitarbeiter der Spurensicherung in weiten, olivgrünen Gummihosen und mit Metallstöcken ausgestattet das Flussufer ab. Andere standen kniehoch im langsam dahinfließenden Wasser. Auch sie suchten nach Spuren, förderten jedoch meist Gegenstände zutage, die vermutlich achtlos in den Fluss geworfen worden waren.

«Sie können nicht ans Ufer», sagte einer der Polizeibeamten in Uniform an der Absperrung.

Demandt drehte sich zu ihnen um, erkannte Levy und wies den Kollegen an, ihn passieren zu lassen. Demandt war in Levys Augen seit dem letzten Treffen deutlich mehr als die seither vergangenen zwei Jahre gealtert. Das graue Haar, das einst nur an den Schläfen zu sehen gewesen war, erstreckte sich mittlerweile über das ganze Haupt. Sein Gesichtsausdruck wirkte müde, gezeichnet von der Zunahme an Arbeit und Verantwortung. Seine Körperhaltung war leicht gebeugt, der Bauchansatz ein eindeutiges Zeichen für ungesunde Ernährung und wenig Bewegung. Das war nicht der Demandt, sportlich, aufrecht und voller Energie, den er in Erinnerung hatte.

Jetzt erkannte Levy auch Michaelis, die ihm bisher den Rücken zugekehrt und auf den weiten Fluss hinausgeschaut hatte. Ihre Erscheinung war völlig anders. Die frühe Morgenstunde und die zwei Jahre Karrierearbeit schienen ihr nicht zugesetzt zu haben. Noch immer blitzten ihre grünen Augen unter dem blonden Pony hervor, so, als gelte es, jede Bedrohung frühzeitig zu erkennen. Sie trug einen bronzefarbenen Hosenanzug, der seidenmatt schimmerte. Kein Gramm schien sie zugenommen zu haben. Sie wirkte in jeder Bewegung trainiert, frisch und voller Einsatzwillen.

In der internen Struktur der Kriminalbehörde musste sich viel getan haben, da sie mit ihren jetzt neununddreißig Jahren als einzige Kriminalhauptkommissarin des Landes eigentlich zu jung war, und eine Frau zu sein, half auch nicht beim Aufstieg. So klar und bestimmt ihre äußere Erscheinung war, so schnörkellos und direkt waren ihre Umgangsformen geblieben. Levy fragte sich, wie sie es trotz ihrer Ruppigkeit geschafft hatte, auf der Karriereleiter so weit nach oben zu steigen. Zweifellos hatte sie Fähigkeiten – die hatte sie bereits damals unter Beweis gestellt –, doch wie konnte man auf Dauer ihren mürrischen Ton ertragen?

Sie musste nichts sagen, um ihre Haltung ihm gegenüber zu offenbaren, ein Blick genügte. Und der, der Levy auf den paar Metern zu ihr traf, drückte eine klare Protesthaltung aus.

«Hallo Balthasar», begrüßte ihn Demandt, schüttelte ihm die Hand. «Schön, dass du gekommen bist.»

Levy nickte, versuchte ein Lächeln, das Bereitschaft signalisieren sollte. Er reichte Michaelis die Hand. Sie hatte die Arme verschränkt und machte keine Anstalten, sich zu bewegen. Stattdessen wandte sie sich Demandt zu.

«Ich halte es für unverantwortlich, diesen Mann in die Ermittlungen einzubeziehen. Er hat schon einmal bewiesen, dass er dem Druck nicht standhält.»

Levy ließ den Vorwurf über sich ergehen. Natürlich hatte er gewusst, dass sein Wiederauftauchen von ihr nicht freudestrahlend aufgenommen würde. Er wartete die nächste Reaktion ab. Wie erhofft, kam die Gegenrede von Demandt.

«Levy ist der richtige Mann für diesen Fall. Er kennt alle Details der bisherigen Ermittlungen, schließlich war er Mitglied des Teams von damals.»

Michaelis unterbrach. «Das war ich auch, und deswegen weiß ich, wovon ich spreche.» Ihre Augen funkelten Levy an. «Er ist ein unkalkulierbares Risiko. Ich werde das nicht akzeptieren.»

Demandt reagierte auf den Ausbruch nicht.

Ein Mann im weißen Overall trat zu ihnen. «Ich bin so weit fertig», sagte er, «wenn sonst nichts mehr ist, dann fahre ich in die Rechtsmedizin zurück.»

Demandt wandte sich dem Mann im Overall zu und wies auf Levy. «Das ist Balthasar Levy. Er wird das Team im Bereich der Fallanalytik unterstützen.» Dann zu Levy gewandt: «Dragan Milanovic, unser Gerichtsmediziner.»

Sie schüttelten sich die Hand.

«Freut mich», sagte Dragan.

«So ein Irrsinn», protestierte Michaelis, die sich mit der Entscheidung nicht zufrieden geben wollte.

«Es bleibt dabei», konterte Demandt, «Sie haben das BKA und damit mich um Amtshilfe gebeten. Levy ist der Mann für diesen Fall.»

«Nun gut», sagte sie, «dann auf Ihre Verantwortung.»

Michaelis würde an höherer Stelle ihren Protest zum Ausdruck bringen, da war sich Levy sicher. Sie drehte sich um, ging die paar Schritte zum Ufer, rief die Spurensicherer auf, ihre Arbeit, so weit vertretbar, zu vollenden und einzupacken.

Demandt gab Levy in die Hände Dragans. «Zeigen Sie ihm bitte den Fund. Danach können Sie fahren. Alles Weitere erfahren wir aus Ihrem Bericht.»

«Selbstverständlich», antwortete Dragan und wies Levy den Weg zu einem weißen Kombi, der an der Böschung geparkt war.

«Gehen Sie schon einmal vor», sagte Levy, «ich komme gleich nach.»

Dragan nickte und stapfte durch das Gebüsch zurück.

Levy wandte sich an Demandt, dem die Verärgerung über den Disput ins Gesicht geschrieben stand, oder sah er dort sogar Besorgnis? «Du gehst ein hohes Risiko mit mir ein», sagte Levy. «Warum?»

«Ich meine, was ich über dich gesagt habe. Du bist der beste Mann für diesen Fall.»

«Aber ich habe damals versagt.»

«Willkommen im Klub.»

«Was macht dich so sicher, dass ich dieses Mal nicht scheitere?»

Demandt seufzte. «Der eigentliche Grund ist schlicht: Alle meine Leute sind anderweitig eingesetzt. In diesem Fall muss ich auf einen Freien zurückgreifen. Und da bist du die beste Wahl. Das ist das ganze Geheimnis. Wir sehen uns dann später.» Demandt ging Richtung Parkplatz.

Levy schaute ihm noch eine Weile nach, dann ging er zu Dragan. Die Heckklappe des Kombis stand offen.

«Es ist kein schöner Anblick», sagte Dragan und nahm den Deckel von einer Wanne ab.

«Schon gut», antwortete Levy. «Ich sehe so etwas nicht zum ersten Mal.»

Was sich den beiden zeigte, mutete seltsam indifferent

an. Am ehesten konnte man diese blass-grünliche Masse, die in trübem Flusswasser lag, als die abenteuerliche Mutation eines Tiefseerochens bezeichnen. Doch sie war eindeutig menschlicher Natur.

Dragan zog sich Handschuhe an, griff ins Wasser und hob den rund vierzig Zentimeter langen Atmungstrakt heraus. An ihm hingen von der Spitze nach unten sauber aufgereiht die vollständige Zunge, danach der Kehlkopf, die Luft- und Speiseröhre, die beiden Lungenflügel und schließlich der Brustteil der Aorta.

«Ich schätze, das lag rund vier Tage im Wasser», sagte Dragan. Mit einer Hand zeigte er auf die schlaffen Lungenflügel, die unterschiedlich groß und stellenweise perforiert waren. «Fischfraß.»

Doch Levy interessierte sich mehr für die Schnittränder, für diejenigen Stellen, an denen der Täter die Atmungsorgane vom Körper abgetrennt hatte.

«Suchen Sie nach etwas Bestimmtem?», fragte Dragan.

Levy schaute sich die betreffenden Stellen genauer an. «Unser Mann hat dazugelernt. Damals waren die Ränder fransig geschnitten. Das hier ist weitaus fachmännischer gelöst.»

Dragan pflichtete ihm bei. «Ein Anfänger hätte wahrscheinlich ein Skalpell benutzt. Das wäre in ein Gestochere ausgeartet. Ein scharfes Messer und eine sichere Hand haben diese sauberen Absetzungsränder bewirkt.»

«Richtig. Aus dem Lehrling ist ein Meister geworden.»

4

Balthasar Levy war nicht der Typ, der sich vor menschlichen Überresten, wie immer sie auch aussahen oder rochen, ekelte.

Selbst eine grün-blasse schleimige Masse wie die, die sich vor ihm auf dem stählernen Obduktionstisch befand, konnte Hinweise auf das Opfer, im besten Falle auf den Täter in sich tragen. Eine niedrige Übelkeitsschwelle oder übertriebene ästhetische Vorstellungen waren eindeutig am falschen Platz. Es galt, diesem Klumpen Organ sein letztes Geheimnis zu entlocken.

Insofern bestand Einigkeit zwischen Levy, Dragan Milanovic, dem Rechtsmediziner, und der Kriminalhauptkommissarin und Leiterin der Ermittlungen, Hortensia Michaelis. Zu dritt standen sie um den Obduktionstisch herum und suchten, jeder auf seine Art, nach Anhaltspunkten zur Identifizierung des Opfers. Doch was konnte man aus diesen Innereien überhaupt erschließen?

Normalerweise wurden Leichen in mehr oder weniger ganzen Stücken in die Rechtsmedizin überstellt. Anhand des Körpers konnte man sehen, ob es sich um einen Mann oder eine Frau handelte. Des Weiteren gab es zumeist eindeutige Hinweise auf die Todesursache und auf den Todeszeitpunkt. Auch das Alter konnte durch eine äußere Inaugenscheinnahme taxiert werden. Zahnstatus und Fingerabdrücke waren weitere konkrete Sachverhalte, mit denen die Ermittlungsbehörden arbeiten konnten.

Doch all das fehlte hier. Levy und Michaelis sahen sich der elementaren Grundinformationen beraubt, um in gewohnter Weise die Ermittlung einleiten zu können.

Die ersten Fäulnisveränderungen am Atmungstrakt hatten zwar schon eingesetzt, aber die einzelnen Organe waren noch gut zu erkennen – die Zunge, die Gaumenmandeln und der Kehlkopf, Luft- und Speiseröhre im knorpeligen Mantel und die Gabelung der Bronchien, die in die beiden Lungenflügel führte. Was fehlte, war das Herz. Es war aus der schützenden Ummantelung zwischen den Lungenflügeln herausgeschnitten worden.

Nachdem Dragan den Atmungstrakt vermessen und fotografiert hatte, begann er mit der äußeren Begutachtung. Er beugte sich über den Obduktionstisch, führte die Hängelampe nahe an die Zunge heran und hob sie mit der Pinzette an.

«Die Zunge ist sauber vom Mundboden abgesetzt worden», sagte er in ruhigem, professionellem Ton. Eine gewisse Anerkennung schwang in seiner Stimme mit.

Michaelis, sichtlich an einer schnellen Abwicklung der Untersuchung interessiert, unterbrach ihn. «Und was sagt uns das?»

An Dragans statt antwortete Levy. «Es ist ein erster Hinweis darauf, dass ein Anfänger sich wahrscheinlich nicht so viel Mühe gegeben und die vordere Zungenhälfte zurückgelassen hätte. Der Vorgang des Herausschneidens ist technisch anspruchsvoll, da man vom Hals her versucht, die Zungengrundmuskulatur komplett zu durchtrennen. Der Anfänger würde die Zunge etwa in der Mitte quer durchschneiden, weil er mit dem Messer nicht weit genug hineinkommt.»

Die Michaelis ging nicht darauf ein, blickte Levy kurz in die Augen und signalisierte damit, dass sie auf seinen Beitrag keinen Wert legte.

Levy nahm es zur Kenntnis. Was konnte sie ihm schon anhaben? Er war von seinem ehemaligen Gruppenleiter Demandt offiziell für diesen Fall eingesetzt worden. Da konnte sich die Michaelis drehen und wenden, wie sie mochte. Wenn etwas im Zuge dieser Ermittlung schief ging, konnte er zumindest für sich in Anspruch nehmen, dass er eine Grundbereitschaft zur Kooperation besaß. Das konnte man von ihr nicht behaupten.

Dennoch blieb er wachsam. Wenn sie es innerhalb der kurzen Zeit zur Ermittlungsleiterin gebracht hatte, dann musste sie gute Kontakte nach oben haben und unter Umständen, so wie er auch, einen Mentor.

Nichtsdestotrotz musste ihre Qualifizierung für den Job über jeden Zweifel erhaben sein. Weitaus mehr als eine Hand voll männlicher Kollegen hatte sie wahrscheinlich übertroffen, um es zu dieser anspruchsvollen Position gebracht zu haben. Das machte sie bestimmt nicht zu *everybodys darling*. Im Gegenteil, sie musste unter ständiger Beobachtung stehen. Jeder, der es auf ihren Job abgesehen hatte, würde jeden Fehler registrieren und ihn weiterleiten. Michaelis war sich darüber bestimmt im Klaren. Aus dieser Sicht betrachtet, war ihr Verhalten für Levy verständlich.

Dragan schien die Spannung zwischen den beiden wahrzunehmen, ließ sich aber nicht weiter davon beeindrucken. Er nahm das Lungenpaket in beide Hände und wendete es. «Die Aorta ist auf Höhe des Zwerchfells abgesetzt.»

Wieder mischte sich Michaelis ein. «Lassen Sie mich raten: Die Schnittränder sind sauber abgesetzt, wie Sie es ausdrücken.»

«Richtig», antwortete Dragan. «Und dass es sich keinesfalls um einen Anfänger handelt, sehen Sie hier.»

Er zeigte auf die Schnittstellen der Halsarterien. «Sie sind oberhalb der Teilungsstelle in innere und äußere Kopfschlagader abgetrennt. Genau so, wie ich es auch machen würde. Ein Anfänger schneidet gerne unterhalb dieser Stelle, weil es für ihn schwierig ist, am Hals so weit nach oben zu kommen. Zudem wären die beiden Schnittstellen nicht seitensymmetrisch.

Unser Mann scheint jedoch zu lieben, was er tut, so sauber und präzise, wie er vorgeht. Entweder hat er viel geübt, oder er hat bei einem Spezialisten gelernt.»

Michaelis vermied eine weitere Zwischenfrage. Die von Dragan aufgestellte Hypothese, dass es sich bei dem Täter um einen Mediziner, zumindest aber um eine Person handeln musste, die eindeutig anatomische Kenntnisse besaß, war vorerst ein erster Anhaltspunkt für die weitere Ermittlungsarbeit. Doch das war eindeutig zu wenig. Damit sie auf der anschließenden Gruppenbesprechung den ganzen Apparat in Bewegung setzen konnte, musste eine weitere Eingrenzung auf das Täterumfeld stattfinden.

Levy gingen ähnliche Gedanken durch den Kopf. Zwar hatte auch er keinen Tatort und damit keine eindeutige Auffindesituation einer Leiche, doch erhoffte er sich durch die Autopsie weitere Anhaltspunkte zum Opfer, um damit auf den Täter schließen zu können.

Dragan unterbrach Levy und Michaelis in ihren Gedanken mit einer neuen Erkenntnis. «Jetzt wird es interessant.» Er zeigte auf die rechte Lungenhälfte. «Der mittlere Lungenlappen fehlt.»

Levy überlegte, was diese Information bedeutete. So auch die Michaelis, allerdings blieb sie still.

Dragan klärte die beiden auf. «Die menschliche Lunge verfügt insgesamt über fünf so genannte Lungenlappen. Zwei auf dem linken und drei auf dem rechten Lungenflügel. Da einer fehlt, ist er chirurgisch entfernt worden. Medizinisch ausgedrückt: eine Lobektomie.»

«Und was kann die Ursache für den Eingriff gewesen sein?», fragte Levy.

«Einen Moment», antwortete Dragan. Er führte die Lampe nahe an die rechte obere Lungenspitze heran. Dann nahm er das Skalpell und trennte den rechten Lungenflügel vom Bronchienast ab. Aus der bereitstehenden Stahlschale wählte er ein langes, flaches Messer mit einer dünnen Klinge: das Hirnmesser. Es hatte Ähnlichkeit mit einem Tapeziermesser. Er setzte es in der Mitte des Lungenflügels an und führte einen horizontalen Schnitt, sodass er am Ende den einen Flügel in zwei Hälften aufklappen konnte.

Was sich ihm offenbarte, erhob seine Vermutung zum Sachverhalt. Er zeigte auf die Lungenspitze, wo sich grauweiße Vernarbungen im Gewebe zeigten.

«Das sind Spuren einer Tuberkulose», sagte Dragan. «Und dort», er wies auf einen kirschgroßen, umkapselten Hohlraum einige Zentimeter darunter, «ist eine Kaverne. Die Krankheit hat Lungengewebe eingeschmolzen und diesen Hohlraum hinterlassen. Vorsicht, die TBC-Bakterien können noch intakt sein.»

«Können Sie feststellen», fragte Levy, «wie lange die Krankheit zurückliegt?»

«Nicht anhand der Vernarbungen. Aber in Kombination mit der Entfernung des mittleren Lungenlappens wegen der TBC-Erkrankung kann man auf die frühen siebziger Jahre schließen. Später wurden Lobektomien nur noch selten durchgeführt.»

«Das bedeutet», schloss Michaelis, «dass unser Kandidat mindestens dreißig bis fünfunddreißig Jahre alt sein sollte.»

«Richtig», bestätigte Dragan.

«Können wir die Altersgrenze nach oben hin bestimmen?», hakte Levy nach.

«Ich müsste mir mal die großen Gefäße, die Aorta und die Schlagadern vornehmen», antwortete Dragan. «Vielleicht gibt es dort etwaige Ablagerungen.»

«Geht das jetzt noch auf die Schnelle?», fragte Michaelis, «die Gruppenbesprechung beginnt in einer Viertelstunde.»

Wortlos nahm Dragan eine Schere zur Hand und schnitt die großen Blut führenden Gefäße auf. Er wurde fündig. «Sehen Sie diese gelblichen, arteriosklerotischen Innenwandbeete? Das sind Einlagerungen, aber noch ohne Verkalkung.»

«Das heißt?», fragte Levy.

«Dass wir die obere Grenze bei der Altersbestimmung auf zirka sechzig Jahre setzen können», antwortete Dragan, «sofern keine Stoffwechselerkrankung vorlag.»

Michaelis fasste zusammen. «Unser Kandidat oder unsere Kandidatin ist also zwischen vierzig und sechzig Jahre alt und wurde bis spätestens Anfang der siebziger Jahre wegen einer Tuberkuloseerkrankung an der Lunge operiert. Ist das alles?»

Dragan nickte und nahm seine Notizen zur Hand, die er sich im Laufe der Untersuchung gemacht hatte. «Mit sehr viel Vorsicht würde ich mich bei der Geschlechterbestimmung auf männlich festlegen.»

«Wegen der Größe des Atmungstraktes?», fragte Levy.

«Ja», antwortete Dragan. «Nach meinen Schätzungen ergibt sich eine Körpergröße von rund einem Meter neunzig. Das ist für einen Mann nichts Außergewöhnliches.»

«Für eine Frau aber schon», pflichtete Michaelis ihm bei.

«Sofern ich bei der Untersuchung der anderen Teile keine abweichenden Erkenntnisse erhalte, bleibt es erst mal dabei.»

«Gut», beschied Michaelis. «Ach ja, noch etwas: Wir brauchen eine DNA-Analyse. Ihren Bericht habe ich dann bis morgen früh auf meinem Schreibtisch.»

Dragan nickte und wandte sich erneut dem Obduktionstisch zu.

Michaelis drehte sich um und ging Richtung Tür, ohne Levy ein Zeichen zu geben.

Levy folgte ihr.

5

Die Fahrt in den sechsten Stock verlief wortlos. Levy und Michaelis standen Schulter an Schulter, starrten auf die stählerne Tür vor ihnen und erwarteten die Ankunft. Kurz bevor der Fahrstuhl sich auf dem Stock einpendelte, drang es doch noch aus ihr heraus. Sie schaute dabei aber weiter geradeaus.

«Hören Sie, Levy. Ich habe wahrlich nicht darum gebeten, mit Ihnen ein weiteres Mal arbeiten zu müssen. Ich habe mich auch an entsprechender Stelle dazu geäußert. Doch wie es aussieht, haben Sie Glück. Mein Chef und Demandt sehen keine andere Lösung. Dementsprechend sind Sie meinem Team zugeteilt, ob mir das passt oder nicht. Ich erwarte von Ihnen vollen Einsatz, egal welche Schwierigkeiten Sie mit Ihrem Leben haben. Das geht mich nichts an, interessiert mich auch nicht, soweit es nicht meine Arbeit behindert.

Ob das Argument des Personalmangels jedoch für Ihre Kompetenz spricht, wage ich zu bezweifeln. Wenn es nach mir ginge, wären Sie schneller draußen, als Sie reingekommen sind. Seien Sie sich über Folgendes im Klaren: Der erste Fehler kostet Ihren Kopf. Tun Sie mir einen Gefallen: Warten Sie nicht damit.»

Die Tür öffnete sich. Levy ließ ihr den Vortritt. «Ich weiß nicht, ob ich Ihnen den Gefallen tun kann, Frau Michaelis.»

Das Großraumbüro war voll gepackt mit Technologie. Ringsum an den Wänden und an den Stützpfeilern hingen Plasmabildschirme, sodass man von jeder Position aus gut sehen konnte. Sie zeigten eine Videokonferenz, die aus Wien übertragen wurde. Levy kannte das Gesicht auf dem Bildschirm sehr gut. Es war Müller, den er in seinen Ausbildungsjahren mehrfach getroffen hatte. Müller schien ihn zu erkennen, als Levy an der kleinen Kamera eines Notebooks vorüberging.

Schreibtische, sechs an der Zahl, waren bestückt mit Notebooks, Scannern und diversen Ein- und Ausgabegeräten.

An der Stirnwand an prominenter Stelle stand der Schreibtisch der Michaelis. In Levys Augen ließ sie sich übertrieben angespannt in den Ledersessel fallen, um gleich darauf fordernd den Blick auf ihre Mitarbeiter zu richten. In Kreisformation gruppierten sich die Tische um den ihren herum. Wie der Kreis der Arbeiter um die Königin, dachte Levy. Ein Tisch genau ihr gegenüber war frei. Ein Wink von ihr wies ihn an, dort Platz zu nehmen.

«Meine Damen und Herren», begann sie, «unser Team ist komplett. Darf ich vorstellen: Balthasar Levy, Fallanalytiker, vormals in Diensten des BKA, heute freischaffend tätig. Habe ich das richtig ausgedrückt?»

Levy entging der Sarkasmus in ihrer Stimme nicht. Er bestätigte mit einem Nicken.

«Er wird uns im Bereich der Operativen Fallanalyse unterstützen. Seine Aufgabe wird es sein, uns zu einem Täterprofil zu verhelfen, mit dem wir unseren Mann fassen werden. Herr Levy wird anschließend dazu ein paar Worte sagen, denn unser Mann ist nicht erst seit heute Morgen tätig. Es gibt zu ihm eine interessante Vorgeschichte.»

Ihre Stimme klang unnötig süffisant.

«Doch zuvor darf ich Ihnen das Team vorstellen ...»

Michaelis begann mit einem Mann zu ihrer Rechten, einem Afrikaner, in den Vierzigern, kurzes, gekräuseltes Haar, erste graue Flecken, mit wachen Augen und einem wohlmeinenden Lächeln im Gesicht.

«Dr. Luansi Benguela wird die Fäden in unserer Ermittlungsarbeit zusammenführen. An ihm geht keine Nachricht vorbei. Er berichtet direkt an mich. Wenn Sie versäumen, ihm etwas mitzuteilen, unterschlagen Sie mir damit die Nachricht.» Er nickte Levy freundlich zu.

Der Schreibtisch neben Benguela war besetzt mit einem jungen Mann. Vielleicht zu jung für diese Gruppe, dachte Levy. Er würde ihn nicht älter als zwanzig Jahre schätzen. Eine blonde Strähne hing ihm quer über die Stirn, vor ihm das Notebook, an dem er während der Vorstellung konzentriert arbeitete.

«Unser Computer- und Kommunikationsspezialist Alexej Naumov», fuhr Michaelis fort. «Wenn Sie eine Information brauchen, dann ist er Ihr Mann. Und ich meine jegliche Art von Information, die sich auf elektronischem Weg beschaffen lässt.»

Alexej hob kurz den Kopf, blickte Levy aus wasserblauen Augen an, ohne eine Miene zu verziehen.

«Zu meiner Linken sitzt Kriminaloberkommissarin Naima Hassiri», eine schwarzhaarig gelockte Araberin mit dunkelbraunen Augen. Sie war Ende zwanzig, vielleicht Anfang dreißig, auf jeden Fall ungewöhnlich attraktiv für eine Polizistin. Levy konnte es sich nicht verkneifen, die Vorstellung mit einer Zwischenfrage an sie zu unterbrechen.

«Libanesin oder Iranerin?»

«Deutsche», antwortete sie bestimmt. Dann weniger ernst: «Aber gut geraten. Mein Vater ist Libanese.»

«Naima Hassiri ist von der Kripo Berlin zu uns gestoßen.

Dort ist sie Spezialistin für Ausländerkriminalität. Darüber hinaus ist sie eine der besten Ermittlerinnen, mit denen ich bisher zusammengearbeitet habe.»

Als Letzter kam ein Mann an die Reihe, den Levy als den typischen Vertreter eines perfekten Schwiegersohns einschätzte.

«Inspektor Falk Gudman ist bei den deutschen Ermittlungsbehörden zu Gast. Er ist im Zuge des Austauschprogrammes zwischen Israel und Deutschland von der Kripo in Tel Aviv zu uns gestoßen. Wie man mir berichtete, soll er ein Fachmann für Vernehmungen und Befragungen sein. Sein Hobby sind, wie er mir verriet, Dialekte. Deutsche wie jiddische. Stimmt das so?»

Falk antwortete mit überraschender Dialektfärbung. «Des isch korrekt.»

Schmunzeln machte sich breit. Doch in seinen Augen erkannte Levy plötzlich Berechnung. Dieser Engel war alles andere als ein netter Mann von nebenan. Dieser Mann wusste zu manipulieren.

Nachdem Michaelis der Vorstellungspflicht nachgekommen war, gab sie das Wort an Levy.

«Begonnen hat alles mit einer menschlichen Niere vor rund zwei Jahren», berichtete Levy. «Gefunden hatte sie ein Kanufahrer, der sein Boot zu Wasser lassen wollte. Die Niere hatte er als solche erst gar nicht erkannt, wie es jeder durchschnittliche Mensch auch nicht tun würde. Doch in diesem Fall handelte es sich um einen Medizinstudenten, kurz vor dem Physikum. Er fischte die Niere mit einem Paddel aus dem Ufergebüsch und benachrichtigte die Polizei.

Die Kollegen riefen nach zwei Wochen das BKA zu Hilfe, als erneut ein menschliches Organ zum Vorschein kam und die bisherigen Ermittlungen nichts erbracht hatten. Dieses Mal handelte es sich um zirka zwei Meter Darm, die sich an einem Brückenpfeiler, rund zwei Kilometer flussaufwärts, verhakt hatten. Ein DNA-Vergleich zwischen den beiden Funden ergab, dass sie von zwei verschiedenen Menschen stammten. Die Identitäten konnten nicht ermittelt werden.

Ein weiterer Fund wenige Tage danach, ein Stück Gehirnmasse, brachte die erste Spur. Die vierzehnjährige Tatjana war im selben Zeitraum von einem Fahrradausflug in das nächste Dorf nicht nach Hause zurückgekehrt.

Ein Abgleich zwischen dem letzten Fund und einer Haarprobe von ihr war positiv. Wir ermittelten im Verwandtschafts- und Freundeskreis nach Auffälligkeiten. Ohne Ergebnis.

Wir kamen zu dem Schluss, dass ihr unbekannter Mörder sie auf dem Fahrradweg abgepasst und verschleppt haben musste. In der Umgebung waren nach tagelangen Suchaktionen keine Hinweise auf den Ereignisort eingegangen. Auch ihr Fahrrad blieb verschwunden.

Leider handelte sich bei Tatjana um die Tochter eines Abgeordneten des Landtages. Er wusste, an welchen Strippen er zu ziehen hatte, um uns das Leben schwer zu machen ...»

Die Michaelis unterbrach, wohl weil Levy ihrer Meinung nach die Schuld an den fruchtlosen Ermittlungen auf jemand anderes abwälzen wollte. «Herr Levy, bleiben Sie sachlich. Fakt ist, dass unter Ihrer Leitung als Fallanalytiker des BKA die Ermittlungen nicht vorwärts kamen.»

«Das stimmt so nicht», widersprach Levy.

Der Unmut begann ihn zu kitzeln. Sie würde den Finger in seine Wunde legen und nicht davon ablassen, bis sie hatte, was sie wollte.

«Nun», fuhr er fort, «die Lage wurde zunehmend kritischer, wir standen unter erheblichem Druck ...»

«Levy!» Die Michaelis ließ keine weiteren Ausflüchte zu, oder sie wollte ihn vor allen Anwesenden provozieren, damit er schnell den ersten und somit auch letzten Fehler beging, den sie von ihm gefordert hatte.

«Egal wie man es im Nachhinein bewertet», fuhr Levy fort, «wir kamen keinen Schritt voran, bis ein Augenzeuge uns auf die alles entscheidende Spur brachte …»

Levy sah in Michaelis' Augen die Vorfreude funkeln. Sie wusste, dass jetzt der schwierige Teil des Vortrags kam.

«Ein Spaziergänger in den Abendstunden meldete, dass sein Hund etwas aus dem Fluss gefischt hatte, was ein Autofahrer von der Brücke in den Fluss gekippt hatte. Bei dem Fund handelte es sich unter anderem um das Herz von Tatjana, wie wir später herausfinden sollten. Der Zeuge konnte den Fahrer auf die Entfernung nicht erkennen. Auch das Kennzeichen oder das Fabrikat des Autos blieben uns unbekannt. Die Beschreibung des Täters erstreckte sich laut Zeugenaussage lediglich auf die ungefähre Größe und Statur.

Als er den Spaziergänger am Ufer entdeckte, flüchtete er in sein Fahrzeug und fuhr davon. Eine sofort eingeleitete Ringfahndung blieb erfolglos.»

Levy verstummte, als sei er mit seinem Bericht am Ende. Doch er wusste, dass die Michaelis keine Gnade mit ihm haben würde. Noch bevor sie ihn aufforderte weiterzusprechen, gestand Levy, unter Aufbringung seiner ganzen Selbstbeherrschung, ein:

«Was als Nächstes passierte, kann ich im Nachhinein nur noch als bedauernswerten Fehler bezeichnen. Entgegen der Meinung meiner damaligen Kollegen …»

«… und der Ermittler», warf Michaelis ein.

«… entschloss ich mich zu einer provokativen Maßnahme, um den Täter aus seinem Versteck zu locken und ihn zu einer Handlung zu animieren, die ihn verraten würde.»

«Sie gingen an die Presse», mutmaßte Naima.

Levy nickte. «Wir ließen einen Artikel veröffentlichen, der behauptete, die Polizei habe einen Zeugen, der den Täter gesehen hätte und identifizieren könnte.»

«Und was passierte?», hakte Naima nach.

Levy schwieg.

Michaelis antwortete für ihn. «Der Zeuge verschwand spurlos. Und mit ihm unser Mann.»

Fragende Ahnungslosigkeit machte sich breit. Luansi brach die Stille. «Wieso ist er verschwunden? Hatte er Angst bekommen?»

«Zwei Tage nach Erscheinen des Artikels kehrte er von der Arbeit nicht mehr nach Hause zurück. Seitdem gilt er als vermisst.»

Levy meinte die vorwurfsvollen Blicke der anderen auf sich zu spüren. Ja, er fühlte sich schuldig am Verschwinden und dem wahrscheinlichen Tod eines Menschen, den er dem Täter auf einem Silbertablett präsentiert hatte. Der Täter musste Levy beobachtet haben und ihm bei einer weiteren Vernehmung des Zeugen zur Schutzwohnung gefolgt sein.

«Das heißt», sponn Falk weiter, «dass durch die Veröffentlichung der Täter aufgeschreckt wurde, den Zeugen beseitigte und weitere Morde unterließ.»

«Im Normalfall wechseln so aufgeschreckte Täter den Wohnort», sagte Naima.

«Das ist bei unserem Freund eingetreten», antwortete Michaelis. «Er musste tatsächlich Angst vor der Aufdeckung bekommen haben. Entweder waren wir ihm unerwartet nahe gekommen, oder er ist ängstlich von Natur aus. Das ist nun alles über zwei Jahre her. Doch jetzt ist er wieder aufgetaucht. Dieses Mal wird er uns nicht entkommen.»

Ihr Ton hatte sich geändert. Nun klang das Ganze nach der zweiten Chance, die sich ihr bot.

«Ich schlage vor, wir machen zehn Minuten Pause. Danach tragen wir alles zusammen, was wir bis jetzt über die neue Entwicklung wissen, und besprechen die nächsten Schritte.»

Levy kam die Unterbrechung mehr als gelegen. Er stand auf und ging zur Toilette. Sein Herz pochte.

Die Stimme in seinem Kopf klang laut und klar.

Du bist schuld.

Hinter verschlossener Kabinentür saß Levy vornübergebeugt auf dem Klodeckel. Sein Kopf ruhte auf seinen Händen.

Die Stimme in seinem Kopf wurde schwächer.

Wenn noch mehr Unannehmlichkeiten wie die gerade erlebte auf ihn warteten, würde er diesen Tag ohne einen Schluck nicht überstehen.

Die Tür zum Toilettenraum wurde geöffnet. Schritte näherten sich und endeten vor einem Pissoir.

«Nehmen Sie es ihr nicht übel», sagte eine junge Stimme jenseits der Kabinentür.

Levy, erschreckt und erstaunt zugleich, rätselte, wer die Person sein konnte. Er zog das Revers glatt und ging hinaus zum Waschbecken. Es war der junge Alexej, der Computermann, der sich bisher noch nicht geäußert hatte.

Levy drehte einen Hahn auf, seifte sich die Hände ein. «Wen meinen Sie?»

«Hortensia», antwortete er.

«Wer?»

«Die Michaelis natürlich.»

Alexej beendete sein Geschäft und gesellte sich zu Levy an das Waschbecken.

Levy schmunzelte. Ja, jetzt erinnerte er sich. Die Michaelis hieß tatsächlich Hortensia mit Vornamen. Jetzt kamen auch das Gespött und die Witze wieder in sein Bewusstsein, die die Kollegen damals über sie ausschütteten. Hortensia war *not amused*. Heute würde sie es als Chefin einer Sonderkommission erst recht nicht sein. Am besten vergaß er gleich wieder ihren Vornamen.

«Was meinen Sie mit ‹Ich solle es ihr nicht übel nehmen›?», fragte Levy.

«Na, die Aktion von vorhin», antwortete Alexej. Er zündete sich eine Zigarette an und lehnte sich gegen die Mauer. «Sie ist wie ein bellender Hund, verstehen Sie?»

«Nicht so richtig.»

«Ich arbeite nun das dritte Mal mit ihr zusammen. Jedes Mal läuft die gleiche Show ab. Am Anfang bügelt sie jemand aus der Mannschaft glatt, um sich Respekt zu verschaffen. Danach ist sie zahm wie ein Reh.»

«Das kann ich mir beim besten Willen nicht vorstellen.»

«Einen Freibrief hat man natürlich nicht. Sie ist knallhart in der Sache, aber letztlich doch eine Frau.»

«Was soll das bedeuten?»

«Dass sie ein Herz hat.»

«Hortensia?», brach es aus Levy heraus. Jeder anderen hätte er jenes mitfühlende Organ zugetraut, nur nicht ihr.

«Sie hat Sie sogar lobend erwähnt», fügte Alexej hinzu.

«Das glaube ich nun wirklich nicht.»

«Wenn ich es Ihnen sage. Sie sagte wörtlich: ‹Wir werden mit einem der besten Fallanalytiker des Landes arbeiten. Leider ist er ein unzuverlässiger Freak.› Das waren exakt ihre Worte.»

Der Junge musste sich über ihn lustig machen, sagte sich Levy. «Märchenstunde?»

«Okay. Das mit dem ‹besten Fallanalytiker› war gelogen.»

«Na dann, vielen Dank.»

Levy trocknete die Hände und war bereit zu gehen.

«Wie kommen Sie eigentlich ins Team? Ich habe den Eindruck, dass ich hier in der Ausländerabteilung gelandet bin.»

Alexej lachte. «Falk ist der einzige Ausländer unter uns, alle anderen sind Deutsche. Ich stamme von der Wolga, Luansi hat die deutsche Staatsbürgerschaft noch unter Honecker bekommen, und Naima ist in Deutschland als Tochter eines libanesischen Juweliers und einer Deutschen geboren. Deutschland ist ein Einwanderungsland. Schon lange. Viele wollen das einfach nicht wahrhaben, dass ihnen auf einmal ein Abdul und nicht ein Herr Schmidt als Polizist gegenübersteht. Wieso fragen Sie? Haben Sie Probleme mit Ausländern?»

«Überhaupt nicht. Für mich gibt es eine andere Einteilung.»

«Und die wäre?»

«Die Welt besteht aus Arschlöchern und Leuten, die okay sind. Nationalitäten haben für mich keine Bedeutung. Wie lange sind Sie schon in Deutschland?»

Alexej drückte die Zigarette am Waschbecken aus und katapultierte sie in den Abfalleimer. «Seit fünf Jahren. Mit zwanzig kamen wir rüber.»

«Gab es einen besonderen Grund?»

«Die allgemeine wirtschaftliche und politische Lage natürlich, und zum anderen ... naja, der Richter hatte mich dazu verdonnert, die nächsten zweihundert Jahre in den Knast einzufahren.»

«Was war das Problem?»

«Nichts Dramatisches. Ich hatte mit einem Kumpel gewettet, dass ich den Server von Sibneft, einem Ölkonzern, knacken würde.»

«Und da haben Sie sich erwischen lassen?»

«Als die Miliz angerückt ist, waren wir bereits verschwunden. Das Urteil fiel in meiner Abwesenheit.»

«Dann sind Sie also ein Schwerverbrecher», sagte Levy schmunzelnd. «Seit wann stellt Hortensia Kriminelle ein?»

Alexej klopfte ihm auf die Schulter. «Was dem einen der Verbrecher, ist dem anderen der Volksheld.»

«Wie das?»

«Wenn Sie wüssten, wer in Russland alles die Finger im Ölgeschäft hat und welche Sauereien dort ablaufen, dann würden Sie meine Tat als revolutionär und zutiefst demokratisch bezeichnen.»

«Das beantwortet meine Frage nicht, wie Sie in den Dienst der deutschen Polizei gekommen sind.»

«Russen sind zutiefst misstrauisch. Besonders die, die mit Waffen und Frauen handeln. Schleuser und Waffenhändler haben einen Herkunftskodex. Den sollte man kennen.»

«Das erklärt natürlich einiges», sagte Levy.

Vor dem Büro angekommen, reichte er ihm die Hand. «Ich heiße Balthasar. Trotzdem nennen mich alle Levy. Du hast die freie Wahl.»

«Lev bedeutet im Russischen ‹der Löwe›. Wir werden sehen, ob du deinen Namen zu Recht trägst.»

Die Gruppe war bereits versammelt und wartete auf das Eintreffen von Levy und Alexej. Sie beeilten sich und nahmen ihre Plätze ein. An Levys Tisch saß bereits Dragan. Er wollte aufstehen, als Levy herantrat, aber Levy winkte ab und holte einen zweiten Stuhl hinzu.

Nachdem alle versammelt waren, eröffnete Michaelis die

erste Gruppenbesprechung. «Wir werden uns zwei Mal täglich hier treffen. Vormittags um acht und ab morgen noch einmal um siebzehn Uhr. Jeder wird die Ergebnisse seiner Recherchen mitteilen, um die nächsten Schritte festzulegen. Jeder hat an den Besprechungen teilzunehmen. Ein Fernbleiben akzeptiere ich nicht. Luansi beginnt die erste Woche mit der Bereitschaft. Er ist für jeden vierundzwanzig Stunden erreichbar. Er wird mich verständigen, wenn es nötig ist.

So weit zum Organisatorischen. Beginnen wir zusammenzutragen, was wir bisher wissen. Dragan, hat sich bei der Autopsie noch etwas ergeben?»

Dragan wies Alexej an, die von ihm ins Netzwerk gestellten Bilder auf den großen Plasmabildschirm hinter der Michaelis zu projizieren.

Es tauchten Einzel- und Gesamtdarstellungen des obduzierten Atmungstraktes auf.

«Ich fasse nochmals für alle zusammen: Aller Wahrscheinlichkeit nach stammt das Material von einer männlichen Person, zirka einen Meter neunzig groß, kräftig gebaut. Am rechten Lungenflügel wurde eine Lobektomie vorgenommen, die Entfernung des mittleren Lungenlappens. Ursache war eine TBC-Erkrankung. Derartige Operationen wurden bis in die frühen siebziger Jahre vorgenommen. Damit dürfte das Mindestalter bei dreißig bis fünfunddreißig Jahren liegen. Nach oben hin habe ich das Alter anhand der Ablagerungen in den großen Blut führenden Gefäßen einzugrenzen versucht. Arteriosklerotische Rückstände lassen auf ein Höchstalter von sechzig Jahren schließen.

Auffallend waren die sauberen Absetzungsränder an den Blutbahnen und dem Herzen. Eine sichere Hand, die wusste, was sie da tat und welches Werkzeug sie benutzen musste, ist anzunehmen.»

«Du meinst, wir haben es mit einem Mediziner zu tun?», fragte Naima.

«Zumindest mit jemandem, der sich nicht nur theoretisch, sondern auch praktisch mit Anatomie auskennt.

Levy hat mir die Aufnahmen der aufgefundenen Organe seines Falles von vor zwei Jahren zur Verfügung gestellt. Wenn man sich die Absetzungsränder im Vergleich zu unserem Material betrachtet, so stellt man leicht fest, dass unser Mann dazugelernt hat.»

«Sofern es sich um den gleichen Mann handelt», warf Luansi ein.

Alle merkten auf.

«Wieso glauben Sie, dass er es nicht ist?», fragte Levy überrascht.

«Nun, wie Dragan selbst festgestellt hat, unterscheiden sich die Absetzungsränder signifikant. Neben der Fortbildungshypothese möchte ich einwerfen, dass wir es durchaus mit einem Nachahmungstäter zu tun haben können. Oder spricht etwas dagegen?»

«Ja, zwei gravierende Punkte», antwortete Levy. «Zum einen haben wir niemals die Bilder der Organe veröffentlicht, und zum Zweiten wiederholt sich die Ablagesituation auffällig.»

«Dennoch», beschied Michaelis, «sollten wir Luansis Einwurf nicht völlig außer Acht lassen. Weiß der Teufel, wie der Täter an die Informationen gekommen sein kann.»

«Wieso reden wir die ganze Zeit von einem Täter?», fragte Naima. «Ist eine Frau völlig ausgeschlossen?»

«Grundsätzlich nicht», sagte Falk. «Doch wenn ich mich richtig erinnere, sagte Dragan, dass das Material aller Wahrscheinlichkeit von einem Mann mit einer Körpergröße von einem Meter neunzig stammt. Wie sollte eine Frau so ein Opfer überwältigt haben?»

«Wenn wir beim gleichen Täter bleiben», führte Levy fort, «dann gab es einen Augenzeugen, der einen Mann auf der Brücke erkannt haben will.»

«Er konnte ihn aber nicht genau beschreiben», setzte Luansi dagegen. «Es hätte genauso gut eine stark gebaute Frau sein können.»

Die Michaelis schritt ein. «Bevor wir uns weiter Gedanken zum Täter machen, sollte Dragan uns zum Opfer noch etwas sagen.»

«Ich habe mit dem Wasserwirtschaftsamt gesprochen», sagte Dragan und wies Alexej an, eine Karte im Maßstab von eins zu dreihunderttausend von der Auffindestelle und dem vorhergehenden Flussverlauf auf den Schirm zu übertragen. «Wenn wir von einer maximalen Expositionszeit des Materials im Flusswasser von vier Tagen ausgehen, eine mittlere Fließgeschwindigkeit von dreißig Zentimetern pro Sekunde zu Grunde legen, so kommen wir in einen Bereich flussaufwärts, wo der Täter oder die Täterin das Material ins Wasser geworfen haben könnte. Das wäre dann bei …»

Dragan versuchte die Ortschaft auf dem Schirm zu lesen. «Weeten, plus/minus fünfzig Kilometer.»

«Irgendwelche nennenswerte Nebenflüsse zwischen der Auffindestelle und dieser Ortschaft?», gab Naima zu bedenken.

«Etliche», antwortete Dragan, «allerdings alle mit Wurzelwerk und Sandbänken durchzogen, so sagt das Wasserwirtschaftsamt. Es ist wenig wahrscheinlich, dass es das Material von dort aus geschafft hätte, in den Fluss zu gelangen.»

«Und wenn der Täter es vor der Ortschaft ins Wasser geworfen hat und es dort einige Tage festhing, bevor es sich losreißen konnte …», fragte Luansi.

«Oder von einem Boot oder vorbeifahrenden Schiff über Bord geworfen wurde?», warf Alexej für alle unerwartet ein.

«Du meinst, so wie Küchenabfälle», schmunzelte Falk. Ein Grinsen machte sich breit. Bis auf Levy, der diesen Gedanken gar nicht so abwegig fand.

«Sicher, das ist möglich», gab Dragan zu. «Ich wollte euch mit meinen Überlegungen nur einen Anhaltspunkt geben, in welchen Bereichen das Material ausgesetzt worden sein kann. Es ist jetzt euer Job herauszufinden, wo, wie und warum das geschehen ist.»

«Danke, Dragan», sagte Michaelis. «Wir ...»

«Einen kleinen Moment noch», stoppte Levy sie. «Wir haben niemals herausgefunden, wieso der Täter Organe aus seinen Opfern schneidet und sie in einen Fluss wirft. Er musste damit rechnen, dass sie gefunden werden.»

«Wie würde der Psychologe diesen Umstand werten?», fragte Naima.

«Er legt eine Spur, damit wir ihm auf die Schliche kommen.»

«Wie bitte?», platzte es aus Naima heraus.

«Ja, der psychologische Hintergrund dessen ist, dass er Schuldgefühle wegen der Morde empfindet und unbewusst Spuren hinterlässt, um erwischt und bestraft zu werden. Das System von Schuld und Sühne ist tief in uns verankert.»

«Dann müssen wir ja nur noch abwarten», sagte Naima.

«Bis dahin kann es aber noch weitere Opfer geben», widersprach Michaelis. «Es ist unser Job, das zu verhindern. Levy, was ist Ihre Vermutung? Wieso schneidet er Organe aus den Körpern?»

Levy dachte nach. Damals wie heute wollte ihm keine rechte Antwort einfallen. Dennoch, Alexejs Einwurf mit den Küchenresten, die über Bord gehen, löste etwas in ihm aus. So abwegig der Gedanke auch war, er barg einen Funken Hoffnung in sich. Hoffnung, das Motiv des Täters zu verstehen.

«Für eine Vermutung ist es noch zu früh», sagte Levy. «Ich muss mehr über Opfer und Täter erfahren. Da uns ein Tatort und eine Leiche fehlen, ist es schwer, auf einen Tathergang und die Motivation des Täters zu schließen. Ich schlage daher vor, dass wir uns verstärkt um die Identifizierung des Opfers kümmern. Vielleicht ergibt sich daraus, wieso der Täter gerade dieses Opfer ausgewählt hat und nicht ein anderes.»

Michaelis griff den Vorschlag auf. «Gut, dann verteilen wir die Aufgaben. Naima, du setzt dich mit allen Polizeiinspektionen zwischen Weeten und der Fundstelle in Verbindung. Frag, ob es Vorkommnisse oder Meldungen in letzter Zeit gegeben hat, die mit unserem Fall zusammenhängen.

Luansi, frag bei der zentralen Vermisstenstelle nach, ob ein Mann oder eine Frau nach der Spezifikation Dragans gemeldet wurden, und gleiche die Liste mit allen Gesundheitsämtern auf eine TBC-Erkrankung und eine darauf folgende Operation ab.

Dragan, wann können wir mit dem DNA-Ergebnis rechnen?»

«Morgen früh.»

«Reich das Ergebnis gleich an Luansi weiter. Sollten wir ja einen Treffer landen, dann bleibt noch die Identifizierung. Welche Proben von der vermissten Person sollen eingereicht werden? Zahnbürste, Haare ...»

«Am liebsten würde ich die DNA der Eltern oder der Geschwister zum Vergleich heranziehen. Damit erziele ich eine weit höhere Genauigkeit als mit anderen Proben.»

«In Ordnung. Falk, du kümmerst dich um die Fischer, Kanu- und Wassersportvereine und auch die Schiffer, die entlang des Flusses vor Anker liegen. Vielleicht hat jemand etwas gesehen. Am besten, du schnappst dir einen von der

Wasserschutzpolizei. Dann könnt ihr mit dem Boot flussaufwärts fahren.

Alexej, setz dich mit den Ärztekammern in Verbindung. Frag, ob es Auffälligkeiten, Beschwerden oder Anzeigen hinsichtlich eines ihrer Mitglieder gibt oder gegeben hat, die mit unserem Fall etwas zu tun haben können.

Bleibt Levy ...»

Doch Levy hörte nicht. Er war in Gedanken auf dem Fluss, versuchte sich vorzustellen, wie jemand die Überreste eines Menschen über Bord warf.

7

Verhalten spiegelt Persönlichkeit.

Dieser Kernsatz der Verhaltenspsychologie war gleichzeitig die Leitthese aller Fallanalytiker. Er geisterte Levy unaufhörlich durch den Kopf, während er flussaufwärts ging. Er befand sich in dem Sektor, den Dragan in der Gruppenbesprechung am frühen Nachmittag als den wahrscheinlichsten Ablageort für den Atmungstrakt bezeichnet hatte.

Jetzt war es früher Abend, kurz bevor die Sonne ganz hinter dem Flusslauf verschwinden würde. Das Licht befand sich in jener unsicheren Phase, wenn es sich nicht zwischen hell und dunkel entscheiden kann.

Levy passierte hohe Schornsteine, Industriebauten und Löschstationen, an denen Schiffe auf ihre Fracht warteten. Darauf erkannte Levy beleuchtete Kapitänskabinen und hin und wieder eine Rauchfahne, die sich aus dem Bauch eines hundert Meter langen Containerschiffes schlängelte. Darin übte sich der Kapitän oder dessen Familie an der Zubereitung des Abendbrots.

Wieder kam ihm Alexejs Vergleich in den Sinn. Was, wenn der Täter auf einem dieser Schiffe wohnte und von dort die Überreste seiner Opfer dem Wasser übergab?

Niemand würde ihn während seiner Tat, sofern sie im Bauch des Schiffes begangen wurde, zusehen beziehungsweise stören können. Der Blick nach innen war verwehrt, und Levy wettete, dass selbst Schreie hinter dem doppelwandigen Schiffsrumpf verebbten.

Ob dies nun zutraf, war für Levy vorerst nicht entscheidend. Sicher war, dass der Täter eine gewisse Affinität zum Wasser, genauer, zu einem fließenden Gewässer hatte. Damals wie jetzt. Was konnte das bedeuten?

Verhalten spiegelt Persönlichkeit.

Wenn er sich an diesen Leitsatz hielt, dann musste er die zweite Regel seiner Tätigkeit heranziehen.

Erkenne das Wesen der Dinge.

Nun gut, was war die Grundeigenschaft von Wasser?

Wasser war das am häufigsten vorkommende Element auf diesem Planeten. Die Ursuppe sozusagen. Ohne Wasser kein Leben. Selbst der Mensch bestand zu einem Großteil aus Wasser. Also, Wasser gleich Leben.

Es gab noch eine zweite Eigenschaft. Wasser reinigt. Zugegeben, das kam einem Missbrauch dieses lebensnotwendigen Grundstoffes gleich. Solange man im Überfluss lebte, war das auch kein Problem. Also, Wasser gleich Reinigung.

Aber was sollte gereinigt werden? Und warum?

Der Bibel nach wusch sich Pontius Pilatus die Schuld von den Händen, bevor er Jesus zum Kreuz schickte.

Hände kamen nun ins Spiel. Ja, mit ihnen würde der Täter seine Opfer töten und ihnen das Gedärm aus dem Leib reißen. Anschließend würde er sie waschen. Der Reinigung wegen, sicher, aber auch der *Ent*schuldigung wegen? War das seine Katharsis? Das klärte noch lange nicht, wieso der Täter die Organe in den Fluss warf.

Wahrscheinlich war der Umstand viel schlichter, so wie es einer seiner Kollegen schon mal ausgedrückt hatte:

Die Grausamkeit der Tat lässt sich nur durch die Banalität des Täters übertreffen.

Folglich musste er an viel einfachere Gründe denken. Zurück zum fließenden Wasser eines Flusses. Der Fluss führt Wasser in eine Richtung, hin zu den Meeren, wo es sich mit seinesgleichen vermischt. Auf seiner Oberfläche trägt es Schiffe. Im Inneren ist es Heimat von Lebewesen. Stilles Wasser wäre ihr Tod.

Betrachtet man einen Fluss aus der Vogelperspektive, so stellt er sich als blutführende Ader eines Organismus, der Erde, dar. Aber wieso musste unbedingt nur Blut in diesen Adern fließen?

Ganz banal könnte ein Fluss auch als Ableitung dienen. Das war seit Jahrhunderten eine missbrauchte weitere Eigenschaft eines fließenden Gewässers. Es führte alles Mögliche ab. Meistens Unrat. Ja, so wie eine Klospülung.

Benutzte der Täter den Fluss als Abfallrohr? Das würde Rückschlüsse auf das Material zulassen, das er in den Fluss warf. Er bewertete die Innereien eines Menschen als Abfall.

Worauf es der Täter also abgesehen hatte, war die Hülle des Menschen, sein ausgeschlachteter Leib. Doch wozu? Wofür brauchte er die leblose Hülle?

Sofern er es wirklich darauf abgesehen hatte und sich Levy nicht in wilde Gedankenkonstrukte verloren hatte. Dafür spräche, dass bisher, damals vor zwei Jahren und jetzt, niemals die Körper der Opfer aufgetaucht waren. Warum nicht? Was hatte der Täter mit ihnen zu schaffen?

Zu viele Fragen auf einmal. Levy zwang sich wieder an den Ausgangspunkt seiner Überlegungen zurück.

Verhalten spiegelt Persönlichkeit.

Was sagt dein Verhalten über dich aus, fragte Levy den Täter.

Du entreißt deinen Opfern lebenswichtige Organe und wirfst sie in den Fluss.

Wieso dieses bestimmte Organ und wieso Fluss?

Hat das Organ eine besondere Bedeutung, und was willst du damit zum Ausdruck bringen?

Der Atmungstrakt mit Lungen, Bronchien und Luftröhre, aber auch mit Zunge und Kehlkopf steht für die lebenswichtige Luftaufnahme oder auch die Stimmbildung, die durch die Schwingung der Stimmbänder und die Bewegung der Zunge entsteht.

Wolltest du deinem Opfer die Luft zum Atmen und die Stimme zum Sprechen nehmen, es also mundtot machen?

Ja, diese Hypothese machte Sinn, sagte er sich. Allerdings nur so lange, bis keine weiteren Organe desselben Opfers gefunden wurden.

Und noch etwas fehlte. Das durfte er nicht unterschlagen, es war einfach zu auffällig. Das Herz wurde sauber aus seinem Sitz zwischen den beiden Lungenflügeln herausoperiert. Das war nicht einfach. Die Aorta und andere Blutbahnen mussten abgetrennt werden. Hätte das Herz keinerlei Bedeutung gehabt, hätte es der Täter schlicht unberührt gelassen.

Nun, welche Eigenschaft misst man einem Menschen zu, der kein Herz besitzt? Jemand, der als herzlos gilt, kennt kein Gefühl, keine Nachsicht, ist anderen gegenüber unerbittlich, gleichzeitig liebt er sich selbst über alles.

Hast du dich an deinem Peiniger gerächt, fragte sich Levy. Jemandem, den du so abgrundtief hasst, dass eine Kugel, Gift oder ein Stich viel zu wenig gewesen wäre?

Du hast ihm das geraubt, was ihn ausgezeichnet hat: Einen

herzlosen Menschen, der nur schlecht über dich gesprochen hat.

Levy stolperte über Gestrüpp.

Er hatte die Zeit völlig vergessen, hatte sich in seiner Imagination viel zu lange herumgetrieben und die fortschreitenden Abendstunden völlig verpasst. Er musste mit seinen Gedanken mindestens zwei Stunden unterwegs gewesen sein.

Zu seiner Linken sah er entfernt Straßenbeleuchtung. Er machte sich auf den Weg. Ein Taxi würde ihn zurückbringen. Und zwar hoffentlich schnell, er hatte schon lange nicht mehr geschlafen. Und er würde ihn brauchen, diesen Schlaf, denn er wusste, dass er die nächsten Tage hellwach sein musste.

Dieses Mal würde er ihn schnappen. Er war in der Nähe. Levy spürte ihn förmlich. Und dieses Mal würde er dem Druck standhalten; er war nicht mehr der von damals. Levy hatte dazugelernt. Er würde in die Stapfen des Täters treten, denken und fühlen wie er.

8

Der Meister zog die dünne Klinge des Skalpells im Halbkreis über den Schleifstein in seiner Hand. Von rechts nach links und zurück. Ein ums andere Mal. Ruhig, mit Andacht musste das Blatt geführt werden, damit es sich, wie er es gelernt hatte, für die anstehende Zeremonie als würdig erwies. Das Knirschen der Schneide verlor sich im hämmernden Takt der Lautsprecher. *Weißes Fleisch.*

Der Keller flackerte im Licht der Fackeln. Es warf unstete Fetzen auf einen bewegungslosen Körper. Festgekettet auf einem x-förmigen Andreaskreuz, das rücklings auf zwei Rammböcken lag, konnte sich Tessa Fahrenhorst nicht wehren. Einzig ihre verzweifelten Schreie waren ihr geblieben.

Der Meister ließ sie gewähren, wusste er doch, dass es für sie keine Rettung von außerhalb dieses Raumes gab. Allein er würde sie nach einer genau festgelegten Vorgehensweise von ihrem irdischen Dasein erlösen. Zuvor würde er ihr genug Zeit geben, über ihr Leben nachzudenken, es zu bereuen und Buße zu tun.

Er entledigte sich all seiner Kleider, bis er nackt vor ihr stand. In ihren Augen spiegelte sich seine Vorfreude, ihr Mund schrie heiser, die Laute verebbten röchelnd, unter Tränen erstickt.

Seine Erregung explodierte förmlich beim Anblick ihrer Verzweiflung.

Zwei Kameras, seitlich auf Stativen platziert, würden die anstehende Messe für immer festhalten. Er schaltete beide an. Später würde er sich an den Bildern erfreuen, den heutigen Abend ein ums andere Mal wieder neu durchleben. Der Gedanke daran schickte ihm eine Gänsehaut über den Körper.

Zu beiden Seiten von Tessa Fahrenhorsts Kopf standen Infusionsständer. Ein Schlauch führte ein Blutdruck senkendes Mittel und ein anderer ein Anästhetikum in die linke Armbeuge, genau abgestimmt, damit sie nicht in einen narkotischen Zustand fiel, sondern alles bewusst miterleben konnte. Im rechten Arm wartete ein anderer Schlauch darauf, sie bei Bedarf mit Eigenblut zu versorgen. In den letzten beiden Tagen hatte er ihr so viel abgenommen, um sie ausreichend lange für die Zeremonie am Leben zu erhalten.

Nun war es so weit.

Der Meister nahm das Skalpell zur Hand und positionierte sich zwischen ihren Beinen.

Als Tessa Fahrenhorst im Fackelschein das Skalpell über ihrem Gesicht erblickte, drohte sie augenblicklich ohnmächtig zu werden. Der Meister setzte die dünne Klinge direkt unter dem Brustbein ins Fleisch. Sie spürte den Einstich nicht, genauso wenig wie den Schnitt, der erst an ihrem Schambein endete.

Der Meister atmete tief, Wollust überkam ihn beim Anblick des sich öffnenden Leibes. Die Blutungen kamen sofort, doch durch den Blutdrucksenker weit weniger intensiv. In die Furche setzte er schnell zwei Greifer, zog sie auseinander und arretierte sie links und rechts am Kreuz.

Er griff mit beiden Händen in die Öffnung. Bluttriefend nahm er sie wieder heraus und führte die Hände über Gesicht, Oberkörper und den Bauch bis auf seinen Schwanz hinunter, der im Nu steif war.

Tessa Fahrenhorst hatte bisher immer noch nichts gespürt. Außer, dass etwas an ihrem Bauch zog.

Sie irrte sich, wenn sie glaubte, das Schlimmste hinter sich zu haben und sofort in Ohnmacht fallen zu können.

Was sie in diesem Moment noch durch ihre verweinten Augenschlitze erkennen konnte, war, dass dieses Tier mit einem lauten Wimmern in sie eindrang.

9

Über Bord geworfen.

Levy erwachte mitten in der Nacht. Sein Herz pochte, die Stirn nass vor Schweiß. Er atmete schwer. Der Traum fühlte sich noch immer real an.

Er rieb sich das Gesicht, versuchte, die Dämonen in seinem Unterbewusstsein zu besänftigen. Sie suchten ihn in den letzten Monaten in immer kürzer werdenden Abständen auf.

Levy sah sich im Fond einer Limousine sitzen. Seine Mutter sprach zu ihm. Er hörte ihre Worte nicht. Die Auffahrt zum Eingang des Internats hinauf, wo das Grauen bereits hinter den Fenstern wartete.

Die Mutter redete weiter auf ihn ein. Er solle sich keine Sorgen machen. Ein Monat verginge schnell. Sie hätte schon ein ganz besonderes Geschenk für ihn im Auge, wenn sie ihn besuchen komme.

Ihr Besuch und ihre Worte waren ihm mittlerweile egal geworden. Er wusste, dass er zu ihrer und zur Bequemlichkeit seines Vaters in diesem Heim geparkt wurde. Sie hatten hundert Mal mit ihm darüber gesprochen, wie wichtig es war, dass ein Kind in geordneten und stabilen Lebensumständen aufwuchs. Die Arbeit des Vaters und die zahlreichen Verpflichtungen der Mutter taugten dafür nicht. Auch wenn er sie angefleht hatte, ihn nicht in diesem Gefängnis zurückzulassen. Er würde alles tun, um ihnen nicht im Weg zu sein, stets zu gehorchen, doppelt so viel zu lernen und die neue Kinderfrau zu mögen.

Als er sie durch das Fenster im dritten Stock davonfahren sah, wünschte er sich, dass sie sterben sollte. Sie würde ihn nicht mehr besuchen kommen, da war er sich sicher. Mit den Jahren war er apathisch geworden und erwartete nichts mehr im Leben. Er hatte kein Zuhause mehr und würde nie eins haben.

Levy erhob sich schwerfällig aus dem Bett, schlurfte zum Kühlschrank. Er gab nicht viel her. Eine Dose eisgekühlter Kaffee mit Guarana sollte genügen. Das Gemisch brannte wie Feuer in seiner Kehle. Er fragte sich, wie lange er das Zeugs noch trinken konnte, ohne dass es ihm ein Loch in den Magen brannte.

Der Computer dämmerte ruhig im Standby. Levy rief ihn wach und überprüfte seine Mailboxen auf neue Nachrichten. Sein Nachrichtenagent hatte ihm eine Liste von Artikeln zusammengestellt, die er lesen sollte. Meistens handelte es sich um Erfahrungsberichte anderer Kriminalpsychologen und forensischer Psychiater, die vom Fortgang ihrer Fälle berichteten. Er würde bald wieder etwas zum gemeinsamen Austausch ins Netz stellen müssen, sagte er sich. Seit seinem letzten Bericht über die Gefühlswelten sadistischer Serienmörder vor einem Jahr hatte er nichts mehr zur gegenseitigen Fortbildung beigetragen.

Dabei waren er und seine Kollegen so sehr auf diese Informationen angewiesen, da es die Justiz in Amerika, wo die meisten Serientäter auftraten, noch immer nicht geschafft hatte, sie vor dem elektrischen Stuhl zu bewahren. Mehr als in jeder anderen Wissenschaft waren sie auf jeden auskunftsbereiten Serienmörder angewiesen, um mehr über die Ursachen und Hintergründe ihrer Taten zu erfahren. Stattdessen spritzten, hängten und gasten die Amerikaner sie zu Tode. Mit ihnen starb nicht nur der Mensch, sondern auch ein wertvoller Proband zur Erforschung der Ursachen.

Hätte man im Bereich der Pharmakologie genauso gehandelt, würden die Mediziner noch immer mit Trommel und Salbeirauch die Kranken therapieren.

Sein Diskussionsbeitrag musste warten. Nicht nur, weil er mit seiner Forschungsarbeit noch nicht am Ende war, seit gestern befand er sich in einem neuen Fall, der sich von den ihm bekannten unterschied. Hier ging es nicht um eine missbrauchte Frau, die mehr oder weniger schwer verstümmelt am Straßenrand aufgefunden worden war, hier ging es um ein Rätsel ganz besonderer Art.

Wie Speisereste über Bord geworfen.
Die Bemerkung Alexejs hatte ihn tief getroffen. Wieso eigentlich, fragte er sich. Es war eine lapidare Bemerkung.

Er überlegte, welche Worte in diesem Satz ihn am meisten berührten. Waren es die *Reste* oder der Vorgang, sich ihrer zu entledigen, sie *über Bord* zu werfen?

Sosehr er sich auch bemühte, er konnte sich nicht entscheiden. Verstandesgemäß. Sein Gefühl hingegen entschied sich für das *über Bord werfen*, in voller Fahrt zurückgelassen, *entsorgt* werden.

Nun, das war sein ureigenstes Problem. Es musste nichts mit den Überlegungen des Täters zu tun haben. Das wusste er. Doch hatte er auch im Zuge seines Studiums gelernt, dass die Antwort auf jedwede Frage zu jeder Zeit, an jedem Ort wartete. Man musste nur den Code lesen können.

Die grundlegenden Entwicklungen der Menschen unterschieden sich nicht grundsätzlich voneinander. In den frühen Kindesjahren waren sie nahezu deckungsgleich. Jeder strebte nach der Liebe der Eltern, fühlte sich dann zum gegengeschlechtlichen Elternteil hingezogen, kämpfte anschließend mit dem gleichgeschlechtlichen um die Vormachtstellung in der familiären Konkurrenzsituation, um sich später mit aller Gewalt aus deren Bevormundung zu befreien. Konnte ein Kind in diesem Prozess die jeweils nächste Entwicklungsstufe nicht erreichen, war die Wahrscheinlichkeit hoch, dass sich ein Problem daraus entwickelte.

Dennoch, der Weg von einem unbewältigten Trauma hin zu einer ausgewachsenen Psychose war weit. Da musste noch einiges passieren, um vom Hass auf ein Familienmitglied später zu einem kaltblütigen, triebgesteuerten Mörder in Serie zu werden.

Nicht jeder, der unter einer verkorksten Kindheit litt,

wurde schließlich zum Monster. Was waren also die weiteren Ereignisse und der Auslöser, die zu den Taten führten?

Levy schnitt den Gedankenstrang ab. Er führte ihn zu schnell voran, weg vom aktuellen Kenntnisstand. Viele der Fragen würde er erst beantworten können, wenn er mehr über Opfer und Täter wusste.

Drei Uhr fünfunddreißig.

Er hatte gerade fünf Stunden geschlafen. Das war viel zu wenig. Zurück ins Bett konnte er nicht. Das Koffein und das Guarana hatten ihren Zweck erfüllt. Er war hellwach.

Was konnte er tun?

Vor ihm auf dem Bildschirm blinkte der Cursor um Eingabe. Levy probierte es. Er startete eine Suchmaschine und gab das Wort *Innereien* ein. Über eine halbe Million Treffer.

Beginnend mit Rezepten und dem Cholesteringehalt von Innereien bis hin zum Innenleben von Computern klickte sich Levy zunehmend enttäuscht durch die Trefferliste.

Er versuchte es nochmals mit *Eingeweide*.

Auch hier eine nahezu unüberschaubare Liste an Treffern. Dass ein Waschbrettbauch die Eingeweide schädigen solle, war ihm allerdings neu.

Wieder klickte er sich durch einen Teil der Trefferliste. Mit dem *Atlas der Anatomie* kam er zwar näher an den eigentlichen Sachverhalt, doch hielt sich die Erkenntnis über deren Art und Zusammenspiel im menschlichen Körper in Grenzen.

Doch dann fand er einen Satz, der ihn auf eine seltsame Art ansprach:

Ich weiß nicht, was einGeweide sein soll ...

Das Wort war falsch geschrieben, der flüchtige Rechtschreibfehler eines Webloggers. Er startete den Link. Eine neue Seite baute sich auf. Der *Assoziations-Blaster* war ein interessantes Angebot, ein interaktives Text-Netzwerk, in dem sich alle eingetragenen Texte mit nicht-linearer Echtzeit-Verknüpfung automatisch miteinander verbanden. Jeder Benutzer war aufgerufen, die Datenbank mit eigenen Texten zu bereichern.

Die einzelnen Beiträge konnten nicht der Reihe nach gelesen werden, stattdessen wurde anhand der entstehenden Verknüpfungen von einem Text zum anderen gesprungen. Die dadurch entstehende, endlose Assoziations-Kette vermochte dem Zusammenhalt der Dinge auf die Spur zu kommen, so versprach die Vorstellung.

Die Datenbank mit den Texten war nach Stichworten geordnet. Jeder Text gehörte zu einem bestimmten Stichwort, und die Stichworte stellten die Verbindungen zwischen den Texten her. Jeder Benutzer durfte neue Stichwörter eintragen, die dann sofort Auswirkungen auf alle bereits vorhandenen Texte hatten.

Levy probierte es aus. Unter dem Satz mit den vermeintlich falsch geschriebenen *einGeweiden* gab er den Begriff *Mörder* ein.

Nach Bestätigung tauchte folgender Satz auf:

Die Mörder meiner Sinne sind zahlreich, sie stehen auf wie Untote in der Nacht

Levy war nun aufgerufen, auf diesen Satz eine weitere Assoziation zu bilden oder einfach nach einem Wort aus dem Satz weiter zu suchen. Er entschied sich für Letzteres und wählte *Untote* aus.

Zum Begriff *untot* las er Folgendes:

«Wir sind untot, glauben an das Böse, an den Tod, an das Fleisch, an die Lust, an die Finsternis, an Luzifer, Meister und Vater, an das Blut der Zerstörung.

Zu uns gehört nur, wen wir anerkennen und tolerieren und wer sich zu uns bekennt. Falls irgendwer uns besuchen will, so sei er gewarnt. Im tiefen Wald hört dich niemand schreien.«

Die Quelle dieses Glaubensbekenntnisses konnte er nicht ausmachen. Die Datenbank offenbarte nur Stichwörter und deren Treffer.

Dann musste es anders klappen. Er schnitt den Text aus und fütterte ihn einer Suchmaschine. Tatsächlich, unter den ersten zehn Treffern verwies einer auf den *Lord of darkness*, die Heimat dieser Seite war allerdings nicht Deutschland, sondern Russland.

Als das Bild sich vor ihm aufbaute, erkannte er einen finster dreinblickenden Mann in Teufelsgewand und Ritualmesser. Er war umringt von fünf Gestalten, die Tiermasken trugen. Levy erkannte eine Fledermaus, einen Wolf, einen Ziegenbock, ein Schwein und einen Elefanten.

Darunter, quer über ein Pentagramm geschrieben, suchten sie nach *Individualisten*, um mit ihnen das heilige Ritual zu begehen.

Was genauer darunter zu verstehen war, erkannte Levy ein paar Klicks weiter. Es ging schlicht darum, des Lebens Überdrüssige zu finden, die ihren Körper für das blutige Hochamt zur Verfügung stellten.

Das war also die Assoziationskette: Eingeweide, Rituale, Satanisten.

War das eine Spur? Sollte sein Täter einer Gruppe von Satanisten angehören?

Er wusste nicht viel über sie und ihre Praktiken. Ein Kollege jedoch stellte in einem seiner Berichte einen Zusammenhang zwischen Satanismus und Kannibalismus her. Darin beschrieb er, wie zu rituellen Handlungen Körperteile vermeintlich Freiwilliger, aber auch deren Eingeweide wie das Herz oder die Leber, herangezogen wurden.

Levy wollte dieser Spur nachgehen, auch wenn er wusste,

dass die These der Verbindung von Eingeweiden bei kannibalistischen Satanistenritualen zu seinem Fall auf schwachen Beinen stand. Aber es war zumindest eine Hypothese.

Zuerst suchte er eine *Whois*-Abfrage bei einer Registraturbehörde für Internetsites daraufhin durch, wer im Besitz dieser Adresse war. Der Erfolg war mäßig. Er förderte einen Igor Kaminsky, wohnhaft in Moskau, Leninskije Gory, zutage.

Doch die Website war auf Deutsch geschrieben und nicht auf Russisch. Also musste es sich bei Kaminsky um einen Strohmann handeln, der im Auftrag einer deutschsprachigen Satanistengruppe eine Website unterhielt.

Alexej fiel ihm ein. Er könnte es schaffen, mehr Informationen zu dieser Site und ihren Betreibern ausfindig zu machen.

10

Als Levy das Großraumbüro betrat, war die Gruppe bereits vollständig versammelt. Falk trug die Ergebnisse seiner Recherche vor. Michaelis blickte Levy kurz an, als er sich möglichst geräuschlos an seinen Platz setzte. Ihr Blick drückte Ärger ob seiner Verspätung aus.

«Ich war mit der Wasserschutzpolizei auf einem ihrer Boote bis hinauf zu dem Ort Weeten unterwegs», sprach Falk weiter, ohne sich vom Erscheinen Levys gestört zu fühlen. «Wir haben alles abgeklappert, was sich den Fluss entlang finden ließ. Im Großen und Ganzen gibt es keinen konkreten Hinweis auf unseren Fall. Auch der Wasserschutzpolizei ist in den letzten Wochen nichts Außergewöhnliches gemeldet worden. Hier und da gab es Streitereien wegen Anlegeplätzen und Ruhestörung. Nichts, worüber wir uns Gedanken machen müssten.»

«Danke, Falk», beschied Michaelis. Ein Fingerzeig forderte Naima auf, als Nächste zu berichten.

«Ich schließe mich Falks Ausführungen an», sagte Naima. «Auch den Polizeiinspektionen ist nichts Auffälliges gemeldet worden. Lediglich einige Anzeigen wegen Ruhestörung. In dem Gebiet, für das wir uns interessieren, gab es in den letzten Wochen zahlreiche Grillfeten.»

Michaelis nickte stumm. Levy sah ihr an, dass sie enttäuscht war. Ihr Blick ging zu Alexej.

Er schaute von seinem Notebook auf. «Ich habe da wohl in ein Wespennest gestochen. Die Ärztekammer war alles andere als auskunftsbereit. Auf Grund der Vorkommnisse über Abrechnungsbetrug und Schindluder, das einige ihrer Mitglieder mit Patienten treiben, halten sie sich zurück.

Ich habe ihnen dann erzählt, wofür wir uns interessieren. Nachdem mein Interviewpartner nach Luft geschnappt hatte, warf er mir vor, dass ich nur einen weiteren Skandal provozieren wolle.»

«Wieso das?», hakte Michaelis nach.

«Ich weiß nicht genau. Es ging wohl um den Vorwurf des kriminellen Organhandels. Schließlich hat er das Interview abgebrochen, meinte, dass ich mich mit konkreten Vorwürfen an ihre Anwälte wenden sollte.»

Michaelis' Blick streifte Levy. Doch zunächst kam Luansi zu Wort. Er nahm einen Zettel zur Hand, verlas die Ergebnisse seiner Nachfrage.

«Insgesamt sind zurzeit 2834 Personen vermisst gemeldet. Davon sind 756 zwischen fünfunddreißig und sechzig Jahre alt. Diese Gruppe habe ich mit den Gesundheitsbehörden und den TBC-Meldungen mit einer anschließenden Lobektomie seit Beginn der siebziger Jahre abgleichen lassen.

Ergebnis: Sieben Personen, drei davon weiblich, vier männlich, ergeben sich als Schnittmenge, passen also in unser Raster. Von den sieben sind aber nur zwei seit weniger als vier Wochen abgängig. Die anderen fünf sind bereits seit einem bis drei Jahren verschwunden. Mit Dragans DNA-Analyse müssten wir schnell herausfinden, ob unsere Zielperson darunter ist. Ich habe die Eltern und im anderen Fall Bruder und Schwester des Vermissten kontaktiert. Sie sind zu einem DNA-Vergleich bereit. Die Blutentnahmen sind parallel am Laufen. Erste Ergebnisse müssten wir heute Abend bekommen.»

«Sehr gut, Luansi.»

Nun war die Reihe an Levy. Michaelis musste nichts sagen, jeder wartete auf seine Ausführungen.

Levy war unsicher, ob er das Ergebnis seiner Überlegungen von letzter Nacht bereits jetzt mitteilen sollte. Doch irgendetwas musste er sagen. Er machte sonst den Eindruck, dass er nicht viel zur gemeinsamen Arbeit beizutragen hatte. Bevor er um den heißen Brei redete, sagte er es geradeheraus.

«Ich bin im Internet auf eine Satanistengruppe gestoßen.»

Wenn es eines Knalleffektes bedurft hätte, die Truppe aus der Lethargie einer bis eben gerade ergebnislosen Ermittlung zu erlösen, dann hatte es Levy mit diesem einen Satz geschafft.

«Moment», rätselte Michaelis für alle. «Satanisten? Wie kommen Sie darauf, dass wir es mit Teufelsanbetern zu tun haben?»

Von dem gesamten Vorgang zu berichten, der sich in den Morgenstunden an Levys Computer abgespielt hatte, ersparte er sich. Trocken gab er ein paar Stichpunkte, die ihn zu dieser Aussage geführt hatten.

«Geht man von unserer Spur, also dem gesamten Atmungstrakt eines Menschen aus, führt die Assoziationskette zu denjenigen, die sich mit Organen für die Durchführung von Ritualen beschäftigen. Eine derartige Gruppe sind Satanisten.»

«Langsam, immer der Reihe nach», sagte Michaelis ungläubig. «Was heißt Assoziationskette, und wie, bitteschön, kommen Sie da ausgerechnet auf Satanisten?»

«Das freie Assoziieren ist eine gängige Technik in der Psychologie, um den Dingen auf den Grund zu gehen. Dabei wird das Unterbewusstsein mit einem Schlüsselwort gereizt. Man schaltet quasi den Verstand aus und wirft jedes Wort, das einem dazu einfällt, kritiklos in die Diskussion.»

«Und da hat sich Ihr Unterbewusstsein für Satanismus entschieden?», fragte Naima.

Es war nicht klar, ob sie es ernst meinte oder ob sie Levy damit der Lächerlichkeit preisgeben wollte.

«Richtig», gab Levy zu.

«Sie hätten sich aber auch für Chirurgen oder Pharmakologen, die Arzneimittel gegen Erkältungskrankheiten entwickeln, entscheiden können», fragte Falk interessiert.

«Nein», antwortete Levy. «Das Unterbewusstsein lügt nicht. Es sagte mir Satanisten und nicht Mediziner.»

Sprachlosigkeit machte sich breit. Levy konnte es in ihren Augen lesen, dass sie ihn für völlig übergeschnappt hielten. Er wollte und musste sich nicht rechtfertigen. Die Techniken, mit denen er an seine Informationen und Schlussfolgerungen kam, waren wissenschaftlich abgesichert und entstammten nicht einem Trickkasten für Nachwuchszauberer.

«Auch wenn es Sie auf den ersten Blick überrascht, wie ich zu dieser Aussage gekommen bin, so möchte ich Sie zu diesem Zeitpunkt bitten, mir Vertrauen zu schenken. Ich weiß, wovon ich spreche. Die Wahrheit steht zu jeder Zeit und an jedem Ort für jeden zur Verfügung. Man muss nur einen Weg dorthin finden. Oder wie es auch eine Sure im Koran besagt: Der Anfang liegt in der Mitte.»

Spätestens jetzt spürte Levy, dass er mit seiner offenherzigen Art, über seine Arbeit zu sprechen, bei Michaelis nicht punkten konnte.

11

«War das dein Ernst», fragte Alexej leise, «das mit dem Assoziieren und den Satanisten?»

Levy schmunzelte. Er hatte die ganze Zeit, seitdem sie an Alexejs Rechner saßen, auf diese Frage gewartet. Ihnen gegenüber saß nur noch Luansi, der die Blutentnahmen und den DNA-Vergleich organisierte. Michaelis, Falk und Naima waren außer Haus.

Luansi hatte Alexejs Frage gehört. Auch er schien eine Erklärung mit Spannung zu erwarten.

«Mein voller Ernst», antwortete Levy. «Wenn du in Ermangelung von Informationen nichts anderes in der Hand hast, dann ist die genannte Methode genauso gut wie jede andere.»

Alexej rieb sich das Kinn. Er wusste nicht so recht, was er damit anfangen sollte. Statt seiner fragte Luansi.

«Entschuldigen Sie, wenn ich mich in Ihre Unterhaltung einmische ...»

«Fragen Sie», ermunterte Levy ihn.

«Das freie Assoziieren ist mir in der Kunst oder auch als Kreativitätstechnik bekannt, aber wie lässt sich diese Technik glaubwürdig auf unsere Ermittlungsarbeit anwenden?»

«Eine Straftat wie die, die uns soeben beschäftigt, ist mit

einem Konzept vergleichbar. Sie hat einen Anfang, eine Mitte und einen Schluss, ist also in sich geschlossen. Wenn ich nun einen Baustein aus diesem Konzept nehme, zum Beispiel den Atmungstrakt, den wir gefunden haben, dann stellt sich die Frage, wie ich dieses Einzelteil im Hinblick auf das Ganze deute. Das Ergebnis ist eine Hypothese, die sich im weiteren Verlauf der Ermittlungen entweder erhärtet oder verworfen werden muss. Dieser Vorgang der Deutung anhand von Fakten wiederholt sich stetig, er ist der Grundstock meiner Arbeit. In der Psychologie nennen wir das Verfahren objektive Hermeneutik. Es gibt zwar noch andere Techniken, aber beim BKA haben wir gute Erfahrungen damit gemacht.»

«Ich verstehe», sagte Luansi nach einer Weile. In seinem Kopf schien Levys Erklärung auf Plausibilität überprüft zu werden.

«Sie werden es vielleicht leichter verstehen, wenn Sie an die Technik der Trancearbeit denken.»

«So wie Schamanen arbeiten? In Angola, meinem Heimatland, hatte früher jeder Stamm einen. Sie waren hoch angesehen, Heiler und Lehrer in einem. Sie waren Träger eines großen Wissens. Heute sind sie leider fast überall verschwunden.»

«Wie die Schamanen benutze ich die Kraft des Unterbewusstseins. In ihm ist alles gespeichert. Statt der Trommel oder der Peyotewurzel arbeite ich mit der freien Assoziation. Es erschiene seltsam, wenn aus dem BKA plötzlich Trommelklänge ertönten und Rauschgiftfahnen entwichen.»

«Ich habe von diesen Schamanen auch schon bei uns gehört», fügte Alexej hinzu. «In Sibirien leben und arbeiten heute noch einige. Mitunter werden sie von Forschern und Medizinern konsultiert, wenn sie mit ihrem Schulwissen nicht mehr weiterkommen.»

Eine Pause trat ein. Luansi und Alexej begannen zu verstehen.

«Zurück zu den Satanisten», unterbrach Levy die Stille. «Kannst du herausfinden», sagte er zu Alexej, «wer hinter dieser Site steckt?»

«Ich probiere ein paar Dinge», antwortete Alexej und tippte Kommandozeilen in den Computer. Nach wenigen Sekunden kam eine Meldung zurück, die offen legte, dass der Inhaber Igor Kaminsky einen eigenen Server in Moskau betrieb, auf dem die Site www.lordofdarkness.ru beheimatet war. «Schneller würde es gehen, wenn ich jemanden aus Moskau mit hinzuziehe. Geht das in Ordnung?»

«Ist dieser Jemand vertrauenswürdig?», fragte Levy.

«Himmel, nein», antwortete Alexej keck. «Er ist ein echter Freak. Aber er kam bisher in jedes System.»

«Gut, ich vertraue dir», sagte Levy. «Was ich wissen will, ist, woher die Inhalte der Site kommen und wer über sie kommuniziert.»

«Dann müssen wir den Mailserver knacken.»

«Wenn's sein muss.»

Stunde um Stunde verging. Alexej stand ständig in Verbindung mit seinem Freund in Moskau, einem Kerl namens Fjodr. Gemeinsam suchten sie den Schwachpunkt im System.

Luansi führte unterdessen die Ergebnisse der DNA-Vergleiche zusammen. Nach einem letzten Anruf machte er ein betrübtes Gesicht. «Negativ», sagte er.

«Was meinen Sie?», fragte Levy.

«Die DNA-Probe ist nicht mit den beiden anderen Reihen identisch.»

«Das heißt, unser Mann ist nicht gemeldet, weder vermisst noch offiziell an TBC erkrankt.»

«Oder er ist durch das Raster gefallen. Vielleicht hat sich Dragan bei der Altersbestimmung geirrt?»

Levy wollte nicht so recht daran glauben. So wie er Dragan einschätzte, wusste er, wovon er sprach. Es musste also eine andere Erklärung geben.

Der nächste logische Schritt wäre nun gewesen, die Öffentlichkeit in die Suche nach dem Mann einzubeziehen. Eine landesweite Meldung an alle Polizeiinspektionen und die Presse herausgeben und darauf hoffen, dass sich jemand rührte.

«Wir haben ihn», unterbrach Alexej.

«Wen?», fragte Levy.

«Wir haben den Server geknackt.»

«Zeig her.»

Alexej ließ die Mails der letzten vier Wochen mit einem Tastendruck über den Bildschirm laufen.

«Wahrscheinlich räumen die nicht regelmäßig ihre Mailboxen auf», sagte Alexej. «Das kann sich fatal auswirken.» Er lächelte. «Das FTP-Protokoll über die Inhalte fehlt noch. Aber Fjodr ist dran.»

«Kann man zurückverfolgen, von wo aus die Mails abgerufen werden?», fragte Levy.

«Mal sehen», antwortete Alexej.

Wieder hackte er kryptische Befehlszeilen in seinen Computer. «Kann etwas dauern», sagte er, «ich muss Zugang zum Rechenzentrum bekommen.»

Nach einigen Minuten kam das Ergebnis. «Die Abfrage nach neuen Mails wird über Moskau nach Berlin und von dort nach Thüringen geleitet.»

«Wo genau?»

«Erfurt, zumindest was die Vorwahl angeht.»

«Kann man herausfinden, welcher Anschluss in oder um Erfurt dafür genutzt wurde?»

«Schon da», bestätigte Alexej und zeigte eine Telefonnummer und Adresse an, die zu einem gewissen Frank Robius führte.

«Robius», rätselte Luansi. «Da war doch was ...»

Er konzentrierte sich, zwang seine Erinnerung herbei. «Frank Robius ... Alexej, schau doch mal ins Archiv und suche unter Satanisten – Prozess – Robius, Frank.»

«Speichere bitte zuvor alle Mails von der Site ab und leg sie mir auf meinen Rechner», fügte Levy hinzu.

Alexej hob die Hand. «Eins nach dem anderen.»

Levy wandte sich Luansi zu. «Was ist Ihnen zu diesem Robius eingefallen?»

«Es geht um eine Sache Anfang der neunziger Jahre, glaube ich. Die Behörden hatten gegen diesen Robius wegen Mordverdacht recherchiert. Das Opfer war ein Schulfreund von Robius, beide noch im Schulalter. Robius erreichte traurige Berühmtheit in Satanisten- und Neonazikreisen, weil er dieses ‹lebensunwerte Geschöpf›, wie er es nannte, tötete und seinen großspurigen Reden über ein aufstrebendes Germanentum Taten folgen ließ. Nach Verbüßung seiner Zwei-Drittel-Jugendhaftstrafe gründete er einen Musikverlag für Black Metal und machte sich zum Chef der *Deutschen Heidnischen Front,* der deutschen Sektion der *Allgermanischen Heidnischen Front* aus Norwegen. Das Gedankengut, das darüber vertrieben wird, geht auf einen gewissen Varg Vikernes, ebenfalls einen Norweger, zurück, der in der Satanistenszene als Idol verehrt wird.

Auch er hatte einen Freund getötet, weil er glaubte, der sei homosexuell und verstoße somit gegen das gesunde germanische Bild von einem Mann. Alles in allem haben sie eine ziemlich todbringende Vorstellung von dem, was nicht weiß und arisch ist. Ich möchte nur wissen, woher die so genau wissen wollen, dass der Teufel weiß und nicht schwarz ist. Ich hätte Lust, denen mal in ihren germanisch weißen Arsch zu treten.»

«Alles zu seiner Zeit», antwortete Levy und setzte sich an seinen Computer. Er würde sich jede einzelne Mail des Lordofdarkness-Mailservers vornehmen. Mal sehen, ob es eine Verbindung zu ihrem Fall gab.

Die Tür ging auf. Michaelis, Falk und Naima trafen zur Siebzehn-Uhr-Konferenz ein.

«Was gibt's Neues?», fragte Michaelis forsch, obwohl sie sich erschöpft in den Lederstuhl fallen ließ.

Luansi berichtete vom negativen Ergebnis des DNA-Vergleichs. Naima und Falk zeigten die gleiche Enttäuschung wie Michaelis.

«So ein Mist», sagte sie. «Ein Fehler ist ausgeschlossen?»

«Ich muss mich auf die Aussagen der Gerichtsmediziner verlassen», antwortete Luansi. «Gemeinhin irren sie sich nicht.»

Michaelis schnaufte, enttäuscht vom Misserfolg. «Vorschläge, bitte», sprach sie in die Runde. «Hat irgendjemand eine Idee, wie wir mit der Identifizierung weiterkommen?»

Schweigen. Dann Falk: «Geben wir eine Suchmeldung heraus?»

Levy glaubte, nicht richtig gehört zu haben. «Wollen Sie den gleichen Fehler begehen ...»

Michaelis schritt ein. «Die Dinge liegen heute anders.»

«Ja? Wie denn?»

Michaelis wischte Levys Veto vom Tisch. «Wenn wir eine Suchmeldung nach einem TBC-Erkrankten und Vermissten herausgeben, dann muss sich der Täter nicht angesprochen fühlen. Es ist schlicht ein Aufruf an die Öffentlichkeit, sich an der Identifizierung zu beteiligen. Das passiert jeden Tag, in zig Zeitungen. Wir werden kein einziges Wort über unseren Verdacht verlautbaren.»

«Aber die Presse wird aufmerksam», widersprach Levy. «Sie werden nachfragen.»

«Lassen Sie das meine Sorge sein. Alle Anfragen gehen direkt an mich.»

In der Runde herrschte im Handumdrehen eine gespannte Erwartung. Michaelis' Vorschlag ergab Sinn, wenngleich sie um die Gefahren wussten.

«Gut», beschied Michaelis, «wenn es keine weiteren Einwände gibt, geht die Meldung heute noch vor Redaktionsschluss raus. Luansi, übernimmst du das?»

Er nickte.

An Levy gewandt, fuhr sie fort: «Nun, Levy, was machen Ihre Teufelsanbeter?» In der Frage schwang Spott.

«Wir haben eine Spur. Aber es ist noch zu früh, etwas Genaueres sagen zu können», antwortete er kühl, ohne aufzublicken.

Sollte diese selbstgefällige Schnepfe doch in ihr Unglück laufen.

12

Es war kurz vor zweiundzwanzig Uhr, als Balthasar Levy glaubte, eine Verbindung erkannt zu haben. Er leerte das Glas auf einen Schluck.

Eine ganz bestimmte E-Mail-Adresse war in den letzten zwei Wochen vermehrt in der Liste der eingegangenen Nachrichten aufgetaucht. Hinter dem Alias *Magus666* verbarg sich jemand, der darum bemüht war, eine neue Zelle der *Deutschen Heidnischen Front* aufzubauen. Seine Anfragen beinhalteten hauptsächlich das Wie und mit wem eine derartige Gruppe vor Ort installiert werden konnte. Nur einmal wurde der Ort dieser geheimen Gruppe genannt – Weeten, südlich von Hamburg gelegen.

Was Magus666 am dringendsten benötigte, war die Lithurgie, das rituelle Vorgehen bei einer Feier zu Ehren Satans.

In den Mail-Anhängen fand Levy diverse Listen dazu. Sie sprachen von rituellen Bekleidungen, meist stellten sie ein Tier dar, dann Feuer, das anstatt elektrischen Stroms die Feierlichkeiten erleuchten sollte, und schließlich Blut, mit dem die Verbindung zum Herrn der Hölle besiegelt wurde.

Vorzugsweise nehme der Magus, der oberste Leiter der Zelle und zugleich Zeremonienmeister, hierfür das Blut eines Menschen. Sofern keines vorhanden war, könne man ausnahmsweise auch auf ein Tieropfer zurückgreifen.

Da Magus666 sich keine Blöße geben und den Ernst seines Unterfangens darstellen wollte, hatte er Kontakt zu einem Lieferanten aufgenommen. Er nannte sich der *Meister*. Er hatte ihn in einem Forum über Todessehnsüchtige auf Grund einer dort platzierten Anzeige gefunden, die versprach, den Todeswunsch schnell und diskret zu verwirklichen.

Meister hatte sein Wort gehalten und ihn in der letzten Zeit mit diversen menschlichen Organen versorgt. Zu erkennen gegeben hatte er sich bisher nicht, da der Meister scheu und überaus vorsichtig war. Doch Magus666 hoffte, ihn bald für die Gruppe gewinnen zu können – nicht zuletzt wegen seines größten Wunsches: Ein noch lebendes Opfer, vorzugsweise eine jungfräuliche Frau, die er für seine Aufnahme in den erlauchten Kreis der Initiierten verwenden wollte.

Levy wählte die Büronummer auf seinem Computer. Besetzt. Er geduldete sich eine Minute und probierte es erneut. Noch immer war besetzt.

Mit wem telefonierte Luansi mitten in der Nacht, fragte

er sich. Er wiederholte die Nummer ein ums andere Mal, bis er schließlich einen hörbar genervten Luansi am Apparat hatte.

«Tut mir Leid, wenn ich störe», begann Levy.

«Ach, Levy, Sie sind's», sagte er. «Seit Stunden nerven mich die Journalisten, sie wollen eine Erklärung zur Meldung, die wir vor Redaktionsschluss herausgegeben haben.»

Also doch, schoss es Levy durch den Kopf. Jeder halbwegs erfahrene Journalist konnte eins und eins zusammenzählen und schloss auf ein Opfer, das bei der Polizei als nicht identifizierbar galt.

In welchem Zustand sei das Opfer gewesen, und was mache eine Identifizierung so schwer, dass man die Öffentlichkeit um Unterstützung bitten musste? Fragen über Fragen, auf die Luansi keine Antwort haben durfte. Er versuchte, die Neugier platt zu bügeln, reine Routine daraus zu machen. Doch wie es aussah, mit wenig Erfolg.

«Ist Alexej noch da?», fragte Levy.

«Ja», antwortete Lusansi, «er ist noch mit dem Server beschäftigt, den ihr ...»

«Sag ihm, er soll es sein lassen», unterbrach Levy, «oder stell mich am besten zu ihm durch.»

Luansi folgte seiner Bitte.

«Hier Alexej, was gibt's?»

«Wir brauchen vorerst keine Informationen mehr über die Lordofdarkness-Seite. Besorg mir stattdessen den Telefonanschluss, von wo aus sich folgende Mailadresse ins Netz begibt.»

Levy nannte ihm die Mailadresse.

«Wann brauchst du die Information?», fragte Alexej gähnend.

«Ich warte so lange in der Leitung.»

Alexej lachte. «Bin ich Gott?»

«Nein», antwortete Levy, «aber sein Büroleiter. Nein, im Ernst. Ich brauche sie dringend.»

Levy hörte Alexej knurren und in die Tasten hauen. «Okay, bleib dran.»

Minuten vergingen, bis Alexej Erfolg meldete. «Der Anschluss gehört einem Dirk Sauter, wohnhaft in der Nähe von …», Alexej stockte, als er den Ortsnamen las, «Weeten. Hey, hast du eine neue Spur?»

«Kann sein», würgte Levy jede weitere Frage ab. «In welcher Straße lebt dieser Sauter?»

«Keine Straße», antwortete Alexej. «Die Adresse lautet: In der Au, ein Aussiedlerhof entlang der Bundesstraße. Der Hof ist bekannt unter dem Namen des Vorbesitzers. Er hieß Schweizer. Also, der Schweizer-Hof, rund zehn Kilometer nördlich von Weeten.»

Levy bedankte sich, bat Alexej noch darum, ihm einen Streifenwagen vorbeizuschicken, der ihn zum Schweizer-Hof bringen sollte. Ja, jetzt, bestand Levy darauf. Er musste überprüfen, ob er mit seinem Verdacht richtig lag. Zudem sollte Alexej die Kollegen in Weeten verständigen, dass er auf dem Weg sei und mit ihnen auf dem Schweizer-Hof nach dem Rechten schauen wollte.

13

Nach eineinhalbstündiger Fahrt über Autobahn und Landstraßen traf Levy den Kollegen vor Ort. Er wartete schlafend in einem Dienstfahrzeug, das unter einem Baum geparkt war. Von hier aus ging eine gewundene, holprige Straße hinunter zum Hof, der zirka einen Kilometer entfernt ruhig im Dunkeln zu liegen schien. Das einzige Licht war ein nahezu perfekter Vollmond. Sein Schein malte Felder und Bäume anthrazitfarben.

Levy klopfte an die Scheibe.

Erschreckt zuckte der Polizist auf, kurbelte die Scheibe herunter: «Sind Sie der Mann vom BKA?»

«Bin ich», antwortete Levy, «und Sie sind ...»

«Schuster, Polizeiobermeister.»

«Sind Sie alleine?»

«Ja.»

«Was ist mit Ihren Kollegen? Wir können da nicht alleine hinunter.»

«Sie wollen zum Schweizer-Hof? Kein Problem. Da waren wir schon oft. Wegen der Lärmbelästigung. Es ist nur ein Haufen übermütiger Jungs, die gerne mal den Regler an der Stereoanlage zu laut aufdrehen. Was wollen Sie eigentlich dort?»

Levy war nicht in der Stimmung, mit dem jungen Kollegen ein Grundsatzgespräch zu führen. Vielleicht hatte er auch Recht, und dort tobte sich wirklich nur eine Bande lebensfroher Jugendlicher aus.

Sie würden es gleich herausfinden.

«Lassen Sie den Motor an», sagte Levy und stieg in den Wagen ein. «Schalten Sie aber die Scheinwerfer auf Standlicht.»

«Wieso denn das? Es ist ...»

«Tun Sie's einfach. Okay?»

Schuster gehorchte, startete den Motor und schaltete das Standlicht an. Dann fuhr er ruhig bergab auf das Gehöft zu.

Die letzten Meter rollte der Wagen ohne Standlicht aus. Levy zeigte ihm an, sich ruhig zu verhalten und ihm zu folgen. Übertriebene Vorsicht war jedoch umsonst, da sie auf den letzten Metern den Lärm jaulender Gitarren und eines treibenden Schlagzeugs hörten.

«Sehen Sie», sagte Schuster, «die Jungs hören einfach wieder zu laut Musik. Ich geh da rein und sage ihnen, dass es nun gut ist, und das Problem ist gelöst.»

Doch Levy hörte nicht. Vor ihm zeigte sich ein Haupthaus, das als Wohnhaus diente, daneben Ställe mit angrenzender Scheune und eine Wiese, die sich aus der u-förmigen Anordnung des Hofes hinunter zum Fluss erstreckte.

Der Hof und die Bauten schauten nicht nach landwirtschaftlicher Nutzung aus, dachte Levy. Nirgends eine offen stehende Tür, ein Trecker oder eine vergessene Mistgabel. Auch Tiere schien es hier nicht zu geben, zumindest hätten sie taub sein müssen, um bei dem Krach nicht zu rebellieren.

Levy folgte dem schwachen Lichtschein, der aus den Oberfenstern eines der Ställe nach draußen drang. Schuster blieb an seiner Seite und versuchte, ihn vom unerlaubten Betreten eines Privatgrundstücks abzuhalten. Levy nahm einen alten Melkschemel zu Hilfe, der an der Mauer vor sich hin rottete, und postierte ihn genau unterhalb eines der offenen Fenster. Dann stieg er vorsichtig hinauf.

Was er sah, verschlug ihm den Atem. Zu infernalem Gekreische, sägenden E-Gitarren und wildem Getrommel standen sieben Gestalten um einen viereckigen Tisch. Was sich darauf befand, konnte Levy zuerst nicht genau erkennen.

Die Gestalten hatten schwarze Umhänge um und trugen seltsame Tiermasken. Ein Gockel, ein Esel, ein Wolf, eine Schlange, ein Büffel, eine Katze und ein Ziegenbock. An den Wänden waren Fackeln angebracht, die ihr loderndes Licht im Raum verteilten. Es erhellte ein Pentagramm an der kalkweißen Wand, das auf dem Kopf stand, darin war der Schädel eines Ziegenbocks zu erkennen. Ein Stück weiter hing ein großes hölzernes Kreuz, nicht wie üblich, sondern kopfüber nach unten.

So viel wusste Levy, dass es sich hier um eine schwarze Messe handelte. Er hatte zwar noch nie einer beigewohnt, aber was er darüber gelesen hatte, wiederholte sich vor seinen Augen. Doch etwas fehlte, etwas ganz Wichtiges.

«Was gibt es zu sehen», rief Schuster nach oben, zupfte Levy an der Hose.

«Noch einen Moment», wehrte Levy ab.

Es kam Bewegung ins Schauspiel. Die Runde der sieben öffnete sich und formierte sich zum Halbkreis. Levy hatte einen Logenplatz. Er konnte alles bis ins kleinste Detail verfolgen. Auf dem Tisch befanden sich ein siebenarmiger Kerzenleuchter, eine goldene Schale, Räucherwerk, ein altes Buch, ein goldfarbenes Messer und eine handtellergroße Hostie.

Auf ein Zeichen des Anführers, des offensichtlichen Hohepriesters in Gestalt eines Ziegenbocks, kamen aus dem Hintergrund ein nackter Mann mit einer ebenfalls nackten Frau hinzu. Die Frau begab sich bereitwillig auf den Tisch, der Mann folgte ihr, legte sich zwischen ihre Beine. Es dauerte nicht lange, und er begann mit rhythmischen Stoßbewegungen.

Eine der sieben Gestalten brachte ein schwarzes Huhn zum Vorschein. Er hielt es zwischen den Flügeln. Dann erlosch die Musik. Auf ein Zeichen des Hohepriesters sprachen sie ein gemeinsames Gebet. Levy konnte nicht verstehen, was der Inhalt der Anbetung war. Nur die Worte *Herrscher, Finsternis* und *Opfer* glaubte er gehört zu haben.

Dann las der Hohepriester Formeln aus dem alten Buch, wohl so leise, dass sie außer ihm niemand zu verstehen schien. Schließlich spießte er die Hostie auf das Messer, und alle sprachen: «Thes, red Biel Itsirhc.»

Levy dachte kurz nach, was konnte es bedeuten? Dann fiel es ihm ein: Satanisten sprachen bei bestimmten Ritualen rückwärts. Thes, red Biel Itsirhc. Seht, der Leib Christi.

Nun wurde die Hostie in die Schale gelegt, und ein anderer brachte das Huhn, das über der Schale geschächtet wurde. Dabei wurde ständig auf die Hostie eingestochen, und magische Worte der Opferbereitschaft wurden gemurmelt.

Währenddessen ließ sich das junge Paar nicht stören. Es vergnügte sich zusehends; besonders als der, der das sterbende Huhn hielt, einige Spritzer auf ihre Gesichter träufelte.

Levy hatte genug gesehen. Er stieg vom Schemel und überließ Schuster die weitere Observation. Der kam nach wenigen Augenblicken zurück, ging mit Levy in die Hocke, beide an die Wand gelehnt.

«Nur übermütige Jungs», sagte Levy spöttisch.

«Ich hatte ja keine Ahnung, dass es so was bei uns gibt», stotterte Schuster betroffen. «Was sind das für Idioten?»

«Was glauben Sie denn?»

«Ich habe so etwas noch nie gesehen. In Videos vielleicht, aber da ist es alles nur Show, nur gestellt.»

«Sehen Sie, so nahe kann die Wirklichkeit sein.»

Ein Schlag gleich eines Gongs ertönte, unterbrach ihr Gespräch. Levy stieg zurück auf den Schemel.

Das junge Paar stand blutverschmiert mit den sieben Priestern um den Tisch. Der Ziegenbockmaskierte brachte aus einer gläsernen Glocke etwas hervor. Er hielt es in beiden Händen. Es hatte die Form eines faustgroßen, menschlichen Organs. Eine rote Flüssigkeit trat aus den abgeschnittenen Blutbahnen hervor.

Levy schaute zweimal hin, um sicher zu sein. Ja, es war ein Herz, ein menschliches, das der Hohepriester auf den Tisch legte und mit mehreren Schnitten in neun Portionen teilte. Jeder nahm ein Stück, hörte die Worte des Hohepriesters, der sein Stück wie eine Hostie gen Himmel hob.

Levy musste handeln. Er sprang vom Schemel und forderte die Waffe von Schuster.

«Schnell, beeilen Sie sich.»

Schuster war zu überrascht, um ihm diesen Wunsch zu verweigern.

Levy rannte zur Stalltür, die sich wenige Meter weiter befand. Schuster rief er zu, die Kollegen über Polizeifunk zu alarmieren. Sie sollten mit allem anrücken, was zur Verfügung stand. Der Riegel war schnell zurückgeschoben, und Levy hastete hinein.

14

Schöne Scheiße», murmelte Levy.

Er saß mit der Gruppe im Büro und betrachtete die Berichterstattung über die Aushebung des Satanistennetzes der letzten Nacht im Fernsehen.

Zwei Kamerateams waren nahezu gleichzeitig mit den zu Hilfe gerufenen Kollegen Schusters am Schweizer-Hof eingetroffen. Wahrscheinlich hatten sie den Polizeifunk abgehört oder einen Tipp von einem Kollegen bekommen. Inwieweit die Presse durch die Suchmeldung tags zuvor besonders aufmerksam gemacht worden war, ließ sich im Nachhinein nicht mehr feststellen.

Fakt war, dass Levy im Frühstücksfernsehen ganz groß rauskam. Um ihn herum wurden seltsam vermummte, bizarre Gestalten in die Polizeiwagen geladen. Auch das blutverschmierte Pärchen machte ein gutes Bild. Nur mit einer Decke bekleidet und das Gesicht mit Blut beschmiert, verdrehten sie die Augen, streckten die Zunge heraus und skandierten das baldige Kommen Satans.

Levy musste jedem der beiden Sender ein Interview geben. Er verhielt sich sachlich korrekt, sagte kein Wort zu viel und schwieg, wenn es um eine mögliche Verbindung zu der gestrigen Pressemitteilung ging.

Intern liefen die Telefone heiß. Anfragen zu Interviewterminen und Stellungnahmen konnten nicht mehr lange abgewiesen werden. ‹Die Öffentlichkeit hat ein Recht zu erfahren, was in ihrer Nachbarschaft geschieht.›

Michaelis schaltete die Monitore aus. Dann lehnte sie sich im Stuhl nach vorne, sammelte sich, machte ihrem Ärger Luft.

«Welcher Idiot hat das zu verantworten!», zischte sie mehr, als dass sie es sprach.

Betretene Gesichter. Schweigen.

«Kommt schon», wiederholte sie. «Irgendjemand muss die Schuld daran tragen. Was ist mit Ihnen, Levy? Sie waren vor Ort, haben uns den ganzen Salat mit den Teufelsanbetern erst eingebrockt.»

«Ich ging einer Spur nach.»

«Die Sie mit mir aber nicht abgesprochen haben, verdammt. Ich habe gesagt, alles läuft über Luansi, er berichtet an mich.»

«Es war halb eins in der Nacht. Sollte ich Sie …»

«Ja, und wenn es fünf Uhr morgens gewesen wäre, hätten Sie mich aus dem Bett holen müssen. Und das wissen Sie auch. Sie haben mich bewusst hintergangen.»

«Zu Anfang hatte es gar nicht danach ausgesehen, als ob ich dort was finden würde. Es war nur ein Verdacht. Als es schließlich so weit war, musste ich handeln. Ansonsten hätten die mir das Herz vor der Nase weggefressen.»

Naima und Alexej verzogen angewidert das Gesicht.

«Hatten die das echt vor?», fragte Naima.

«Ruhe!», herrschte Michaelis sie an.

Ihr Telefon klingelte. «Michaelis.»

Die Person auf der anderen Seite schien ihr bekannt zu sein. Sie nickte, setzte zur Widerrede an, wurde abgeblockt. Als das kurze Gespräch vorüber war, tippte sie eine Nummer ein und legte auf. Im selben Moment läutete der Apparat vor Levy.

«Nehmen Sie ab», befahl sie ihm.

«Levy.»

Es war Sven Demandt, sein ehemaliger Chef vom BKA. Man hatte die Berichterstattung im Fernsehen verfolgt. Er sprach ihm ein Lob aus. Trotz der widrigen Umstände durch die Presse hatte er sich korrekt und professionell verhalten.

«Lass dich nicht einschüchtern», sagte Demandt und legte auf.

Das kam einer Absolution gleich. Da konnte die Michaelis noch so lange zetern. Demandt und das BKA gaben ihm Rückenschutz.

Das wusste Michaelis auch.

«Kommen wir zurück auf die Fakten», sagte sie. «Was ist mit dem Herzen passiert, das Sie sichergestellt haben?»

«Es ist in der Rechtsmedizin», antwortete er.

«Irgendwelche Ergebnisse?»

«Bisher nicht. Dragan sagt, dass er in einer Stunde so weit ist.»

«Dann hoffen wir, dass die ganze Geschichte zu einem Ergebnis führt.»

Sie wandte sich an Falk. Er hatte noch in der Nacht eine erste Vernehmung von Magus666 vorgenommen.

«Was hat er bisher ausgesagt?», fragte sie.

«So gut wie nichts», antwortete er. «Außer, dass sein bürgerlicher Name Dirk Sauter sei, den er aber schon vor einiger Zeit abgelegt habe. Seine jetzige Personifizierung sei die des Satans, oder zumindest einer seiner Helfer. Sein neuer Name, mit dem er auch wünscht, angesprochen zu werden, sei Magus666.»

«Das ist nicht viel», sagte Michaelis. «Wann steht die nächste Vernehmung an?»

«Nachdem er geduscht und gefrühstückt hat. Er stank wie ein Ziegenbock, als wir ihn ins Vernehmungszimmer führten. Er habe seinen Körper, der Liturgie entsprechend, mit irgendeiner Mischung aus Pflanze und Dung eingeschmiert. Ich denke, nach der Gruppenbesprechung können wir mit ihm fortfahren.»

«Und was passiert mit den anderen acht?»

«Das Pärchen, das Sex auf dem Tisch hatte, ist noch minderjährig. Die Eltern und die Anwälte müssten jede Minute eintreffen. Die anderen sechs warten darauf, dass wir sie vernehmen. Ich könnte Unterstützung brauchen.»

Falk schaute um sich, hoffte auf Freiwillige.

«Ich bin dabei», sagte Naima.

«Ich auch», schloss sich Luansi an.

Levy lachte laut auf.

«Was ist daran so lustig?», fragte Michaelis barsch.

«In den Augen von Satanisten gibt es nur eine akzeptable Rasse. Und die ist nicht nur weiß, sondern auch germanisch. Farbige sind weniger wert als ein Tier.»

«Wenn das so ist ...», Falk gestand diesen Umstand als nicht förderlich für eine solch wichtige Vernehmung ein, bei der man hoffte, viel über die Hintergründe einer Tat zu erfahren.

«Was aber nicht heißt», führte Levy den Satz weiter, «dass wir uns unbedingt nach deren Spielregeln verhalten müssen. Aus psychologischer Sicht würde ich gerne bei einem Aufeinandertreffen der beiden Kulturen dabei sein.»

Luansi, der bisher nichts dazu gesagt hatte, schaltete sich ein. Ruhig und gefasst sagte er: «Ich werde mein Bestes tun. Wenn es nicht klappt, geh ich wieder.»

«Gut», beschied Michaelis, «dann seid ihr zu dritt. Das heißt, dass Alexej Luansis Bereitschaft für die Dauer der Vernehmungen übernimmt. Hat das jeder gehört? Dann an die Arbeit.»

Die Gruppe löste sich auf. Michaelis befahl Levy mit einem Fingerzeig heran. «Heute sind Sie noch einmal davongekommen. Hoffen Sie aber nicht darauf, dass Ihr Glück ewig anhält. Selbst Demandt wird Sie dann nicht mehr retten können.»

Michaelis drehte sich weg und ging.

«Schön, wenn die Arbeit so geschätzt wird», rief Levy ihr nach.

«Ich würde gerne wissen», fragte Alexej, «was du mit ihr angestellt hast.»

«Absolut nichts.»

«Wieso ist sie dann so sauer auf dich? Man könnte meinen, sie würde dich am liebsten gleich auf den Mond schießen.»

«Vielleicht fehlt ihr doch das Herz, das du bei ihr vermutet hast.»

Das Telefon unterbrach. «Alexej. Was gibt's?»

Er hörte lange zu, sprach auch nicht, wenngleich er Anstalten machte. Dann hielt er die Sprechmuschel zu und reichte Levy den Hörer.

«Hier ist eine Polizeidirektion dran. Sie sagen, dass sich bei ihnen auf Grund der Suchmeldung, die wir rausgegeben haben, eine Frau gemeldet hat. Sie behauptet, dass ihr Mann vor rund zwei Wochen verschwunden sei und dass die Beschreibung der Vorerkrankung exakt auf ihn passen würde. Willst du?»

Levy nickte und nahm den Hörer.

Der Mann wiederholte die Worte der Frau. Sie sei sicher, dass es sich um ihren Mann handelte.

«Wieso glaubt sie das?», fragte Levy.

«Weil er eben so sei, ihr Eberhard», war die lapidare Antwort.

Levy erkundigte sich nach der Adresse der Polizeidirektion und versprach, in einer Stunde vor Ort zu sein.

«Ich fahr hin und schau mir die Frau mal an», sagte er zu Alexej. «Richtest du das unserer Freundin aus, wenn sie nach mir fragt?»

15

Der Polizeiwagen setzte Levy vor dem Eingang der Polizeidirektion ab. Er ging hinein, wies sich aus und wurde zu der Frau geführt. Sie wirkte eher heiter als verstört, war Anfang fünfzig, in einem aus der Mode gekommenen, geblümten Kleid. Die Handtasche auf dem Schoß, saß sie ruhig auf dem Stuhl und summte eine Melodie, als Levy den Raum betrat.

«Mein Name ist Balthasar Levy. Sie haben sich bei uns gemeldet, weil Sie glauben, dass wir nach Ihrem Ehemann suchen.» Levy setzte sich der Frau gegenüber.

«Ja, leider», sagte sie.

Ihr kugelrundes Gesicht verzog sich zu keiner Trauermiene. Levy glaubte gar, ein Lächeln um ihre Lippen zu sehen.

«Wie Sie verstehen», begann er, «melden sich viele bei uns, wenn es sich um eine vermisste Person handelt. Wieso glauben Sie, dass es gerade Ihr Mann ist?»

«Mein Eberhard und ich sind seit der Schulzeit zusammen. Geheiratet haben wir gleich, nachdem ich bei meinen Eltern ausgezogen bin. Das war 1973. Kurz darauf gingen wir auf Hochzeitsreise in das ehemalige Jugoslawien, mussten die Reise aber bereits nach wenigen Tagen abbrechen, weil er sich was aufgeschnappt hatte.»

«Die Tuberkulose, nehme ich an.»

«Richtig. Er hatte sich bei jemand angesteckt.»

«In Jugoslawien?»

«Nein, in Deutschland. Wahrscheinlich ein paar Wochen vor unserer Hochzeit. Wie wir später erfuhren, wusste die Person, dass sie daran erkrankt war. Sie wollte Eberhard nur eins auswischen, weil er von ihr nichts mehr wissen und bei mir bleiben wollte.»

«Sie meinen, er hatte Sex mit einer anderen Frau, die an TBC erkrankt war?»

«Ja.»

Wieder dieses seltsam entrückte Lächeln, stellte Levy irritiert fest.

«Wir fuhren dann schnellstens nach Deutschland zurück», sprach sie mit klarer Stimme weiter, «Eberhard ist natürlich gefahren, er ließ da niemand anderen ran. Als wir in der Klinik ankamen, war es höchste Zeit, sagten die Ärzte.»

«Das erklärt die Lobektomie.»

«Mein Eberhard hat sich daraufhin gut erholt, sodass wir anfangen konnten, an unserem Haus zu arbeiten ...»

Levy ließ die gute Frau über den Bau des eigenen Hauses, zwei Fehlgeburten, den Knatsch mit den Nachbarn wegen den lauten Musikproben und die ausgedehnten Konzertreisen reden. Er unterbrach sie nicht. Nach einer Stunde war sie dann dort angekommen, wo es für Levy wieder interessant wurde.

«Am Anfang bin ich ja noch mitgefahren, wenn sie ein Konzert gegeben haben, aber mit der Zeit wurde das immer anstrengender für mich.»

Sie meinte, mutmaßte Levy, dass sich ihr guter Eberhard während dieser Konzertreisen gerne auch mit anderen Damen amüsiert hatte.

«Er war ein hervorragender Posaunist. Seine Krankheit hatte er gut überstanden, auch wenn ihm die Luft manchmal fehlte. Alle liebten und bewunderten ihn dafür, und ich konnte mich stolz schätzen, mit ihm verheiratet zu sein.»

«Ihr Mann war also viel unterwegs. Da kam es auch schon mal vor, dass er einen Tag oder zwei länger ausblieb, als er es versprochen hatte?»

«Ja», sagte sie.

Nun endlich wurden ihre Augen feucht. «Aber als er letzten Freitag noch immer nicht nach Hause gekommen war, machte ich mir Sorgen. Da waren es elf Tage.»

«Wieso sind Sie nicht früher zur Polizei gegangen, um ihn vermisst zu melden?»

Sie sackte in sich zusammen. Aus ihren Augen quollen die Tränen.

«Weil er zu mir gesagt hat, dass ich mir keine Sorgen zu machen brauche. Er würde immer zurückkommen, egal, was passiert.»

Nun, das war er auch, sofern er es war. Zumindest ein Teil von ihm.

Levy dachte nach. Der Vermisste war Posaunist von Beruf. Hatten die beiden Dinge, Atmungstrakt und Musiker, etwas gemein?

«Wo wurde Ihr Mann Eberhard das letzte Mal gesehen?»

Die Frau schluchzte.

«Ein Musikerkollege meines Mannes hat mir heute Morgen gesagt, dass sie Eberhard wie verabredet am Taxistand in Weeten abgesetzt haben. Ich hatte ihn angerufen, wegen der Suchmeldung in der Zeitung.»

«Um welchen Taxistand handelt es sich, und wann war das?»

Die Frau schien nicht die Allerschlaueste zu sein. Sie musste ihre beiden Hände gebrauchen, um jedem Finger einen Tag zuzuordnen.

Es klopfte. Ein Kollege schaute zur Tür herein, teilte Levy mit, dass ein Anruf für ihn da sei.

Levy entschuldigte sich bei der Frau und ging zum Telefon.

«Levy.»

«Hier ist Alexej.»

«Was gibt's?»

«Ich weiß nicht, ob es wichtig für deine Vernehmung ist, aber ich habe Neuigkeiten. Und zwar hat Dragan festgestellt, dass die DNA des Atmungstraktes und die des Herzens, das du letzte Nacht bei den Satanisten sichergestellt hast, identisch sind.»

Das war sehr wohl eine Neuigkeit, die Levy interessierte. Das war sogar ein Volltreffer. Er musste schnellstens zurück.

«Wann kommst du?», sprach Alexej weiter, «Michaelis hat schon nach dir gefragt.»

«Sag ihr, ich fliege. Und noch etwas, Alexej. Richte Dragan aus, dass er in den nächsten Stunden noch einen DNA-Test machen muss. Ich glaube, ich habe den Vermissten identifiziert.»

Levy legte auf und ging ins Vernehmungszimmer zurück. Im Gefolge hatte er eine junge Kollegin, die die Frau nach Hause bringen, die Blutentnahme organisieren und das Material per Eilkurier ins Labor zu Dragan schicken sollte.

Levy machte es kurz, bedankte sich und fragte, ob ihr Mann nähere Verwandte wie Eltern oder Geschwister habe.

«Ja», antwortete sie. «Ein Bruder und eine Schwester leben nur ein paar Kilometer entfernt.»

«Können Sie sie für eine Blutentnahme gewinnen?», fragte Levy, während er in die Hocke gegangen und ihre Hände in die seinen genommen hatte. «Es wäre wichtig.»

«Ich glaube schon», antwortete sie. «Es geht um die Identifizierung. Richtig?»

16

Tu, was du willst. Das sei dein ganzes Gesetz.»

Die oberste Richtlinie aus dem Gesetzbuch *Liber al vel legis* des Neosatanisten Aleister Crowley war die einzige Botschaft an Falk.

Der Hohepriester Magus666, der mit bürgerlichem Namen Dirk Sauter hieß, ließ damit keinen Zweifel offen, dass er mit Falk nicht sprechen würde. Er sei ihm nicht ebenbürtig, nicht initiiert wie er, und verstünde seine Worte, Taten und deren satanistische Bedeutung ohnehin nicht. Die geistige Begrenzung, die der christliche Glaube seit Jahrhunderten ausübe, sei daran schuld. Er werfe Falk dessen Beschränktheit nicht vor, stelle sie lediglich fest.

«Ich bin Jude», hielt Falk dagegen. «Sie können also davon ausgehen, dass ich doch einiges verstehe.»

Levy schmunzelte hinter der verspiegelten Schutzscheibe, durch die man unerkannt in den Vernehmungsraum sehen konnte. Er war mit Falk über ein winziges Interkom verbunden. So konnte Levy direkt eine Frage an ihn senden, ohne dass der Hohepriester etwas davon mitbekam.

«Fragen Sie ihn», sprach Levy ins Mikrophon, «was das für eine Zeremonie war und wofür sie diente.»

Falk wiederholte die Frage an den Hohepriester.

Der Satanist schwieg.

«Schämen Sie sich?», fragte Falk.

Der Hohepriester schaute erstaunt, versuchte zu enträtseln, was die Frage sollte.

«Ich würde mich schämen», fuhr Falk fort.

Der Hohepriester war irritiert. In seinem Kopf schien die Frage Kapriolen zu schlagen, einen Sinn zu suchen. Ein Zeichen dafür, dass er die Kontrolle über die Vernehmung verlor.

«Gut», sprach Levy, «machen Sie weiter so.»

Falk gehorchte. «Wenn meine Mutter mich bei einer dieser Zeremonien sehen würde, in einem schwarzen Kostüm, wie ein Teufelchen geschminkt und wirres Zeug daherblubbernd …»

«Was soll das?», unterbrach der Hohepriester forsch.

«Zuletzt habe ich mich im Kindergarten als Teufel verkleidet. Sind Sie nicht ein wenig zu alt für diese Spielchen?»

«Sie haben keine Ahnung, wovon Sie sprechen.»

«Dann klären Sie mich auf.»

Wieder Schweigen.

«Reizen Sie ihn weiter», sagte Levy. «Er ist eitel.»

«Ihre Teufelskollegen haben mir berichtet, dass sie sich die ganze Zeit auch fragen, was dieser ganze Firlefanz eigentlich soll», legte Falk nach. «Ich meine, kein halbwegs erwachsener Mensch setzt sich eine Hühnermaske auf und rennt gackernd über den Hof.»

Falk schickte ein abfälliges Schmunzeln hinterher.

Der Hohepriester lehnte sich über den Tisch, zischte Falk an. «Wenn ich wollte, würde ich Sie lehren. Sie haben keinen blassen Schimmer.»

«Beleidigen Sie ihn», sagte Levy.

Falk gehorchte. «Kaaak-kakak.»

Der Hohepriester sprang auf, die Rückenlehne schepperte am Boden. «Halt die Fresse, du verdammte Judensau», schrie er. «Wenn meine Brüder dich in die Finger bekommen, bist du nur noch Kebab.»

Falk winkte ab. «Oh Mann, jetzt kommt die alte Judenhassernummer wieder. Haben Sie nichts Besseres zu bieten? Und außerdem, Juden essen Falafel und kein Kebab. Lassen Sie uns lieber über etwas sprechen, von dem Sie Ahnung haben.»

«Ah, die Versöhnungsnummer», lobte Levy ihn.

«Ich entschuldige mich», sprach Falk weiter. «Das war billig, ich weiß. Ich wollte Sie provozieren, und Sie sind nicht darauf hereingefallen. Das zeugt von Intelligenz. Ich respektiere das.»

«Machen Sie das nie wieder.»

«Versprochen. Erklären Sie mir nun, wofür die Zeremonie diente? Bitte.»

Sein Gegenüber rang mit sich. Schließlich: «Ihr Kollege hat widerrechtlich auf privatem Boden ein Opferritual gestört. Darauf steht der Tod.»

«Wem sollte geopfert werden?»

«Satan, unserem Herrn.»

«Dafür greifen Sie auf menschliche Organe zurück?»

«Das beste Blut ist das des Mondes, monatlich. Dann das frische Blut eines Kindes, dann das von Feinden, dann das von Priestern und schließlich das eines Tieres, gleich welches. So lautet das Gesetz.»

Die Antwort ließ eine Vielzahl von Deutungen zu. Falk fragte nach: «Von wem stammt das Herz, das wir sichergestellt haben?»

«Von einem Feind.»

«Wen bezeichnen Sie als Feind?»

«Jeden, der gegen uns ist.»

«Der, dem das Herz gehört hat, war gegen Sie?»

Keine Reaktion.

«Haben Sie mich verstanden?», fragte Falk nach.

Der Hohepriester wich seinem Blick aus.

So kamen sie nicht weiter. Levy sprach: «Fragen Sie ihn, ob er selbst den Feind getötet hat oder einer seiner Helfer.»

«Wer war für die Eliminierung zuständig?»

Schweigen.

«Wo ist der Rest des Feindes geblieben?», fragte Falk. «Wir haben in der Kühltruhe keine weiteren Organe gefunden. Was ist mit dem Feind geschehen?»

Der Hohepriester sprach nicht, verschanzte sich hinter der unbeantworteten Frage.

Michaelis betrat das Nebenzimmer, in dem Levy die Vernehmung verfolgte. Mit Blick auf Falk und den Hohepriester fragte sie: «Haben wir schon ein Geständnis?»

Levy verneinte. «Wir sind kurz davor oder meilenweit davon entfernt.»

Michaelis stutzte ob seiner Antwort. «Was soll das heißen?»

«Der Mann weigert sich, über das Opfer und dessen Mörder zu sprechen.»

«Überrascht Sie das?»

«Nach dem bisherigen Verlauf der Vernehmung, ja.»

Michaelis war nicht weiter gewillt, Levy jede Information aus der Nase zu ziehen. Missmutig stand sie ihm gegenüber. «Reden Sie, Levy. Oder muss ich Sie auch erst vernehmen?»

«Der Mann zeigt sich gesprächsbereit, wenn Falk ihn bauchpinselt. Den *Feind*, so wie er sich ausdrückt, zu töten, müsste nach seinem Wertesystem eine der ehrenwertesten Handlungen sein, mit der er sich im Kreis seiner Getreuen und bei seinem Satan hervortun kann. Doch genau in diesem Punkt schweigt er sich aus. Irgendetwas stimmt da nicht.»

«Er hat doch überhaupt keine Chance zu leugnen. Die Indizien sprechen gegen ihn.»

«Das ist richtig, aber aus seinem E-Mail-Verkehr wird deutlich, dass er von jemandem, den er als *Meister* bezeichnet, beliefert wird.»

«Das kann eine Schutzbehauptung sein.»

«Ich glaube nicht. Er hat sich bereits vor zwei Wochen dazu geäußert.»

Levy führte das Mikro an seinen Mund, gab Falk den nächsten Hinweis. «Fragen Sie, wer *Meister* ist.»

Falk tat es.

Der Hohepriester zeigte sich überrascht, schwieg aber weiter.

Falk wiederholte die Frage, nun eindringlicher, als benötigte er lediglich eine Bestätigung. «Wer ist Meister?»

«Wenn Sie seinen Namen kennen, dann brauche ich Ihnen nicht zu erklären, wer er ist», lautete die Antwort.

«Wollen Sie damit sagen, dass nicht Sie, sondern Meister den Mann getötet hat, dem das Herz gehörte?»

Michaelis glaubte ihren Ohren nicht zu trauen. Hastig griff sie nach Levys Mikrophon. «Was fragen Sie denn da, Mann?! Wir wollen sein Geständnis und nicht seinen Freispruch.»

Falk griff sich kurz ans Ohr, in dem Michaelis' Stimme widerhallte. Dann erhob er sich, verließ das Zimmer.

Nach wenigen Schritten stand er bei Levy und Michaelis. «Wo liegt das Problem?», fragte er Michaelis, sichtlich über den Anpfiff irritiert.

«Ich will, dass Sie ihn zweifelsfrei überführen und ihm nicht Brücken bauen, auf denen er uns entkommt.»

«Darum bemühe ich mich auch.»

Sein Blick ging schnell zu Levy. Er war es gewesen, der die Sache mit Meister auf den Tisch gebracht hatte.

Levy schritt ein. «Aus dem E-Mail-Verkehr geht eindeutig hervor, dass nicht er, sondern ein Dritter die Opferbeigaben besorgte. Wir sollten diese Information nicht unterschlagen, schließlich wollen wir doch alle den richtigen Mann überführen.»

«Ich warne Sie, Levy», drohte Michaelis, «Sie haben uns die Teufelsanbeter eingebrockt. Jetzt haben wir sie, mitsamt einem Beweis, der, verdammt nochmal, ausreicht, um sie zu überführen.»

Unbemerkt tauchte Dragan hinter ihnen auf. Er räusperte sich. «Entschuldigung, ich glaube, ich habe hier etwas, das Sie wissen sollten.»

Alle schauten auf ihn.

«Wir haben einen Volltreffer. Das DNA-Material, das ich von dem Bruder und der Schwester dieses Musikers bekommen habe, passt zum Herzen und dem Atmungstrakt. Somit haben wir das Opfer identifiziert. Es heißt Eberhard Finger.»

Nicht ohne Stolz wartete Dragan auf eine Reaktion. Sie kam so unterschiedlich, wie die Interessen der anwesenden Personen waren.

Die Michaelis war sichtlich erfreut. «Na also, endlich mal eine gute Nachricht.»

Levy hielt sich in der Euphorie zurück. Nichtsdestoweniger fügten sich die Teile zusammen, die er ausgegraben hatte. Er begann mit Blick auf den Hohepriester zu zweifeln. Vielleicht hatte Michaelis Recht. Vielleicht verrannte er sich in etwas und sah nicht die offensichtlichen Zusammenhänge.

Ebenso verhielt sich Falk. Auch er wollte sich nicht so recht begeistern.

«Was ist los mit Ihnen, meine Herren», bohrte Michaelis nach. «Sie bekommen die Lösung eines Mordfalles auf dem Silbertablett präsentiert. Greifen Sie zu und setzen Sie die Staatsanwaltschaft in Kenntnis. Und das bitte sofort.»

Sie ließ sie stehen.

Dragan brach das Schweigen. «Habe ich was verpasst?»

Levy schüttelte stumm den Kopf, richtete den Blick ins Vernehmungszimmer. Dort saß der, den Michaelis als Mörder überführt sehen wollte. War das wirklich der Mann, der einen menschlichen Körper meisterhaft sezieren konnte?

Falk schien Levys Gedanken zu lesen. «Sie sind nicht überzeugt. Oder?»

Levy zuckte mit den Schultern. «Sie?»

«Die DNA-Vergleiche sind eindeutig», fügte Dragan ungefragt hinzu.

«Sicher», antwortete Levy. «Glauben Sie, dass dieser Mann da drin des Sezierens fähig ist?»

Dragan schaute hinein.

Der Hohepriester förderte soeben einen Rest Schminke aus seinem Ohr zutage.

«Ach, da ist noch etwas», sagte Dragan. «Hätte ich fast vergessen. Ich habe Spuren von Epoxydharz an dem aufgefundenen Organ entdeckt. Ich habe keine Ahnung, wie das dort hingekommen ist. Vielleicht ist es auch völlig unwichtig», entschuldigte er sich und wollte bereits zurück ins Labor gehen.

«Warte!», befahl Levy. «Was ist das, Epoxydharz?»

Dragan drehte sich um. «Epoxydharz gehört zur Gruppe der Polymere. Du findest es in vielen Produkten des täglichen Bedarfs als Klebemittel oder Überzug. Zum Beispiel bei elektrischen Geräten, Spielzeug oder Sportgeräten.»

Levy nickte. Wenn weiter nichts war.

«Oder bei der Plastination», fügte Falk hinzu.

«Genau», bestätigte Dragan, «wenn Körperteile ...», er stockte, fügte schließlich hinzu, «oder Organe imprägniert werden. Woher weißt du das?»

«Gehörte zur Ausbildung bei uns in Israel. Habt ihr das nicht gelernt?»

«Was meint ihr?», fragte Levy.

«Bereits die alten Ägypter haben Leichen mit Harzen behandelt, um sie für das Jenseits zu erhalten. Präparatoren benutzen heutzutage unter anderem Epoxydharze, damit sie Körperteile oder Organe für die Lehre oder für Museen zur Verfügung stellen können.»

Das war es also. Levy durchfuhr es. Er hatte wieder dieses selbe, seltsame Gefühl, wie abends zuvor, als er am Fluss entlanggelaufen war.

Über Bord geworfen.

Jetzt wusste er, wieso sie damals wie heute keine Körper zu den Organen gefunden hatten. Der Täter hatte, was er für seine Arbeit nicht brauchte, einfach in den Fluss geworfen.

Die ausgeschlachteten Körper brauchte er für etwas anderes.

17

Es war kurz nach 20.30 Uhr, als das Aufnahmeprotokoll zur vermissten Person *Eberhard Finger* auf Levys Computer eintraf. Seine Ehefrau Anne, die Levy am Nachmittag noch gesprochen hatte, machte darin weitere Angaben über das Ausbleiben ihres Mannes vor rund zwei Wochen.

Statt nach der Konzertreise sofort in die gemeinsame Wohnung zurückzukehren, war Eberhard Finger in jener Nacht spurlos verschwunden. Anne Finger konnte keine konkreten Hinweise darauf geben, ob er nach der anstrengenden Rückreise mit seinen Musikerkollegen unter Umständen noch einen trinken gegangen war. Vermisst worden sei er aber weder von ihr noch von den Musikern. Auf die Frage, ob sie das nicht seltsam gefunden habe, dass ihr Mann rund zwei Wochen verschwunden blieb, gab Anne zu Protokoll, dass ein Ausbleiben ihres Mannes nicht ungewöhnlich war, ja, dass er ihr gar untersagt hätte, nach ihm zu forschen.

Wo er sich in diesen Zeiten aufgehalten hatte, wüsste sie nicht. Nach den vielen Jahren gemeinsamer Ehe kannte man sich so gut, dass man sich auf das Wort des anderen verlassen konnte. Und in der Tat war er bisher auch immer von seinen Reisen nach Hause zurückgekehrt.

Anne Finger beschrieb ihren Mann als gesellig, kontaktfreudig und vor allem treu. Sie liebten einander, ohne Misstrauen an der Gegensätzlichkeit der jeweiligen Lebensführung zu haben.

Auch wenn das für andere Menschen nur schwer nachvollziehbar war, so sei das Band zwischen Anne und Eberhard unzertrennbar.

Levy schüttelte bei so viel Blindheit den Kopf. Auf ihn machte dieser Eberhard eher den Eindruck eines notorischen Frauenhelden, der es geschafft hatte, seiner Anne den gutmütigen und treuen Ehemann vorzugaukeln, während er sich tagelang mit anderen Damen amüsierte.

Noch in der Gruppenbesprechung um siebzehn Uhr hatte die Michaelis festgelegt, dass Naima und Falk am nächsten Tag die Musikerkollegen Fingers nach dessen Lebenswandel, Freunden und Freundinnen befragen würden. Entscheidend sei herauszufinden, wann er wo das letzte Mal gesehen worden war. Wenn man Glück hatte, fände sich ein Zeuge, der Finger mit seiner letzten Begleitung gesehen hatte.

Für heute hatte Levy genug. Die Umstellung von seinem gewohnten Nachtrhythmus auf die helle Tagesarbeit machte ihm zu schaffen. Er fühlte sich hundemüde und schaltete den Computer in Standby. Das letzte Glas für diesen Tag leerte er, wie gewohnt, in einem Zug.

Er ging ins Bad und ließ klares, sauberes Wasser in die Wanne. Seine Kleidung würde er an diesem Abend nicht mehr waschen, weniger, weil sie es nicht verdient hätte, von Lügen und Perversion befreit zu werden, sondern weil ihn das angenehme Drehen der Waschtrommel wahrscheinlich noch vor dem Baden ins Reich der Träume geschickt hätte.

Der Spiegel reflektierte das Bild eines Mannes Mitte fünfzig, wenngleich er noch in den Vierzigern war. Das einst kräftige und volle schwarze Haar hatte sich ausgedünnt, und erste Geheimratsecken waren nicht mehr zu leugnen. Die Augen müde, halb geschlossen, erkannte er einen stoppeligen Dreitagebart, den er am nächsten Morgen abnehmen würde. Einzig seine Nase hatte sich in den letzten Monaten nicht verändert. Noch immer war sie kerzengerade und schmal; in der Größe mit den jetzt kantigen Wangenknochen gar nicht unproportional.

Als er das Hemd aufknöpfte, bemerkte er, dass er einige Kilos mehr als befürchtet verloren hatte. Die sonst gut akzentuierte Brust hatte den Muskelbesatz ganz eingebüßt. Auch der Hemdkragen saß nicht mehr akkurat an seinem gewohnten Platz, sondern hing schlaff auf den Schlüsselbeinen. Daneben am Hals spürte er die handtellergroße Hautfläche, die sich rosafarben vom Weiß abhob. Den kritischen Blick auf Bizeps und Unterarme ersparte er sich.

Stattdessen stieg er auf die Waage, die unter dem Handwaschbecken ersten Staub angesetzt hatte. Das elektronische Display pendelte sich auf neunundsiebzig-fünf ein.

Das waren fünf Kilo und vierhundert Gramm weniger als normal. Bei einer Größe von einem Meter achtundachtzig hatte er damit eindeutig Untergewicht.

Er musste essen, mindestens dreimal täglich. Gesund musste es sein, eiweiß- und kalorienhaltig, damit er überhaupt eine Chance hatte, die nächsten Wochen zu überstehen. Er wusste, dass er alle Kraft und Ausdauer benötigen würde. Doch er hatte keinen Appetit.

Hör mit dem Saufen auf, hörte er eine Stimme im Kopf schimpfen, *dann kannst du wieder essen*.

Schon gut, tat eine andere den klugen und notwendigen Hinweis an sein Gewissen ab.

Er wusste, dass er auf dem besten Wege war, nicht nur seine Leber, sondern auch seine Zukunft im Schnaps zu ersäufen. Nur noch dieses eine Mal. Wenn dieser Fall abgeschlossen war, würde er Ernst machen. Bis dahin musste er noch durchhalten.

Die Badewanne war voll gelaufen. Er setzte einen Fuß vorsichtig in das warme Nass, dann legte er sich ganz in das Wasser. Er spürte die spontane Blutzirkulation. Sie war angenehm und schickte ihm Bilder ins Bewusstsein.

Lange, viel zu lange, hatte er dieses Gefühl nicht mehr im Unterleib und diese Bilder vor seinen Augen gehabt. Sie hieß Arianne, war Französin, damals vierunddreißig so wie er. Sie war mit dem Hotelmanager eines Klubs auf der griechischen Insel Kos verheiratet und litt unter der ewig heißen Sonne des Mittelmeeres. Sie achtete sehr darauf, ihr Heimweh nach Paris und den verregneten Sonntagen im Bett die Gäste nicht spüren zu lassen. Immer im Schatten von Palmen, auf dem Liegestuhl, verschanzte sie sich hinter einer Ausgabe von Le Monde und pflegte still ihre Melancholie. Levy kam mit ihr ins Gespräch. Zuerst wirkte sie spröde, wollte keinen Kontakt über den üblichen Smalltalk von Wetter und Meer hinaus. Doch wie die Tage vergingen und sie beide merkten, dass sie die richtigen Personen am falschen Ort waren, kamen sie sich näher.

Sie liebten sich nur einmal. An diesem Nachmittag, auf seinem Zimmer, während der Mittagsruhe.

Danach fiel er in einen schweren und süßen Schlaf. Als er erwachte, war sie gegangen. Die Suche nach ihr blieb erfolglos. Sie hatte sich von einem Mitarbeiter des Hauses auf eine andere Insel bringen lassen, der Ruhe wegen, wie er erfuhr.

Ein erwachsener Mann, der von einer Sehnsucht träumte, die sich so nicht mehr wiederholen ließe. Kindlich ergab er sich dem Wunsch nach Verschmelzung. Eine Stimme in seinem Kopf begann eine Melodie zu summen.

Traumland, Schaumland ...

Die Bilder von Arianne und ihm verblassten. Stattdessen schlich sich eine Szene ein, die ihn seit seiner Kindheit verfolgte. Er sah sich auf einem Sandhügel stehen. Es ist Nacht. Um ihn herum liegen brennende Teile. Er ist von Ruß geschwärzt, seine Haare versengt, Blut fließt aus einer Wunde. Seine Augen quellen über vor Schmerz, er wischt sich den Rotz von der Nase, stammelt und schluchzt, will nicht wahrhaben, was da vor ihm im Sand verbrennt. Das Heck einer Cessna steckt kopfüber im aufgesprengten Loch, die Fahrgastkabine liegt in abertausend Splitter geborsten in den kargen Sträuchern. Dazwischen ein abgerissener Arm. Der Finger trägt noch immer den Ring eines holländischen Adelshauses.

Eine Stimme aus dem Himmel lastet schwer auf ihm: «Du hast sie getötet.»

Er will dagegen anschreien, die ungeheure Schuld nicht annehmen. Doch seine kleine Brust ist voller Rauch, der brennt, beißt und jede Antwort erstickt.

Der Computer meldete sich abwechselnd mit einem störenden Licht und einem Piepen. Levy ließ genervt den Kopf zur Seite kippen, öffnete die Augen und blickte über den Badewannenrand hinüber auf den Bildschirm. Normalerweise würde er bei einem eingehenden Anruf die Nummer erkennen. Doch dieser Anschluss schien analog zu sein. Die Nummer war nicht feststellbar. Levy ließ es läuten. Er war zu müde und nicht in Stimmung für ein Gespräch. Nur, das Läuten hörte nicht auf. Er schnappte sich ein Handtuch, schlurfte missmutig an den Rechner und betätigte die Returntaste.

«Levy.»

«Ich dachte mir, dass Sie noch auf sind.»

Die Stimme war die eines Mannes, ruhig und freundlich. Levy stutzte. «Wer sind Sie?»

«Es tut mir Leid, wenn ich Sie zur fortgeschrittenen Stunde noch störe. Aber ich komme nicht umhin, Ihnen zu gratulieren.»

Levy hielt inne. Wer war dieser Mann, und woher kannte er diese Nummer? Sie war in den Telefonverzeichnissen nicht eingetragen und nur seinem ehemaligen Chef Sven Demandt und, seit dem neuen Fall, Michaelis und Luansi bekannt. Oder war er das Opfer von Hackern geworden, die sich bei der Telekom eingeschlichen hatten, um die erbeuteten Telefonnummern an Direktvermarkter zu verkaufen?

Levy hatte keine Lust, es herauszufinden. «Sie müssen sich verwählt haben.» Seine Hand huschte zur Maus, um das Gespräch zu beenden. Noch bevor er den Befehl ausführen konnte, sprach die Stimme: «Sie sind Balthasar Levy, der gleiche Mann wie der, der schon vor zwei Jahren hinter mir her war. Nicht wahr?»

Levy ließ sich auf den Stuhl sinken.

«*Wer* sind Sie?», fragte er ungläubig.

«Wie ich schon sagte, ich bin das Ziel Ihrer Arbeit.»

«Hören Sie auf mit den Scherzen. Das ist eine Geheimnummer, die nur ein paar Personen bekannt ist. Wie zum Teufel kommen Sie ...»

«Beruhigen Sie sich. Ich wünsche mir nichts weniger, als Sie zu verärgern. Ihr Wohl liegt mir am Herzen. Glauben Sie mir.»

Levy besann sich. Diese Stimme und der Ton, den der Unbekannte anschlug, waren höflich und einlenkend.

Dennoch. «Sagen Sie mir, wer Sie sind und wie Sie an diese Nummer gekommen sind.»

«Wer ich bin, wissen Sie bereits. Und die Nummer herauszufinden war nicht gerade eine Herausforderung.»

Allmählich wurde Levy die Sache unheimlich. Der Mann, den er seit damals suchte und der jetzt mit der grausamen Zerstümmelung von Eberhard Finger wieder in sein Leben trat, sollte bei ihm anrufen? Zu schön, um wahr zu sein.

«Geben Sie mir einen Beweis, dass Sie tatsächlich der sind, welcher Sie behaupten zu sein.»

Eine überraschte Frage drang an Levys Ohr. «Wollen Sie mich beleidigen?»

«Nein, ich will mich nur versichern, dass ich mit dem Richtigen spreche.»

Die Antwort kam mit einem müden Seufzen. «Nun, gut. Was wollen Sie wissen?»

«Sagen Sie mir etwas, was ich noch nicht weiß.»

Eine kleine Pause trat ein. Dann: «Eberhard Finger ist nicht der Letzte.»

«Wie bitte?»

Levys Herz schlug hinauf bis zum Hals.

«Sie haben richtig gehört. Die Sache ist noch nicht ausgestanden. Weder für Sie noch für mich.»

«Wie kann ich Ihnen glauben? Ich habe keinen Beweis.»
«Machen Sie sich deswegen keine Sorgen. Aber dazu später. Zuvor wollte ich Sie kennen lernen – den Mann, der mich von meinem Vorhaben abbringen will.»
«Welchem Vorhaben? Gibt es einen Plan, dem Sie folgen? Wie einer dieser durchgeknallten Typen, die meinen, die Welt an ihrem kranken Hirn teilhaben lassen zu müssen?»
«Bitte, ich weiß, dass Sie mich provozieren wollen, damit ich einen Fehler begehe. Dennoch sollten Sie mir ein wenig mehr Respekt entgegenbringen. Ich bin es schließlich, der Ihnen Hilfe anbietet.»
«Sie wollen mir helfen? Nun gut, stellen Sie sich und machen Sie mich glücklich.»
«Nicht so schnell, nicht so leicht. Lassen Sie uns ein wenig unterhalten, uns kennen lernen.»
«Wo können wir uns treffen?»
«Für ein persönliches Treffen ist es eindeutig zu früh. Ich möchte Sie fragen, was Sie bei Ihrer Arbeit empfinden. Wie ist es, Menschen wie mich zu verfolgen, ihnen nachzustellen, bis Sie sie ins Gefängnis gebracht und dort für alle Zeit weggesperrt haben?»
«Es ist ein Job, genauso gut oder schlecht wie jeder andere.»
«Das glaube ich Ihnen nicht. Empfinden Sie nicht Stolz und Genugtuung, diese Arbeit auszuführen?»
«Ich weiß nicht, was Sie damit meinen.»
«Nun, Sie könnten jeden x-beliebigen Verbrecher jagen, vom Urkundenfälscher bis zum Kinderschänder. Macht es Sie nicht stolz, sich mit Personen meiner Klasse zu beschäftigen?»
«Ich kann mir Schöneres vorstellen, als psychopathischen Serienmördern hinterherzujagen.»
«Halten Sie mich wirklich für einen Psychopathen?»
«Etwa nicht?»

«Früher hieß es: Macht kaputt, was euch kaputtmacht. Ich sehe darin nichts Krankhaftes. Eher das Gegenteil, es nicht zu tun, wäre krankhaft selbstzerstörerisch. Wie ist es bei Ihnen? Erzählen Sie mir, wie Sie gegen Ihre Dämonen vorgehen.»

Levy wurde dieses Frage- und Antwortspielchen allmählich zu persönlich. Er saß hier nicht auf der Couch. Er musste es irgendwie schaffen, dass der Anrufer mehr über sich erzählte. «Wissen Sie, ich glaube, dass Sie ernsthafte Probleme haben, die dringend behandelt werden sollten. Warum treffen wir uns nicht an einem Ort Ihrer Wahl? Ich verspreche Ihnen, dass ich alleine komme. Was halten Sie davon?»

Levy hörte ein Seufzen. Dann: «Wie ich schon sagte, dafür ist es noch zu früh. Wir werden uns treffen, dessen bin ich mir sicher. Doch für heute Abend soll es genug sein. Ich melde mich wieder.»

«Warten Sie ...»

«Sie werden morgen ein Geschenk von mir erhalten. Es war schön, mit Ihnen zu sprechen. Gute Nacht, Herr Levy.»

Er hatte aufgelegt.

Jetzt musste es schnell gehen. Levy wählte die Nummer der Bereitschaft. Nach dem dritten Klingeln antwortete Alexej.

«Gut, dass ich dich erwische», sagte Levy. «Du wirst es nicht glauben, der Mörder hat gerade bei mir angerufen.»

«Jetzt spinnst du völlig.»

«Verfolge den Anruf zurück. Auf meinem Bildschirm war die Nummer ausgeblendet. Ich nehme an, er hat von einem analogen Anschluss aus telefoniert.»

«Möglich», antwortete Alexej. Er ließ sich von Levy die genaue Anrufzeit geben und wann das Gespräch beendet worden war. Er würde gleich loslegen.

«Melde dich sofort, wenn du was hast. Egal, wie spät es ist.»

Levy atmete durch, versuchte sich klar zu machen, was sich in den letzten fünf Minuten überhaupt abgespielt hatte. Der Mörder hatte tatsächlich Kontakt zu ihm aufgenommen. Das war unvorstellbar. Wenn Serienmörder dies taten, dann gab es zwei Gründe: Zum einen wollten sie gelobt, zum anderen geschnappt werden. Das war gut, in beiden Fällen.

Dennoch beschlich Levy ein seltsames Gefühl, ein Unwohlsein. Wenn er es geschafft hatte, seine Geheimnummer aufzudecken, dann war er Levy bedrohlich nahe gekommen.

Er ging zur Tür und drehte den Schlüssel ein zweites Mal um.

18

Der *Meister* schaltete das Notebook aus.

Rings um den Schreibtisch, der durch zwei Strahler hell erleuchtet wurde, hingen Farbausdrucke von Personen an der Wand. Alle waren im Zuge unterschiedlicher Stadien der Präparation zu sehen. Dem einen war der Brustkorb geöffnet, dem anderen der Schädel, in dem kein Gehirn mehr zu sehen war. Notizen waren mit einem roten Stift auf die Ausdrucke aufgebracht worden.

Der Meister ging planvoll vor. Nichts hasste er mehr als unsaubere Arbeit und Überraschungen. Daher musste jeder Schritt vor der Ausübung genau überdacht werden. Die Anmerkungen auf den Abbildungen dienten ihm als Arbeitsvorlage: Er dachte sich das Vorgehen am Schreibtisch aus und setzte die Schritte dann im Labor um.

Er nahm ein Bild von der Wand. Es zeigte eine Frau. Er hatte sie vom Kinn bis hinab zur Scham geöffnet. Innere

Organe waren nicht mehr zu erkennen. Dafür verschiedene Bemerkungen, mit Pfeilen versehen, die, wie bei den anderen Abbildungen auch, das weitere Vorgehen an dem ausgeschlachteten Körper festlegten.

Er stand auf und nahm das Bild mit. Durch die Tür gelangte er in einen langen Korridor, der in einem Gewölbekeller endete. Er schaltete das Licht an. Lange Neonkästen warfen ein klinisches Grünblau auf ein Labor, das mit zahlreichen medizinischen Geräten und drei Tauchbecken in Form größerer Badewannen ausgestattet war. In ihnen blubberten Flüssigkeiten, die von einem digitalen Messgerät akkurat auf Temperatur gehalten wurden. Dazwischen standen fahrbare Bahren auf Metallgestängen herum, die weiß bedeckte Körper trugen.

Der Meister ging an ihnen vorbei. An einer Stereoanlage machte er Halt und legte eine CD ein. Aus zwei großen Boxen, die an Ketten von der Decke hingen, erklang das Spiel einer akustischen Gitarre, ruhig, eine Kindermelodie, zu der sich eine Kinderstimme gesellte.

Der Meister zog rote Gummihandschuhe an, streifte sie die weißen Kittelärmel hinauf bis über die Ellenbogen.

Er löste eine massive Stahlkette aus ihrer Verankerung an der Wand. Die Kette geriet unter Spannung. Der Meister musste seine ganze Kraft aufwenden, um dem Zug standzuhalten. Langsam gab er Glied um Glied frei. Ein paar Meter weiter senkte sich ein Andreaskreuz von der Decke. An ihm war ein Frauenkörper festgezurrt. Das blonde Haupt war nach vorne geneigt, Haarsträhnen verdeckten das Gesicht.

Wie auf dem Ausdruck war ihr Körper vom Kinn bis zur Scham geöffnet. Das grelle Neonlicht fiel in die Höhle und erhellte blasses Fleisch, das an Rippen und Rückgrat hing.

Stück um Stück näherte sich das Kreuz einem Tauchbecken. Kurz bevor die Füße in die Flüssigkeit eintauchten, verankerte er die Kette und ging zum Becken. Er drehte das Kreuz in die Horizontale, ging zurück zur Verankerung, ließ das Kreuz noch ein wenig weiter hinab, bis der ganze Körper nur noch eine Handbreit über der Flüssigkeit lag.

Vorsichtig löste er die Fesseln der toten Frau am Kreuz. Arme, Beine und schließlich der Rumpf glitten langsam in die Lösung, bis die Tote ganz davon verschluckt worden war. Blonde Haare trieben wie Seegras auf der Oberfläche.

19

Die Neun-Uhr-Konferenz begann mit einem Anschiss.

«Halten Sie den Anrufer für glaubwürdig?», fragte die Michaelis gereizt.

«Anfänglich nicht, doch dann nannte er den Namen der vermissten Person, Eberhard Finger. Wir kennen diesen Namen erst seit gestern. Also, entweder hat jemand bei der Polizeidirektion gequatscht, oder er ist unser Mann.»

Michaelis dachte nach. Levy konnte sehen, wie es in ihr gärte. Wenn sich der Anrufer als Täter herausstellte, musste sie der Staatsanwaltschaft gegenüber erklären, dass die verdächtigten Satanisten nicht mehr länger ihre Hauptverdächtigen waren.

«Und Sie haben das Gespräch tatsächlich nicht mitgeschnitten?», fragte sie.

Levy suchte vergeblich nach einer passenden Antwort. «Nein. Ich gebe zu, ich war in dem Moment voll damit beschäftigt, in meiner Überraschung dem Anrufer meine ganze Aufmerksamkeit widmen zu können. Zuerst wollte ich ihm nicht glauben, und dann ...»

«Ja, ich höre ...»

«... und dann war es zu spät. Es ging alles sehr schnell. Das Gespräch war zu Ende, und erst dann habe ich realisiert ...»

«Darum geht es nicht», schnitt Michaelis ihm das Wort ab, «wir hätten die Stimme und das, worüber er gesprochen hat, analysieren können, um auf ihn und womöglich sogar auf seinen Aufenthaltsort zu schließen. Verdammt, Levy, wie konnten Sie nur so nachlässig sein?»

Levy schwieg. Es hatte keinen Sinn, weiter mit ihr zu diskutieren. Er wusste selbst, dass er die auf dem Silbertablett dargebotene Möglichkeit nicht genutzt hatte. Normalerweise hätte er beim ersten Verdacht sofort die Aufnahmetaste drücken müssen, aber er war letzte Nacht nicht bei der Sache gewesen. Damit musste er sich nun einmal zufrieden geben – und die Michaelis auch.

«Konntest du den Anruf zurückverfolgen?», fragte sie Alexej.

«Der Kerl hat einen Proxy-Server benutzt», antwortete Alexej. «Keine Chance.»

«Was heißt das?»

«Proxy-Server vermischen eingehende Anrufe und deren Herkunft zu einer einzigen chaotischen Melange. Da kann man den einzelnen Anrufer nicht mehr identifizieren. Das ist ja auch der Sinn von Proxies. Ich benutze sie auch, wenn ich unerkannt im Netz unterwegs sein will.»

«Na, bravo, wir müssen also davon ausgehen, dass sich unser Täter einigermaßen gut in diesen Dingen auskennt», stellte Michaelis fest.

«Und es gibt keine Chance, die eingegangenen Anrufe bei den Betreibern zu identifizieren?», fragte Falk.

«Es ist möglich», bestätigte Alexej, «doch wenn nur ein einziger Nutzer herausfindet, dass sein Anruf zurückverfolgt werden kann, kann der Betreiber den Server gleich abschalten. Dann hat er seine Glaubwürdigkeit verloren. Sinn und Zweck ist ja die Verschleierung. Und bei diesem Proxy handelt es sich um einen in Frankreich, der von Szeneleuten genutzt wird. Vergiss es, jede Anfrage in diese Richtung wird bestraft.»

«Wie meinst du das?», fragte Naima.

«Ich wünsche keinem von euch, auf die Liste von Hackern zu kommen, die sich in ihrer Ehre verletzt fühlen. Dann solltet ihr am besten gleich jede Art von elektronischer Kommunikation einstellen. Das geht vom Handy über Geldautomaten bis hin zum Online-Banking. Alles ist inzwischen mit Computern vernetzt. Selbst das Navigationssystem in deinem Auto arbeitet mit einem Chip. Überall gibt es Möglichkeiten, einzudringen und Unfug anzustellen. Also, wenn ihr nicht gleich Selbstmord begehen wollt, lasst die Finger davon.»

«Das bedeutet aber», schaltete sich Luansi in die Diskussion ein, «dass unser Mann, wie Hortensia schon sagte, über wirklich ausgeprägte EDV-Kenntnisse verfügen muss, wenn er einen Proxy-Server zur Verschleierung benutzt.»

Alexej schüttelte den Kopf. «Nein, nicht unbedingt. Wer den Computer regelmäßig nutzt, wird irgendwann damit konfrontiert. Von einem Computerfachmann würde ich da noch nicht sprechen.»

«Aber er hat meine Geheimnummer herausgefunden», gab Levy zu bedenken.

«Das ist allerdings von einem Freizeit-Hacker nicht so leicht zu bewerkstelligen», bestätigte Alexej. «Dazu gehören umfangreiche Kenntnisse. Oder er hat einen Hacker beauftragt, sich in den Rechner der Telefongesellschaft einzuklinken.»

«Oder er hat einen Mitarbeiter der Gesellschaft bestochen», fügte Falk hinzu.

«Richtig», antwortete Michaelis, «es gibt einige Möglichkeiten. Alexej, kümmere du dich darum. Frag in der Szene herum, ob es irgendwelche Auffälligkeiten gibt, sowohl auf Anbieter- wie auch auf Nachfragerseite, was derartige Informationsbeschaffungen betrifft. Kommen wir nun zum Ergebnis der gestrigen Vernehmungen.»

Falk begann als Erster. «Im Großen und Ganzen bleibt es dabei, was der Kopf der Satanistengruppe, Dirk Sauter, bereits ausgesagt hat. Sie benutzen die Organe für ihre Rituale. Zur Herkunft schweigt er sich aus.»

«Und die anderen wollen nichts gewusst haben», fügte Naima hinzu.

«Das Gleiche bei mir», ergänzte Luansi. «Sauter sei der Macher und Organisator gewesen. Er allein habe sich um die Organisation der Rituale gekümmert.»

«Hast du ihn mit dem Mord an Eberhard Finger konfrontiert?», fragte Michaelis Falk.

Er nickte. «Ja, doch dann kam sein Anwalt dazu. Er riet ihm, vorerst nichts mehr zur Sache auszusagen. Jeder aus der Truppe hätte ein menschliches Organ in die Gefriertruhe legen können. Sie war für alle zugänglich.»

«Hatten Sie den Eindruck», fragte Levy Falk, «dass Sauter die Wahrheit sagt?»

Falk wog seine Worte ab, bevor er sprach. «Ich hatte das Gefühl, dass er Angst hatte, als es um die Herkunft der Organe ging. Deswegen schweigt er sich aus.»

«Das ist auch kein Wunder, wenn er diesen Finger auf dem Gewissen hat», sagte Michaelis.

«Oder er hat vor seinem Lieferanten Angst», widersprach Levy.

«Das ist nicht bewiesen.»

«Das andere aber auch nicht.»

Michaelis konterte. «Wir haben das Organ aber in seinem

Haus gefunden, verdammt. Wenn das kein Beweis ist?!» Sie hielt inne, beruhigte sich. «Jeder Richter wird das genauso sehen.»

Levy schwieg. Sollte sie sich in ihre Theorie verrennen. Wenn der Anrufer von letzter Nacht Recht behalten sollte, dann würden sie bald die Reste eines zweiten Opfers finden.

«Die Truppe bleibt vorerst in Haft», entschied sie. «Falk, du und Naima, ihr fahrt raus zur Ehefrau, dieser Anne Finger. Lasst euch die Namen der Personen geben, mit denen Finger zu tun hatte. Irgendjemand muss etwas über Fingers Verbleib in dieser Nacht wissen. Vielleicht wurde er mit einem der Satanisten gesehen. Luansi, du machst weiter mit den Vernehmungen. Alexej bleibt in Bereitschaft. Wir sehen uns um Punkt siebzehn Uhr wieder.»

Ihr Blick wechselte zu Levy. «Und von Ihnen will ich bis heute Nachmittag ein lückenloses Gesprächsprotokoll des gestrigen Anrufs. Lassen Sie nichts aus. Sie wissen ja, wie das geht. Oder?»

20

Levy schaltete den Lautsprecher aus dem Vernehmungszimmer ab. Er befand sich im Nebenraum, von wo aus er Luansi bei der Vernehmung des Hohepriesters Dirk Sauter in der vergangenen Stunde beobachtet hatte. Wie vermutet, akzeptierte der Satanist einen dunkelhäutigen Gesprächspartner nicht, beschimpfte ihn als minderwertigen Primaten. Er zeigte ihm den Teufelsgruß, die geballte Hand, bei der Zeigefinger und der kleine Finger wie Hörner hervorsprießen.

Luansi war davon wenig beeindruckt. Es schien ihm sogar Freude zu bereiten, den weißen Teufel mit seiner schwarzen

Haut zu provozieren. Dennoch bekam er nicht mehr als Falk aus ihm heraus.

Levy entschied sich für den Frontalangriff. Er ging hinüber ins Vernehmungszimmer, flüsterte Luansi ins Ohr, dass er es gerne versuchen wollte, und setzte sich.

Lange schauten sich die beiden an, ohne dass ein Wort gesprochen wurde.

Der Hohepriester brach schließlich die Stille. «Was soll das werden?»

«Was meinen Sie?»

«Die Schweigenummer. Glauben Sie, dass Sie damit weiter kommen als der Affe von vorhin?» Er lächelte.

Levy antwortete ruhig. «Ich habe mit ihm gesprochen.»

«Mit wem?»

«Mit Ihrem Lieferanten. Er hat mich letzte Nacht angerufen. Wir hatten ein langes und aufschlussreiches Gespräch. Er erzählte mir von seiner Arbeit. Dass er stolz darauf sei und sich freue, dass auch ich an dem Fall arbeite.»

Der Hohepriester traute ihm nicht. «Blödsinn.»

«Sie können mir glauben», fuhr Levy fort, «wir kennen uns schon seit Jahren.»

«Wer sind Sie überhaupt?»

«Mein Name ist Levy. Ich unterstütze die Ermittlungen als Kriminalpsychologe.»

«Levy? Noch so ein dreckiger Jude. Dann können Sie gleich wieder gehen. Mit Juden und Affen spreche ich nicht.»

«Ich denke schon. Ich bin nämlich der Einzige hier, der Sie versteht.»

Der Hohepriester lachte laut. «Du? Du hast doch keine Ahnung, Judensau. Verpiss dich wieder in deinen Kibbuz.»

Levy fuhr fort. «Sagt Ihnen der Name Zoroastres etwas?»

«Fick dich.»

«Zoroastres, besser bekannt als Zarathustra, über den auch Friedrich Nietzsche schrieb ...»

«Nietzsche. Ein aufrechter Deutscher. Er hat die Wahrheit geschrieben.»

«Nicht ganz so, wie Sie vielleicht meinen. Nun, Zoroastres hat zirka sechshundert Jahre vor Christus als Erster die Existenz eines guten und bösen Geistes beschrieben.»

«Was soll der Scheiß?»

«Warten Sie's ab. Rund hundert Jahre später taucht in den biblischen Texten das Wort *Satan* erstmalig auf. In seiner hebräischen Urbedeutung bedeutet Satan: der Widersacher, der Ankläger.»

Der Hohepriester horchte auf.

«Satan spielt darin die Rolle eines himmlischen Anklägers der Menschheit. Er war ein Engel, später ein gefallener, bekannt auch unter der Bezeichnung *Luzifer*, Bringer des Lichts. Man könnte meinen, er bringe das Licht, um aufzuklären und anzuklagen. Von dieser ersten Erwähnung in der Bibel als der Ankläger im Dienst des Herrn entwickelte sich das Bild in späteren Schriften schließlich zur Rolle eines ganz und gar bösen Wesens und Widersachers Gottes.»

«Richtig», stimmte der Hohepriester zu, «weil wir erkannt haben, dass Christus und seine Kirche den Menschen zu Lebzeiten die Hölle auf Erden bereiten. Sie treiben sie in Angst und Verzweiflung. Satan hingegen repräsentiert die Hingabe anstatt die Enthaltsamkeit, die vitale Existenz statt spiritueller Hirngespinste, Güte gegenüber denen, die sie verdienen, anstatt Liebe und Zuwendung an die Undankbaren zu verschwenden. Und er steht auch für all die *so genannten* Sünden, da sie zur körperlichen, geistigen und emotionalen Genugtuung führen. Mach dich frei von der Lüge des Christus, Satan ist unser Erlöser.»

Levy ließ ihn aussprechen, wenngleich er dem Unfug widersprechen wollte. Wichtig war, dass der Hohepriester seine Abwehrhaltung aufgab und ins Missionieren wechselte. Er wartete noch eine Weile, ließ den Worten Raum und Bedeutung.

«Woher weißt du das alles, Jude?»

«Weil ich nachdenke und mich zuerst informiere, bevor ich spreche.»

«Das ist gut. Ich wünschte nur, deine Kollegen täten das Gleiche, bevor sie mich bequatschen.»

Levy spürte, dass er die Neugier des Hohepriesters geweckt hatte.

Jener fragte schließlich: «Woher weißt du, dass er es war, der dich angerufen hat?»

Jetzt hatte er ihn.

Levy überlegte gründlich, kitzelte seine Eitelkeit. «Weil er Sie mir beschrieben hat. Er sagte, er arbeite mit einem Profi zusammen, der seine Gaben zu schätzen wisse.»

Der Hohepriester merkte auf. «Hat er das wirklich über mich gesagt?»

Levy nickte. «Er meinte, dass es ihm Leid tue, dass die letzte Lieferung nicht vollständig war. Ein Teil war ins Wasser gefallen.»

«Unsinn», widersprach er.

Levy hatte einen Fehler gemacht. Irgendetwas stimmte an seiner Lügengeschichte nicht.

«Es war meine Schuld», gab der Hohepriester zu. «Ich habe dieses schleimige Zeugs ins Wasser geworfen, weil ich es nicht gebrauchen konnte. Verdammt, hätte ich es doch nur verscharrt.»

Levy hatte Glück und legte nach. «Wie hat die Übergabe stattgefunden?»

«Er hat eine Wanne im Schilf abgestellt, das am Ufer meines Grundstücks wächst.»

«Wie kam er dorthin?»

«Ich nehme an, mit einem Boot. Ich habe ihn nie persönlich kennen gelernt, er hat mir jedes Mal, wenn er etwas hatte, eine Mail geschrieben. Ich ging dann hinunter zum Fluss und hab das Material abgeholt. Dabei hätte ich ihn gerne mal getroffen, mit ihm gesprochen, um ihn für unsere Sache zu gewinnen.»

«Wie haben Sie sich eigentlich kennen gelernt?»

«Im Internet. In einem dieser Foren über Selbstmörder und solche, die die Schnauze von allem voll haben. Ich habe nach Material für unsere Messen gesucht, und er hatte was anzubieten.»

«Hat er Ihnen jemals seinen Namen genannt?»

«Sicher. Er nennt sich *Anubis, der Meister*.»

21

Die Stelle war genau so, wie sie ihm der Hohepriester beschrieben hatte.

Levy ging vom Grundstück der Satanisten den Hang zu einer kleinen Böschung hinunter. Die Halbinsel erstreckte sich rund zwanzig Meter hinaus in den gemächlich dahinfließenden Fluss. Sie war gänzlich mit dichtem Schilf bewachsen. Lediglich eine schmale Schneise teilte den wild wuchernden Bewuchs in zwei Teile. Es passte nur ein Ruderboot dazwischen. Genug, um bequem und unerkannt das Grundstück über das Wasser zu betreten und wieder zu verlassen.

Hier sollte also Anubis, der Meister, seine Fracht den Teufelsanbetern übergeben haben. Levy setzte sich ins Gras der Böschung und ließ den Ort auf sich wirken. Die Sonne strahlte satt und angenehm von einem klaren Himmel auf ihn herunter. Er musste blinzeln, um dem Anblick standzuhalten. Es war schön hier; warm und kuschelig unter den raschelnden Blättern der Bäume. Der Wind blies kleine Wellen ans Ufer. Niemand würde vermuten, dass es nachts ein Schauplatz des Schreckens war, wenn nur ein paar Meter weiter menschliche Organe dem Satan geweiht wurden.

Wenn Levy an Anubis' Stelle gewesen wäre, so überlegte er, dann hätte er von der gegenüberliegenden Uferseite das Boot zu Wasser gelassen und wäre die einhundert Meter herübergerudert. Die Strömung war nicht sonderlich stark, sodass man das Unterfangen ohne störenden Außenbordmotor würde angehen können. Das Schilf bot von diesseits des Ufers ausreichend Deckung, um bei der Lieferung nicht gesehen zu werden.

Die Ablagestelle erschien Levy perfekt. Anubis hatte ein gutes Händchen bewiesen. Wie so oft in den vergangenen Tagen. Es wurde immer deutlicher, dass es Levy mit einem gut organisierten Täter zu tun hatte.

Er lehnte sich zurück, schloss die Augen und genoss das Wechselspiel von Licht und Schatten auf seinen geschlossenen Lidern. Wie lange hatte er das schon nicht mehr gemacht? Sich an einem sonnigen Nachmittag ins Gebüsch zu schlagen und alle viere von sich zu strecken. Wie war es überhaupt so weit gekommen, dass er dem Tag die Nacht vorzog? Das musste inzwischen Jahre so gehen.

Er dachte nochmals an das Telefonat mit Anubis. Er hatte es zwar erst eine Stunde zuvor revidiert, als er das Protokoll für die Michaelis erstellte, aber er hatte das nagende Gefühl, dass er etwas übersehen hatte, dass da noch etwas war, was sich nicht in die Verschriftung hatte zwingen lassen.

Es war der Anflug von Traurigkeit in der Stimme des Meisters. Keine Überheblichkeit oder wirre Selbstbeweihräucherungen, mit denen er bei seinen Interviews mit Serientätern immer wieder zu tun hatte, sondern eine Niedergeschlagenheit, die ihm gänzlich ungewöhnlich vorkam. Normalerweise war die erfolgreiche Ausführung der Taten immer ein Grund für Stolz und Hochstimmung.

Darüber hinaus verspürte Levy eine Art Anteilnahme, ein verstörendes Mitgefühl. Wieso empfand er das? Was war in den Worten Anubis', dass sie ihn auf der Gefühlsebene ansprachen?

Wurde er, wie so viele andere vor ihm, von seinem Gegenpart in die Tiefe gezogen, wie es bei Entführungen mitunter vorkam, wenn das Opfer eine emotionale Bindung zu seinem Peiniger aufbaute?

Levy verbannte diese Überlegungen aus seinem Bewusstsein. Er setzte sich auf, konzentrierte sich wieder auf den Fall. Jede einzelne Erkenntnis der letzten Tage würde er wie eine Perle auf einen imaginären Faden auffädeln, um am Schluss eine Kette in der Hand zu halten.

Zuvorderst war da der Umstand, dass er es mit einem Mann zu tun hatte, der nichts dem Zufall überließ, also planend vorging. In dieser Konsequenz folgte die Auswahl der Opfer, sie waren aller Wahrscheinlichkeit und Erfahrung nach nicht zufällig, sondern gezielt. Was die Frage aufwarf: Welche Kriterien erfüllten Eberhard Finger und Tatjana, um ausgewählt worden zu sein?

Was Levy bisher über Finger in Erfahrung gebracht hatte, war das Bild eines Hallodris, der es bis kurz vor der Hochzeit nicht lassen konnte, fremden Röcken hinterherzusteigen. Sein Lebenswandel drückte sich in Form seines Berufes aus oder umgekehrt.

Auf jeden Fall war es der eines Musikers, der die Hälfte des Jahres auf irgendwelchen Konzerten in irgendwelchen

Städten verbrachte. Hatte er es damit geschafft, ins Visier des Meisters zu geraten?

Tatjana. Sie war nach Aussage ihrer Eltern ein ganz normales Mädchen. Hübsch, dreizehn Jahre alt, mitten in der Pubertät, Robbie-Williams-Fan. Hobbys: Musik hören und Shopping. Sonst keine Auffälligkeiten. Weder zu Hause noch in der Schule. Eine Klassenkameradin beschrieb sie jedoch als hinterhältiges Biest, das es verstand, dem Deutschlehrer eindeutige Zeichen zu vermitteln. Für Levy war es die typische Schwärmerei eines jungen Mädchens für einen älteren, attraktiven Mann. Nichts Außergewöhnliches für dieses Alter.

Und was sagte der Name Anubis aus?

Er war in der Erinnerung Levys ein Gott der Ägypter. Wofür er stand, konnte er nicht sagen, er müsste sich schlau machen. Des Weiteren musste Anubis anatomische Kenntnisse besitzen. Wo und wann hatte er sie erworben?

Dann der Kunststoff Epoxydharz, den Dragan an dem sichergestellten Organ in der Kühltruhe der Satanisten gefunden hatte. Zufall oder nicht, neben seiner weit verbreiteten Anwendung wurde Epoxydharz, so wie Falk es erwähnte, auch bei der Plastination, also bei der Präparation von Leichen oder Leichenteilen, benutzt.

Levys erster Gedanke folgte dieser Überlegung, dass der Täter Präparator war. Dragan hatte es nicht ausgeschlossen, zumal ein Präparator auch anatomische Kenntnisse besitzen musste, um die Arbeit überhaupt bewerkstelligen zu können. Das passte, ergab Sinn. Er konnte bisher keinen Anhaltspunkt ausfindig machen, der dieser Theorie widersprach.

Gleich, wenn er zur Gruppenbesprechung um fünf Uhr zurückkehrte, würde er die Suche auf die Berufsgruppe der Präparatoren ausweiten.

Noch etwas. Anubis musste über gute Computerkenntnisse verfügen. Der Hohepriester hatte seine E-Mail-Adresse preisgegeben, mit der Anubis Kontakt zu ihm aufgenommen hatte. Levy hatte sie an Alexej weitergeleitet.

Der jedoch versprach wenig Hoffnung, die Person dahinter zu identifizieren. Die Adresse lautete auf die Endung *.cn* für China. Ein normaler User würde bereits bei der Einstellung des richtigen Zeichensatzes auf dem Computer scheitern, zum Zweiten gab es die Sprachbarriere, sofern der Anbieter die Texte nicht in Englisch aufbereitet hatte.

Verfolgte Levy die Präparatorentheorie für eine Minute weiter, so drängte sich die Frage auf, wieso der Täter seine Opfer überhaupt präparierte und sie nicht, wie viele seiner Vorgänger, einfach entsorgte – im Wald, im Fluss, in einem Grab, mit Feuer.

Wieder stellte er sich die Frage nach dem Wesen dieser Entscheidung. Was war die eigentliche Idee hinter der Präparation?

Die Ägypter taten es, um ihre Könige für die jenseitige Reise vorzubereiten. Und so ihre Leibhaftigkeit bis über den irdischen Tod hinaus zu sichern. In Kurzform: Den Tod und die Zeit überwinden.

Wie musste er sich das bei Anubis vorstellen?

Er schlachtete seine Opfer aus, präparierte sie mit dem Kunststoff Epoxydharz, um sie dann ...?

Ja, was war dann? Stellte er den in Kunststoff eingelegten und später erhärteten Leichnam auf, um ihn für immer an seiner Seite zu haben? Wenn ja, was sprach dabei für den Frauenheld Eberhard Finger und für das pubertierende Mädchen Tatjana? Wieso wollte er gerade sie vor dem fleischlichen Zerfall retten?

Levy musste gesicherte Informationen zu seinen Überlegungen gewinnen. Er machte sich auf den Weg zurück ins Büro. Als Erstes würde er den Hintergrund zum ägyptischen Gott Anubis recherchieren.

22

Anubis, Gott der Unterwelt und der Toten, gleichfalls Gott der Einbalsamierung und Bestattungsriten. Er wird in der ägyptischen Mythologie mit dem Kopf eines Schakals dargestellt.

Levy betrachtete das Bild einer kleinen Statue. Sie trug das schwarze Haupt eines Schakals mit aufgestellten Ohren, einem Hund gleich, der durch ein Geräusch aufmerksam geworden war.

Levy las weiter. Anubis war Sohn des Osiris, dessen Bruder Seth war. Gott Osiris stand für den Tod. Im Glauben der Ägypter kehrte die Seele eines Toten zurück auf die Erde und lebte nach dem Tod weiter. Osiris stand somit auch für die Auferstehung und Fruchtbarkeit. Ihm gegenüber stand Seth, Gott der Zerstörung und des Chaos. Er tötete seinen Bruder Osiris.

Der Name *Seth* war auf einer der Internetseiten mit einem Link unterlegt. Levy bestätigte und gelangte zu einer Informationsseite über Satanismus und verschiedene Satansorden. Dort las er zum *Temple of Set*: Der Orden wurde 1975 von ehemaligen Mitgliedern der *Church of Satan* (Gründung: 1966 durch Anton Szandor LaVey, ehemaliger Löwenbändiger, Organist und Polizeifotograf) ins Leben gerufen. Sie trennten sich nach Meinungsverschiedenheiten im Streit von der Church of Satan und schlossen sich im Temple of Set zusammen.

Gründung: 1975 durch Michael Aquino, Oberstleutnant der Reserve. Er beruft sich auf Aleister Crowley und gibt an, durch den Herrn der Finsternis selbst beauftragt zu sein. Aquino hält den Namen *Set* für den von den Hebräern aus Ägypten mitgebrachten Namen Satans.

Wer hätte das gedacht, sagte sich Levy. So ließen sich die einzelnen Geschichten und Personen in diesem Fall Perle um Perle auf den Faden aufreihen.

«Unser Mann nennt sich Anubis», sagte Levy zu Alexej, «Gott der Toten im alten Ägypten und der Einbalsamierung. Ich glaube, langsam kommen wir ihm näher.»

«Ich jedoch nicht», widersprach Alexej.

Seit Stunden beackerten er und ein weiterer Freund vor Ort den Postserver, der die E-Mail-Adresse von Anubis beherbergte.

«Der Server ist mit Hardware-Firewalls geschützt. An denen gibt es kaum ein Vorbeikommen.»

Wieder eines dieser Details, dachte Levy, die Anubis immer mehr zu einem Computerprofi machten. Er verstand sich zu tarnen.

«Wenn gar nichts geht», sagte Levy, «sollten wir ein Amtshilfegesuch an die chinesischen Kollegen stellen.»

«Weißt du, wie lange so was dauern kann?»

Levy nickte, natürlich war ihm bewusst, wie wenig aussichtsreich sein Vorschlag war. Dennoch durften sie diese Spur nicht einfach aufgeben, auch wenn es Tage oder Wochen dauern sollte, die E-Mail-Identität von Anubis aufzudecken.

Anubis, Gott der Toten und der Einbalsamierung, ging es Levy durch den Kopf. Dessen Onkel Seth, Mörder des Vaters Osiris und Inkarnation des Satans. Kein Wunder, dass sich der Hohepriester des Satans, Dirk Sauter, und Anubis im Internet gefunden hatten. Sie spielten zumindest auf mythologischer Ebene eine wichtige Rolle, anders ausgedrückt: eine mörderische Kooperation unter Familienangehörigen.

Naima und Falk im Schlepptau, betraten Michaelis und Luansi das Büro. Wie gewohnt, ließ sich Michaelis bedeutungsschwanger in den Sessel fallen, ordnete ihre Unterlagen mit schnellen Handbewegungen und eröffnete das Siebzehn-Uhr-Meeting.

«Wer beginnt?», fragte sie in die Runde.

Falk tat es. «Ich habe mit Anne, der Ehefrau Fingers, gesprochen und mit einem Mann namens Helmut Heidenreich, Chef der Combo *Moonlight Serenade*.

Erstere konnte keine Angaben zu Freunden und Bekanntschaften ihres Mannes machen. Jeder Kontakt habe außer Haus stattgefunden und sie sei nicht der Typ, der ihrem Mann hinterherschnüffle, so die Finger. Sie gab mir jedoch den Namen Helmut Heidenreich. Er ist, wie gesagt, Leiter der Combo, in der Finger die Posaune spielte. Das Verhältnis zu ihm, beschrieb Heidenreich, habe sich in der letzten Zeit abgekühlt. Finger habe sich immer mehr gehen lassen und sei fast gar nicht mehr zu den Proben erschienen. Nach dem Grund gefragt, mutmaßte Heidenreich Beziehungsprobleme, die Finger mit einer Liebschaft namens Linda hatte. Der Nachname ist nicht bekannt. Finger habe immer nur von seiner Linda gesprochen, mit der er ein neues Leben beginnen wollte.

Ich konnte die Dame bisher nicht ausfindig machen. Nach Heidenreichs Beschreibung ist sie eine Frau in den Vierzigern, die auf Mallorca Touristenführungen durchführt.»

«Gut, Falk», lobte Michaelis, «bleiben Sie dran und berichten Sie, wenn Sie diese Linda gefunden haben.»

Erwartungsvoll blickte Michaelis in die Runde, wartete, wer als Nächstes Bericht erstattete.

Es war Naima. «Die Spur Eberhard Fingers verliert sich in einem Puff, keine achtzig Kilometer von hier. Der Taxifahrer, der ihn in jener Nacht dort hinbrachte, konnte sich noch gut an ihn erinnern. Er berichtete, dass er den angetrunkenen Finger nur schwer davon abhalten konnte, in seinem Taxi Posaune zu spielen. Er war heilfroh, als er ihn abgeliefert hatte.»

«Was sagen die Angestellten?», fragte Michaelis.

«Ich habe mit einigen Frauen, die an diesem Abend arbeiteten, gesprochen. Es war schwer, nicht nur weil ich Polizistin bin und sie Angst vor dem Besitzer haben, sie sprachen auch kaum Deutsch. Mein Ukrainisch ist leider nicht so gut. Auf jeden Fall fiel der einen Frau Finger mit seiner Posaune auf. Er machte Lärm und wurde schließlich von einem Türsteher vor die Tür gesetzt. Das war um Viertel vor zwölf. Danach verliert sich jede weitere Spur.»

«Hatte Finger Kontakt mit einem der Gäste?», fragte Levy.

«Möglich», antwortete Naima, «daran will sich aber niemand erinnern können. Es war Freitagnacht, und die Bude soll rappelvoll gewesen sein.»

«Wie sind Sie überhaupt auf den Taxifahrer gestoßen?», fragte Michaelis Naima.

«Der Busfahrer der Combo wurde von den Kollegen vor Ort aufgespürt. Er sagte, dass er die neunköpfige Gruppe, in der sich auch Finger befand, in jener Nacht bei einem Taxistand abgeliefert habe. Jeder sei dann seiner eigenen Wege gegangen. Finger, wie gesagt, ging nicht nach Hause, sondern ließ sich zum Bordell bringen.»

«Ist dem Taxifahrer unter Umständen noch ein zweiter Fahrgast an jenem Abend aufgefallen?», fragte Levy.

«Nicht, dass ich wüsste. Ich habe ihn dazu befragt, und er antwortete, dass sonst nichts Außergewöhnliches vorgefallen sei.»

Als Nächstes berichtete Luansi. «Die Vernehmung von Dirk Sauter hat eine neue Spur ergeben.»

Falk und alle anderen, bis auf Levy, blickten erstaunt zu ihm. «Wie hast du das geschafft?», fragte Falk überrascht.

«Nicht ich», antwortete Luansi, «Levy hat es ihm aus der Nase gezogen.»

Luansi lächelte, Levy winkte ab. «Berichten Sie an meiner Stelle.»

Luansi fuhr fort. «Wir haben eine E-Mail-Adresse, mit der sich Anubis mit Sauter in Verbindung gesetzt hat.»

«Wer ist Anubis?», fragte Michaelis.

«Dazu sage ich gleich im Anschluss noch einiges», antwortete Levy und gab das Wort zurück an Luansi.

«Sauter hat glaubhaft berichtet, dass er von ebenjenem Anubis die Organe bezogen hat, die er für seine Rituale eingesetzt hat. Sie sollen sich nie persönlich begegnet sein, so Sauter, wenngleich die Übergabe an seinem Grundstück stattgefunden hat.»

«Moment», unterbrach Michaelis. Sie verstand die Zusammenhänge nicht.

Levy berichtete von der Vernehmung Sauters, von Anubis, der Übergabe und dessen E-Mail-Adresse. Auch, dass er am Nachmittag an der Übergabestelle auf Sauters Grundstück war und die Richtigkeit der Angaben überprüft hatte.

«Es ist durchaus glaubhaft, dass es sich so abgespielt hat, wie Sauter es uns erzählt. Mit einem Ruderboot ist die Anlegestelle leicht vom gegenüberliegenden Ufer erreichbar. Ein Boot oder zumindest eine Spur vom Anlegen konnte ich nicht finden. Das müsste noch überprüft werden.»

«Und was ist mit der E-Mail-Adresse? Wer steckt dahinter?», fragte Michaelis.

«Ich bin dran», antwortete Alexej knapp. «Aber dieses Mal ist es kein Kinderspiel. Der Postserver steht in China, und die haben einen oder zwei Rechner davorgeschaltet. Bisher gelingt es mir nicht, die Barrieren zu überwinden.»

«Brauchst du Unterstützung?», fragte Michaelis.

«Habe ich schon organisiert. Ein Freund vor Ort hilft mir.»

«Wo kriegst du nur alle deine Freunde in den verschiedenen Ländern her?», hakte Michaelis nach.

«Wir sind eine kleine eingeschworene Gemeinde, die sich über das Internet gefunden hat.»

«Zu welchem Zweck?»

«Um das Netz nicht den großen Firmen und Politikern zu überlassen. Das Internet ist unsere Heimat, und die werden wir gegen die, die sie für sich haben wollen, beschützen. *Chaos rulez.*»

Eine Pause trat ein. Jeder sammelte sich nach dem Bekenntnis Alexejs.

Schließlich ergriff Levy das Wort. «Ich möchte Ihnen ein erstes und kurzes Fazit meiner Überlegungen zu diesem Fall geben.

Beginnen wir mit dem Täter. Meines Erachtens handelt es sich um einen Mann, der über sehr gute anatomische Kenntnisse verfügt. Zudem verschleiert er seine Identität hinter Proxyservern und E-Mail-Adressen im fernen Ausland. Ich gehe davon aus, dass es sich nicht um einen Normaluser handelt, der uns in die Irre führt. Dazu gehört weit mehr.»

Alexej nickte stumm.

«Nachdem Dragan Spuren eines bestimmten Harzes am Herzen vom Schweizer-Hof gefunden hat, neige ich dazu, dass unser Mann im Berufsfeld der Präparatoren zu finden ist.»

«Was machen Präparatoren genau?», fragte Naima.

«Sie präparieren Leichen oder Leichenteile von Tieren oder Menschen für die Lehre, also zum Beispiel für Hochschulen und Museen. Dieser Beruf muss im Normalfall erlernt werden. Meiner Recherche nach gibt es drei Schulen in Deutschland, die diese Ausbildung anbieten. Es würde mich nicht wundern, wenn unser Mann in deren Archiven zu finden ist.»

«Was macht Sie so sicher, dass er Präparator ist?», fragte Michaelis.

«Es gibt mehrere Hinweise. Zum einen verfügt er über professionelle Kentnisse in der Anatomie, theoretisch und inzwischen auch praktisch. Dragan hat mir zugestimmt, dass die Hand, die das Messer beim letzten Fund führte, überlegt und erfahren war. Selbst ein Mediziner hätte das nicht besser hingekriegt, vielleicht ein Chirurg. Zum Zweiten nennt er sich selbst Anubis, der Meister. Anubis war ein Gott der Ägypter, der bei der Vorbereitung der Leichen für das Totenreich Pate stand.

Die Schulbildung, die er zweifelsohne genoss, muss gut, aber nicht sehr gut gewesen sein. Ansonsten hätte ihn das Diplom für die Arbeit eines Chirurgen qualifiziert. Dass er das nicht ist, leite ich aus dem Umstand ab, dass er zu jung dafür ist. Ich schätze, die Stimme, die mich letzte Nacht angerufen hat, war nicht älter als vierzig. Zudem war seine Wortwahl nicht die eines Akademikers. Das hätte ich herausgehört.»

«Ihr Gesprächsprotokoll habe ich ans BKA weitergeleitet», fügte die Michaelis hinzu. «Mal sehen, ob die Sprachwissenschaftler uns weiterbringen.»

Verdammt, fragte sich Levy, was wollte sie damit bezwecken? Glaubte sie im Ernst, dass seine Exkollegen mehr herausbekämen, oder wollte sie ihn vor versammelter Mannschaft einfach nur demütigen?

Levy zwang sich zur Ruhe. «Unser Mann entsorgt die überschüssigen Leichenteile nicht einfach über die Verbrennung oder ein Grab. Stattdessen wählt er eine Zweitverwertung aus, die Satanisten. Wieso tut er das? Meiner Ansicht nach geht er nicht nur planend und detailversessen vor, sondern es steckt eine Idee, ein Konzept hinter dem, was er tut.»

«Zum Beispiel?», fragte Naima.

«Das weiß ich noch nicht. Doch der Aufwand, den er betreibt, ist viel zu hoch für eine schlichte Tötung und Entsorgung des Opfers.

Kommen wir zum eben genannten Opfer. Eberhard Finger war, wie wir alle wissen, ein Mann, der ein seltsames Verständnis von Ehe hatte. Das scheint seine herausragende Eigenschaft gewesen zu sein. Laut seiner Ehefrau Anne hatte er andauernd außereheliche Kontakte. Auch wenn sie das herunterspielt.

Die Frage, die sich mir nun stellt, ist folgende: Ist diese Eigenschaft Fingers der Grund gewesen, nach der der Täter ihn ausgesucht hat, oder gibt es einen anderen, persönlichkeitsprägenden Umstand, den wir bisher nicht herausgefunden haben?

Ebenso verhält es sich mit der damals dreizehnjährigen Tatjana. Was war ihre charakterbestimmende Eigenschaft, die sie ins Visier von Anubis gebracht hat?

In beiden Fällen müssen wir mehr über die Opfer erfahren, damit ihre Auswahl uns zum Täter führt. Ich schlage deshalb vor ...» Das Klingeln eines Telefons ließ Levy abbrechen. Es war das der Michaelis.

«Ja», sagte sie forsch in den Hörer.

Ihr Gesprächspartner schien ihr keine guten Neuigkeiten mitzuteilen, gemessen an den Furchen, die ihr Gesicht zog.

Sie legte wortlos auf. «Das war Dragan. Er sagt, er hat neues Material für uns.»

Levy schluckte. Hatte Anubis Wort gehalten?

23

Der Fund war makaber, der Ablageort keinen Deut weniger.

Levy war mit Naima zur Babyklappe des Bezirkskrankenhauses unterwegs. Die Dienst habende Schwester wartete auf sie, obwohl sie schon seit zwei Stunden Feierabend hatte. Levy hoffte, dass sie noch ansprechbar war. Der leitende Arzt hatte ihr zur Beruhigung zwei Milligramm Lorazepam verabreicht.

«Was glauben Sie», fragte Levy Naima, die am Steuer saß, «wieso jemand so etwas tut?»

«Ich habe nicht den blassesten Schimmer. Das ist Ihr Fachgebiet. Die Frage müssten Sie selbst beantworten können.»

Natürlich hatte sie Recht. Levy wollte lediglich ihre Meinung hören, bevor er seine eigenen Schlüsse zog. Doch was gab es da noch zu überlegen?

In einem weißen Frotteehandtuch waren die Geschlechtsorgane einer Frau, bestehend aus Eierstöcken, Eileitern, Gebärmutter und Vagina, eingewickelt und in einer Babyklappe abgelegt worden.

Die Schwester, die über den Überwachungsmonitor etwas in der Klappe sah, näherte sich nichts ahnend, nahm das kleine Bündel heraus und wog es in ihrem Arm. Da sie weder Gesicht noch Extremitäten des erwarteten Kindes erkannte, schlug sie vorsichtig das Handtuch zur Seite.

Dass der Fund überhaupt bei Levy und seinem Team landete, war der Aufmerksamkeit des örtlichen Polizeidirektors zu verdanken, der von der Arbeit der Sonderkommission gehört hatte. Dragan hatte sich nach Überstellung sofort darum gekümmert, ob der Fund etwas mit dem

Täter, den inzwischen alle Anubis nannten, zu tun haben könnte.

Der ganze Geschlechtsapparat war, laut Dragans Untersuchung, so sauber herausgearbeitet worden, dass er als perfektes Anschauungsmaterial für die Anatomiestunde von Medizinstudenten hätte dienen können. Die Eierstöcke haltenden Sehnen waren direkt am Becken gelöst worden, anstatt auf halbem Wege einfach durchtrennt worden zu sein. Genauso die Sehnen, die den Uterus hielten und über das Schambein verliefen. Auch hier kein einfacher Schnitt, sondern vorsichtiges Loslösen des Gewebes.

Die Bewunderung, die Dragan für die vorliegende Arbeit von Anubis empfand, wollte niemand so recht nachvollziehen. Am wenigsten die Frauen im Team, Michaelis und Naima. Sie empfanden Ekel und Unverständnis. Nachdem sie den ersten Schock überwunden hatten, meinte Levy gar Zorn und Rachsucht bei ihnen festzustellen.

Die Frau war nicht mehr die Jüngste gewesen. Dragan schätzte ihr Alter auf vierzig bis fünfzig Jahre. Sie war zumindest einmal schwanger gewesen. Der Tod sei ungefähr achtundvierzig Stunden zuvor eingetreten. Er war sich nicht sicher, ob das Opfer zur Zeit der Entnahme bereits tot war. Zu viel Blut sei noch im Inneren des Organs zu finden gewesen.

Naima steuerte das Fahrzeug auf den Parkplatz, der für das Personal reserviert war. Von hier aus waren es nur ein paar Schritte zur Babyklappe. Wenn man das Fahrzeug indes nicht verlassen wollte, konnte man auch bis auf Armeslänge an die Öffnung in der Wand heranfahren, so hatte es eine Schwester berichtet, die Levy vor der Fahrt kontaktiert hatte.

Auf Anonymität wurde großer Wert gelegt. In diesem Fall erwies sich die Grundvoraussetzung für die Abgabe eines Säuglings als denkbar nachteilig für die Ermittlungsarbeit. Mit Überwachungskameras, die den Platz direkt vor der Klappe und den angrenzenden Parkplatz hätten überwachen können, war somit nicht zu rechnen.

Levy und Naima näherten sich der Glastür, die sich unweit der Babyklappe befand. Nachdem sie angeklopft hatten, ließ sie eine runde, kleine Person mit verschmitztem Gesicht herein.

Sie mussten nicht lange fragen, wer die bedauernswerte Finderin war, sie erkannten sie auf den ersten Blick. Zwischen allerlei Überwachungsgeräten und einem Brutkasten saß sie an einem Tisch, in Privatkleidung, und sie zitterte so, dass sie die Tasse in ihrer Hand kaum halten konnte.

«Sind Sie die Schwester?», fragte Naima anstandshalber.

Die Frau schreckte auf, als sei sie ertappt worden. Die Flüssigkeit schwappte leicht über den Rand der Tasse, ihre Hand schien den Schmerz, den das heiße Getränk verursachte, nicht zu spüren.

Levy riss ein Papierhandtuch vom Halter und reichte es ihr. «Können wir uns irgendwo ungestört unterhalten?»

Sie nickte und ging wortlos voran. An einem Besuchertisch im Gang nahmen sie Platz.

Noch immer rieb sich die Frau die Hand, die schon längst trocken war. Levy legte seine Hand auf die ihre. «Auch wenn es Ihnen schwer fällt, es wäre sehr wichtig, wenn Sie uns beschreiben könnten, was Sie gesehen haben.»

Sie setzte zwei Mal an, bis sie schließlich einen Ton von sich geben konnte. «Eigentlich nichts. Ich habe nur über den Monitor gesehen, dass in der Klappe etwas war, nachdem die Signallampe ein Zeichen gegeben hatte.»

«Sie meinen, ein Lichtsignal wird ausgelöst, wenn jemand die Klappe öffnet?», fragte Naima.

Die Frau nickte. «Wir geben den Frauen nach dem Signal dann noch zwei oder drei Minuten Zeit, um unerkannt zu verschwinden, bevor wir das Kind …»

Sie schluchzte.

Naima wartete, bis sie sich beruhigt hatte. Dann: «Sie sagten, dass Sie über einen Monitor sehen können, ob etwas in der Klappe liegt.»

Die Frau nickte.

Naima fuhr fort. «Wird das Bild vielleicht von einem Videogerät aufgezeichnet?»

«Nein, anfänglich war das mal der Fall. Aber als sich das herumgesprochen hatte, trauten sich viele nicht mehr hierher. Sie fürchteten, dass sie angezeigt würden. Wir haben das Videogerät dann wieder abgeschafft.»

«Das heißt, Sie haben nichts in der Hand, um gegen diese Frauen ... ich meine, nur im Fall eines Falles ...»

«Eine Babyklappe ergibt nur Sinn, wenn den Frauen absolute Anonymität garantiert werden kann. Ansonsten müssen sie sich wieder auf Parkplätzen oder Hinterhöfen rumtreiben.»

Levy übernahm. «Als Sie zum Monitor hinaufgeschaut haben und sahen, dass da etwas drinlag, haben Sie vielleicht noch etwas wahrgenommen?»

«Ich verstehe nicht.»

«Haben Sie noch etwas gesehen oder gehört?»

«Es gibt kein Fenster hinaus zur Auffahrt ... und gehört? Was sollte ich denn gehört haben?»

«Es ist anzunehmen, dass die Person nicht zu Fuß gekommen und gegangen ist. Wahrscheinlich war sie motorisiert. Haben Sie vielleicht den Klang eines Fahrzeugs gehört, das sich schnell entfernt hat?»

Die Frau war nun völlig irritiert. Es war offensichtlich, dass nichts mehr aus ihr herauszubekommen war. «Nein, beim besten Willen nicht. Ich hatte ja noch Arbeit.»

«Könnte außer Ihnen sonst jemand etwas gesehen oder gehört haben?»

«Nein, unsere Abteilung liegt am hinteren Teil des Gebäudes. Hier gibt es nur den Parkplatz und die Babyklappe. Sonst nichts.»

Das Gespräch war zu Ende. Die Frau wollte nicht mehr. Sie erhob sich und ging den Gang hinunter.

Die mollige Schwester, die Levy und Naima hereingelassen hatte, kam hinzu. «Seien Sie ihr nicht böse. Zurzeit läuft ihre Scheidung, und jetzt auch noch das.»

Levy stellte auch ihr die Frage. «Könnte sonst noch jemand etwas gesehen haben? Ich meine, jemand, der Blick auf den Parkplatz hat.»

Die Schwester überlegte. «Fragen Sie den Hausmeister. Sein Büro geht nach hinten raus.»

Sie ließen sich von ihr den Weg beschreiben und gingen los.

Nachdem der Hausmeister über die Haussprechanlage ausgerufen worden war, erschien er tatsächlich nach wenigen Minuten. Er hieß Aydin und war seit vierzig Jahren in Deutschland. Der borstig-schwarze Wildwuchs seiner Haare erstreckte sich bis tief in die Stirn und endete in zwei buschigen Augenbrauen, die eine durchgehende Linie über den dunklen Augen bildeten.

«Kommen Sie herein, bitte schön», sagte er freundlich.

Naima und Levy folgten der Einladung. In dem schmalen Raum, der gerade einem Tisch, Stuhl, Spind und einer großen Tafel mit vielen Schlüsseln Platz bot, erkannten sie ein Fenster, das hinaus auf den Parkplatz ging. Es war zur Hälfte gekippt, sodass Frischluft hereinströmen konnte. Levy ging gleich darauf zu und schaute hinaus. Zur Babyklappe konnte er von dieser Position aus nicht sehen, dafür stand eine Häuserecke im Weg. Aber jeder Wagen, der den Parkplatz verließ, musste am Fenster vorbei.

«Darf ich Ihnen etwas anbieten», fragte Aydin, «eine Tasse Cai und etwas Lukum?»

«Gerne.»

Während Aydin den Wasserkessel füllte und ihn auf eine der beiden elektrischen Kochhälften stellte, nahmen Levy und Naima am Tisch Platz, der direkt am Fenster stand. Auch Naima überprüfte die Sicht hinüber zur Klappe und auf die Ausfahrt. Sie kam zum gleichen Ergebnis wie Levy. Die Chance, dass Aydin etwas gesehen hatte, war minimal.

«Ich habe schon davon gehört», sagte er.

Aus dem Blechspind holte er eine Schuhschachtel hervor. Dann einen Teller, einen Zuckertopf und drei kleine Löffelchen. Die Gläser warteten gespült über dem Guss auf ihren Einsatz. Es waren schön verzierte und geschwungene Glaskrügchen ohne Henkel, die er mit einem Untersetzer aus Metall versah.

«Es ist schrecklich, was sich die Menschen heutzutage alles antun», fuhr er fort. «Zuerst konnte ich gar nicht glauben, was dieser armen Frau widerfahren ist.»

«Wo haben Sie sich zur betreffenden Zeit aufgehalten?», fragte Naima.

«Sie meinen, als die Sache in der Klappe abgegeben worden ist?»

Naima nickte.

«Das muss gegen sechzehn Uhr gewesen sein oder ein paar Minuten später. Um diese Uhrzeit habe ich meinen Dienst angetreten. Der geht bis zweiundzwanzig Uhr. Da war ich hier im Büro, der Übergabe von der ersten zur zweiten Schicht wegen.»

«Gab es irgendetwas Bemerkenswertes oder Außerordentliches, das Ihnen Ihr Kollege mitgeteilt hat, ich meine etwas, das sich da draußen auf dem Parkplatz abgespielt hat?»

Aydin überlegte, während er gekonnt die drei Gläser mit der heißen Flüssigkeit aus der Teekanne füllte. «Nein, nichts, was das Geschehen außerhalb des Hauses angeht. Außer den ewigen Streitereien um die Parkplätze. Die sind natürlich nie ausreichend.»

«Gab es die an diesem Nachmittag auch?»

«Bestimmt, aber die muss mein Kollege geklärt haben. Er hat mir nichts dazu gesagt.»

Aydin stellte jedem das Teeglas auf ein dünnes Metallplättchen. Dazu reichte er einen Teller mit allerlei Süßigkeiten. Naima und Levy griffen zu.

«Von hier aus haben Sie einen ausgezeichneten Blick auf den Parkplatz», sagte Levy, der nun mit der Geschmacksexplosion von Zucker und Honig in seinem Mund kämpfte.

«Es gehört zu meinen Aufgaben, immer ein Auge darauf zu haben. Wie ich schon sagte, laufend zanken sie sich um freie Plätze, und dann kommen auch noch andere, ich meine betriebsfremde Personen, die ihren Wagen parken wollen. Da muss ich schnell sein, bevor derjenige das Fahrzeug verlässt und verschwindet.»

Auch Naima hatte offensichtlich schon lange kein Lukum mehr gegessen. Sie kaute mühsam. «Wie war es heute Nachmittag, um vier, als Sie hier im Büro waren? Haben Sie etwas gesehen oder gehört, was außergewöhnlich war?»

Der süß duftende Tee, bernsteinfarben und heiß, musste mit viel Luft gekühlt werden. Levy pustete, damit er das Lukum hinunterspülen konnte.

Aydin dagegen wartete, bis sein Tee trinkfertig war, und schlürfte die oberste Schicht konzentriert in sich hinein. «Wenn ich hier im Zimmer bin, habe ich ja automatisch immer ein Auge nach draußen. Nein, alles war wie sonst, ich könnte nicht sagen, dass es etwas Unregelmäßiges gegeben hat.»

«Denken Sie in Ruhe darüber nach», sagte Levy, «selbst das kleinste Detail ist wichtig.»

Wieder lief schlürfend die oberste, erkaltete Schicht des Tees über Aydins Lippen. Er zwinkerte, weniger weil er sich Lippen und Zunge verbrannt hätte, sondern weil er versuchte sich zu erinnern, was um vier Uhr war, als er die Übergabe erledigt und sich für den Dienst angezogen hatte.

«Ja, doch, da war was. Ein schwarzer ... na, wie heißen diese Dinger noch, ein englisches Wort ... heute fahren sie besonders Familien, weil sie so geräumig sind.»

Naima reagierte als Erste. «Ein Geländewagen?»

Aydin schüttelte den Kopf, griff zum Lukum und schob nachdenklich ein Stück in sich hinein. Er gab nun das Bild eines gastfreundlichen Beduinen ab, der zum Cai Konversation betrieb.

«Ein Van?», fragte Levy.

«Genau. *Wähn*, dieses Wort habe ich gesucht. Ich habe zwanzig Jahre gebraucht, um richtig Deutsch zu lernen, und jetzt sprechen sie hier in Deutschland plötzlich nur noch Englisch.»

«Sie haben also einen schwarzen Van gesehen», sagte Naima. «Was ist so außergewöhnlich daran?»

«Nach einer Zeit kennt man den Fuhrpark, Erst- und Zweitwagen der Beschäftigten, aber so ein *Van* war bisher noch nicht darunter. Ich dachte eben, dass sich der Kerl genau den Schichtwechsel ausgesucht hat, um seinen Van hier zu parken. Ich war schon auf dem Weg nach draußen, musste aber feststellen, dass er den Parkplatz bereits verlassen hatte.»

«Könnte es ein Besucher gewesen sein?», fragte Levy.

«Eigentlich nicht. Besucher, selbst die, die sich hier auskennen, kommen nicht an diese Seite des Gebäudes. Auf der anderen Seite ist ein riesiger Parkplatz. Da gibt es keine Schwierigkeiten.»

«Und Sie haben den Mann am Steuer gesehen?»

«Nein, dafür ging es zu schnell.»

«Wie kommen Sie dann darauf, dass es ein Mann gewesen ist?»

«Habe ich das gesagt?»

«Ja.»

«Hm ... dann war ich vorschnell. Nein, ich habe niemanden am Steuer erkannt.»

«Vielleicht das Kennzeichen?»

Aydin dachte nach, schlürfte und steckte sich noch ein Lukum in den Mund. «Nein, tut mir Leid.»

Levy bemerkte, dass Naima und er gleichzeitig einen den stummen Seufzer der Enttäuschung ausstießen. Es wäre auch zu schön gewesen.

«Noch ein Lukum?», fragte Aydin.

24

Jan Roosendaal saß entspannt im Sessel und beobachtete die Berichterstattung im Fernsehen. In der Hand hielt er ein Glas Bier.

Eine Reporterin hält der molligen Krankenschwester ein Mikrophon unter die Nase. Sie steht neben der Babyklappe, die gut zu erkennen ist.

«Wir sind alle entsetzt», sagt sie. In ihrer dreißigjährigen Arbeit als Kinderkrankenschwester sei ihr eine solche Sache noch nie untergekommen. Es täte ihr aufrichtig um ihre Kollegin und Freundin Leid, die den grotesken Fund in der Babyklappe gemacht hatte.

Schnitt auf eine Neubausiedlung. Die gleiche Reporterin klopft mit einem Mikrophon an eine Haustür. Nichts ahnend öffnet die gesuchte Krankenschwester die Tür. Sie ist von der laufenden Kamera und dem unerwarteten Erscheinen der Presse sichtlich irritiert. Dennoch stellt sie sich den Fragen der Reporterin.

«Was haben Sie gefühlt, als Sie das Handtuch mit dem vermeintlichen Baby in der Hand hielten?»

«Ich ... verstehe nicht. Was gefühlt?»

«Nun, so einen grausigen Fund macht man ja nicht jeden Tag.»

«Ja, sicher.»

«Haben Sie mit dem Mörder gesprochen?»

«Welcher Mörder? Ich ...»

«Wieso hat er gerade Sie ausgesucht? Kennen Sie ihn vielleicht?»

«Wieso ausgesucht? Ich hatte nun einmal gerade Dienst. Ich habe keine Ahnung, wovon Sie sprechen. Verschwinden Sie jetzt, bitte!»

Die Krankenschwester schließt die Tür. Schwenk auf die Reporterin. «Der grausige Fund hat eine tiefe Spur der Angst und der Wut in der Bevölkerung hinterlassen. Im Umkreis von einhundert Kilometern sind in den letzten zwei Jahren fünf Kinder auf bestialische Weise misshandelt und umgebracht worden, und der Täter ist noch auf freiem Fuß. Die verantwortlichen Behörden müssen sich nun erneut fragen lassen, was sie gegen diese Wahnsinnigen unternehmen wollen. Nur im Büro sitzen und Steuergelder verschwenden reicht einfach nicht. Illu-TV bleibt dem Fall auf der Spur.»

Jan lehnte sich im Sessel zur Seite und schaute zurück in Richtung Couch, die mitten im Wohnzimmer stand. «Hörst du, Papa, sie berichten über die Sache.»

Papa lag mit dem Rücken zum Fernseher auf der Couch. Er antwortete nicht. Die Hausschlappen lagen müde abgestreift am Boden, die Flasche Bier, die er zur Entspannung gerne trank, wenn er nach Hause kam, stand unberührt daneben.

«Papa ...»

Jan nahm die Fernbedienung zur Hand und stellte den Ton leiser, damit sein Vater nicht gestört wurde. Er hatte seinen Schlaf verdient. Er war all die Jahre viel unterwegs gewesen, und die wenigen Tage, die er zu Hause war, sollte er genießen.

Seit letzter Woche war es mit der Herumreiserei zu Ende gegangen. Jan hatte ihn gedrängt, den Job an den Nagel zu hängen und sich zukünftig auf die Familie zu konzentrieren. Schließlich war die Familie das Zentrum jedes einzelnen Mitglieds. Nichts und niemand durfte das vernachlässigen und sich darüber erheben. Das hatte ihm sein Vater von Anfang an eingeschärft. Nun hatte Jan ihn beim Wort genommen.

Jan zappte durch die Programme, auf der Suche nach weiterer Berichterstattung über den Fund in der Babyklappe. Doch alle plapperten die gleichen Worte wieder und zeigten die gleichen Bilder. Jan schaltete aus.

Auf dem Weg hoch ins Schlafzimmer nahm er eine Decke zur Hand und legte sie seinem Vater vorsichtig über den Körper. Er wollte ihn nicht wecken. Der Vater schlief gerne auf der Couch.

Mutter würde erst morgen zurückkommen und bekäme von Vaters Nachtlager nichts mit. Ab morgen würden sie wieder ein Bett teilen. So wie früher, als sie noch eine glückliche Familie waren.

Morgen. Auf dem Weg nach oben spürte Jan die Vorfreude in sich aufsteigen. Morgen, wenn Mutter endlich wieder nach so vielen Jahren nach Hause kam, wäre sein Glück vollkommen.

Nun, nicht ganz, sein kleiner Bruder fehlte noch.

25

Levy kam spät nach Hause. Es war bereits Viertel vor ein Uhr nachts.

Er war hundemüde und wollte auf direktem Weg ins Bett. Selbst für seinen gewohnten Gute-Nacht-Trunk konnte er sich nicht mehr begeistern.

Der E-Mail-Bote auf dem Bildschirm seines Computers zeigte drei neue Nachrichten an. Er öffnete den Posteingangsordner.

Nummer eins: Demandt wollte wissen, wie die Ermittlungen voranschritten und wie er im Team zurechtkam.

Nummer zwei: Ein Richter fragte ein Sachverständigengutachten zu einem angeklagten Serienmörder an.

Nummer drei: *Wie hat Ihnen mein Geschenk gefallen?*

Levy setzte sich auf. Woher kam die Mail? Er suchte den Absender. Die Endung lautete nicht auf *.cn* für China, wie er gedacht hatte, sondern auf *.za*. Verdammt, welches Land hatte die Top Level Domain *.za*?

Er startete eine Suchmaschine und gab *Liste tld* ein. Gleich der erste Treffer brachte ihm die gewünschte Information. *Za* stand für Südafrika.

Wie um alles in der Welt kam Anubis an eine E-Mail-Adresse, die von einem südafrikanischen Postserver stammte?

Genauso, wie er an die andere Adresse gekommen war, Alexej hatte es erklärt. Er hatte sie einfach beantragt, so wie es Millionen anderer auch tun.

Höchstwahrscheinlich nicht unter seinem richtigen Namen und der korrekten Adresse, sondern er hatte bewusst falsche Angaben gemacht. Die Betreiber von Servern, die ihr Geld mit Werbeplatzierungen auf ihren Sites verdienen, fragen nicht lange nach, ob die Angaben auch richtig sind. Levy hatte es selbst ausprobiert, und es hatte funktioniert.

Wenn Anubis schlau war, und das war er offensichtlich, dann hatte er nicht direkt vom Standort seines Rechners die Mails abgefragt, sondern war erneut über einen Proxy gegangen. Somit führte auch diese Adresse in eine Sackgasse.

Dieses Spiel mit den ausländischen Adressen konnte nun ewig so weitergehen, ohne dass Levy und Alexej eine Chance hatten, ihn aufzuspüren.

Er musste Anubis dazu bringen, einen Fehler zu begehen. Einen, den Levy vorbereitet hatte, um rechtzeitig die Spur zu ihm aufzunehmen.

Die Chancen dafür standen gut.

Anubis war aus der Dunkelheit getreten und hatte Kontakt aufgenommen. Die Theorie, dass er unbewusst gefasst werden wollte, wurde immer realer. Wie war sein Verhalten anders erklärbar?

Levy und das Team hätten kaum Aussicht auf Erfolg, wenn Anubis sich so verhalten würde wie früher: Unerkannt im Hintergrund bleiben und, wenn ihm die Sache zu heiß wurde, einfach verschwinden. Das hatte damals geklappt, das könnte es auch heute wieder.

Doch damals war nicht heute. Levy hatte sich verändert, Anubis aber auch. Er vermied nicht mehr das Risiko, sondern er forderte sein Schicksal heraus.

Wieso die Nummer mit der Babyklappe?

Sie war im Grunde genommen ein einziges, großes Risiko, erkannt zu werden. Ein aufmerksamer Augenzeuge unter den Hunderten Angestellten des Krankenhauses hätte genügt.

Und wieso hatte er die Geschlechtsorgane ausgewählt?

Jedes andere Organ hätte es ja auch getan. Folglich musste hinter dieser Wahl ein Grund stecken.

Was sagten die Wahl des Organs und die Wahl des Ablageorts zusammen aus?

Levy mühte sich, eine Gemeinsamkeit zu erkennen.

Wieder stellte er sich die Grundfrage: Was ist das Wesen der Dinge?

Was bedeutet das weibliche Geschlechtsorgan, und was bedeutet Babyklappe?

Sein Kopf brummte vor Schmerz. In diesem Zustand würde er nicht mal das Rätsel um den Froschkönig lösen können.

Morgen war auch noch ein Tag.

Er entledigte sich nur noch seiner Kleidung, vergaß sogar das Bad und nahm den Gedanken vom Wesen der Dinge mit auf den Weg ins Bett.

Kaum hatte er die Bettdecke zurückgeschlagen, meldete der Computer einen eingehenden Anruf. Er blickte hinüber zum Monitor. Keine Anruferkennung. Vielleicht Anubis.

Er bestätigte und drückte zugleich die Aufnahmetaste, um das Gespräch aufzuzeichnen.

«Levy.»

Er war es. «Ich hoffe, es ist noch nicht zu spät.»

«Kommt darauf an, was Sie mir zu sagen haben. Für Rätselraten bin ich heute nicht mehr zu haben.»

Anubis akzeptierte das. «Dann lassen Sie mich Ihnen eine Geschichte erzählen. Sie brauchen nichts weiter zu tun, als zuzuhören.»

«Okay, ich höre. Ich hoffe nur, dass sie von Bedeutung ist.»

«Ich werde Sie nicht enttäuschen.

Es ist die Geschichte eines Jungen, der sich nichts mehr wünschte als sein Recht, das ihm genommen worden war.

Es geschah auf einer Insel vor vielen Jahren. Die Familie, die er liebte, hatte sich für ein Wochenende ein Strandhaus gemietet, um den Hochzeitstag zu feiern. Gekommen waren auch die engsten Verwandten, Onkeln, Tanten, Cousins und Cousinen ...»

Levy war trotz der Erschöpfung nun hellwach. Wenn diese Psychopathen bei Adam und Eva begannen, anstatt gleich auf den Punkt zu kommen, steckte dahinter in den meisten Fällen eine wichtige Hintergrundinformation oder sogar ein Trauma, das ihr Handeln erklären konnte.

Anubis entging Levys Gespanntheit nicht. «Gedulden Sie sich ein wenig. Ich weiß, es ist spät, aber es lohnt sich.»

«Entschuldigung.»

«Zufälligerweise war der Hochzeitstag der Eltern der Tag vor seinem zwölften Geburtstag. Ein sehr wichtiger Tag, denn in dieser Nacht sollte er in den Kreis der Erwachsenen aufgenommen werden. Es sollte also sein Tag werden, der Tag, den er so lange herbeigesehnt hatte.

Ohne Murren hatte der Junge den ganzen Tag gearbeitet, um das Familienfest vorzubereiten. Das mitgebrachte Essen musste er aus dem Haus nach draußen bringen, Bänke und Tische aufstellen und der Mutter zur Hand gehen. Sein kleiner Bruder ... Entschuldigung, fast hätte ich ihn vergessen. Dabei spielte er eine wichtige Rolle in dieser Nacht, eine entscheidende sogar.

Der kleine Bruder wurde im Gegensatz zu dem großen von Arm zu Arm gereicht, während die Verwandten eintrafen. Er war der Mittelpunkt der Aufmerksamkeit, alle erfreuten sich an ihm. Den älteren jedoch bemerkte man nicht; seit den fast zwölf Jahren seines jungen Lebens. Obwohl er immer dabei war, nahm man ihn nicht wahr, überging ihn zugunsten des jüngeren.

Doch an diesem Abend hatte ihm der Vater versprochen, das große Lagerfeuer anzünden zu dürfen. Der Junge hatte den Scheiterhaufen eigenhändig dafür aufgebaut.

Das war eine große Ehre, denn in all den Jahren zuvor

durfte nur der Vater das Streichholz an die Scheite führen. Für den Jungen war es das Zeichen, dass er endlich erwachsen wurde, sich zum Kreis der Großen zählen durfte. Die Flamme wurde vom Vater an den Sohn weitergegeben.

Der kleine Bruder würde sein ganzes Leben vergebens darauf warten. Es gab eindeutige Gesetze der Rangfolge. Da konnten sie den Kleinen noch so lange knuddeln, während der Ältere vergessen für ihre Bequemlichkeit sorgte.»

Etwas an den Ausführungen Anubis' ließ Levy aufhorchen. Er wusste nicht genau, was es war, ein Satz, ein Wort, eine Situation oder eine Beschreibung.

Anubis sprach weiter. «Das Strandhaus, das die Eltern für die Feier gemietet hatten, lag hinter einer flachen Düne, wo man das Meer noch gut sehen konnte. Es war eines dieser kleinen, schnell errichteten Häuschen aus billigem Holz, das Wochenendausflüglern und Touristen einen bescheidenen Komfort, aber einen grandiosen Blick aufs Meer schenkte. Eine Hand voll Strandkioske und ein kleiner Supermarkt reihten sich an diesem langen Strand auf. Sie waren bis zum Einbruch der Dunkelheit geöffnet, um den Gästen auch noch spät eine Einkaufsmöglichkeit zu bieten.

Inzwischen neigte sich der Tag dem Ende zu. Am Horizont wechselte die Sonne in ein überwältigendes Rot. Nur noch eine halbe Stunde würde es dauern, bis sie im Meer versank.

Der Junge zählte die Minuten. Die Streichholzschachtel trug er seit dem Morgen in der Hosentasche mit sich herum.

Niemand sollte ihm zuvorkommen ...»

«Ich nehme an», unterbrach Levy unüberlegt, «es geschah dann doch.»

«Das erzähle ich Ihnen beim nächsten Mal. Für heute soll es genügen.»

«Einen Moment», protestierte Levy, «für dieses Bruchstück haben Sie mich doch nicht die ganze Zeit vom Schlafen abgehalten.»

Anubis schwieg eine Weile, dann antwortete er: «Nun gut, dann will ich Ihnen noch etwas für Ihre Träume mitgeben.»

«Ich höre.»

«Und der Junge sprach: Du bist schuld.»

26

Der kleine Balthasar Levy heulte sich die Seele aus dem Leib. Er stand am Fenster seines Zimmers und blickte der Jaguar-Limousine hinterher. Vergebens mühte sich einer der Erzieher, ihn zu beruhigen. Ein Monat würde schnell vergehen, sagte er.

Doch Levy wollte nichts davon hören. Zu gut kannte er seine Mutter inzwischen, die ihn in diesem Heim für abgestellte Kinder parkte.

Als die Limousine die Auffahrt verlassen hatte, wünschte Levy sich nur noch eins: dass sie niemals mehr zurückkommen sollte.

Vielleicht würde er dann den Schmerz des Immer-wieder-verlassen-Werdens endlich bewältigen können.

Er schloss die Augen und wünschte es sich ganz fest.

Bleib weg. Komm nie wieder.

Trudelnd, eine dicke Rauchfahne hinter sich herziehend, krachte die Cessna in den dürren Boden Afrikas. Die Wucht zerknüllte das Cockpit und die Fahrgastzelle wie Papier. Die Treibstofftanks explodierten und machten aus der Privatmaschine einen weit verstreuten Haufen brennender Splitter, versengten Fleischs und geborstener Knochen.

Levy vermochte kurz vor dem Aufprall die verzweifelten Schreie seiner Mutter noch hören. Sie klangen in seinen Ohren nach Genugtuung. Jeder Schrei war eine seiner Tränen. Gemessen an dem Meer, das er vergossen hatte, würde sie auf immer schreien.

Als er aber verstand, was er angerichtet hatte und dass er fortan nicht nur einsam, sondern auch alleine war, setzte sich sein Leid fort. Das Gefühl der in Erfüllung gegangenen Rache war nur von kurzer Dauer gewesen und hinterließ mehr Schmerz als zuvor.

Vom Himmel her hörte er die Anklage: *Du bist schuld.*

Levy erwachte atemlos. Um ihn herum hallte diese Stimme wider: *Du bist schuld.*

Levy schleppte sich im Morgenlicht, das durch die breite Fensterfront hereinfiel, zum Kühlschrank. Er schützte die Augen vor der unerwarteten Helligkeit. Es musste spät sein, früher jedoch, als er gewöhnlich aufstand. Die Umstellung von Nacht- auf Tagarbeit hatte er noch nicht ganz im Griff.

Wie zu erwarten, gab der Kühlschrank nichts her. Sein Hals brannte. Eine halb volle Flasche war noch übrig. Wenn er an seinem Schlaf-Wach-Rhythmus schon so hart arbeitete, dann konnte er beim Alkohol auch eine Ausnahme machen. Er griff zu und gönnte sich zwei kräftige Schlucke.

27

Es war zwanzig nach neun Uhr. Erneut kam er zu spät, obwohl er schnell geduscht und dem Taxifahrer ein erhöhtes Fahrgeld gegeben hatte, um die Straßenverkehrsordnung für diese eine Fahrt zu seinen Gunsten auszulegen.

«Wissen Sie, wie viel Uhr es ist?», fauchte ihm Michaelis entgegen, als er sich an seinen Tisch setzte.

«Ich weiß», antwortete er, verkniff sich die Entschuldigung, die ohnehin nichts eingebracht hätte.

Als Erster bemerkte Alexej, der rechts neben Levy saß, den Geruch, der von Levy ausging. Dann Falk zu seiner Linken. Alexej knuffte ihn mit dem Knie unter dem Tisch. Er rollte die Augen Richtung Ausgang. Doch dafür war es zu spät. Die Fahne hatte Michaelis erreicht.

Sie schnupperte die Luft, versuchte zu lokalisieren, woher der Gestank frischen Alkohols kam.

Erst jetzt bemerkte Levy, dass er einen unverzeihlichen Fehler gemacht hatte. Er hatte das Frühstück sausen gelassen, um pünktlich zur Morgenkonferenz zu erscheinen. Und genau diese von Michaelis verordnete Pflicht brachte ihn nun in eine prekäre Lage. Das Einzige, was sich in seinem Körper befand, war Alkohol, und der fand seinen Weg über den Atem zu ihr.

Die Michaelis glaubte ihrer Nase nicht zu trauen. «Haben Sie getrunken?!»

Levy riss sich zusammen, versuchte noch vom Haken zu springen. «Anubis hat sich nochmals gemeldet.»

Die Ablenkung funktionierte. «Haben Sie ihn aufgezeichnet?», fragte Falk gespannt.

Levy zückte eine CD und fuchtelte damit für alle sichtbar vor seinem Gesicht herum, als wolle er einen Handel vorschlagen: Ja, ihr habt mich erwischt, aber dafür habe ich Anubis auf CD.

Michaelis verstand den Wink. Sie unterdrückte notgedrungen den Urteilsspruch, wenngleich er nur verschoben war.

Alexej legte die CD ins Laufwerk. Über die Lautsprecher erklang das Gespräch, das Anubis und Levy in der Nacht zuvor geführt hatten. Die anfänglich gespannte Erwartung, die Identität Anubis' ein Stück weit zu lüften, war nach dem letzten Satz in Verblüffung umgeschlagen

«Was sollte denn das sein?», fragte Naima im Namen aller.

«Für mich klingt es nach einem Gleichnis», antwortete Luansi, «auch wenn die Geschichte noch nicht zu Ende erzählt ist.»

«Meinte er mit der Schuld Sie persönlich?», fragte Michaelis Levy.

«Wie kommen Sie darauf?», antwortete Levy schroff.

«Das scheint doch offensichtlich. Wer erzählt einem eine derartig kindliche Geschichte, wenn er nicht etwas damit ausdrücken will? Würde es sich nur um die Ermittlungen handeln, dann wäre er bei mir besser aufgehoben. Also gehe ich davon aus, dass ein persönliches Verhältnis zwischen Ihnen und Anubis besteht beziehungsweise er ein solches bewusst zu Ihnen herstellen will.»

Damit hatte sie nicht Unrecht. Levy war in der Eile des Morgens noch nicht dazu gekommen, das Gespräch zu analysieren. Anubis war dabei, eine Beziehung zu ihm aufzubauen. Nicht nur, dass er den Kontakt zu ihm suchte, er wollte ihn auch zu etwas hinführen. Zu einer Erkenntnis? Wenn ja, zu welcher?

«Und, hat es funktioniert?», fragte Falk.

Levy schreckte aus seinen Gedanken auf. «Was meinen Sie?»

«Na, das mit Ihren Träumen. Anubis hatte Ihnen den Spruch mit in den Schlaf gegeben.»

«Das geht Sie nichts an», antwortete Levy unvermittelt.

Alle im Raum waren erstaunt ob der aggressiven Antwort. Selbst Levy ertappte sich verwundert.

«Entschuldigung», sagte Levy, «ich bin etwas ...»

«Übernächtigt, habe ich den Eindruck», unterbrach Michaelis. Sie griff das Thema Alkohol nochmals auf. Würde sie jetzt zu Ende führen, nachdem sie besaß, was Levy anzubieten hatte?

Das Telefon rettete ihn. Luansi nahm das Gespräch entgegen. «Wir haben zwei Vermisstenmeldungen aus den letzten achtundvierzig Stunden hereinbekommen, die auf die gesuchte Person zutreffen. Sie sind aus einem Umkreis von einhundert Kilometern. Beide Frauen, zwischen vierzig und fünfzig Jahre alt, Kinder, eins bis zwei.»

«Na, also», sagte Michaelis erfreut. «Naima, Falk kümmert euch darum.»

Die Gruppenbesprechung löste sich in Windeseile auf. Levy sah, dass Michaelis sitzen blieb. Er musste ihr zuvorkommen und stand ebenfalls auf.

«Ihr heutiges Verhalten kommt in den Bericht», sagte sie emotionslos. «Das ist die allerletzte Warnung.»

Levy ließ sie ohne Kommentar sitzen.

28

Eine der beiden vermissten Frauen wohnte alleine. Ihr Name: Tessa Fahrenhorst.

Levy hatte sich Falk angeschlossen, der in der Wohnung der Vermissten den einzigen Sohn nach seiner Vermisstenmeldung befragen wollte.

Sie nahmen den Fahrstuhl hoch in den fünften Stock. Levy sah sich im blanken Metall der Innenverkleidung gespiegelt.

Vor der Tür angekommen, lasen sie auf goldglänzendem Schild den Namen. Ein zirka zwanzigjähriger Mann, blond, groß gewachsen, öffnete ihnen.

Sie stellten sich vor und traten ein.

Die Kollegen von der Spurensicherung waren bereits dabei, die Arbeitsgeräte einzupacken. «Morgen sollten wir alles ausgewertet haben», sagte einer zu Falk. «Wenn eine Spur vorgezogen werden soll, bitte melden.»

«Habt ihr DNA-fähiges Material?», fragte Falk.

Der Kollege bestätigte.

Falk bedankte sich und ließ sie gehen.

Levy und er setzten sich auf die Couch, der junge Mann ihnen gegenüber in den Stuhl. Während Falk die ersten einleitenden Fragen stellte, sah sich Levy in der Wohnung um.

Nachdrucke von Matisse und Dalí an den Wänden, die Sehnsucht und den Wunsch nach Entfaltung signalisierten. Die CD-Sammlung umfasste eine Reihe südamerikanischer Sambakünstler. Die Möbel waren kompromisslos in Stahlrohr gehalten, nur aufgelockert mit weichen sandfarbenen Kissen.

«Was haben Sie gemacht, als Ihre Mutter gestern nicht zum vereinbarten Zeitpunkt hier war?», fragte Falk.

«Ich habe natürlich in der Boutique angerufen», antwortete er. «Dort sagte man mir, dass sie von Tessa seit der Abreise zur Modemesse nichts mehr gehört haben. Kunden, mit denen sie auf der Messe verabredet war, hatten auch angerufen und gefragt, wo sie abgeblieben sei.»

«Es sieht also danach aus, dass Ihre Mutter gar nicht zur Messe gefahren ist.»

«Und das verstehe ich eben nicht. Wer sie kennt, weiß, dass sie nie unentschuldigt einen Termin platzen lässt. Sie sagt immer: Termine sind Versprechen, und die bricht man nicht. Da legt sie großen Wert darauf.»

«Gibt es Freunde oder Verwandte, zu denen sie gefahren sein könnte?»

Levy fragte dazwischen. «Stört es Sie, wenn ich mich ein wenig umschaue?»

Der junge Mann verneinte.

«Sie hat nur eine Freundin», antwortete er, «und die einzige Verwandtschaft sind wir.»

«Wer sind *wir*?», fragte Falk.

«Tessa war Vollwaise. Mit achtzehn hat sie meinen Vater geheiratet, dessen Eltern auch frühzeitig gestorben waren.»

Levy fand im Regal eine Aufnahme von Tessa Fahrenhorst, zumindest vermutete er es. Sie zeigte eine lebenslustige Frau mit blonden lockigen Haaren, Anfang vierzig, in Bergsteigermontur. Im Hintergrund waren im Dunst mehrere schneebedeckte Gipfel zu sehen.

«Ist das Ihre Mutter?»

Der junge Mann bejahte. «Die Aufnahme stammt aus den Dolomiten, sie ist drei Jahre alt. Zusammen mit ihrer Freundin Cora ist sie da hinaufgestiegen, die verrückten Hühner.»

«Wieso verrückt?»

«Weil sie stets nur ausgeflippte Sachen gemacht haben. Die beiden waren richtige Adrenalin-Junkies. Nichts konnte zu hoch, zu tief oder gefährlich genug sein. Gleich nach dem Frühstück war das Bungee-Jumping dran.»

«Gab es einen Grund dafür?», wollte Falk wissen.

Der Junge antwortete dieses Mal nicht gleich. «Mein Gott», seufzte er, «Tessa glaubte ihre Jugend nachholen zu müssen. Nach der frühen Heirat und meiner Geburt war sie in ein Loch gefallen. Ihre Zwanziger verbrachte sie auf Kinderspielplätzen und Elternratssitzungen. Als ich dann endlich aufs Gymnasium ging, dachte sie, sie müsse alles Versäumte auf einen Schlag nachholen. Sie reiste mit Cora durch die Welt, sie hingen in Clubs herum und kauften schließlich diese Boutique. So ein Irrsinn. Die war völlig überteuert. Mein Vater protestierte, aber sie setzte ihren Kopf durch.»

«Dann gab es Probleme», mutmaßte Levy.

Der Junge nickte. «Die Streitereien gingen bis zur Scheidung vor fünf Jahren. Seitdem verstehen sie sich wieder besser.»

«Wie würden Sie Ihre Mutter beschreiben?», fragte Levy. «Was für ein Typ war sie?»

«Aktiv, neugierig, geradeaus, manchmal etwas zu laut ... wie 'ne Achtzehnjährige.»

«Was war der Grund für Ihre gestrige Verabredung?», fragte Falk.

«Ich habe die Chance auf zwei Studiensemester in den USA. Doch alleine können wir das nicht finanzieren, meint mein Vater. Er zahlt die Hälfte und erwartet von seiner Ex und der Geschäftsfrau ihren Anteil.»

«Wo können wir diese Cora erreichen?»

«Zurzeit gar nicht. Höchstens, Sie fliegen nach Australien. Sie macht dort 'ne Rundreise und will in drei Wochen wieder da sein.»

«Gibt es sonst jemanden, zu dem Ihre Mutter gefahren sein könnte, oder einen Ort, an dem sie sich aufhalten könnte? Ich meine, vielleicht wollte sie einfach mal abschalten, den ganzen Trubel ...»

«Vergessen Sie's», unterbrach der Junge forsch. «Tessa ist nicht der Typ für Ruhe. Nichts hätte sie schneller gelangweilt. Nein, irgendetwas muss passiert sein.»

«Können wir ein Bild von Ihrer Mutter haben?», fragte Levy.

Der Junge holte aus dem Regal ein Album. Tessa beim Snowboarden, Tessa beim Bungee, Tessa beim Rafting, Tessa Tausendsassa.

Levy entschied sich für eine Aufnahme, die Tessa Fahrenhorst am Rande einer Klippe zeigte. Sie machte einen selbstsicheren Eindruck.

«Wie wollte Ihre Mutter eigentlich zur Messe kommen?», fragte Falk.

«Mit ihrem Auto. Sie fährt so einen japanischen Flitzer.»

«Gibt es im Haus eine Garage?»

Der Junge bejahte. Zu dritt verließen sie die Wohnung und fuhren mit dem Aufzug in die Tiefgarage. Als sie hinaustraten, lagen die fünf Frauenparkplätze gleich zur Linken. Einer davon war besetzt.

«Da steht er ja», sagte der Junge überrascht.

«Vielleicht hat sie doch die Bahn genommen.»

«Nie im Leben. Sie hasst diese muffigen Bahnfahrer und blökenden Rotznasen.»

Falk ging ans Auto und prüfte, ob der Wagen verschlossen war. Die Fahrertür ließ sich öffnen. Der Zündschlüssel fehlte, die kleine Rücksitzbank war leer.

Levy probierte den Kofferraum. Er sprang nach dem ersten Versuch auf. Darin ein Koffer.

«Der gehört Mama», sagte der Junge. Langsam wurde ihm der Ernst der Lage bewusst. «Ich mache mir nun aber wirklich Sorgen.»

Levy schaute sich um. Normalerweise gab es doch in den Tiefgaragen irgendwelche Kameras, die Sicherheit vortäuschen sollten.

Direkt über dem Zugang zum Aufzug fand er eine.

«Gibt es einen Sicherheitsdienst hier im Hause, der diese Videokameras betreibt?», fragte Levy.

«Soviel ich weiß, nicht. Der Hausmeister müsste es aber wissen.»

Falk rief per Telefon die Spurensicherer zurück.

Im ersten Stock fanden sie die Hausmeisterwohnung. Falk klingelte, ein Mann Ende sechzig öffnete.

«Sie wünschen?» Er erkannte den jungen Fahrenhorst. «Hallo Till, wie geht es dir?»

«Danke, gut, Herr Schollenkamp. Die beiden Herren sind von der Polizei. Sie möchten sich gerne die Videos anschauen, die in der Tiefgarage gemacht werden.»

«Ist was passiert?»

«Meine Mutter ist verschwunden. Wissen Sie vielleicht, wo sie stecken könnte?»

Der Mann schüttelte den Kopf und führte die drei herein. Gleich im ersten Zimmer links war die «Schaltzentrale» des Hauses. Neben dem Bord für die Schlüssel zeigten zwei kleine Monitore Schwarz-Weiß-Bilder aus der Tiefgarage. Das eine Bild hatte im Anschnitt die Frauenparkplätze mit dem Heck von Fahrenhorsts Wagen.

«Zeichnen Sie die Bilder auf?», fragte Falk.

«Sicher», antwortete der Mann. Er öffnete einen Blechschrank. Darin befanden sich zwei Videorekorder und mehrere Kassetten. Die beiden Videorekorder schienen aus den achtziger Jahren zu stammen. Eine deutsche Firma, die es seit Jahren nicht mehr gab, hatte sie gebaut. Kein Vergleich zu den heute gängigen Slim-Produkten. «Welche wollen Sie sehen?»

Falk fragte den jungen Fahrenhorst. «Wenn Ihre Mutter zur Modemesse erwartet wurde, wann hätte sie dann spätestens losfahren müssen?»

Der Junge überlegte. «Irgendwann zwischen sieben und acht. Eher sieben, denke ich, den Morgenverkehr mit eingerechnet.»

«Können Sie bitte das Band heraussuchen?», fragte Falk.

«Welcher Tag?»

«Vorgestern.»

Der Hausmeister hatte seine Überwachungsvideos gut geordnet. Ein Griff, und er legte die Kassette in das Abspielgerät. Das Bild erschien auf einem der kleinen Monitore. Unten am Rand lief eine Einblendung, die Tag und Uhrzeit zeigte.

Die Aufnahme war im Longplay-Modus, also nicht sonderlich scharf, und nur jedes fünfte Bild wurde aufgezeichnet. So musste die Kassette nur einmal täglich gewechselt werden. Nachteil war jedoch, dass die Aufnahmen ruckhaft waren.

Das Band begann abends zuvor um dreiundzwanzig Uhr.

«Könnten Sie bitte einen schnellen Bildvorlauf machen?», bat Falk.

Im Schnelldurchlauf huschten Autos und einige wenige Menschen an der Videokamera vorbei, und Neonlichter zuckten. Dann kam lange Zeit nichts. Um sechs Uhr vierundvierzig des darauf folgenden Morgens fuhr ein dunkler Van auf einen der Frauenparkplätze, gleich neben den Wagen von Tessa Fahrenhorst.

Fast zeitgleich reagierten der Hausmeister und Levy.

Das Band stoppte ins Standbild.

«Wer fährt denn da auf einen Frauenparkplatz?», ärgerte sich der Hausmeister. «Der Wagen gehört keiner Frau im Haus.»

Levy wagte gar nicht zu hoffen. Wenn das der schwarze Van war, von dem Aydin, der türkische Hausmeister des Bezirkskrankenhauses, gesprochen hatte ...

«Bitte, normale Geschwindigkeit», bat Levy.

Zwei Minuten passierte gar nichts. Der Fahrer stieg nicht aus oder war unentdeckt unter der Videokamera vorbeigegangen. Die Wahrscheinlichkeit war groß, denn die Linse konzentrierte sich auf die Fahrwege, nicht auf die Parkplätze. So war am linken Bildrand nur das Heck des Fahrzeuges zu sehen.

Doch dann zeigte sich etwas. Nur eine knappe Sekunde lang. Eine Gestalt lief durch die untere linke Ecke.

«Stopp und zurück», befahl Falk.

Der Hausmeister gehorchte.

«Haben Sie auch eine Einzelbilddarstellung an diesem Gerät?», fragte Levy.

Der Hausmeister verneinte. «Leider nicht. Ich bin schon froh, dass der Verwaltungsrat überhaupt diese Anlage genehmigt hat.»

Wieder sahen sie die Gestalt, den Kopf nach vorne geneigt, durch die untere Ecke des Bildes huschen. Das war zu wenig, um etwas erkennen zu können. Wenn die Kamera alle Bilder aufgezeichnet hätte und nicht nur jedes fünfte, dann vielleicht. So blieb diese Aufnahme nur ein Fragment.

«Bitte schnell vorwärts», sagte Falk.

Um sieben Uhr zwölf traten Tessa Fahrenhorst und die Gestalt von zuvor ins Bild.

Tessa trug einen kleinen Koffer, denselben, den sie im Kofferraum gefunden hatten, und die Gestalt, offenkundig ein Mann im dunklen Anzug, gut zwei Köpfe größer als sie, hielt auch einen Koffer. Die beiden waren nur von hinten und nach wenigen ruckartigen Bildern nur noch die Heckklappe des dunkeln Vans zu sehen. Als hätte der Teufel die Kamera extra so eingestellt, verschwanden Tessa und ihr Begleiter hinter der Heckklappe unten im Bild.

«Verdammt», schnaubte Falk.

Die Heckklappe wurde geschlossen. Ein Arm war zu sehen, nicht mehr. Dann stieß der Van rückwärts heraus aus dem Parkplatz, aber leider auch aus dem Kamerablickwinkel. Er musste dann rechts weitergefahren sein, denn das Bild blieb leer.

Zurück blieb der verlassene Wagen Tessa Fahrenhorsts.

«Der Mann hat sie mitgenommen», sagte der Junge betroffen.

Levy legte die Hand auf seine Schulter. «Vielleicht ist es ein Freund, mit dem sie zur Messe gefahren ist.»

Der Junge schüttelte stumm den Kopf.

«Wir müssen das Band mitnehmen», ordnete Falk an. «Unter Umständen können unsere Techniker noch etwas herausholen.»

29

«Auf diesem Band würde man noch nicht mal sein eigenes Gesicht erkennen», haderte Falk mit der verpassten Chance, «selbst wenn die Videokamera nur einen Meter entfernt ist.»

Er steckte eine DVD, auf der die nachbearbeiteten Videoaufnahmen gespeichert waren, in einen der Computer. «Unsere Techniker haben herausgeholt, was möglich war. Erhofft euch nicht zu viel.»

Der große Plasmaschirm, der an der Wand hinter der Michaelis angebracht war, förderte ein Bild zutage, bei dem man die einzelnen Bildpunkte groß wie Zündholzköpfe sehen konnte. Es zeigte zum einen die Ankunft des dunklen Vans, den kurzen Ausschnitt des Fahrers, als er unter der Videokamera zum Aufzug gegangen war, und schließlich den Auftritt von Tessa Fahrenhorst und ihrem Begleiter, bis sie unter der Heckklappe verschwanden. Der Blick hinein ins Fahrzeuginnere wurde durch die Spiegelung der Neonleuchten auf die Windschutzscheibe verhindert.

«Ich frage mich, wieso die überhaupt die Tiefgarage überwachen», kommentierte Falk, «wenn auf den Aufnahmen ohnehin nichts zu erkennen ist.»

«Um das Gewissen zu beruhigen», antwortete Naima.

Sie war enttäuscht, wie der Rest der Truppe. Nach Falks

Anruf, ein Bild des Täters und seines Fahrzeuges in den Händen zu haben, war spontan Hochstimmung ausgebrochen. Nun befanden sich alle ebenso schnell im Stimmungstief.

«Habt ihr das Gesicht näher herangeholt?», fragte Michaelis.

Falk nickte. «Wenn das Ausgangsmaterial bereits so schlecht ist, dann kann auch die beste Aufbereitung nicht mehr viel herausholen.»

Er betätigte eine Taste, und auf dem Monitor legte sich die Vergrößerung über das Bild von der Tiefgarage. Zu sehen war streng genommen nichts. Etwas, das auf Haare schließen ließ, die Andeutung einer Nase, zwei einzelne Punkte für die Augen.

«Das ist nicht viel», sagte Michaelis.

«Und das Nummernschild?», fragte Luansi.

Falk betätigte noch eine Taste. «Entweder war es bereits stark verschmutzt, bewusst unkenntlich gemacht, oder die Aufnahme vermurkst es.»

In der Tat, auf der dunklen Heckklappe war unter der Vergrößerung eine grau verschmierte, längliche Platte nur zu erahnen. Vielleicht begann das Kennzeichen mit einem Buchstaben, vielleicht auch mit zweien, die Nummer war im grauen Schlier nicht zu erkennen.

Enttäuschtes Raunen im Raum.

«Zumindest haben wir eine erste Täterbeschreibung», sagte Levy, «sofern, und das setze ich mal voraus, der DNA-Test mit Tessa Fahrenhorst positiv ausfällt.»

Er bat Falk, zur Aufnahme mit Tessa Fahrenhorst und ihrem Begleiter zurückzugehen, als sie den Aufzug verließen und in den Aufnahmebereich der Videokamera traten. Falk fand die Stelle schnell und fror das Bild auf dem Monitor ein.

«Tessa Fahrenhorst war laut Angaben ihrer Ausweispapiere, die wir in ihrem Koffer fanden, einen Meter achtundsechzig groß. Die Aufnahme zeigt, dass sie unserem Mann gerade bis zur Schulter reicht. Rechnen wir den Hals und den Kopf dazu, dann schätze ich, dass er gut einen Meter neunzig groß ist. Die Statur würde ich als schlank bezeichnen. An seiner Art zu gehen konnte ich bei den wenigen Bildern, die uns zur Verfügung stehen, nichts Auffälliges ausmachen. Er hat aber den Kopf leicht nach vorne geneigt. Entweder handelt es sich dabei um eine Eigenart, oder er ist sich der Aufnahme des Videogerätes bewusst. Dann ist davon auszugehen, dass er die Örtlichkeit kannte, sie vorher auskundschaftete, also, wie bisher, planend vorging.

Damit stellt sich die Frage, wie er zu Fahrenhorst Kontakt aufgenommen hat. Die Aufnahme zeigt die beiden zusammen. Erinnern wir uns, die Bilder wurden kurz nach sieben Uhr morgens aufgezeichnet. Um diese Uhrzeit lernt man kaum jemand kennen, schon gar nicht, wenn man in Eile ist und eine lange Fahrt im Morgenverkehr vor sich hat.»

«Sie meinen», unterbrach Luansi, «die beiden haben sich bereits gekannt?»

«Anzunehmen», fügte Naima hinzu. «Ich würde mich nicht in aller Herrgottsfrühe in einem Aufzug und schon gar nicht in einer Tiefgarage von einem Fremden anquatschen lassen.»

«Soll das heißen, dass sie zusammen zur Messe fahren wollten?», fragte Falk.

«Wenig wahrscheinlich», widersprach Michaelis. «Wieso hat sie denn einen Koffer in ihr Auto gepackt, wenn sie mit seinem Wagen fahren wollten?»

«Das denke ich auch», stimmte Levy zu. «Es ist eher davon auszugehen, dass unser Mann gewaltsam zugegriffen hat. Leider ist das in der Aufnahme nicht zu sehen, da die Heckklappe den Blick verwehrt.»

«Gehen wir davon aus, dass Täter und Opfer sich kannten», setzte Michaelis fort, «dann müssten sie vorher auch zusammen gesehen worden sein. Hat die Befragung ihres Sohnes etwas ergeben? Ich meine, im Hinblick auf die neue Bekanntschaft.»

Falk verneinte. «Wir müssen jedoch noch mit ihren Mitarbeitern in der Boutique sprechen. Vielleicht ergibt sich daraus etwas.»

«Übernimm du das», beschied Michaelis. «Naima, du fährst zu diesem Hausmeister und siehst dir die vorherigen Videoaufnahmen an, so weit sie archiviert wurden. Schau, ob unser Mann tatsächlich das Terrain vorher ausgekundschaftet hat. Befrag dann auch gleich die Nachbarn auf demselben Stockwerk nach der Fahrenhorst und ihrem neuen Freund.

Luansi, wann ist mit dem Ergebnis des DNA-Tests zu rechnen?»

«Dragan ist dabei.»

Dann wandte sie sich an Levy. «Wie lange brauchen Sie für die Auswertung des Gesprächs mit Anubis?»

«Ich setze mich heute Abend dran.»

«Zur Sicherheit schicken wir eine Kopie den Spezialisten des BKA.»

«Was soll das heißen: *Zur Sicherheit*?», fragte Levy empört.

«Das, was es heißt. Sie sind nicht verlässlich. Wenn ich mich an heute Morgen erinnere ...»

30

Luansi hatte sich gemeldet und das positive DNA-Ergebnis durchgegeben. Tessa Fahrenhorst war eindeutig identifiziert.

Trotz dieser guten Nachricht fühlte sich Levy ausgelaugt und niedergeschlagen. Selbst der Alkohol wollte ihm nicht mehr schmecken. Für beides machte er Michaelis verantwortlich. Sie hintertrieb seit der Weitergabe des Gesprächsprotokolls von Anubis an das BKA nun ganz offen seine Kompetenz.

Er musste etwas dagegen unternehmen, bevor sich das herumsprach – etwas Schlimmeres konnte ihm als freiberuflichem Kriminalpsychologen nicht passieren. Seine Auftraggeber – Richter, Staatsanwälte und leitende Ermittlungsbeamte – würden davon Wind bekommen und sich für eine Expertise an einen seiner Kollegen wenden.

Am besten wäre es, wenn Levy es schaffen könnte, ihr bei den Ermittlungen stets einen Schritt voraus zu sein. Dann hätte er immer etwas in der Hinterhand, um sie mundtot zu machen. Doch seinen letzten Joker, das Gesprächsprotokoll von Anubis, hatte er bereits ausgespielt. Nun brauchte er eine neue Karte, eine, die zu jeder Gelegenheit stach.

Das aufgezeichnete Gespräch mit Anubis konnte es zu diesem Zeitpunkt nicht sein. Die Geschichte der beiden Jungs gab nicht viel her, um daraus eine wegweisende Schlussfolgerung ziehen zu können. Dennoch musste es einen Grund geben, wieso Anubis gerade diese Geschichte für so mitteilenswert fand.

In den vergangenen Stunden war er das Gespräch mehrmals Wort für Wort durchgegangen. Neben Satzbau, Wortwahl, Inhalt und Betonung hatte er unter anderem auch die Haltung Anubis' ihm gegenüber analysiert. Zwei Details waren ihm dabei aufgefallen:

Zum einen wies die Aussprache von Anubis darauf hin, dass er Deutsch nicht als Muttersprache gelernt hatte oder dass er grenznah aufgewachsen war. Da waren ein leichter Akzent und das kehlige Verschlucken von Silben und Endungen, das Levy am ehesten mit dem Flämischen oder dem Holländischen in Verbindung brachte. Da er kein Sprachenexperte war, würde er die Auswertung des BKA abwarten müssen. Insoweit musste er im Nachhinein der Michaelis Recht geben, sofern sie die Weitergabe der Kopie aus diesem Grund veranlasst hatte.

Das andere Detail jedoch wog schwerer. Die Haltung, die Anubis zu ihm einnahm, hatte etwas Vertrautes, das über die Grenzen der Anbiederung oder der häufig festzustellenden Verbrüderungsversuche der Täter zu den Ermittlungsbehörden hinausging. Meistens buhlten sie dabei um Verständnis für ihre Taten. Das war hier nicht der Fall.

Anubis hatte eine natürlich wirkende Selbstverständlichkeit an den Tag gelegt, die Levy bereits während des Gesprächs aufgefallen war. Sie hatte ihn auf der Gefühlsebene angesprochen, sodass sie ihm nicht sofort rational bewusst geworden war. Erst als er die Stimme immer und immer wieder auf sich hatte wirken lassen, war ihm der Gedanke gekommen. Selbst jetzt, als er seine Ergebnisse schriftlich festhielt, fehlten ihm die Worte, das Gefühl treffend zu beschreiben.

Levy war doch etwas gespannt, ob der Kollege beim BKA zu demselben Ergebnis kommen würde. Er war sich jedoch sicher, dass sein Bericht zum jetzigen Zeitpunkt der Ermittlungen jeder Kritik von außen standhalten würde. Daher machte er sich nicht weiter Gedanken darüber und schloss die Datei. Morgen würde er den Bericht in der Gruppenbesprechung vortragen.

Es war mittlerweile weit nach Mitternacht geworden. Levy haderte mit sich, ob er weiterarbeiten oder sich zu Bett begeben sollte. Er würde den Schlaf dringend brauchen, um weiteren Attacken der Michaelis wach und schnell begegnen zu können. Auf der anderen Seite brauchte er etwas in der Hand, wenn es Zeit für weitere Angriffe auf ihn war.

Er warf schließlich alle guten Vorsätze über den Haufen und griff zum Glas. Der Alkohol erfüllte seine Erwartungen.

Auch wenn Levy bevorzugt mit dem Computer arbeitete, so gab es doch eine Tätigkeit, bei der er den Rechner nicht brauchte. Um Zusammenhänge erkennen zu können, bediente er sich der althergebrachten Methode der visuellen Konfrontation – was in seinem Falle hieß, alle Informationen auf eine Wand zu übertragen.

Er begann mit den Bildern, die er von den Opfern hatte.

Zu seiner Linken heftete er das Bild von Eberhard Finger an die Wand, zur Rechten das von Tessa Fahrenhorst, daneben das von Tatjana. Unter den Bildern war gut zwei Meter Platz, um jeweilige Schlussfolgerungen einzufügen. Die gesuchten Verbindungen würde er mit einem dicken Filzstift ziehen.

Da er im Verlauf der Ermittlungen immer die gleiche Wand mit dieser Methode bearbeitete, musste sie nach Abschluss eines Falles neu geweißelt werden. Gott sei Dank hatte er das bereits vor zwei Wochen getan. An diesem Abend hätte er die Kraft dafür nicht aufgebracht.

Levy benötigte eine Stunde, um alle ihm bekannten Informationen den drei Opfern zuzuordnen. Darunter befanden sich die soziodemographischen Daten wie Geschlecht,

Alter und Aussehen, ihre hervorstechenden charakterlichen Merkmale bis hin zu den Ablagestellen der Organe.

Drei Leben, wie sie verschiedener kaum sein konnten, harrten einer Aufklärung, die Levy erbringen musste.

Das eine Leben war das eines mittelmäßigen Musikers mit ausschweifendem Sexualleben, das andere das einer lebenssüchtigen Mutter und karriereorientierten Geschäftsfrau.

Zuletzt das eines jungen Mädchens, das den Kopf voller Schmetterlinge hatte, ihren Lehrer anhimmelte.

Was hatten die drei gemein, dass der Meister sie ausgewählt hatte?

Er verglich die einzelnen Informationen, die er unter die Bilder geschrieben hatte, auf verbindende Elemente.

Mann, Ende vierzig – Frau, Mitte vierzig – Mädchen, dreizehn.

Er, verheiratet – sie, geschieden – das Mädchen, ohne festen Freund.

Er ging ganz in seinen Liebschaften und der Musik auf – sie war hungrig nach Leben und geschäftlichem Erfolg – Tatjana war verliebt.

Er vernachlässigte seine Frau – sie die Familie, die sie zurückgelassen hatte – und Tatjana? Eine Klassenkameradin bezeichnete sie als verschlagen.

Die beiden Erwachsenen lebten rücksichtslos ihr eigenes Leben. Und Tatjana?

Levy war nicht glücklich mit seinen Schlussfolgerungen.

Vielleicht musste er genau gegensätzlich denken. Also die Fälle getrennt voneinander betrachten, wenngleich sie zu einem Täter gehörten.

Was unterschied die Opfer voneinander? Was machte sie zu eigenständigen Personen, die sich gegen jede Vereinnahmung durch ein Muster wehrten?

Da war Eberhard Finger, ein alternder Casanova, der sein

Heil in der Beziehung zu einer Frau suchte, mit der er glaubte, ein neues Leben beginnen zu können.

Und da war Tessa Fahrenhorst, die sich aus der Familie und der Erziehung ihres Sohnes gestohlen hatte. Als Ersatz fand sie eine beste Freundin, mit der sie so viel Leben als möglich aufsaugen wollte.

Was beide trennte, war der Ursprung dessen, was sie in ihrer Zielsetzung wieder gemeinsam hatten: der Aufbruch in ein neues Leben.

Wie hatte Anubis davon erfahren, sofern es das verbindende Element zwischen den beiden Erwachsenen und der gesuchte Baustein in seinem wahnsinnigen Tötungsplan war?

Hatte er beide zufällig getroffen, oder kannten sich Finger und Fahrenhorst?

Sie lebten rund einhundert Kilometer auseinander und gingen an verschiedenen Orten ihren Tätigkeiten nach. Sie unterschieden sich in Typus und Lebensart eindeutig. Es war wenig wahrscheinlich, dass sie befreundet oder ein Paar gewesen waren.

Folglich musste Anubis zwischen den beiden pendeln, um sie zu beobachten, ihre Gewohnheiten zu studieren, ihre Vorlieben auszuspionieren. Dazu hätte er mindestens drei bis vier Wochen gebraucht, für jeden.

Doch wie passte Tatjana da hinein?

Überhaupt nicht, sagte er sich. Sie hatte mit der Erwachsenenwelt nichts zu tun. Sie hatte eigene Wünsche und Vorstellungen, die mit den beiden anderen nichts zu tun hatten.

Levy klammerte sie aus den weiteren Überlegungen aus. Wenn er eine Verbindung zwischen Finger und Fahrenhorst gefunden hatte, würde er das Puzzleteil nochmals zur Hand nehmen und schauen, ob es irgendwo passte.

Wieder drängte sich die Frage auf: Was war das Kriterium, um Finger und Fahrenhorst auszuwählen?

Levy blickte in die beiden Gesichter an der Wand.

Finger hielt stolz seine Posaune in der Hand, Fahrenhorst glänzte als Gipfelstürmerin. Was dem einen der Musikantenstadl, war der anderen die No-Limits-Abenteuer-Tour.

31

Jan trug den Koffer seiner Mutter hinauf in den ersten Stock, wo sich das Schlafzimmer der Eltern befand. Er hatte das Bett frisch bezogen und die Schränke gereinigt. Alles sollte so sein, wie sie es liebte. Dazu gehörten auch frische Blumen auf dem Nachtschränkchen. Sie mochte es, mit dem Duft von Lilien einzuschlafen und am nächsten Morgen zu erwachen. Er war gespannt, ob es ihr nach all den Jahren der Trennung auffallen würde, dass gerade er daran gedacht hatte.

Ruben, der jüngere und ihr Liebling, hatte dafür keinen Sinn. Nie zeigte er Interesse für die Wünsche seiner Mutter. Für ihn zählte nur sein eigener persönlicher Erfolg. Seltsamerweise aber bemerkte die Mutter Rubens Selbstverliebtheit nicht. Im Gegenteil, sie hofierte ihn als ihren Großen, der, der es einmal zu etwas bringen würde und sie an seinem Erfolg teilhaben ließe.

Zwei Jahre nach Rubens Geburt verließ die Mutter mit gepackten Koffern Haus, Mann und Kinder. Sie hatte jemanden kennen gelernt, der sie verstand und der sie wirklich liebte, so sagte sie, als sie die Tür hinter sich schloss. Jan und Ruben liefen ihr nach, flehten sie an, sie nicht zurückzulassen. Doch für ihre Kinder war kein Platz in ihrem neuen Leben.

Monate später sah er sie zufällig. In einem heruntergekommenen 220er-Benz stritt sie mit dem neuen Mann an ihrer Seite. Sie war äußerlich verändert, trug rote, aufgewickelte Haare, die Augen schwarz unterlegt. Der Mann, für den sie die Familie verlassen hatte, war aufgebracht. In seinem Gesicht erkannte Jan die aufgedunsene Visage eines Trinkers, der gerne mit einem Handstreich klare Verhältnisse schafft.

Jan lief mit dem Schulranzen auf dem Rücken ans Auto und klopfte an die Scheibe. Verdutzt schauten die beiden ihn an.

«Hallo Mama, ich bin's.»

Die Mutter zischte ihn an zu verschwinden.

Sie fuhren einfach weiter. Jan sah und hörte lange Zeit nichts mehr von ihr.

Dann eines Abends stand sie mit ihren letzten Habseligkeiten vor der Tür. Jan öffnete nichts ahnend. Er umarmte sie fest, sie drängte sich an ihm vorbei. Von oben kam Ruben die Treppe heruntergestürmt. Das war ein Wiedersehen! Mutter und jüngster Sohn fielen sich in die Arme, drückten und schmusten, dass es eine Freude war.

Jan zog die Mutter freudestrahlend ins Wohnzimmer, wo der Vater, wie immer, wenn er von einer Reise zurückgekehrt war, tage- und nächtelang auf der Couch verbrachte.

«Schau, Papa», rief er, «Mama ist wieder da.»

Der Vater verkrümelte sich mit einem Grunzen in die Ecke und schlief weiter. Das machte nichts, denn das einzig Wichtige war, dass die Familie jetzt wieder zusammen war.

Aber das war Vergangenheit.

Jan hatte lange gebraucht, das passende Haus zu finden und es so einzurichten, dass sich die Familie darin wohl fühlte. All die Jahre waren sie unterschiedliche Wege gegangen, jeder hatte das Glück auf seine Weise gesucht. Damit war jetzt Schluss. Jan würde die Familie endlich wieder zusammenführen, und diese Idee würde jedem gefallen. Dessen war er sicher.

Denn er wusste, dass Liebe die größte Kraft unter allen war, größer und stärker, als der tiefste Hass es je sein konnte. Verstrickungen, die in Liebe entstanden waren, konnten nur in Liebe wieder entwirrt werden.

Vor vielen Jahren und während zig erfolgloser Therapien hatte er anders darüber gedacht. Damals war es der grenzenlose Hass, der ihn am Leben hielt, um das eines anderen zu zerstören. Dabei hatte er sich selbst zugrunde gerichtet. Erst spät hatte er erfahren, dass nur die vorbehaltlose Liebe ihn retten konnte.

Egal, wie es an der Oberfläche seiner oder aller anderen Familien aussah, im tiefsten Inneren hielt sie diese eine Naturkraft zusammen. Gegen sie war kein Ankommen, letztlich nur ein Einsehen und Annehmen.

Er war ein Blinder gewesen, ein Saul, der erst durch die Gnade der neuen Lehre zum Seher wurde. Es hatte nicht gleich beim ersten Mal geklappt, als er seine Familie unter Anleitung dieses Dummkopfes, der sich Psychologe integrativer Therapien nannte, aufstellen sollte. Er war zu sehr in sich selbst gefangen, hatte auf die leisen Töne und Ahnungen der Stellvertreter nicht gehört, sie als Lügner und geltungssüchtige Selbstdarsteller verhöhnt.

Dann traf er ihn, der, der ihn erlösen würde.

Die Tür knarrte im Erdgeschoss. Jan ging hinaus zur Treppe und rief nach unten. «Du kannst gerne erst ein Bad nehmen, nach der langen Reise. So wie früher. Fühl dich wie zu Hause.»

Im Badezimmer fiel eine Flasche zu Boden. Sie barst mit einem lauten Knall.

«Lass liegen, Mama, ich komme gleich und wische es auf.»

Als Jan die Treppe hinunterlief, schmiegte sich Sheila, die schwarze Katze, ans Treppengeländer. Ihr Miauen zeigte, dass sie auf ihr Abendessen wartete.

«Eins nach dem anderen», sagte Jan und ging ins Badezimmer.

Als er Ordnung geschaffen und die Eltern zu Bett gebracht hatte, kehrte Ruhe im Haus ein.

32

Anubis überlegte, Levy anzurufen. Es war spät geworden, und er war sich nicht sicher, ob Levy noch auf war. Er wollte ihn nicht stören, denn er wusste, dass Levy mit seiner Identifizierung beschäftigt war.

Dennoch, das Spiel reizte ihn. Er konnte von jeder Stelle auf dieser Erde aus jemand kontaktieren, ohne dass er fürchten musste, aufgedeckt zu werden. Er war eindeutig im Vorteil. Es bereitete ihm ein gutes Gefühl, mit Levy spielen zu können. Schon bald würde er dessen Schicksal in die gewünschte Richtung lenken. Er kannte Levys Schwachstelle, und er würde sein Wissen genau zum richtigen Zeitpunkt ausnutzen. Levy sollte genauso leiden, wie er es getan hatte. Dann würde er spüren, was es hieß, von allen verlassen der Hölle entgegenzugehen.

Das war der einzige Weg, um das Unrecht, das ihm widerfahren war, ungeschehen zu machen. Erst danach würde sich der Phoenix aus seiner eigenen Asche erheben, sofern er dies wollte. Die Entscheidung hing allein von ihm ab, Levy würde um Gnade bitten müssen.

Das Notebook war bereits hochgefahren. Er setzte ein Headset auf und wählte einen der Proxyserver an, die ihm weltweit zur Verfügung standen. Dann öffnete er ein Programm, das eine Weltkarte zeigte. Mit dem Mauszeiger fuhr er gen Süden nach Italien, über das Mittelmeer, nach Ägypten. Er doppelklickte Alexandria. Alphabetisch geordnet liefen Namen über den Bildschirm. Er wählte eine Adresse, hinter der er eine ausländische Firma erkannte, und bestätigte. Das Display zeigte den Rufaufbau an, die Leitung stand. Es tutete, ein ums andere Mal. Niemand schien noch zu arbeiten.

Er startete ein zweites Programm. Es setzte sich auf die Frequenz der aufgebauten Leitung. Auch hier rannten Zeichenkolonnen über den Bildschirm, bis die Software den Gegenapparat identifiziert hatte. Den Rest erledigte eine Reihe von unterschiedlich hohen Frequenzen, die die Telefonanlage für ein ausgehendes Gespräch aktivierte. Dann wählte er Levys Nummer.

Es klingelte lange.

Als er schon auflegen wollte: «Ja ...»

«Ich bin es», antwortete Anubis. «Ich hoffe, es ist für eine kleine Unterhaltung noch nicht zu spät.»

Es dauerte einen Moment, bis Levy ihn erkannt hatte. «Kommt darauf an.»

«Hat Ihnen meine kleine Geschichte von dem Jungen am Strand gefallen?»

«Ich weiß ehrlich gesagt nicht, was ich damit anfangen soll.»

Anubis stutzte. Verärgerung über die lapidare Antwort keimte in ihm auf. War das ein Trick?

«Das glaube ich Ihnen nicht», sagte Anubis, bemüht, die Emotion zu verbergen. «Ich wette, Sie haben in jener Nacht von mir geträumt.»

«Jeder träumt. Das ist nichts Besonderes.»

«Von dieser Nacht und ihren Ereignissen aber schon.»

«Ich glaube, Sie überschätzen sich.»

Das war eindeutig zu viel. Anubis würde ihn lehren, Respekt vor ihm zu haben. «Sie gehen auf dünnem Eis. Ich kann Sie zu jeder Zeit, die mir beliebt, fertig machen. Ich bin es, der Sie in der Hand hat.»

«Das behaupten viele.»

«Zum Teufel mit Ihnen», brach es aus Anubis heraus. «Sie sind ein überhebliches Nichts. Es wird Zeit, dass Sie spüren, mit wem Sie es zu tun haben.»

«Dann wollen Sie sich endlich stellen?»

Anubis zügelte seinen Zorn. Nein, von Sichstellen konnte nicht die Rede sein. Levy sollte am eigenen Leib erfahren, was es hieß, den inneren Dämon wachzurufen. Er würde ihm einen Albtraum schenken.

«Wer bist du, Levy?», drohte Anubis. «Noch immer die schlimmen Träume von Tod und der Schuld, die du mit dir herumträgst?»

Anubis konnte in Levys Schweigen hineinhören. Das Gefühl der Überlegenheit war zurückgekehrt und machte ihn stark.

«Wer sind Sie?», fragte Levy verunsichert.

Anubis lachte bitter. «Hörst du ihre Schreie? Wie sie dich anklagen und verwünschen?

Levy, du weißt nicht, wer du bist. Ich jedoch kenne jeden deiner Schritte. In Vergangenheit und Zukunft. Und ich schwöre dir, du wirst büßen für das, was du getan hast. Denn du bist schuld»

«Was meinen Sie mit Schuld? Welche Schuld sollte ich tragen?»

«Die von damals und die von heute. All die Menschen, die du getötet hast, lassen dich nicht mehr los. Sie zeigen mit dem Finger auf dich. Du wirst sie nicht länger zum Schweigen bringen.

Ich bin ihr Ankläger, und ich schreie es dir entgegen: Du bist schuld.»

Dann summte er eine Melodie. Ein Kinderlied.

33

Traumland, Schaumland.

Wie ein Kind begann er hastig, die Melodie nachzusummen.

Sie sollte ihn beruhigen, die Stimme überdecken, so wie sie es in den vielen Jahren zuvor getan hatte.

Sie trieb ihn im Zimmer umher.

Du bist schuld.

«Hör endlich auf!», schrie er dagegen an.

Verzweifelt suchte Levy sich zu konzentrieren, um einen Weg aus diesem Zwang zu finden.

«Du weißt, wie es geht», flüsterte eine andere Stimme beruhigend auf ihn ein. «Lass den Schmerz zu. Er wird dich leiten.»

Levy gehorchte, ohne nachzudenken.

Ein schwarzer Riss stoppte den Film einfach ab, der in seinem Kopf eine Endlosschleife drehte. So auch die Stimme, die ihn beschuldigte.

Sein Kreislauf beruhigte sich, das Zittern und die flache Atmung verflogen.

Er schaute sich um, so, als sei er zum ersten Mal an diesem Ort, der ihm fremd erschien.

Levy verließ das Zimmer.

Draußen auf dem Gang fragte er sich, wie er nur hierher gekommen war.

34

Besinnungslos betrunken lag Levy im Bett. Er war noch immer in der Kleidung der letzten Nacht. Sie klebte verschwitzt an seinem Körper wie ein feuchter, kalter Neoprenanzug.

Der Computer meldete einen eingehenden Anruf.

Sein Kopf war eine Glaskugel, hart und zerbrechlich.

Als er sich auf die Beine stellte, knickte er ein, plumpste zurück ins Bett. Es war, als wenn der Aufschlag sein Gehirn im Kopf hin- und herschwappen ließ. Der nächste Versuch gelang besser, wenngleich er eine Stütze benötigte, um das Gleichgewicht zu halten.

Schmerz fuhr ihm ins Bein. Verschwommen sah er hinunter, sah einen dunklen Fleck auf der Hose. Er streifte mit dem Finger darüber und sah es sich an. Klebrig, zäh, bereits bröcklig. Schmutz, oder war das etwa Blut?

«Levy», röchelte er ins Mikro.

Sein Hals brannte ausgedörrt.

«Michaelis hier. Wo zum Teufel stecken Sie?»

Verdammter Mist, was wollte das Weib von ihm? Nicht jetzt, später, wenn er geduscht und einen Kaffee getrunken hatte, konnte sie nochmals anrufen.

«Ich habe mich erkältet», log er. «Ich muss wieder ins Bett.»

«Einen Scheiß müssen Sie», schrie sie ihn an. «Sie sind besoffen. Das höre ich bis hierher.»

«Wenn ich es Ihnen sage, meine Stimmbänder sind entzündet.»

«Haben Sie eigentlich eine Ahnung, wie spät es ist?»

Nein, hatte er nicht.

«Die Neun-Uhr-Sitzung. Keine Entschuldigung, kein Anruf, kein Bericht. Ich lasse mir das nicht mehr länger von Ihnen gefallen. Ich habe mit Demandt gesprochen. Er dürfte jeden Augenblick bei Ihnen eintreffen. Er will mir nicht glauben und selber nachsehen, was mit Ihnen los ist ...»

Klingeln. Demandt stand vor der Tür.

«Ich muss jetzt Schluss machen», unterbrach er und drückte das Gespräch weg.

Er mobilisierte die letzten Kräfte, hustete den festsitzenden Schleim von den Bronchien, spie ihn in die Toilette und spülte. Ein Blick in den Spiegel. Oh, nein, das durfte nicht wahr sein. Er spritzte sich etwas Wasser ins Gesicht.

Klopfen an der Tür. «Was ist los mit dir? Mach endlich auf.»

Levy torkelte mehr, als dass er zur Tür ging. Noch ein tiefer Atemzug. Sein Atem ... zu spät.

Er öffnete die Tür. «Komm rein», sagte er erstaunlich klar. Dennoch klang seine Stimme heiser.

Demandt schaute ihn regungslos an. Die Enttäuschung über das Bild, das Levy abgab, spiegelte sich unmissverständlich in seinem Blick wider. Demandt ging an ihm vorbei in die Wohnung. Am Boden neben dem Bett lagen zwei leere Flaschen, im Raum roch es nach Schnaps.

«Kann ich dir was anbieten?», fragte Levy, um einen freundlichen Ton bemüht.

Demandt schüttelte verständnislos den Kopf. «Wenn du Alkohol meinst, dann wette ich, du hast keinen einzigen Tropfen mehr im Haus.»

«Vielleicht einen Kaffee?»

«Lass den Scheiß und komm her», befahl Demandt.

Er beobachtete, wie Levy, um Fassung ringend, auf ihn zusteuerte.

«Du hast mir dein Wort gegeben», begann er. «Ich habe mich für dich eingesetzt, damit du überhaupt noch einmal ein Bein auf den Boden kriegst. Gegen alle Einwände habe ich mich gestellt, alle Warnungen in den Wind geschlagen, und jetzt das. Keine lumpigen sieben Tage hast du durchgehalten.»

«Es ist nicht so, wie du glaubst.»

Demandt antwortete noch nicht einmal darauf.

Levy setzte sich aufs Bett, drehte Demandt den Rücken zu. Es gab nichts mehr zu leugnen. «Ich weiß nicht», setzte er an, «irgendwie geht mir dieser Fall an die Substanz.»

«Was ist es? Sag es mir.»

Levy bemühte sich. Er versuchte in Worte zu fassen, was mit ihm passiert war. Bei klarem Verstand wäre es ihm vielleicht gelungen, an diesem Morgen jedoch hatte er schon Schwierigkeiten, sich an sein Geburtsdatum zu erinnern.

«Etwas ist mit mir passiert», gab Levy kleinlaut zu. «Ich kann dir nicht sagen, was es ist. Ich fühle mich, als hätte mich jemand durch den Fleischwolf gedreht.»

«Kein Wunder bei deiner Sauferei.»

«Nein, das ist es nicht.»

«Was denn sonst? Ich habe deinen Hausmeister unten am Eingang getroffen. Er beseitigt noch immer die Spuren an der Hauswand und an der Tür, die du letzte Nacht hinterlassen hast. Du seist völlig apathisch gewesen, sagt er, wolltest noch nicht mal wissen, in welchem Stockwerk du wohnst, geschweige denn, dass du einen Schlüssel dabeihattest.»

Levy hatte keine Ahnung, wovon Demandt sprach. «Unsinn, ich habe die Wohnung seit gestern Abend nicht verlassen.»

«Geht nun das wieder los? Ich dachte, du hättest dich mit dem Problem auseinander gesetzt.»

«Was meinst du?»

«Na, was wohl? Deine Aussetzer natürlich.»

Sicher hatte er das. Die seltenen und nur kurzzeitigen Gedächtnisprobleme waren in der Reha-Klinik erfolgreich behandelt worden, sie waren kaum der Rede wert. Der Alkoholkonsum hatte sie wahrscheinlich herbeigeführt.

«Gib mir bitte ein paar Minuten», bat Levy. «Ich dusch mich schnell, trink einen Kaffee, und dann können wir sofort loslegen.»

«Lass dir ruhig Zeit damit», sagte Demandt und beendete damit jede weitere Hoffnung.

«Willst du mich rausschmeißen?»

«Du lässt mir keine andere Wahl. Ich bin gekommen, um mir ein Bild davon zu machen, was die Michaelis dir vorwirft. Ich wollte es nicht glauben, aber es ist leider so.»

«Dieses verdammte Biest war von Anfang an gegen mich. Lass sie nicht damit durchkommen, Sven. Bitte.»

«Es ist zu spät. Heute Morgen kam eine Meldung herein, dass ein fünfzehnjähriger Schüler vor einem Internetcafé entführt worden ist. Seine Kumpels haben gesehen, wie er zu einem Mann in einen schwarzen Van gestiegen ist. Die Fahndung läuft. Hunderte Kollegen sind im Einsatz. Das Team setzt alle Hebel in Bewegung ... und du, du bist noch immer so besoffen, dass du kaum stehen kannst. Ich kann nichts mehr für dich tun.»

Demandt stand auf, ging zur Tür, hielt inne. «Hat sich Anubis noch einmal bei dir gemeldet?»

Levy überlegte. Wieso sollte er ihm noch helfen? «Nein.»

«Du weißt, dass du die Ermittlungen behinderst, wenn du mir etwas verschweigst.»

«Ja, das weiß ich gut.»

«Tu dir selbst einen Gefallen. Geh zum Therapeuten. Ich habe keine Lust, dich auch noch aus dem Wasser zu ziehen.»

Er schloss die Tür und ließ Levy allein.

35

Nur knapp war er entkommen.

Anubis hatte einen großen Fehler begangen. Sein auserwähltes Opfer hatte sich beim Skaten den Arm gebrochen. Er sah den Sanitätswagen davonfahren, als er mit dem Van auf den Platz eingebogen war.

Unverrichteter Dinge fuhr er weiter. Sein Plan war geplatzt. Verdammt, wie konnte das nur geschehen? Er hatte keinen Ausweichplan gemacht, wieso auch? Bisher hatte immer alles geklappt. Es gab einfach keine Störungen oder Abweichungen in seinem Plan.

Nun hatte er die Wahl: Abbrechen oder improvisieren?

Er haderte mit sich, vielleicht war es auch der Zorn über seine eigene Fehlleistung. Er wollte nicht mit leeren Händen nach Hause fahren. Nein, dafür war es zu spät. Alles ging seinen Weg. Er duldete keine Verzögerung. Einen neuen Plan auszuarbeiten würde ihn mindestens zwei Wochen kosten.

Er wusste, wo sich die Kids vormittags trafen, wenn sie nicht gerade beim Skaten waren. Ein paar Straßen entfernt gab es ein Internetcafé. Dort spielten sie in Gruppen Ballerspiele. Irgendwelches hirnloses Zeug, um sich die Zeit zu vertreiben. Er beobachtete sie vom Auto aus durch die Glasscheibe des Cafés.

Ein Junge war ihm ins Auge gesprungen. Er schien der Anführer zu sein. Wenn er einen aus der Gruppe belästigte, Geld oder Zigaretten für ein gewonnenes Spiel einforderte, wehrte sich keiner. Er war überheblich, herrisch und gemein.

Ja, der passte.

Anubis reagierte schnell, bevor es zu spät war. Er griff zum Handy. Auf dem Festnetzapparat des Cafés ließ er sich den Jungen geben. Er erzählte ihm von einem Handy der neuesten Sorte, das er auf dem Spielplatz gefunden hatte und das nach Aussage eines der Kids ihm gehören solle. Wenn dem so war, dann solle er herauskommen und es abholen.

Anubis sah den Jungen zögern, doch dann ergriff ihn die Gier. Hinter einer Hausecke wartete er, bis der Junge zustieg. Er reichte ihm das Handy. Der Kleine war nicht blöd. Er protestierte wegen des gewöhnlichen Gerätes, wollte sofort den Wagen verlassen. Anubis griff nach der schweren Taschenlampe, die er unter dem Sitz bereithielt.

Ein Schlag gegen die Schläfe genügte. Der Junge kippte zur Seite weg. Das Blut spritzte über die Front- und Seitenscheibe, aus seinem Ohr und der Nase floss weiteres.

Als Anubis den Wagen auf die Straße setzte, sah er im Rückspiegel die anderen, die nach ihrem Anführer Ausschau hielten. Sie waren vermutlich zu weit entfernt, um das Nummernschild lesen zu können, aber für eine Beschreibung des Wagens reichte es allemal.

Jetzt musste er sich beeilen. Der Hof lag rund vierzig Kilometer entfernt. Über die Landstraßen würde er mindestens fünfundvierzig Minuten benötigen. Das war viel zu lang. Er musste zu Hause sein, bevor die Polizei reagierte.

Er entschloss sich für die Autobahn, auch wenn diese Route zwanzig Kilometer länger war. Er brauchte Vorsprung, schnell und viel.

Der Junge an seiner Seite fiel mit dem Kopf auf Anubis' Schoß, als er die erste Kurve nahm. Sein Blut drang durch den Overall. In seinem Schritt wurde es warm. Nicht so, wie er es sich hundertmal in seiner Phantasie vorgestellt hatte.

Jetzt war es ihm unangenehm, mehr noch, der kleine

Wichser behinderte ihn beim Fahren und würde dazu beitragen, dass er womöglich noch geschnappt wurde.

Er packte ihn fest beim Schopf, riss ihn nach oben und schleuderte ihn ans Seitenfenster.

Das Blut zeichnete eine Rosette auf die Scheibe.

36

Der Junge lag bewusstlos und schwer verletzt auf einem Tisch im Labor. Daneben die Wannen mit den Präparationsflüssigkeiten und das Kreuz, auf dem Tessa Fahrenhorst zuerst den Tod und dann zum ewigen Leben gefunden hatte. Anubis hatte die Blutungen an der Stirn und am Kopf mit einem Pressverband gestillt. Der Junge atmete noch, wenngleich jeder Atemzug mehr Leben aus ihm weichen ließ. Anubis gab ihm noch ein paar Stunden, danach würde sein Gehirn auf Grund der inneren Blutungen seinen Dienst einstellen.

Anubis setzte sich. Auch sein Kopf tat weh. Weniger des Kampfes wegen, noch wegen der halsbrecherischen Fahrt über Autobahn, Seitenstraßen und Feldwege, um die Ringfahndung zu umgehen. Sein Kopf schmerzte, als hätte er drei Tage durchgefeiert. Doch für Selbstmitleid war nicht der Zeitpunkt. Er musste eine Entscheidung treffen. Die verursachte ihm die Schmerzen.

Entweder ließ er den Jungen verbluten, oder er brachte ihn in ein Krankenhaus.

Für Verblutenlassen sprach, dass der Junge ihn gesehen hatte, ihn also identifizieren konnte, sobald er sich erholt hatte. Das könnte allerdings Wochen, gar Monate dauern, wenn er überhaupt noch einmal zu Bewusstsein kam.

Ihn ins Krankenhaus zu bringen hätte den Vorteil, dass er sich der unliebsamen Fehlentscheidung entledigte und keine Schuld auf sich lud, sondern Stärke zeigte, wo sie nötig war.

Dieser Junge war eindeutig die falsche Wahl gewesen. Anubis hatte es erst bemerkt, als der Junge zu ihm ins Auto gestiegen war. Es war nur ein Gefühl, aber es sagte ihm, dass er sich geirrt hatte. Der andere, der sich zuvor beim Skaten den Arm gebrochen hatte, der wäre es gewesen.

Nun sah sich Anubis mit einer Situation konfrontiert, die er nicht eingeplant hatte. Einen Unschuldigen einfach zu töten oder ihn sterben zu lassen, wollte er nicht zulassen. Das widersprach seinem Kodex, nur die auszuwählen, die auch wirklich in das Schema passten.

Der Junge an seiner Seite stöhnte. Anubis beugte sich über ihn und streichelte ihm über die Wange. Das Blut, das aus Nase und Ohren entwich, konnte er nicht stoppen. Wahrscheinlich ein Schädelbruch. Eine Operation war dringend nötig, und je länger er wartete, desto unwahrscheinlicher wurde eine Rettung.

Schluss jetzt, befahl er. Er musste handeln.

Vorsichtig nahm er den Jungen in die Arme und brachte ihn nach oben, legte ihn behutsam auf den Boden seines Vans.

Dann fuhr er los. Er wusste nicht, wohin. Das würde sich auf dem Weg zeigen.

37

Die maximale Tagesdosis Kopfschmerztabletten auf einmal musste genügen, um Levy wieder denkfähig zu machen. Er schluckte sie mit dem Rest Wodka hinunter, der sich noch in einem Glas befand.

Um ihn herum war es dunkel. Nur die Straßenbeleuchtung schickte einen schwachen Schein hinauf in seine Wohnung. Er holte den Computer aus dem Standby und las zweiundzwanzig Uhr von der Anzeige ab. Eine E-Mail wartete im Posteingang.

Es war Alexej. Er schrieb, dass es ihm Leid täte. Nicht nur ihm, auch Naima, Falk und Luansi bedauerten die Umstände seines Ausscheidens. Lediglich Michaelis weinte ihm keine Träne nach. Sie sei stinksauer und fühle ihre anfänglichen Zweifel bestätigt.

Demandt sei bei ihnen im Büro aufgetaucht. So wie es aussah, würde er höchstpersönlich für Levy einspringen, da keiner aus seinem Team abzuziehen sei. Nichts weniger hatte offenbar Michaelis erwartet. Sie sei mit Demandts Entscheidung sehr zufrieden.

Wenn Alexej noch etwas für ihn tun könne, dann solle er sich melden. Bis dahin. Ciao.

«Leckt mich», murmelte Levy und drückte die Mail weg.

Michaelis. Sie hatte ihn ausgebootet und in die Wüste geschickt.

Im Grunde genommen war er froh, ihr nicht mehr ausgeliefert zu sein. Sollte Demandt schauen, wie er mit ihr klarkommen würde. Sollten sie sich gegenseitig belauern, intrigieren und sich das Leben zur Hölle machen.

Er hatte damit nichts mehr zu tun. Prost.

Doch das Glas war leer und kein Nachschub mehr im Haus. Es flog mit aller Gewalt gegen die Wand. Levy sah tausend kleine Glitzer aufleuchten, als die Splitter durch den Lichtschein flogen. Sie verteilten sich klirrend auf dem Boden.

Er war wütend. Zornig. Von Hass erfüllt. Vor seinen Augen drehte sich alles, er suchte Halt, fand ihn am Fenstersims. Unten in den Straßen krochen die Lichter im Gänsemarsch dahin. Er öffnete ein Fenster, sog die frische Nachtluft tief in sich hinein. Zu viel des Guten. Der Sauerstoff legte sich brennend über die Lungen. Er hustete, kämpfte dagegen an, befreite sich von dem zähen Belag auf seinen Bronchien.

Es zwang ihn in die Knie, auf den Boden. Er spürte die kleinen Scherben nicht, die sich durch seine Hose bohrten.

Ein letztes Mal bäumte er sich auf, erbrach, kämpfte um Luft und gegen die aufsteigende Säure. Dann kippte er vornüber.

Ein kühler Luftzug weckte ihn. Es war noch immer dunkel. Auf den Straßen hatte sich der Verkehr gelegt. Nur hin und wieder raste ein einzelnes verlorenes Fahrzeug die Straße entlang.

Levy schleppte sich ins Badezimmer. Licht anmachen. Es dauerte, bis er sich im Spiegel erkannte. Die eine Gesichtshälfte war mit Erbrochenem zugekleistert, die andere mit roten, verschmierten Punkten übersät. Er schaute nach unten. Hemd und Hose waren mit Blut und seiner letzten Mahlzeit verkrustet. Aus den Handballen schauten spitze, schmutzige Splitter heraus.

Sah so ein Loser aus? Einer, der es nicht geschafft hatte und sich am Ende seines Wegs befand? Kurz vor der Brücke und der Armenspeisung?

Er ließ Badewasser ein.

Als er nackt war, erkannte er blaue Flecken. Einen am rechten Unterarm, einen anderen an den Rippen. War er gestürzt? Er konnte sich nicht erinnern.

Mit einem Handspiegel und einer Pinzette stieg er in die Wanne. Die ersten zehn Minuten gehörten der Auflockerung. Danach wusch er sich vorsichtig. Die blauen Flecke schmerzten. Er konnte sie kaum berühren.

Die nächste Stunde verbrachte er mit der Entfernung der Splitter aus seinem Gesicht und von den Handballen.

Rot verschmutzt und gläsrig scharf floss das Wasser ab.

Im Spiegel sah er nun einen sauberen, aber nicht wenig verletzten Levy. Wobei ihn der äußere Schmerz nicht so beschäftigte wie die quälende Gewissheit, dass er seinen Job verloren hatte.

Verdammt, was war nur mit ihm geschehen?

Er hatte die Sache verbockt. So schnell und nachhaltig wie nie zuvor. Woran hatte es gelegen? Wie jeder andere Mensch hatte auch er lichte und dunkle Momente. Schließlich war er kein Roboter, wenngleich in der letzten Zeit die dunklen Seiten seines Charakters die Oberhand über sein Handeln gewonnen hatten. Aber das musste nicht so bleiben. Wenn er es wirklich wollte, brächte er die Kraft auf, um das Ruder herumzureißen.

Wollte er es denn?

Und wie hätte er gehandelt, wenn er an Demandts Stelle gewesen wäre?

Das wahrscheinliche Ja wollte ihm nicht so recht über die Lippen kommen, obwohl er es hörte.

Im Grunde blieb ihm gar keine andere Möglichkeit.

Ein Fallanalytiker, der seine Sinne nicht beisammen hatte, war nutzlos und für eine erfolgreiche Ermittlungsarbeit sogar in hohem Maß gefährlich.

Was könnte er jetzt noch tun, um alles ungeschehen zu machen?

Eine zweite Chance. Stand sie ihm zu?

Levy überlegte nicht lange. Er rief Michaelis an.

«Michaelis», hörte er sie müde sagen.

«Hier Levy.» Er schluckte allen Stolz hinunter, zwang sich zur Einsicht. «Ich wollte mich für mein Verhalten in den letzten Tagen entschuldigen.»

«Sind Sie jetzt völlig durchgeknallt?», fuhr sie ihn an. «Haben Sie überhaupt eine Ahnung, wie spät es ist?»

Er schaute auf die Uhr. Kurz vor fünf Uhr morgens.

«Tut mir Leid. Aber ich habe nachgedacht und eingesehen, dass ich einen Fehler begangen habe. Ich wollte ...»

«Einen Fehler? Levy, Sie sind eine einzige Katastrophe. Kapieren Sie das endlich. Sie haben sich selbst aus diesem Fall hinauskatapultiert, so wie ich es vorausgesagt habe. Ich bin heilfroh, dass Sie meinen Erwartungen entsprochen haben. Und jetzt lassen Sie mich, verdammt nochmal, weiterschlafen.»

Das Gespräch war beendet und mit ihm Levys letzte Hoffnung auf Wiedergutmachung.

Er zog einen Bademantel über, ging zur Fensterfront. Die Sonne war inzwischen in einer dumpfen Morgendämmerung aufgegangen und schickte frisches Licht herein.

Widerstand regte sich in ihm. So leicht wollte er den Platz nicht räumen. Noch hatte er nicht alle Möglichkeiten ausgeschöpft. Wenn er sich konzentrierte und eisern an dem Fall dranbleiben würde, dann würde er ihn lösen können.

Eine letzte Chance. Jeder hatte sie verdient, so auch er. Er hatte ein Recht darauf. Niemand, auch nicht die Michaelis durfte sie ihm verweigern.

Nur er selbst konnte sich ein Bein stellen.

Und das würde ab jetzt nicht mehr passieren.

Zum Frühstück bestellte er ein Taxi. Es sollte starken Kaffee und Croissants zu ihm heraufbringen.

Bevor er sich ans Werk machte, musste er Ordnung schaffen. Seine Wohnung sah aus, als hätte man eine Herde Elefanten durchgetrieben.

Nachdem er etwas aufgeräumt und gefrühstückt hatte, war er zum Angriff bereit.

Als Erstes würde er Alexej anrufen. Er brauchte Informationen. Er erwischte ihn, kurz bevor er die Wohnung verlassen wollte.

«Es tut mir echt Leid für dich», sagte Alexej.

«Schon gut.» Levy wollte keine Beileidsrede hören. «Du musst mir helfen.»

«Klar, Mann. Was brauchst du?»

«Schick mir alles, was ihr zu dem verschwundenen Jungen von gestern habt.»

«Bist du verrückt? Dafür kann ich fliegen.»

«Du findest einen Weg, wie du die Informationen unbemerkt rausschaffen kannst.»

«Ja, aber wieso sollte ich das tun?»

«Weil mir sonst niemand mehr helfen kann. Du bist der Einzige.»

«Ich kann nicht.»

«Alexej! Ohne dich bin ich geliefert. So wie du, als du aus Russland flüchten musstest. Da war auch jemand, der dir geholfen hat, obwohl er dadurch in Bedrängnis geraten ist.»

«Er ist dafür bezahlt worden.»

«Okay. Wie viel willst du?»

«Lass das. Ich will kein Geld von dir.»

Alexej ließ sich Zeit. «Ich hoffe, du weißt, was du da von mir verlangst. Wenn es rauskommt, habe ich nichts mit dir und der Sache zu tun.»

«Sicher. Ich werde es dir nicht vergessen.»

«Was willst du wissen?»

«Habt ihr was Neues über unseren Mann?»

«Luansi geht alle Ausbildungsinstitute, die Präparatoren in Deutschland ausbilden, durch.»

«Gibt es schon ein Ergebnis?»

«Nichts Konkretes. Was so viel heißt, dass er es weder ausschließen noch bestätigen kann, dass unser Mann dort gelernt hat. Luansi muss etliche Jahrgänge, ich glaube bis ins Jahr 1976, zurückverfolgen. Bei durchschnittlich zwölf Absolventen, drei Jahrgängen in medizinischen, geowissenschaftlichen und biologischen Ausbildungskursen an mindestens drei Schulen, also in Frankfurt, Bochum und Berlin, da kannst du dir vorstellen, dass er damit noch eine Weile beschäftigt ist. Schweiz, Österreich und die Niederlande noch nicht mitgerechnet. Zudem haben wir noch keine eindeutige Täterbeschreibung oder einen Namen, nach dem man gezielt suchen könnte.»

«Von wem kam die Anweisung?»

«Demandt hat Luansi beauftragt. Und außerdem hat er sich darüber beschwert, dass du so wenig schriftlich fixiert hast. Er ist nicht gut auf dich zu sprechen. Er fragt sich, ob du alles, was du bei ihm gelernt hast, vergessen hast.»

Soll er sich doch genauso durchwursteln, wie ich es getan habe, sagte sich Levy.

«Wie lange brauchst du?», fragte Levy.

«Wenn ich gleich ins Büro fahre und ungestört arbeiten kann, eine Stunde.»

«Danke, Alexej. Ich zähl auf dich.»

Die Sache kam ins Laufen. Er hatte die Spur wieder aufgenommen, und dieses Mal würde er nicht eher ablassen, bis er Anubis seine schreckliche Maske vom Gesicht gerissen hatte.

38

Die Datei öffnete sich problemlos.

Levy druckte den Text und das Bild zu dem verschwundenen Jungen aus, klebte die Seiten untereinander fest und heftete die Papierfahne neben den Bildern und Aufzeichnungen zu Tessa Fahrenhorst, Eberhard Finger und Tatjana an die Wand.

Der Junge war ein stinknormaler Fünfzehnjähriger, immer auf Achse mit der Clique, leidenschaftlicher Skater, Hiphopper und Gamer. Keine feste Freundin, normal schlecht in der Schule. Einige Direktoratsverweise standen zu Buche. Somit stand er kurz vor dem Rausschmiss. Prügeleien und sein vorlautes Mundwerk waren dafür verantwortlich.

Wenn das alles war, dann musste Anubis mehr über ihn gewusst haben, damit er ihn ausgewählt hatte. Das, was vor Levy auf den beiden Seiten Papier stand, passte ungefähr auf jeden fünften Schüler bundesweit. Was war das ausschlaggebende Detail, womit sich dieser Junge von den anderen unterschied?

Noch war seine Leiche oder, im Kontext von Anubis, eines seiner Organe nicht gefunden worden. Er konnte unter Umständen noch leben.

Zufall? Es musste nichts bedeuten.

Apropos Organe, fragte sich Levy. Von Finger war der Atmungstrakt übrig geblieben, von der Fahrenhorst der Gebärtrakt oder, anders ausgedrückt, die Geschlechtsorgane und von Tatjana ein Teil des Gehirns und das Herz. Welcher Rest würde, nach der Logik Anubis', vom Jungen auftauchen?

Wieder ging er an die Urfrage zurück.

Was ist das Wesen der Dinge?

Also, was bedeutet ein herausgenommenes Organ?

Was bedeutet dieses spezifische Organ?

Zur ersten Frage: Wieso wurde ein Organ herausgenommen.

Wieso macht er das? Was will er damit ausdrücken?

Levy suchte eine Brücke, eine Metapher, um der bewussten Entscheidung des Täters auf die Spur zu kommen. Denn in diesem Fall log der Täter nicht. Das war ein weiterer Grundsatz der Fallanalytik. Die Parameter, nach denen er seine Opfer auswählt, den Ort findet, an dem er sie tötet, wie er sie tötet und was er anschließend mit der Leiche anstellt, waren zwingende Fragen bei der Tathergangsanalyse, die zum Schluss in das gewünschte Täterprofil einfließen sollten.

Anubis hatte nicht gelogen, als er Tessa Fahrenhorst die Geschlechtsorgane aus dem Leib geschnitten hatte. Wieso tat er das, verdammt?

Levy schloss die Augen, stellte sich den Vorgang bildlich vor. Es war, als öffnete man ein Gehäuse und entnahm ein sehr wichtiges Teil, das zur Funktionalität des Ganzen dringend benötigt wurde.

Oder ein anderes Bild: Levy knackte eine Nuss, behielt die Schale, schmiss den Kern weg.

Wenn das die Antwort war, dann degradierte Anubis die Menschen, die er auserwählt hatte, auf einen einzigen Gegenstand – die Hülle.

Somit gelangte Levy zur zweiten Frage: Wieso gerade dieses Organ und nicht ein anderes? Was bedeutete das Geschlechtsteil mit anhängendem Gebärtrakt einer Frau?

Levy fiel spontan ein Bild ein, das er in einer Ausstellung mal gesehen hatte. Er wusste nicht mehr, wer es gemalt hatte, aber es zeigte lediglich die Schenkel und die behaarte Scham einer Frau. Kein Kopf, keine Arme oder sonst etwas, mit dem man die Identität der Frau hätte bestimmen können. Das lag auch nicht in der Absicht des Malers. Er betitelte das Bild als *Ursprung der Welt*.

Das Bild hatte Levy sehr beeindruckt, zeigte es durch die provokative Perspektive eben nicht Pornographie, sondern den Ursprung aller, egal, ob Mann oder Frau.

In dieser Hinsicht hätte Anubis Tessa Fahrenhorst die Fähigkeit zum Gebären genommen. Wenn sich Levy der Beschreibung ihres Sohnes erinnerte, so zeichnete er sie als eine Frau, die glaubte, durch seine Geburt einen Teil ihres Lebens versäumt zu haben. Ihre Reaktion darauf war ein Sich-Lösen von der Familie, die Flucht hinein in die Selbstständigkeit und ein fast schon psychopathologisches Aufsaugen jeder Sekunde Lebenszeit.

Wenn dem so war, was sagte diese Erkenntnis über die Wahl von Anubis aus?

War auch er mit einer Tessa Fahrenhorst verheiratet, die ihn verlassen hatte, und war sie somit die Vertreterin einer Frau, an der er sich für das zugefügte Leid rächen wollte?

Wie passte das mit Eberhard Finger zusammen?

Dirk Sauter, der Hohepriester und Satanist, hatte ausgesagt, dass er den Atmungstrakt achtlos in den Fluss geworfen hatte. Diese Entscheidung war also nicht von Anubis selbst getroffen worden. Konnte es aber nicht so gewesen sein, dass Anubis seinen Satanisten durchaus kannte und einschätzen konnte? Er wusste ja auch, wozu die Organe bei den rituellen Messen verwendet wurden. Ein Herz stand an erster Stelle, dann womöglich eine Leber, dann eine Niere …

Hatte Anubis damit kalkuliert, dass Sauter ebenjenen Atmungstrakt als untauglich für seine Zwecke ansah und ihn daher entsorgte? Dann müsste es mit sehr viel Menschenkenntnis oder mit einem sehr unkalkulierbaren Zufall zugegangen sein.

Zu viele Konjunktive. Levy war nicht zufrieden.

Dennoch, wofür stand der Atmungstrakt eines Musikers? Es war der Blasebalg, um dem Instrument die Töne zu entlocken. Aber wieso war die Luftröhre bis hinauf zur Zunge dem Organ noch verhaftet?

Soweit Levy sich an das Spiel mit einem Blasinstrument erinnerte, spielten die Lippen, aber auch die Zunge eine wichtige Rolle. Mit ihnen modulierte der Bläser sein Spiel.

Was wollte Anubis zum Ausdruck bringen?

Eine Antwort war: Das Spiel beenden.

Levy überkam ein seltsames Gefühl. Er konnte es nicht genau benennen, aber irgendetwas in ihm sagte: Mach weiter. Finde den Grund.

In seinen Notizen stand noch die Telefonnummer. Er würde es einfach probieren.

Er wählte und wartete.

«Finger», hörte er.

«Hier Balthasar Levy. Sie erinnern sich noch an mich?»

«Ja, sicher. Das war doch erst vor ein paar Tagen.»

«Frau Finger, wissen Sie zufällig, zu welchen Anlässen Ihr ... verstorbener Mann gespielt hat?»

«Ach, das war völlig unterschiedlich.»

«Geht es etwas genauer?»

«Na ja, zu Jubiläen, zu Firmenfesten, Kirmes, ... solche Sachen. Es wurde Gute-Laune-Musik gewünscht, und dafür war die Combo prädestiniert. Die konnten alle Titel aus der deutschen Hitparade bis ...»

Levy unterbrach. «Das reicht schon, Frau Finger.» Das war nicht die Antwort, auf die er gehofft hatte. Welche war es dann? Er wusste es nicht, konnte es nicht benennen. Doch ein Gefühl sagte ihm ...

«Können Sie eine Verbindung zwischen Ihrem Mann, ich meine, in seiner Tätigkeit als Musiker, und Wasser herstellen?» Levy versuchte das Organ Fingers mit dem Fundort in einen Kontext zu bringen. Ein wirrer Gedanke.

«Ich verstehe nicht.»

«Ihr Mann als Musiker, was könnte er mit Wasser zu tun gehabt haben? Ich meine, Wasser wie im Meer oder in einem Fluss.»

Anne Finger hatte mit der Frage schwer zu schaffen. Sie brauchte eine Weile. «Das Einzige, was mir dazu einfällt, ist, dass er im Sommer viele Termine auf Schiffen hatte.»

Bingo. Das war die richtige Antwort. Jetzt ergab es Sinn.

Er verabschiedete Anne Finger schnell und notierte die neue Erkenntnis unter der jeweiligen Rubrik an der Wand.

Die Antwort lautete: Eberhard Finger sollte das Musizieren einstellen. Besonders im Sommer, wenn es zahlreiche Termine auf Ausflugsbooten gab. Aber nicht nur im Sommer.

Finger sollte das Musizieren schlechthin, das Fernbleiben von zu Hause einstellen.

Warum?

Mögliche Antwort: Weil er zu Hause vermisst wurde?

In Fingers Fall war die Antwort zweischneidig. Sein Zuhause definierte er laut Zeugenaussagen immer öfter in den Armen und Betten seiner Liebschaften.

Das würde bedeuten ...

Levy verwarf den Gedanken. Das schien ihm zu abstrus. Oder konnte er sich in einem Menschen so täuschen? Anne Finger wollte ihren Mann wieder für sich haben. Koste es, was es wolle.

Traf das auch auf Tessa Fahrenhorst zu? Kannten sich Anne Finger und sie? Nein, nach seinem Kenntnisstand nicht.

Aber wenn diese Logik auch bei Tessa Fahrenhorst anzuwenden wäre, dann stellte sich die Frage, was der Fundort ihrer Geschlechtsteile ausgerechnet in einer Babyklappe zu bedeuten hatte.

Eine Babyklappe steht für das Aufgeben von Verantwortung, Trennung und Abschieben des eigenen Kindes, den Hilfeschrei einer Verzweifelten. Welche Aussage machte das Ablegen der gebärfähigen Geschlechtsorgane einer Frau in einer Babyklappe?

Der Täter hatte Tessa Fahrenhorst symbolisch die Fähigkeit genommen zu gebären. Darüber hinaus gab er den Gebärapparat in Pflege, oder anders ausgedrückt, er gab ihn zurück an die, die dem Wohl der Kinder dienten. Was wollte er damit ausdrücken?

Du Schlampe hast es nicht verdient, Kinder zu gebären!

Tatjana war ein Mädchen gewesen, das gerade die ersten erwachsenen Gefühle für sich entdeckt hatte. Sie war im eigentlichen Sinne unschuldig, jungfräulich, naiv.

Und dazu kam jetzt noch ein zweites Kind. Nun, nicht ganz. Der Junge war, wie Tatjana, ein Jugendlicher, der sich aufschwang, nach seinen eigenen Vorstellungen zu leben. Ein Rotzlöffel, der den überbordenden Gefühlen eines Heranwachsenden freien Lauf ließ.

Levy rauchte der Kopf.

Wenn er nur mit zehn Prozent seiner aufgestellten Hypothesen Recht behalten sollte, dann war er bedeutend weiter als seine Kollegen in diesem Stadium der Ermittlungen. Wenn er nur Unsinn produziert hatte, dann bestätigte sich Michaelis' Meinung von ihm.

Wie sollte es jetzt weitergehen?

Levy stellte die Opferanalyse vorerst zurück. Etwas Abstand konnte nicht schaden. Vielleicht ergab sich etwas aus dem Moment.

Er wandte sich dem Täter zu: Anubis.

Nur wenn er Opfer und Täter auf einer Ebene nebeneinander stellte, würde er die notwendigen Schlüsse auf seine Identität ziehen können.

Wo sollte er anfangen?

Ein arabisches Sprichwort lautete: Der Anfang liegt in der Mitte. Was so viel heißt wie: Fang irgendwo an, Hauptsache, du beginnst. Irgendwann werden sich der Anfang und das Ende zeigen.

Levy griff zum Filzstift und malte in großen Lettern ANUBIS neben den vier Opfern an die Wand.

ZWEITER TEIL

LEVY

1

Anubis saß im Labor und starrte auf das leere Andreaskreuz.

Wenn alles nach Plan gelaufen wäre, dann würde an ihm nun der Junge hängen – geöffnet und gereinigt, bereit für den Übertritt in die Ewigkeit.

Doch das Kreuz blieb verwaist, und Anubis haderte mit sich und der verpassten Chance. Einen neuen Jungen zu finden würde ihn mehrere Tage kosten. Diese Zeit hatte er nicht. Die Zusammenkunft stand kurz bevor.

Der Gedanke, den Jungen fallen zu lassen, gefiel ihm nicht. Dennoch, es würde ihm nichts anderes übrig bleiben. Denn eine Person war viel wichtiger. Sie war es gewesen, die ihn hintergangen und vor allen anderen verraten hatte. Die Erinnerung an sie war ihm in die Seele eingebrannt.

Der Strand tauchte vor seinem Auge auf. Die Familie war versammelt, feierte ausgelassen und genoss den warmen Spätsommerabend.

Tante Kati scherzte mit Onkel Klaus und den zwei aufmüpfigen Kindern, Roy und Teresa, die nur ein Jahr älter waren als er. Sie sprangen um die aufgerichteten Scheite des großen Lagerfeuers, das er an diesem Abend entzünden würde. Er beobachtete jeden ihrer Schritte. Wenn sie sich den Scheiten näherten, würde er sich ihnen entgegenstellen.

Er selbst saß still neben seinem Onkel. Rinus war der Bruder seiner Mutter und deren Schwester Johanna, die sich Janis nennen ließ, ihrem großen Idol Janis Joplin zu Ehren. Sie war, wie er selbst, einer der beiden Außenseiter der Familie. Sie lebte in Amsterdam in einer Kommune, konsumierte alle Formen von Rauschgift und pflegte flüchtige Beziehungen.

Ihr Mundwerk war ungezügelt, wenn es um die Rechtfertigung ihrer Lebensweise in der Familie ging. Hielt sich die Familie mit Kritik zu Beginn der Feier noch zurück, so hatte der Alkohol die Zungen im weiteren Verlauf gelöst und ein nicht enden wollendes Feuerwerk der Vorwürfe entfacht.

Nur seine Mutter, Janis' Schwester, hielt zu ihr. Wenngleich sie nicht alles billigte, wofür Janis stand, so hegte sie starke Sympathien für den freien Lebenswandel der Schwester. In der Nähe Groningens, wo die Familie lebte, galt Janis als verlorenes Mädchen, vor der man die Kinder warnen und schützen musste.

Der Zorn auf seinen kleinen Bruder brannte an diesem Abend nicht wie sonst. Er war ganz im Bann des bevorstehenden Ereignisses. Er schaute hinüber zu seinem Vater, der nur mit Mühe Roy und Teresa folgen konnte, wie sie um eine Puppe stritten. Eine deutsche Kugel hatte ihm im Krieg die Kniescheibe zerschmettert und ihn in die ungeliebte Tätigkeit eines Handelsvertreters für Küchengeräte gezwungen.

Wenn die Kriegsverletzung das familiäre Glück so belastete, dann war es nur recht und billig, wenn er als Sohn nun stärker in die Aufgabe des Familienoberhauptes hineinwuchs. Letztlich war es auch die Begründung dafür, dass er dauernd im Haushalt mithelfen musste. Er hatte die Anerkennung verdient.

Er schaute zum Horizont. Die Sonne hatte das Meer bereits berührt. Er versicherte sich der Streichholzschachtel in der Hosentasche.

«Hol mal Zigaretten», befahl Onkel Jaap.

Verdammt, nie hatte der Alte genügend Zigaretten dabei. Er lief schnell die Düne hinauf, hastete ins Haus, suchte im Mantel des Onkels. Nichts. Dann in der Tasche der Tante. Wieder nichts.

«Keine mehr da», sagte er zu Jaap, als zurückgerannt kam.

Der Onkel reichte ihm einen Schein. Am Kiosk gäbe es welche. Den Rest dürfe er behalten.

Danke, aber das ginge jetzt nicht. Die Sonne war bereits zur Hälfte verschwunden.

«Nun geh schon», rief ihn seine Mutter zur Ordnung.

«Aber das Feuer», entgegnete er ihr.

«Das Scheiß-Feuer kannst du anzünden, wenn du wieder da bist.»

Er traute ihr nicht. Bestimmt würden sie nicht auf ihn warten. «Ihr habt es mir versprochen.»

«Ja, verdammt. Geh jetzt, damit du wieder da bist, wenn die Sonne untergegangen ist.»

Janis kam zu ihm. «Mach dir keine Sorgen. Niemand außer dir wird das Feuer anzünden.»

«Versprochen?»

Sie gab ihm einen Kuss auf die Wange. «Na, klar.»

Er blickte hinüber zum Horizont. Unaufhörlich tauchte der rote Ball hinter der grauen Linie unter.

Wenn er rannte, dann könnte er es schaffen.

Sein Bruder war ganz mit Onkeln und Tanten beschäftigt, er bemerkte so wichtige Sachen wie den Lauf der Sonne nicht.

Er könnte es wagen. Wenn er schnell war ...

Zwischen Wasser und Düne rannte er am Strand entlang. Der Kiosk war als weißer Punkt in der Ferne zu sehen. Zu seiner Linken verabschiedete sich das Sonnenlicht, während ihn die Füße immer weiter vorwärts trugen.

Auf halber Strecke erkannte er, dass er es nicht schaffen würde. Die letzte Wölbung setzte bereits auf dem Meer auf. Keuchend machte er Halt und schaute zurück. Weit weg konnte er sie sehen, ganz weit weg. Die Verwandten saßen nicht mehr. Im Kreise standen sie um den Scheiterhaufen herum, hoben die Gläser.

Nein, sie haben es mir versprochen.

Er rannte zurück. Tränen sprangen ihm in die Augen, die Verwandten verschwammen hinter einem Schleier aus Zorn und Verlust.

Als er völlig erschöpft wieder dort ankam und förmlich in den Kreis fiel, sah er, dass die Scheite bereits Feuer gefangen hatten. Sein Bruder thronte auf den Armen von Janis, das Feuerzeug als Zepter in der Hand.

Wie konnte sie ihm nur so in den Rücken fallen? Ausgerechnet Janis. Sie war doch wie er ein Außenseiter. Sie hatte es ihm versprochen. Es war sein Feuer, sein Abend vor dem Geburtstag, den er als Erwachsener erleben wollte.

Er sah die Gesichter seiner Mutter und von Janis. Er prägte sie sich gut ein. Dann war er nicht mehr zu halten. Er sprang an Janis hoch und griff nach dem Feuerzeug.

«Ihr habt es mir versprochen», schrie er noch, als die Mutter ihn vom Feuer wegzog und ihn ins Haus verbannte.

Doch in diesem Haus war kein Platz mehr für ihn. Er ging hinaus, stieg die Düne hoch und beobachtete, wie sich am Himmel Wolken zusammenzogen. Zu seinen Füßen feierten sie den neuen König.

Sein Zorn verdichtete sich in kühle, emotionslose Berechnung.

2

Sven Demandt musste von null beginnen.

Er hätte Levy zwar anrufen und von ihm alle bisher ermittelten Fakten abfragen können, aber das widersprach nicht nur seiner Arbeitsweise, sondern auch dem ehernen Gesetz aller Fallanalytiker, einen eigenen Blick auf die Vorgänge zu gewinnen, nicht in die Fußstapfen des Vorgängers zu treten und dessen Einschätzung der Lage zu übernehmen. Er selbst hatte dieses Gesetz geformt und in zahlreichen Ausbildungsseminaren vermittelt.

Vorteil dieser Vorgehensweise war, dass Ermittlungen, die stecken geblieben waren, aus einer anderen Sicht auf Schwachstellen überprüft und unter Umständen sogar neue Lösungsansätze gewonnen werden konnten. Der Nachteil bestand jedoch darin, dass der neue Fallanalytiker sich erst einarbeiten musste und dadurch wertvolle Zeit verstrich.

Dennoch konnte Demandt überhaupt nicht nachvollziehen, wieso Levy keine Aufzeichnungen hinterlassen hatte. Er hätte gerne einen Blick darauf geworfen, um festzustellen, wie Levy die Morde einschätzte und ob er sich bei der Beurteilung eines Ermittlungsergebnisses womöglich geirrt hatte. Es schien fast so, als hätte Levy bewusst ein Geheimnis daraus gemacht. Doch was hätte das für einen Sinn gemacht, fragte er sich. Der Michaelis eins auszuwischen, aufzuzeigen, dass er und nicht sie den Fall aufklären würde?

Das war abwegig, völliger Blödsinn. Denn letztlich führte sie die Ermittlungen und würde im Falle eines Erfolges als strahlende Heldin in der Presse gefeiert, genauso wie sie dafür geradestehen musste, wenn sie es vergeigte. Es lag in der Natur der Sache, dass Fallanalytiker lediglich andere Denkansätze aufzeigten, nicht selbst ermittelnd vorgingen und im Hintergrund blieben.

Für Levy gab es also weder etwas zu gewinnen noch zu verlieren. Oder war da etwas, was Demandt bei Levy nicht berücksichtigt hatte?

Er dachte darüber nach, wie er ihn damals aus der Gruppe der Bewerber rekrutiert hatte. Levy hatte seinen Abschluss in Psychologie und in Kriminologie mit Bravour bestanden. Ein Auslandssemester bei den britischen Kollegen und ein Praxisjahr in Quantico, der berühmten Brutstätte für die amerikanische Herangehensweise an die Fallanalyse, hatten ihn weiter qualifiziert. Er war auch einer der wenigen europäischen Studenten, die sich auf der berüchtigten Body Farm aufgehalten hatten. Auf einem eigens für die University of Tennessee abgegrenzten Gelände wurden menschliche Leichen der Witterung ausgesetzt, um aus deren natürlichem Verfall zu lernen. Sein amerikanischer Professor lobte ihn ausdrücklich für seine Aufmerksamkeit und die Fähigkeit, Rückschlüsse aus den verschiedenen Verwesungsstadien auf die Umstände des Todes zu ziehen.

Demandt konnte dem nur zustimmen, Levy zeigte sich in der Ausbildung beim BKA äußerst aktiv. Er schnitt in den Fächern Tatortaufnahme, Bewertung und der Hypothesenerstellung als Jahrgangsbester ab. Zugute kamen ihm dabei seine gerichtsmedizinischen Kenntnisse, die er im Zuge seines Studienschwerpunktes und auf der Body Farm erworben hatte.

Auch die psychologischen Tests, die Levy immer wieder zu bestehen hatte, zeigten keine Auffälligkeiten. Er war ein in sich gefestigter Charakter, der für die Arbeit als Fallanalytiker wie prädestiniert war.

Sein Privatleben verlief in geordneten Bahnen, soweit Demandt das einschätzen konnte. Levy hatte hin und wieder von Beziehungen zu Frauen gesprochen, aber keine schien besonders lange zu dauern. Eine feste Partnerschaft, die über Jahre den Stress aushalten konnte, hatte es nicht gegeben.

Und dann, völlig unerwartet, kam der Einbruch.

Aus heiterem Himmel kamen für Demandt Levys Alkoholprobleme. Er hatte keine Anzeichen bemerkt, keine Umstände, die auf eine Gefährdung im Vorfeld hätten schließen lassen.

Die ersten Gespräche mit Levy führte Demandt selbst. Die beiden hatten im Laufe der Ausbildung ein freundschaftliches Verhältnis entwickelt, und auf Grund des Altersunterschiedes war Demandt für das Waisenkind Levy eine Art Ziehvater geworden.

Umso mehr traf es ihn, als Levy überhaupt keine Bereitschaft zur Kooperation zeigte, es tatsächlich hintertrieb, ihn über die Ursache seines plötzlichen Alkoholproblems aufzuklären. Es blieb Demandt somit gar nichts anderes übrig, als Levy in die Hände des Hauspsychologen zu geben. Dieser Vorgang hatte natürlich Konsequenzen für Levys Beurteilung und noch viel mehr für seine Karriere. Er galt forthin als instabil, nicht vollkommen verlässlich und für beschränkt dienstfähig.

Die Therapie dauerte sechs Monate.

Levy kehrte geheilt in den Dienst zurück. Im Bericht wurde ihm eine vorübergehende und schließlich austherapierte Depression attestiert. Und allem Anschein nach war diese Therapie erfolgreich. Levy arbeitete wie in alten Tagen – aufmerksam, analytisch, kreativ.

Dann, wieder völlig unerwartet, ein Aussetzer.

Kollegen von der Streife wurden wegen eines randalierenden Gastes zu einer Kneipe gerufen. Es war Levy, der sich sturzbetrunken mit einem Mann prügelte. Der Wirt berichtete, dass sich ein Streit zwischen den beiden an der Bar entzündet hatte.

Levy war nicht zu beruhigen gewesen, hatte sich sogar mit den Kollegen angelegt, war verletzt worden und musste behandelt werden. Im Krankenhaus stellten die Ärzte Besorgnis erregende Blutwerte fest. Er wurde zur Entgiftung in eine andere Klinik eingewiesen.

Demandt nahm Levy ins Gebet, wollte wissen, woher der Ausraster kam. Doch wieder schwieg er. Was folgte, war dieselbe Prozedur mit dem Psychologen und der Therapie. Dieses Mal attestierte dieser Levy ein unbewältigtes Kindheitstrauma. Hintergrund: der tödliche Flugzeugabsturz seiner Eltern über Afrika. Anzeichen einer vorübergehenden Amnesie wurden festgestellt. Levy konnte oder wollte sich nicht an die Zeit mit seinen Eltern erinnern. Nach einem Jahr erschien Levy wieder zum Dienst. In den Händen seine vollständige Rehabilitierung und Arbeitstauglichkeit.

Dieser positive Zustand hielt an. Über zwei Jahre. Levy bekam nach vielen ereignislosen Arbeitstagen im Innendienst endlich wieder einen Fall zugewiesen – entlang eines Flusslaufs wurden menschliche Organe gefunden. An den damaligen Ermittlungen war auch die aufstrebende Hortensia Michaelis beteiligt.

Der Druck während der Ermittlungen war immens. Levy war nicht der Einzige, dem der Fall Probleme bereitet hatte. Vor ihm verabschiedeten sich vier Kollegen in den Krankenstand. Dann erwischte es Levy. Der verschwundene und bis heute nicht wieder aufgetauchte Zeuge sollte seine Karriere beim BKA beenden.

Demandt notierte akribisch jede Information, die ihm Alexej und Luansi zusammengestellt hatten. Er schrieb sie auf eine Tafel, die über die Länge von drei und einer Höhe von zwei Metern an der Wand befestigt war. Jeder im Team sollte sehen, wie die jeweiligen Erkenntnisse Schritt um Schritt die Identität von Anubis aufdecken würden.

Während Demandt dies tat, dachte er an Levy, der wahrscheinlich in sein altes Muster zurückgefallen war, aber warum jetzt? Demandt sah Levy vor seinem inneren Auge betrunken und schlafend auf dem Bett liegen, am Ende seiner Karriere. Levy musste seine Hoffnungen begraben, den Täter, der ihn damals den Job beim BKA gekostet hatte, doch noch selbst zu überführen. Nun würde Demandt das für ihn übernehmen.

Wenn er den Fall abgeschlossen hatte, wollte er nochmals das Gespräch mit Levy suchen. Sosehr er ihn und das Team auch enttäuscht hatte, Levy lag ihm am Herzen, und er wollte ihn nicht seinem Schicksal überlassen.

Das Klingeln eines der Telefone riss ihn aus den Gedanken.

«Demandt.»

«Wir haben eine Meldung hereinbekommen, dass ein fünfzehnjähriger Junge, auf den die Beschreibung passt, in ein Krankenhaus eingeliefert wurde.»

«Lebt er noch?»

«Der Arzt sagt ja. Allerdings mussten sie ihn während der Operation in ein künstliches Koma versetzen. Er hat ein schweres Schädel-Hirn-Trauma erlitten.»

«Sagte der Arzt auch, wann der Junge wieder ansprechbar ist?»

«Wenn er Glück hat, überlebt er. Sollte er dann wieder erwachen und ansprechbar sein, dürfen die Eltern sich freuen, wenn er überhaupt noch seinen Namen kennt.»

«In welches Krankenhaus wurde er gebracht?»

«Nach Emden.»

«An der holländischen Grenze?»

«Ja.»

Wieso Emden, fragte sich Demandt. Das war gut zweihundert Kilometer von Hamburg entfernt.

«Wer hat den Jungen eingeliefert?»

«Der Arzt sagt, ein Sanitätswagen sei angerufen worden, um den Jungen in einer verlassenen Scheune abzuholen. Er habe sich beim Sturz von einem Gerüst schwer am Kopf verletzt, soll der Anrufer gesagt haben.»

«Wurde das Gespräch von der Rettungsleitstelle aufgezeichnet?»

«Leider nein. Der Anruf ging direkt an das Krankenhaus.»

Verdammter Mist. Eine weitere Stimmprobe wäre hervorragend gewesen.

«Ist der Junge transportfähig?»

«Der Arzt sagt nein, auf gar keinen Fall.»

«Dann notieren Sie bitte die genaue Adresse und auf welchem Zimmer er liegt. Einer unserer Beamten wird vorbeikommen.» Demandt legte auf.

Anubis hatte sein Opfer verschont. Wieso?

3

Levy schaute wieder und wieder auf die Wand, auf die er die Informationen zu den vier Opfern und Anubis geschrieben hatte. Er wechselte die Perspektiven, änderte die Bewertungen, die er einigen Punkten gegeben hatte, überdachte die so entstandenen Konstellationen neu. Doch es wollte ihm nicht gelingen, einen Grund zu finden, wieso Anubis gerade diese vier auserwählt hatte und wofür sie standen.

Vier unterschiedliche Opfer. Ein Mann, eine Frau, ein dreizehnjähriges Mädchen und ein fünfzehnjähriger Junge. Jeder von ihnen hatte eine ganz eigene charakterliche Prägung. Wo war der Zusammenhang? Wo waren Gemeinsamkeiten? Gab es noch entscheidende Informationen, die er und das Team bisher nicht gefunden hatten?

Levy kämpfte mit dem Drang, Alexej oder Luansi zu fragen, ob es möglicherweise neue Erkenntnisse gab, die ihn weiterbringen und das Rätsel lösen würden.

Er wusste, wer an seiner Stelle jetzt auf seinem Stuhl saß und sich die gleichen Fragen stellte wie er. Demandt, sein ehemaliger Chef, Ausbilder, Kollege, in manchen Zeiten auch väterlicher Freund.

Levys Ausscheiden würde die Runde machen. Nicht nur unter Kollegen. Auch Staatsanwälte, Richter, Polizisten, Psychologen, Kriminaltechniker und natürlich private Auftraggeber, die sich vertrauensvoll für einen Tipp an seine Kollegen wandten, dürften davon erfahren. Er hasste den Gedanken, dass sie bei einem Feierabend-Bier über ihn reden und ihn mit bedauerndem Kopfschütteln abschreiben würden.

Die einzige Chance, dem zu entgehen, war, den Fall selbst zu lösen. Und das, bevor Demandt und Michaelis es taten. Würde er Anubis nicht rechtzeitig der Öffentlichkeit präsentieren, war er beruflich tot. Jetzt ging es nicht mehr alleine um die Eitelkeit, nun stand sein Leben – und das bestand nur aus seinem Beruf – auf Messers Schneide.

Wie würde Demandt die Fragen an der Wand beantworten?

Er schloss die Augen und erinnerte sich an seine Ausbildung. *Nur die Fakten. Keine voreiligen Schlüsse ziehen. Den Standpunkt ändern. Immer wieder neu überdenken. Vorurteilsfrei vorgehen. Die beweisbaren Erkenntnisse so hinnehmen, wie sie sind. Nichts verschönern und zurechtbiegen.*

Das machte er nun schon seit Stunden. Doch das reichte nicht. Er musste einen Schritt weitergehen. Aus sich heraustreten, die Sache von außen betrachten, die eigentliche Struktur erkennen und dann wieder zurückkehren, um das Rätsel zu lösen.

Am besten den Kopf ausschalten; nun war das Gefühl an der Reihe, nein, die Intuition. Jenes magische Hilfsmittel, für das er und seine Kollegen gerade aus den Reihen des Polizeiapparats verspottet wurden. Die erfahrenen und lang gedienten Ermittler, die dachten, dass er nichts anderes als sie machte, nur dass die Medien im Gegensatz zum stinknormalen Ermittler einen Riesen-Hype um die Profiler machten; die meisten hielten die Profilerarbeit für Scharlatanerie und betonten immer wieder die Ehrlichkeit der guten alten Lehrsätze der Kriminalistik.

Dummköpfe, sagte er sich. Was er machte, war demnach Hokuspokus, aber wenn einer dieser Altgedienten auf sein Näschen oder seinen Bauch hörte, dann war es dessen über jeden Zweifel erhabener sechster Sinn.

Levy ging zu seinem Computer, steuerte von der Festplatte einen Ordner an und wählte aus der Liste *Dead Can Dance*.

Er legte sich aufs Bett, schloss die Augen und entspannte sich.

Die ersten Klänge von *Yulunga* erfüllten den Raum und drangen tief in sein Unterbewusstsein ein. Die Stimme von Lisa Gerrard beförderte ihn hoch über die Wolken. Levy sah sich entspannt in ihnen treiben. Er hatte allen Widerstand aufgegeben, den Verstand abgeschaltet und war offen für jede Erfahrung, der er auf seiner mentalen Reise begegnen würde.

Der Wind trug ihn weit aufs Meer hinaus. Er sah sich durch eine unsichtbare Hand geschützt. Unter sich die grenzenlose Weite eines sanftmütigen, blauen Meeres. Der Horizont offenbarte ihm erste Eindrücke von einem warmen Rot. Aus ihm heraus floss ein Ton, tief und schwer. Der Ton nahm ihn in sich auf, wiegte ihn in Sicherheit.

Er öffnete die Augen. Doch sah er nicht durch seine, sondern durch die Augen eines anderen.

Das Gesicht von Tessa Fahrenhorst formt sich. Sie lacht, hat Spaß mit einer Freundin. Sie gehen an einem sonnigen Tag durch die Einkaufsstraße. Die fremden Augen folgen ihnen, auf Abstand, gerade so weit weg, wie sie noch Deckung hinter Säulen und Häuserecken finden. Tessa und ihre Freundin bleiben vor einem Schaufenster stehen. Sie diskutieren ein Sommerkleid und einen Strohhut. Strandleben, Unbeschwertheit, die eindeutigen Angebote braun gebrannter, junger Männer.

Seine Lider schlossen sich kurz, und eine neue Szene erschien.

Supermarkt, an der Fleischtheke. Tessa Fahrenhorst steht mit dem Rücken unmittelbar vor den sie fixierenden Augen. Sie spricht mit der Verkäuferin. Der Blick nähert sich ihrem Haar. Er wandert entlang der geschwungenen Strähnen nach unten, über die Schultern zu einer Locke am Hals. Die Nase nimmt an Tessas Hals den Geruch ihres Parfüms auf. Der Geruch explodiert im Kopf.

Die Lider schlossen sich erneut, die Tür eines Aufzugs ging auf.

Tessa Fahrenhorst kommt mit Koffern schwer beladen auf ihn zu. Sie blickt kurz auf zu seinen Augen, sie ist im ersten Moment überrascht, überspielt es mit einem Lächeln. Ihre weißen Zähne, frisch geputzt. Er kann noch den vagen Duft von Menthol riechen. Der linke Eckzahn verjüngt sich auffällig nach unten zu einer Spitze. Ihre Zunge streicht darüber, verführerisch, ein Tropfen Blut quillt hervor.

Die riesige Membran eines Lautsprechers zittert. Harte Gitarrenklänge zerren an ihr, drohen sie im flackernden Licht zu zerreißen. Er wird geblendet durch einen Lichtblitz, der sich im blanken Metall eines Skalpells bricht.

Tessas Augen sehen verzweifelt den Wahnsinn, die nahe Stunde ihres Todes. Sie blickt nach unten, auf ihren nackten, festgezurrten Körper. Die dünne, spitze Schneide sticht ins Fleisch, teilt es auf ihrer lustvollen Reise über ihren Bauch. Rot quillt hervor, wird herausgepumpt von ihrem Herzen, bedeckt das weiße, sich öffnende Grab mit einem Meer aus Rosen.

Levy schreckte auf. Sein Atem raste. Die Bilder wichen, Stück für Stück. Was blieb, war der harte Sound, der aus den Lautsprechern seines Computers hämmerte. Der Player war zur nächsten Datei übergegangen.

Levy war nun ganz bei sich und hatte den Meister erkannt: Das Muster lag nicht in den Eigenschaften der Opfer. Sie dienten nur als Hüllen.

Mann. Frau. Jugendliche.

Jetzt wusste er, nach welchem Kriterium Anubis die vier ausgewählt hatte.

Finger, Fahrenhorst, Tatjana und der Junge.

Sie waren eine Familie.

Vater. Mutter. Kinder.

4

«Herr Jesus Christus. Segne die Familien, die Eltern und Kinder, auf dass alle Geborgenheit und Liebe erfahren.»

Jan kniete im Schlafanzug vor seinem Bett. Die Hände zum Gebet gefaltet, hielt er sie hoch an die Stirn, die Augen geschlossen, die Ellbogen ruhten auf der Matratze. Über ihm an der Wand hing ein Christusbild, daneben ein Holzkreuz. Darunter Schnappschüsse von ihm und Ruben, als sie noch kleine Jungs waren. Sie spielten an einem Fluss, eingebettet in ein riesiges, rotes Tulpenfeld.

«Hilf den Eltern, ihren Kindern die Liebe Gottes spürbar zu machen.»

Im Haus war es still geworden. Nach dem ersten gemeinsamen Abendessen seit vielen Jahren waren sein Vater und die Mutter bereits zu Bett gegangen. Er war der Letzte, der alle Lichter gelöscht und sich in sein Zimmer zurückgezogen hatte. Auf der anderen Seite des Raumes war das Bett verwaist. Ruben, sein kleiner Bruder, war noch nicht eingetroffen.

«Erfülle die Menschen mit der Gesinnung echter Liebe, dass sie füreinander da sind, ohne allein auf den eigenen Vorteil bedacht zu sein.»

Jan war tief in das Gebet versunken. Dennoch spürte er die Anwesenheit seiner Mutter, die hinter ihm in der Tür stand. Wie schon in seinen Kinderjahren war sie eigens aufgestanden, um Jans Gebete zu begleiten. Es war ihm nicht recht, damals wie heute. Er fühlte sich überwacht, in seinen geheimsten Träumen und Wünschen gestört. Aber er wagte nicht, ihr zu sagen, sie solle gehen. Die Eltern waren

Respektspersonen. Es galt, ihnen mit Dankbarkeit und Ehrfurcht zu begegnen.

«Segne alle Eheleute, auf dass es ihnen gelinge, das Eheversprechen zu halten. Auf dass sie in Liebe und Treue zueinander stehen mögen und ihre Liebe weiter blühe.»

Jan meinte zu spüren, wie seine Mutter spöttisch grinste. Er wusste, dass sie vom Eheversprechen nicht viel hielt. Zu oft war sie ihrem Mann schon weggelaufen, hatte die Kinder sich selbst überlassen. Doch da sie immer wieder nach Hause zurückkehrte, war sich Jan der Kraft seiner Gebete bewusst.

«Und Herr, gedenke meines Bruders Ruben. Führe ihn aus der dunklen Nacht der Verzweiflung nach Hause ins Licht seiner Familie. Lass ihn teilhaben am Fest unserer Liebe, das wir in wenigen Tagen feiern.»

«Dein Bruder wird einen Teufel tun und in dieses Scheißkaff zurückzukehren. Nur ich dumme Kuh bin so blöd. Und was das Fest angeht, sei dir nicht so sicher, dass ich da noch da bin.»

In Jan rumorte es. Am liebsten wäre er aufgesprungen und hätte seiner Mutter ins Gesicht geschrien, dass nicht alle ein so verdorbenes Leben führten wie sie. Sein Versprechen an Gott, seinen Zorn zu zügeln und die Vergeltung einem anderen zu überlassen, zwang ihn jedoch zur Milde.

«Gedenke der Verstorbenen unserer Familien. Lass sie Anteil haben am ewigen Leben.» Jan blickte auf. «Herr, ich bitte dich. Amen.»

Noch bevor er aufstehen und sich zu Bett legen konnte, erinnerte ihn die Mutter an eine Person, die er im Gebet ausgelassen hatte. Doch er hatte sie nicht vergessen.

«Na, da fehlt doch noch jemand», sagte sie.

«Tut es nicht», antwortete er.

«Wehe, du wagst es noch einmal, mir zu widersprechen ... Bete für sie.»

Jan folgte der Anweisung, ohne weiter zu protestieren. Er hob die gefalteten Hände wieder zur Stirn.

«O Herr, lass ...», er stockte, seine Hände zitterten vor Wut.

«Mach weiter. Ich will es von dir hören.»

Jan bündelte alle Kräfte, obwohl der Gedanke ihm die Kehle zuschnürte. «Lass meine Tante den Weg zu uns finden. Auch wenn es mir schwer fällt, sie zu akzeptieren, lass sie teilhaben am Feste zu Ehren der Familie.» Die letzten Worte brannten Jan auf der Zunge. Lieber hätte er Gift und Galle auf diese Hure gespuckt, als sie an jenem Abend am Tisch ertragen zu müssen.

«Na, also, geht doch», sagte seine Mutter zufrieden.

Das Licht erlosch.

Jan ging zu Bett und starrte an die Decke. Nein, um alles in der Welt, er wollte das Weib nicht hier haben. Doch was sollte er tun? Die Weisung seiner Mutter war unmissverständlich. Als ihr Sohn hatte er zu gehorchen.

5

Levy erwachte mit einem Hochgefühl. Er hatte das Rätsel gelöst. Anubis hatte sich eine Familie zusammengemordet.

Das war das Muster, das alle vier Opfer verband. Vielleicht spielten auch die unterschiedlichen Charaktermerkmale der Opfer bei seiner Auswahl eine ganz spezifische Rolle, aber entscheidend war zunächst, dass sie symbolisch eine Gemeinschaft bildeten.

Fragte sich nur, wie groß die Familie war. Gab es da noch Brüder und Schwestern, Onkel und Tanten, Neffen und

Nichten? Würde Anubis nicht eher ruhen, bis er die von ihm gewünschten Familienmitglieder beisammenhatte?

Vielleicht war es aber schon so weit, und der Junge war das letzte Glied in der langen Kette, die bereits vor zwei Jahren begonnen hatte. Vielleicht aber auch nicht. Dann würde er von Anubis noch hören.

Und eine weitere Frage stellte sich. Wieso tat er das? Weil ihm die eigene Familie nicht passte? Weil er selbst keine hatte?

Auf jeden Fall hatte er jetzt mindestens vier Körper.

Was machte er mit ihnen?

Die bei den Satanisten gefundenen Spuren von Epoxydharz ließen auf eine Präparation schließen. Also präparierte Anubis die Körper von Vater, Mutter und Kindern.

Wofür? Nach ägyptischer Überlieferung für die Fahrt ins Jenseits. Wo tat er das? Für die Präparation waren zahlreiche Geräte erforderlich, die viel Platz benötigten. Zudem musste er in aller Ruhe arbeiten können. Abgeschiedenheit war eine Grundvoraussetzung.

Woher hatte er die Kenntnisse und die Werkzeuge?

Fest stand, dass er eine profunde Ausbildung in Anatomie und Präparationstechniken haben musste. Epoxydharz war nur eine Chemikalie von vielen, die man benutzen konnte. Allerdings auch eine, die durch einen ganz bestimmten Mann in den letzten Jahren sehr berühmt geworden war. Die Ausstellung *Körperwelten* hatte Levy vor ein paar Jahren besucht. Dort hatte er sich ein Bild machen können, wie mit Epoxydharz behandelte Leichen den Blick auf das Innenleben Verstorbener ermöglichten.

Und schließlich Anubis selbst, welche Rolle spielte er in dieser Familie, die er für die Ewigkeit präparierte?

Zu viele Fragen auf einmal.

Levy musste einen Gang zurückschalten und überlegen,

was als Nächstes zu tun sei. Er hatte zwar das Muster gefunden, mit dem zahlreiche weiterführende Fragen verbunden waren, aber wie weit waren Demandt und Michaelis?

Auf gar keinen Fall durften sie ihm voraus, ihm überlegen sein. Dann nämlich wäre das Spiel für ihn aus. Er musste herausfinden, wie weit deren Erkenntnisse gereift waren, erst dann konnte er in aller Ruhe die nächsten Fragen stellen und beantworten.

Levy schickte Alexej eine E-Mail. *Können wir reden?*

Nach zwei Minuten klingelte das Telefon in seinem Computer. Es war Alexej.

«Was willst du schon wieder? Es kann mich den Job kosten, mit dir zu sprechen», sagte er.

«Ich weiß», heuchelte Levy Verständnis. «Ich wollte mich nur erkundigen, welche Fortschritte ihr macht. Jetzt, wo ihr den besten Mann für den Job habt.»

In Levy brannte das erste Mal seit langem etwas, das nach Neid und Eifersucht roch.

«Sei nicht nachtragend», sagte Alexej, «ich glaube, dazu hast du den wenigsten Grund.»

«Wieso das?»

Alexej sammelte Mut. «Wir alle sind ziemlich sauer auf dich. Sven hat uns aufgezeigt, was du alles hättest machen müssen. Wir hätten viel mehr Spuren nachgehen müssen, und Hortensia hat ihm in allen Punkten beigepflichtet. Es macht fast den Eindruck, als ob du absichtlich die Ermittlungen verzögern wolltest.»

Levy konnte sich schon denken, woher dieser Meinungswandel kam. Demandt und Michaelis suchten nach einem Sündenbock. «In der kurzen Zeit, die mir zur Verfügung stand, habe ich getan, was möglich war.»

«Darüber gibt es unterschiedliche Auffassungen. Also, was willst du?»

«Wie weit seid ihr mit den Ermittlungen in Sachen Ausbildung zum Präparator?»

Alexej zögerte.

«Komm, jetzt lass dich nicht schon wieder bitten», beteuerte Levy. «Ich knie vor dir.»

Wieder gab Alexej nach. «Luansi, Falk und Naima überprüfen die Datenbanken der Schulen und sprechen mit den Direktoren, ob es auffällige Teilnehmer in den letzten Jahren gegeben hat.»

«Gibt es schon ein Ergebnis?»

«Nichts Konkretes.»

«Was heißt das?»

«Dass die Ermittlungen noch nicht abgeschlossen sind. Aber ich kann mir schon denken, was du meinst. Nein, es gibt noch keinen Verdächtigen. Es sind Hunderte in unterschiedlichen Jahrgängen, deren Adressen und Arbeitsplätze erst mal recherchiert werden müssen. Danach werden sie von Falk und Naima befragt. Das kann noch Wochen dauern, bis sie alle durchhaben.»

Das hatte Levy erwartet. «Und sonst? Gibt es etwas Neues zu den vier Opfern?»

«Zu den drei Opfern», berichtigte Alexej. «Der Junge ist aufgetaucht.»

Das war eine überraschende Nachricht. Levy war konsterniert. «Wie ... der Junge hat überlebt?»

«Schwer verletzt. Er wurde mit einer Schädelfraktur in ein Krankenhaus in der Nähe der holländischen Grenze eingeliefert. Naima war bereits vor Ort. Der Junge ist leider nicht ansprechbar. Er liegt im Koma.»

In Levys Kopf ging es drunter und drüber. Anubis hatte den Jungen laufen lassen. Das könnte seine Theorie von der Familie völlig über den Haufen werfen. Aber dennoch, sagte er sich, Anubis hatte ihn ausgewählt. Was ihn aber dazu veranlasst hatte, den Jungen zu verschonen, blieb rätselhaft. Vielleicht war es der falsche, vielleicht war Anubis gestört worden. Nein, seine Familientheorie hatte weiter Bestand. Es musste jedoch etwas vorgefallen sein, was Anubis dazu gebracht hatte, den Plan kurzfristig zu ändern. Levy ging nicht weiter auf diese Information ein. Er wollte Alexej und damit Demandt und Michaelis nicht auf die Spur setzen, die er letzte Nacht entdeckt hatte. «Was machen Demandt und Michaelis?»

Alexej zierte sich. «Sie sind in geheimer Mission unterwegs.»

«Na, komm, sag schon. Wo sind sie hin?»

«Sie überprüfen eine andere Spur.»

Also doch. Levy musste wissen, wonach die beiden suchten. «Jetzt lass dir doch nicht jede einzelne Information aus der Nase ziehen.»

«Das geht dich überhaupt nichts mehr an, Levy. Du bist aus dem Fall raus. Mach mir und dir das Leben nicht noch schwerer.»

«Alexej, bitte.»

«Sie sind nach Berlin gereist.»

Berlin? Was wollten sie dort? «Ja, und?»

«Dort findet eine Ausstellung statt.»

Wie ein Blitz schlug die Antwort ein. Doch er wollte sichergehen. «Es geht um die *Körperwelten*, nicht wahr?»

Jetzt war es Alexej, der überrascht war. «Ja ... woher weißt du das?»

«Dazu gehört nicht viel Kombinationsgabe. Auch ich habe schon daran gedacht, dahin zu fahren. Aber leider bin ich noch nicht dazu gekommen. Wieso sind sie denn nicht nach Heidelberg, wo sich die Zentrale der Ausstellungsmacher befindet?»

«Weil alle, die etwas über Präparation, ehemalige und aktuelle Mitarbeiter und was sonst in der Szene los ist, wissen könnten, zurzeit entweder in Berlin oder in Japan und Amerika sind, wo die nächsten Ausstellungen stattfinden.»

«Mit wem sprechen sie?»

«Mit einem langjährigen Mitarbeiter. Der musste sich aber erst das Plazet seines Chefs in Japan abholen.»

Levy musste reagieren. Das war eine heiße Spur. Er spürte es genau. Er musste dorthin und rausbekommen, was Demandt und die Michaelis in Erfahrung bringen würden.

«Danke, Alexej», verabschiedete sich Levy. «Du hast was gut bei mir.»

Eine Stunde später saß er im Intercity nach Berlin.

Staub bist du, und zu Staub wirst du zurückkehren.»

So lautete Gottes Urteil über Adam.

Auf der eineinhalbstündigen Zugfahrt zwischen Hamburg und Berlin hatte Levy genügend Zeit, sich auf die Ausstellung *Körperwelten* des in Deutschland umstrittenen Gunther von Hagens vorzubereiten. Im Ausland sah man die Ausstellung um plastinierte menschliche Exponate weniger kontrovers. Es hatte den Anschein, dass dort Neugier und Aufgeschlossenheit überwogen und der moralische Diskurs ein eher deutsches Phänomen war.

In der Bahnhofsbuchhandlung hatte Levy zwei Bücher gefunden, die er für den anstehenden Besuch der Ausstellung durchsehen wollte. Das eine war ein Buch, das den Streit um die Ausstellung dokumentierte, das andere ein Büchlein über die Demut des Menschen, geschrieben von dem Rabbi

Mosche Chajim Luzzatto, der seine These unter anderem auf einen Spruch der Väter zurückführte: «Bedenke, woher du gekommen bist: aus verwesem Keim! Wohin du gehst: an einen Ort voller Staub, Maden und Würmer!»

Levy las weiter.

«Bedenkt der Mensch die Niedrigkeit seiner Herkunft, hat er keinen Grund zur Überhebung. Es kann ihn nur das Gefühl der Beschämung überkommen.

Und denkt er weiter, dass er zum Staub zurückkehrt und dort zum Fraß der Würmer wird, dann wird sein Stolz weiter gebeugt und sein Hochmut gedämpft.»

Doch zwischen Geburt und Tod passt ein Leben. Und dieses Leben war voll von Begehrlichkeiten, aber auch Ängsten und Trieben. Levy fragte sich, wie Anubis diese Spanne überwand. Wenn er sich zur Fraktion Gunther von Hagens' zählte, so folgte er dessen Spruch: «Willst du ewig leben, musst du deinen Körper geben.» Die Ausstellung *Körperwelten* schien auf diesem Postulat zu gründen und die Vergänglichkeit im Staub überwinden zu wollen.

Als Levy die Halle betrat, kam es ihm vor, als tauchte er in lichtdurchflutetes Zwischenreich ein, wo Gott selbst an der Schönheit Adams und Evas arbeitete. Es war gar so, als beträte er Eden, von Palmen gesäumt und in der ewigen, andachtsvollen Ruhe der Schöpfung befriedet.

Nicht etwa, was man sich gemeinhin unter gespenstisch anmutenden, blassen und in trübem Alkohol eingelegten Leichenteilen einer gammeligen Anatomieabteilung vorstellte, erwartete ihn, sondern ästhetisch aufbereitete Kunstkörper, die ein Rembrandt oder ein da Vinci nicht besser hätte erschaffen können.

Jede Faser eines Muskels, jede Windung eines Gehirns und jeder Knochen waren bei den Exponaten erkennbar. Die Besucher – Frauen und Männer, Alt und Jung, Bauarbeiter und Philosoph – schienen ergriffen. Die einen in der Abwehrhaltung, dass die Exponate Gott und den natürlichen Verlauf eines Menschenlebens lästerten, bis hin zu den anderen, die sich aufmerksam und wissbegierig ein Bild ihres eigenen, wundervollen Körpers unter der Haut machen konnten.

Levy zählte sich selbst zu den Bewunderern dieser Arbeiten.

Obgleich er bei der einen oder anderen Darstellung einer schwangeren Frau mit Kind im offenen Bauch schlucken musste. Doch das war nur die erste, natürliche Reaktion auf etwas, was sonst fremd und unantastbar war.

Es waren nun gut zwei Jahre vergangen, seit er zum ersten Mal die Ausstellung besucht hatte. Sie hatte in Köln stattgefunden, und er war zufällig darauf gestoßen. Damals ahnte er noch nicht, dass eine Verbindung zwischen den Exponaten und den Opfern von Anubis bestehen könnte, genauso wenig wie Demandt und Michaelis. Doch seitdem sie die Spuren von Epoxydharz gefunden hatten, bekam diese Darstellung des menschlichen Körpers eine völlig neue Bedeutung. Die Exponate waren für die Ewigkeit gemacht, sie suchten die verborgene Schönheit des Menschen über seinen natürlichen Verfall hinaus zu transportieren.

Anubis musste diese Ausstellung gesehen haben, sagte sich Levy. Nur durch sie bekäme man eine Vorstellung von Ewigkeit. War es dieselbe, an der Anubis arbeitete?

Er wusste es nicht, und er war gespannt, wie Demandt es interpretierte. Ob er wohl Glück hatte und Michaelis und Demandt waren noch hier?

Levy fragte sich zur Ausstellungsleitung durch; wenn sie noch hier waren, dann wohl dort. Um etwas über den Kenntnisstand der beiden herauszufinden, half kein Versteckspiel. Er musste sie konfrontieren und so viel wie möglich von ihnen erfahren. Das würde nicht leicht werden, denn auch Demandt merkte, wenn er ausgefragt wurde. Von der Michaelis ganz zu schweigen.

Hoch über den Exponaten, hinter grossen Glasscheiben versteckt, lagen die Büros. Zu erreichen waren sie über eine offene Stahltreppe, die direkt vom Ausstellungsraum nach oben führte.

Als er dort angekommen war, war er erfreut zu sehen, dass Demandt sich im Gespräch mit einem Mann am Computer befand. Daneben wartete ungeduldig Michaelis. Levy ging den Gang weiter, der von Glasscheiben der einzelnen Büros gesäumt war. Hinter einer Garderobe nahm er Position ein und beobachtete.

Allem Anschein nach zierte sich der Mann am Computer, Daten über die Mitarbeiter freizugeben. Die Glastür wurde von einer Frau geöffnet, die kaum von den Unterlagen in ihrer Hand aufsah. Die Tür fiel nicht ins Schloss, sondern blieb einen Spalt offen.

Levy musste hören, worüber sie genau sprachen. Er fand eine Ecke gegenüber der Glastür.

Michaelis redete in gewohnter Weise auf ihn ein.

«Hören Sie», befahl Michaelis, «das ist eine polizeiliche Ermittlung. Wenn Sie uns nicht sofort eine Liste aller jetzigen und ehemaligen Mitarbeiter inklusive ihrer Beschäftigungsdauer und Tätigkeit ausdrucken, dann lasse ich Sie samt Ihrem Computer abführen.»

Demandt wandte sich ihr zu, um Besänftigung ihrer ruppigen Art bemüht. Sodann versuchte er einen versöhnlicheren Ton anzuschlagen. «Die Daten werden streng vertraulich durch uns behandelt. Machen Sie sich deshalb keine Sorgen. Es geht alleine darum, herauszufinden, ob einer Ihrer Mitarbeiter im Zusammenhang mit den Ermittlungen steht, die wir durchführen.»

«Können Sie mir wenigstens sagen, um welche Ermittlungen es sich handelt?», bat der Mann. «Dann könnte ich unter Umständen die Gruppe einschränken.»

«Nein, das können wir nicht», blaffte Michaelis ihn an.

Demandt hingegen hatte eine genauere Vorstellung von dem, was er wissen wollte. «Doch», sagte er zur Überraschung von Michaelis, «konzentrieren Sie sich bei Ihrer Auswahl auf männliche Mitarbeiter, die sich speziell mit der Präparation von Leichen beschäftigt haben.»

«Also im Labor tätig waren», vervollständigte der Mann. Demandt nickte.

«Das erleichtert uns die Aufgabe», sagte der Mann. «Wie weit soll ich zurückgehen?»

Demandt wollte die letzten fünf Jahre, das hieß also, drei Jahre, bevor die ersten Opfer aufgetaucht waren.

«Ob die Anschriften noch stimmen, kann ich nicht garantieren», sagte der Mann. Dann reichte er Demandt eine Diskette, auf der Datensätze mit Namen, Adresse, Tätigkeit und Beschäftigungsdauer gespeichert waren.

«Ich bin einer der wenigen, die seit Beginn der *Körperwelten* dabei sind. Wenn Sie mir sagen, nach wem Sie genau suchen, könnte ich Ihnen vielleicht auch so helfen. Im Moment sind es siebenundneunzig Leute.»

Demandt war sich unschlüssig, ob er auf das Angebot eingehen sollte. Levy versuchte Demandts Gedanken zu lesen. Was würde er an dessen Stelle tun? Demandt konnte nicht wissen, ob und inwieweit der Mann mit dem möglichen Täter in Verbindung stand. Unter Umständen würde er ihn warnen. Nein, ein persönliches Gespräch würde er erst dann mit ihm führen, wenn sich ein Kreis von Verdächtigen gebildet hatte.

Ein Mann in weißem Laborkittel ging an Levy vorbei Richtung Treppe. Er lächelte, Levy lächelte sicherheitshalber zurück. Der Mann machte unversehens Halt, zögerte, dann drehte er sich um und ging die paar Schritte auf Levy zu.

«Entschuldigen Sie, bitte», sagte er, «kennen wir uns nicht?»

Levy war überrascht, zog sich weiter in die Ecke zurück. «Das würde mich wundern. Ich bin erst zum zweiten Mal auf dieser Ausstellung, und selbst dann nur als Besucher.»

«Nein, nein, das meine ich nicht. Ich habe Sie anders in Erinnerung.»

«So so.» Verdammt, wie kriegte er den Mann los, er wollte hier nicht allzu viel Aufmerksamkeit auf sich ziehen.

«Sie haben doch etwas mit Präparation zu tun?»

«Nein, da müssen Sie sich irren ... Im Zuge meines Studiums hatte ich zwar Anatomie belegt und mit Exponaten gearbeitet, aber mit deren Herstellung hatte ich nichts zu tun.»

«Aber ich kenne Sie», sagte der Mann. «Ihr Gesicht ... kommt mir so bekannt vor. Es muss schon einige Zeit her sein. In ... ich weiß nicht. Helfen Sie mir auf die Sprünge.»

Hinter dem Mann kamen Demandt und Michaelis aus dem Zimmer. Gerade jetzt, fluchte Levy innerlich. Er zog sich noch weiter zurück, sodass er nicht von ihnen erkannt wurde. Hier wollte er sie nicht konfrontieren. «Ich würde Ihnen gerne helfen, aber ...»

«Jetzt hab ich's», sagte er. «Sie trugen die Haare damals länger und ... verzeihen Sie, hatten Sie nicht ein Problem? Was war es nur ...?»

Jetzt wurde die Sache Levy unheimlich. Wie konnte sich dieser Mann an einen Besucher erinnern und dann auch noch an sein Problem mit Alkohol, fragte sich Levy. War er vielleicht mit ihm nach der Ausstellung einen trinken gegangen? Der Alkohol und die vielen unkontrollierten Ausfälle, ja, daran erinnerte sich Levy noch gut. Aber er hätte selbst mit Saddam ein Bier trinken können, ohne anschließend einen blassen Schimmer von seinem Saufkumpan zu haben.

«Entschuldigen Sie», bat Levy. Er durfte die Spur von Michaelis und Demandt nicht verlieren.

Die beiden waren die Treppe hinuntergegangen. Oder sollte er nicht besser hier sein Glück versuchen? Demandt und Michaelis würden wohl aller Wahrscheinlichkeit nach nach Hause fahren und mit der Auswertung der Datensätze anfangen. Die liefen ihm nicht weg. Er ging ins Büro, zu dem Mann, der widerwillig Personaldaten herausgegeben hatte.

7

Die ganze Rückfahrt nach Hamburg über haderte Levy mit sich.

Er hatte die Liste nicht in seinen Besitz bringen können. Der Mitarbeiter ließ sich nicht zur Herausgabe einer zweiten Diskette erweichen, hatte auf Demandt und Michaelis verwiesen und verlangte von Levy, dass er sich gefälligst als Mitarbeiter der beiden ausweisen sollte, um die Sicherheitskopie, nach der er gefragt hatte, zu erhalten.

Levy war sicher, dass unter den knapp hundert Menschen Anubis zu finden war. Er konnte es sich nicht erklären, woher diese Überzeugung kam, aber als er die Exponate gesehen hatte, war ihm sofort klar – Anubis war der Gott, der die so kurze Spanne zwischen Tod und Staubwerdung ewig hinauszögern wollte.

Jetzt waren Demandt und Michaelis eindeutig im Vorteil. Sie würden die Identität von Anubis aufdecken. Früher oder später. Auf jeden Fall vor ihm.

Sollte er nochmals Alexej anrufen? Er würde ihm die Liste beschaffen können. Sicher. Aber würde er es tun? Ein Versuch war es wert.

Wieder schrieb er ihm eine E-Mail. *Melde dich. Dringend!*

Dann wartete er. Die Zeit verstrich. Minuten. Eine Stunde. Nichts geschah. Was war los? Wollte Alexej keinen Kontakt mehr zu ihm haben?

Er musste es wissen. Er tippte die Telefonnummer ein. Das Freizeichen erklang. Er wartete. Nichts geschah. Noch bevor er die Verbindung trennte, um es erneut zu versuchen, wurde der Anruf angenommen.

«Sven Demandt.»

Levy stockte der Atem. Was sollte er sagen?

Nichts. Er würde das Gespräch einfach wegdrücken und es später versuchen, wenn Alexej wieder an seinem Platz war.

«Hallo? Wer ist dort?», hörte er aus dem Lautsprecher.

Verdammt, die Rufnummernerkennung war eingeschaltet. Demandt würde die Nummer auf dem Display erkennen.

Levys Hand schnellte zur Maus, der Button *Auflegen* war nur ein paar Zentimeter entfernt.

Zu spät. «Levy. Was soll das? Wieso rufst du hier an?»

Levy zögerte zwischen Antworten und Schweigen.

«Sprich mit mir», hörte er Demandt. «Wieso rufst du hier an?»

Levy versuchte es mit Gelassenheit. «Ich wollte hören, welche Fortschritte ihr macht.»

«Das geht dich nichts mehr an.»

«Ich weiß. Ich war nur neugierig.»

Beide schwiegen, warteten, wer das Gespräch weiterführen würde.

«Levy, ich glaube, du solltest mal abschalten. Richtig ausspannen. Dieser ganze Fall zieht sich jetzt seit über zwei

Jahren hin, und ich habe gemerkt, dass er dir näher geht, als ich dachte.»

«Was soll das heißen?»

«Am Anfang war ich mir sicher, dass du die Schlappe von damals und deine Alkoholprobleme in den Griff gekriegt hast, sonst hätte ich dich gar nicht für den Job vorgeschlagen. In der Zwischenzeit musste ich jedoch feststellen, dass ich mich geirrt habe. Du hast weder dich noch deine Sauferei unter Kontrolle. Was ist mit dir los? Sag es mir.»

Die Direktheit Demandts überraschte und verunsicherte Levy. «Deine Fürsorge weiß ich zu schätzen. Zurzeit geht es ein wenig drunter und drüber. Das ist nichts Ungewöhnliches. Jeder hat das mal. Na ja, und du hast deinen Teil dazu beigetragen.»

«Du hast Bockmist gebaut. Damals wie heute. Ich kann nicht verstehen, was du hier in den letzten Tages alles *nicht* gemacht hast. Die Ermittlungen sind kaum einen Schritt weitergekommen. Es blieb mir gar keine andere Wahl, als dich zu feuern.»

Das war ein wunder Punkt. Levy wollte sich das nicht gefallen lassen. «Und du glaubst, du wirst alles besser machen als ich?»

«Ich bin gerade dabei. Keine Sorge.»

Schweigen.

Levy hörte im Hintergrund Stimmen, die er nicht erkannte. Hatte Michaelis neues Personal organisiert?

«Ihr habt die Abteilung aufgestockt», sagte Levy trocken.

«Ja, wir haben eine Spur.»

Levy brannte es auf den Lippen. Wie weit seid ihr? Habt ihr schon einen Verdächtigen?

«Ich muss jetzt Schluss machen», sagte Demandt. «Tut mir Leid. Wir sprechen uns später.»

Demandt hatte das Urteil über ihn gesprochen. Es würde in Kürze die Runde machen.

Was sollte er jetzt tun? Was könnte er jetzt noch tun?

Er war aus dem Spiel. Seinen einzigen Kontakt in die Zentrale, Alexej, konnte er jetzt nicht mehr behelligen. Demandt würde nicht so dumm sein, das Telefonat, das auf Alexejs Apparat eingegangen war, unter den Tisch fallen zu lassen. Alexejs Lippen waren für immer versiegelt.

Ab jetzt war er alleine.

Levy erhob sich, suchte Zerstreuung. In Form einer Flasche fand er sie. Wenn er jetzt in sein altes Muster verfiel, war er tatsächlich am Ende angekommen. Der gewohnte Impuls war stark, er hatte die Flasche bereits in der Hand, als ein anderes Gefühl sich meldete.

Stell sie weg. Du schaffst es auch ohne.

Levy ließ sich darauf ein. Es fiel ihm nicht leicht. Immer wieder kehrte der altbewährte Impuls zurück. Doch dieses Mal würde er sich nicht gehen lassen.

Er musste einen klaren Kopf bewahren

Eine Möglichkeit blieb ihm noch, eine letzte, wahnsinnige.

Wenn Anubis nochmals den Kontakt zu ihm suchen würde, dann hätte er noch eine Chance. Er würde ihm vorschlagen, dass sie sich beide trafen.

Doch wann würde sich Anubis wieder melden? Wenn überhaupt?

Er konnte nicht einfach dasitzen und darauf warten. Kurzerhand entschloss er sich, in die Offensive zu gehen. Was hatte der Hohepriester noch zu deren Kontaktaufnahme gesagt? Levy startete den Browser, gab den Suchbegriff ein und bestätigte.

Die erste Ergebnisseite listete ihm drei Foren auf.

Er klickte auf das nächstgelegene.

Newbies, bitte hier registrieren.

Levy tat es und schrieb anschließend seinen ersten Beitrag.

Gut gewachsener Mann, gesund und willig, sucht Anubis zwecks Übertritts in die Ewigkeit.

8

Der Cross-Check zwischen den Absolventen der Präparatorenschulen und der Liste der *Körperwelten* ergab eine nahezu hundertprozentige Deckung. Nicht, dass alle Absolventen der Schulen auch für die *Körperwelten* gearbeitet hätten, nahezu jeder aus der Mannschaft der *Körperwelten* hatte seinen Job auf einer der Schulen gelernt.

Es gab da nur zwei Ausnahmen.

Während das um zehn Ermittler aufgestockte Team die Treffer überprüfte, versank Sven Demandt ins Grübeln. Vor ihm auf dem Blatt Papier standen zwei Namen:

Gerd Rosenbauer und Frank de Meer.

Diese beiden hatten ihre Kenntnisse in der Präparationstechnik nicht auf einer der drei deutschen Schulen erworben. Wahrscheinlich im angrenzenden Ausland, in Österreich, der Schweiz oder in Holland. Er würde es gleich herausfinden.

Rosenbauers Adresse lautete auf Freiburg. Er tippte die Telefonnummer ein. Eine Frauenstimme meldete sich.

Demandt stellte sich vor, gab eine Routineanfrage als Grund seines Anrufes an und wünschte Gerd Rosenbauer zu sprechen.

«Da müssen Sie in Chicago anrufen», sagte die Ehefrau.

«Ist er umgezogen?»

«Nein, er bereitet dort die Nachfolgeausstellung der *Körperwelten* vor.»

«Und seit wann ist er in Amerika?»

«Das sind jetzt gut drei Monate.»

Demandt überlegte. «Wie oft war er in der Zwischenzeit in Deutschland?»

«Kein einziges Mal. Er hat alle Hände voll zu tun.»

«Sind Sie sicher, dass er ...»

«Natürlich. Wollen Sie meinem Mann etwas unterstellen?»

«Nein-nein. Ich muss nur sichergehen, dass alle Angaben korrekt sind.»

«Das sind sie. Wir telefonieren täglich.»

«Könnte er sich nicht von woanders bei Ihnen melden?»

«Nein. Ich rufe ihn an. Er wohnt im Hyatt, Zimmer 528.»

Wenn die anschließende Überprüfung bei den Fluglinien nichts anderes ergeben würde, dann schied Rosenbauer wohl aus.

Demandt bedankte sich und legte auf.

Frank de Meer. Dem Namen nach Holländer oder holländischer Abstammung.

Holland, fragte sich Demandt. Wurde der von Anubis entführte und schwer verletzte Junge nicht in der Nähe der holländischen Grenze in ein Krankenhaus eingeliefert?

Die Adresse zeigte, dass er in einem Ort namens Collinghorst wohnte. Demandt kannte diesen Ort von irgendwoher. Lag das nicht zwischen Papenburg und Leer, zwischen den Flüssen Ems und Leda?

Na klar, das war die Gegend, in der er und Levy die ersten Organe aus dem Wasser gezogen hatten, dort, wo Anubis zum ersten Mal in Erscheinung getreten war.

Nun, in und um Collinghorst wohnten noch andere Menschen als Frank de Meer. Zudem war die holländische Grenze auch nicht weit.

Konnte alles Zufall sein.

Demandt überprüfte die Tätigkeit und die Beschäftigungsdauer de Meers. Er war nur neun Monate als Praktikant beschäftigt.

Würde er heute noch immer in Collinghorst wohnen?

Eine alte Dame meldete sich, gemessen an der Zittrigkeit ihrer Stimme. Demandt wünschte Frank de Meer zu sprechen.

«Frank de Meer», wiederholte die alte Dame langsam, als schriebe sie den Namen mit.

«Bin ich richtig verbunden», fragte Demandt nach, «mit dem Wohnsitz von Frank de Meer?»

«Sie sind hier bei Tante Else. Ich habe früher eine Pension geführt. Doch seit letztem Jahr kann ich das nicht mehr.»

«Können Sie sich vielleicht erinnern, ob Sie einen Gast über die Dauer von neun Monaten bei sich wohnen hatten, der Frank de Meer hieß?»

«Wann soll das gewesen sein?»

«Vor zirka drei Jahren.»

«Können Sie mir beschreiben, wie er aussah?»

«Nein, leider nicht. Ich dachte, Sie könnten das tun.»

«Können Sie sich vorstellen, wie viele Menschen in den vierzig Jahren meine Gäste waren?»

«Ich fürchte, ja», gab Demandt kleinlaut zu.

Das schien eine Sackgasse zu sein.

Er musste anders an ihn herankommen. Was aber, wenn de Meer wieder nach Holland zurückgekehrt war, sofern er jemals von dort kam. Die holländischen Kollegen waren zwar hilfsbereit, aber eine Anfrage aus dem Nichts ins Nichts würde auch sie vor Probleme stellen. Zumal der Name de Meer auch nicht gerade einzigartig war.

«Warten Sie», unterbrach die alte Dame Demandts Gedanken. «War das nicht ein freundlicher, sehr zuvorkommender Herr, der nur seiner Arbeit nachging und sonst nichts mit anderen zu tun haben wollte?»

«Möglich», sagte Demandt nachdenklich. «Können Sie sich erinnern, was er gearbeitet hat?»

«Wenn ich mich nicht irre, war er noch in der Ausbildung. Komisch, ein erwachsener Mann. Der war bestimmt schon Ende dreißig, und dann noch etwas Neues lernen müssen.»

«Ging er in eine Schule oder ...»

«Nein, zu einer Firma, die mit Leichen zu tun hatte. Jetzt weiß ich es wieder. Ich fragte ihn noch, was es denn da zu lernen gäbe. Als Bestatter muss man doch nicht so viel über tote Menschen wissen.»

«Wissen Sie vielleicht, wohin er gezogen ist?»

Die Alte überlegte. Lange. Dann: «Nein. Er hat mir keine Adresse hinterlassen.»

Verdammter Mist, fluchte Demandt still.

«Aber er hat mir viel von seiner Heimat erzählt. Er stammte aus einem Ort in Holland.»

Demandt horchte auf. «Welcher Ort war es?»

«Groningen. Nein, in der Nähe davon.»

«Haben Sie es nicht genauer?»

«Tut mir Leid, nein.»

Demandt gab sich zunächst damit zufrieden.

Er verabschiedete sich, nachdem er der Frau seine Nummer gegeben hatte, falls ihr noch etwas einfallen würde, und wandte sich einem der Kollegen zu. Auf ein Blatt Papier schrieb er den Namen Frank de Meer und seinen letzten bekannten Wohnsitz.

«Überprüf bitte, ob dieser Mann in Deutschland gemeldet ist und ob wir etwas über ihn haben.» Demandt blickte auf die Uhr. Es war kurz vor acht. Sollte er probieren, die Kollegen in Groningen um diese Uhrzeit noch zu belästigen?

Nein, das würde er dem deutsch-holländischen Verbindungsbeamten des BKA überlassen. Der wusste, wen er wie anzusprechen hatte.

Demandt teilte ihm den Namen der gesuchten Person mit, das Alter, das er auf Anfang bis Mitte vierzig schätzte, und den vermuteten Wohnsitz in oder um Groningen herum.

Der Kollege war nicht begeistert. Dennoch versprach er, sich gleich der Sache anzunehmen.

Demandt war gespannt. Als Erstes erreichte ihn die Nachricht, dass ein Frank de Meer bei den deutschen Meldebehörden nicht eingetragen war.

Das wäre auch zu einfach gewesen, sagte er sich. Er erfuhr jedoch, dass ein Gericht in Mönchengladbach einen Frank de Meer zu einer Bewährungsstrafe von einem Monat verurteilt hatte. De Meer hatte gegen das Friedhofgesetz verstoßen. Er wurde nachts wiederholt auf Friedhöfen aufgegriffen, ohne eine ausreichende Erklärung für seine Anwesenheit geben zu können. Das war vor drei Jahren gewesen.

Das Telefon klingelte.

«Es gibt in Groningen zwei Frank de Meers. Der eine ist Rentner, der andere ein Priester. Letzterer liegt seit zwei Wochen im Krankenhaus», sagte der Verbindungsbeamte.

«Und im Umkreis von Groningen?»

«Wie weit willst du gehen?»

«Keine Ahnung, vielleicht bis zu einhundert Kilometer.»

«Es gibt, nein, es gab da wohl eine Familie in einem kleinen Ort namens Scheemda. Die hatten auch einen Sohn im gewünschten Alter, der Frank hieß.»

«Wieso hatten?»

«Laut Eintrag ist die Familie, Vater, Mutter und einige Verwandte, bei einem Hausbrand vor zirka dreißig Jahren umgekommen.»

«Und was ist mit Frank?»

«Der hat überlebt. Der war damals dann ... so um die neun bis zehn Jahre. Das könnte passen.»

«Wo hält er sich jetzt auf?»

«Er ist in ein Waisenhaus eingewiesen worden.»

Demandt wurde ungeduldig. «Was ist aus ihm geworden?»

Der Kollege seufzte. «Sven, in der kurzen Zeit habe ich nicht mehr herausfinden können.»

Demandt musste seine Ungeduld zügeln. «Entschuldige. Ich weiß deine ausgezeichnete, schnelle Arbeit sehr zu schätzen. Hast du die Adresse des Waisenhauses?»

Rascheln von Papier auf der anderen Seite.

Dann: «Es ist ein staatliches Waisenhaus. Ich weiß allerdings nicht, ob es noch in Betrieb ist.»

«Her damit.»

Demandt erhielt die Anschrift und die Telefonnummer.

Sein nächster Anruf ging nach Holland. Eine Frau hob ab. Demandt teilte ihr sein Anliegen mit.

«Ich habe vor sieben Jahren die Heimleitung übernommen. Über Fälle, die vor dieser Zeit liegen, müsste ich erst im Archiv nachsehen.»

Demandt war ungeduldig. «Dann tun Sie das bitte schnellstmöglichst. Es ist äußerst wichtig.»

«Hören Sie, es ist mitten in der Nacht. Die Kinder schlafen schon. Wenn Sie etwas wollen, dann richten Sie eine offizielle Anfrage an das Familienministerium.»

Er hatte sich wohl im Ton vergriffen. Er musste die Frau beruhigen, bevor sie noch auflegte.

«Entschuldigen Sie bitte, ich bin etwas überarbeitet.»

Die Dame auf der anderen Seite ließ sich erweichen. «Es gibt da noch eine andere Möglichkeit. Nils Jouwer, unser ehemaliger Psychologe, er ist inzwischen pensioniert, hat sein ganzes Leben bei uns im Hause gearbeitet. Er müsste Ihren Frank de Meer kennen, wenn er jemals bei uns war.»

9

Levy war mit dem Kopf auf seinen Armen vor dem Computerbildschirm eingeschlafen. Bis spät in die Nacht hatte er Antworten auf seine Mail an Anubis gelesen. Nie im Leben hätte er sich vorstellen können, wie viele Menschen es gab, die mit dem Gedanken an den frühzeitigen Tod spielten. Darunter befanden sich alle Altersklassen in allen möglichen Lebenskrisen. Wo waren die vertrauensvollen Ansprechpartner für Probleme in den Familien oder im Glauben geblieben? Gab es nur noch Vereinsamung und Abkehr?

Anubis hatte nicht geantwortet.

Dennoch hatte Levy ihn in seine Träume mitgenommen.

Wieso verfolgst du mich?, fragte Anubis.

Levy sah ihn mit dem Haupt eines Schakals. Einer rituellen Maske. *Welches Gesicht verbirgst du vor mir?*, hörte er sich fragen. Anubis griff in einen geöffneten Leib vor ihm. *Bin ich das?*, fragte Levy.

Die Hände Anubis', zu einer Schale geformt, trieften vor dunkelrotem Blut. Darin befand sich etwas. Es lebte. Pumpte rhythmisch.

Lass uns feiern. Gemeinsam, sprach Anubis.

Etwas in Levy rebellierte. *Nimm es nicht.* Die andere Seite in ihm fühlte sich angezogen. Seine Hände empfingen die Opfergabe. Es pumpte und lebte und verlangte nach der Vereinigung. Das Gefühl durchdrang ihn ganz. Er spürte seinen Körper zittern.

Lass es! Das Blut wird dich verbrennen, beschwor er sich. Levy keuchte, sein Herz pochte an die Brust.
Traumland, Schaumland.
Der Computer erwachte aus dem Standby, meldete mit einem Signal, dass ein Anruf hereinkam. Levy blickte auf. Seine Augen brannten. Die Telefonnummer auf dem Display begann mit einer Doppelnull. Ein Gespräch aus dem Ausland.
«Levy.»
«Sie suchen mich?»
Er erkannte die Stimme sofort. «Anubis ...»
«Sie sprechen mich mit meinem Namen an.»
«Es ist der einzige, den ich kenne. Vielleicht verraten Sie mir den richtigen.» Levy hörte Anubis förmlich grinsen.
«Ein Name ist so gut wie der andere», fuhr Anubis fort.
Levy ließ nicht locker. «Dennoch wünschte ich, Sie besser kennen zu lernen.»
«Ich wette, Sie haben bereits eine sehr konkrete Vorstellung von mir.»
«Wie meinen Sie das?»
«Arbeiten Fallanalytiker nicht mit dem Ziel der Erstellung eines Täterprofils?»
«Das stimmt, ja.»
«Nun, ich stelle mir vor, wie Sie die einzelnen Informationen über mich Stück für Stück zusammensetzen. So wie in einem Puzzle. Das Bild müsste mittlerweile komplett sein. Erkennen Sie mich nicht?»
Levy biss sich auf die Lippen. Er fühlte sich blamiert. Bei weitem hatte er nicht alle Informationen zusammen, um Anubis zu identifizieren. An der Wand vor ihm waren die Opfer ausreichend beschrieben, ja, doch für ein Täterprofil reichte das noch lange nicht.
«Sie geben mir schwierige Hausaufgaben auf», antwortete Levy.

«Die Mühe lohnt sich. Ich verspreche Ihnen, wenn Sie den Fall gelöst haben, wird nichts mehr sein wie vorher. Er wird Sie stärker machen, als Sie es sich in Ihren kühnsten Träumen vorstellen können.»

«Dann muss ich mich beeilen», sagte Levy, «ich bin nicht der Einzige, der hinter Ihnen her ist.»

«Sie meinen Ihren Ex-Kollegen?»

Woher, zum Teufel, wusste er das mit Demandt? «Sie sind gut informiert.»

«Wenn man das System erkannt hat, ist es nicht so schwierig. Sie sind auf einem guten Weg und brauchen sich nicht bedroht zu fühlen. Ich werde weder Ihr Angebot, das Sie mir unterbreitet haben, annehmen, noch werden Ihre Kollegen nahe genug an mich herankommen. Die sind auf einem falschen Weg.»

Was meinte er? Und was wusste er von den Ermittlungsarbeiten Demandts? Langsam wurde ihm Anubis unheimlich.

«Es gibt eine Liste, auf der Ihr richtiger Name verzeichnet ist», gab Levy vor, um ihn aus der Reserve zu locken.

«Ja, ich habe davon gehört. Nur werden sie dort einen anderen finden. Nur Sie erfahren, wer ich wirklich bin.»

Was hatte er vor? Und was spielte Levy für eine Rolle in seinem Plan? Wieso war er der Begünstigte? «Was haben Sie mit mir vor?»

«Das werden Sie bald erfahren. Die Zusammenkunft steht bevor. Doch zuvor möchte ich Sie noch um einen Gefallen bitten.»

«Sie wollen, dass ich etwas für Sie tue?»

«Sie helfen mir, ich helfe Ihnen. Ein sauberes Geschäft. Wir werden beide mit dem Ergebnis zufrieden sein.»

«Das kommt immer darauf an.»

«Für eine Familienfeier bin ich auf der Suche nach einer ganz bestimmten Person. Ich kann sie nur nicht finden. Sie ist die Schwester meiner Mutter. Sie ist eine sehr unangenehme Person. Keine Manieren, vorlaut, besserwisserisch, jemand, dem man als Mann nicht begegnen möchte. Verstehen Sie?»

Levy verstand. Auch er kannte eine Frau, auf die diese Beschreibung ausnahmslos passte. Doch was verlangte Anubis da von ihm? Er sollte ihm tatsächlich sein nächstes Opfer liefern. Dieser Gedanke war so abwegig, dass er sich noch nicht einmal ansatzweise geschmeichelt fühlen konnte, was wohl Anubis' Absicht war.

«Nein», sprach Levy in bestimmtem Tonfall. «Wissen Sie, was Sie da von mir verlangen?»

«Ihr Lohn wird fürstlich sein.»

«Und der ist?»

«Ich werde mich Ihnen offenbaren.»

Levy glaubte, nicht richtig zu hören. «Einfach so? Das glaube ich Ihnen nicht»

«Sie werden schon noch ein bisschen dafür arbeiten müssen, aber ich setze Sie auf die Spur zu mir.»

Levy zögerte. Anubis machte ihm ein Angebot. Ein teuflisches Angebot, doch es war auch ein verführerisches, das musste er zugeben. Konnte er es vielleicht auf irgendeine Weise annehmen, ohne sich mitschuldig zu machen? Nein, das war ein ungeheurer Gedanke, an dem er nicht im Entferntesten festhalten durfte. Damit schlug er sich auf die andere Seite.

«Ich spüre, wie Sie die Vor- und Nachteile abwägen», sagte Anubis. «Das ist gut.»

«Sie verstehen sicher», antwortete Levy, «dass ich Ihr Angebot nicht annehmen kann. Damit würde ich einen Menschen in den Tod schicken.»

«Der Tod ... denken Sie nicht auch, dass ihn jenseits von Gesetz und Moral bestimmte Personen verdienen? Jemand ganz Bestimmtes, jemand, der Sie so unbeschreiblich verletzt hat, dass die Wunde bis heute nicht verheilt ist? Hat diese Person Sie nicht bereits schon ein gutes Stück getötet? Ist es nicht ausgleichende Gerechtigkeit, diese Person den Geschmack des Todes spüren zu lassen? Kommen Sie, Levy, seien Sie ehrlich. Wer hat Sie getötet?»

Das ist lange her, antwortete Levy für sich. Ein Kind zu verstoßen, es abzuschieben und damit das Herz auf Lebenszeit zu vergiften, gehörte für ihn nach seiner schmerzvollen Geschichte zu den Todsünden. Er erinnerte sich, wenn er nachts im Heim aufwachte, nach seiner Mutter schrie und als Antwort von den Kameraden mit einem Kopfkissen ruhig gestellt wurde. Oder wenn er sich auf ein gemeinsames Wochenende gefreut hatte und schließlich als Einziger nicht abgeholt wurde. In jenen Tagen heulte er sich die Seele aus dem Leib. Es war die Zeit, in der er begann, seiner Mutter den Tod zu wünschen. Ja, er würde sie ohne zu zögern noch heute von der Klippe stoßen. Sie hatte ihm von Anfang an jede Chance auf ein Leben mit Vertrauen in die Welt und die Menschen genommen. Er war das Resultat ihrer Egomanie. Sie hatte den Tod verdient. Ohne Zweifel, ohne Revision.

«Sie haben Ihren Dämon gefunden», konstatierte Anubis.

«Möglich. Doch der ist schon tot.»

«Wer ist diesem Dämon gleich? Ich wette, da ist noch jemand in Ihrem Leben, der Sie tötet, zumindest an Ihrem Tod arbeitet.»

Levy dachte spontan an die Michaelis. Ja, sie hintertrieb jede Chance auf seinen Erfolg. Wenn sie sich mit Demandt durchsetzte, war er verloren.

«Da Sie ja so viel über mich und die Ermittlungen wissen, sagen Sie mir, wer das sein könnte», konterte Levy. Er spielte ein gefährliches Spiel.

«Wenn Sie es so wollen, dann treffe ich die Entscheidung für Sie. Und nun unterbreite ich Ihnen meinen Teil des Handels.»

«Nein, verdammt, Sie treffen keine Entscheidungen in meinem Namen. Ich will von Ihrem Handel nichts wissen. Ich ...»

Doch der Handel schien perfekt. Zumindest für Anubis. In aller Ruhe fuhr er fort: «Gehen Sie zu einer psychotherapeutischen Praxis in Bremen. Sie heißt Safranski. Fragen Sie dort nach dem Patienten Frank de Meer.»

«Warten Sie ...»

Zu spät. Anubis hatte aufgelegt.

10

Wissende Felder», sprach Jan leise vor sich hin.

Er schaute zum Fenster hinaus. Die Wiese erstreckte sich ins Dunkel hinein. Sie reichte bis an einen weit abgelegenen Ort, einen Gebirgspass in den Pyrenäen vor drei Jahren. Dort war im Zweiten Weltkrieg eine Gruppe Untergrundkämpfer zu Tode gekommen. Stundenlang war er auf einem Stein gesessen und hatte auf die Ebene vor ihm geblickt. Thijs hatte ihm befohlen, die Leere und zugleich die Fülle in diesem von saftigem Gras überzogenen und durch das Gebirge begrenzten Hügelland zu finden. So ein Unsinn. Wie sollte er beides in ein und demselben Ding ergründen? Allmählich fragte er sich, ob es tatsächlich eine gute Entscheidung war, Thijs hierher zu folgen. Er hatte ihm versprochen, den Weg zum inneren Frieden zu finden.

Er hatte Thijs vor zwei Wochen in Holland kennen gelernt, wo dieser als Familientherapeut die geschundenen und entwurzelten Seelen zur Erkenntnis führte. Die Erfolge, die Thijs mit seiner Familienaufstellung erzielt hatte, waren beeindruckend und hatten ihm neue Hoffnung geschenkt.

«Hat sich dir das Ganze bereits erschlossen?», fragte eine Stimme.

Er drehte sich um. Es war Thijs. Er setzte sich zu ihm.

«Ehrlich gesagt, nein.»

«Wo liegt das Problem?»

«Du weißt, dass ich deine Arbeit schätze und dass ich dir mit viel Hoffnung hierher gefolgt bin. Seit Tagen sitze ich nun auf diesem Stein und starre auf dieses leere, weite Feld vor mir. Genau so, wie du es mir geraten hast. Aber ich sehe nichts außer einer Wiese, Bäumen und ab und zu einer Herde blökender Schafe. Meinst du nicht, dass es langsam Zeit wird, mich in die Gruppe aufzunehmen?»

Thijs schien die Beschwerde nicht fremd zu sein. «Der Anfang ist schwer. Doch ich kann dich nicht unvorbereitet in die Gruppe führen. Damit würdest du dir selbst keinen Gefallen tun. Meine Arbeit würde dann nicht wirken.

Aber ich kann dir helfen. Stell dir Folgendes vor: Es führen zwei Wege zur Einsicht.

Der eine Weg holt aus, will das bisher Unbekannte in jedem einzelnen Detail erfassen, seiner habhaft werden. So wie du es gerade tust.

Der andere Weg hält stattdessen inne, geht weg vom Einzelnen und richtet den Blick aufs Ganze. Wenn du dich auf den zweiten Weg einlässt, spürst du, dass du gleichzeitig jede Einzelheit aufnimmst, ohne den Blick für das Ganze zu verlieren. Dadurch wird dein Blick sowohl voll als auch leer.

Wenn du das beherrschst, wirst du wahrnehmungsfähig und wahrnehmungsbereit. Du erfährst nach einer Weile, wie sich das Viele um eine Mitte fügt, und du erkennst einen Zusammenhang, vielleicht eine Ordnung, eine Wahrheit oder den nächsten notwendigen Schritt.»

Thijs wartete noch einen Moment. Dann stand er auf und ging zur Gruppe zurück.

Er versuchte die Worte Thijs' zu verstehen und umzusetzen.

Er blickte auf das leere, weite Feld vor ihm, mit all seinen vielen Einzelheiten, ohne den Blick auf das Ganze zu verlieren. Es dauerte, aber nach einer Weile meinte er die grauenhafte Geschichte dieses Ortes erkannt zu haben. Er spürte, wie sich aus der Erde die Toten erhoben und ein Wehgeschrei anstimmten.

Er hielt sich die Ohren zu und rannte weg.

11

«Tee oder Kaffee?»

Sven Demandt entschied sich für Kaffee. Er hatte ihn bitter nötig. Seit fünf Uhr in der Früh war er unterwegs, um Nils Jouwer nach Frank de Meer zu befragen.

Der alte Mann, der in einem Vorort Groningens wohnte, konnte sich noch gut an Frank erinnern. Es war einer dieser Fälle gewesen, die man nicht so leicht vergisst, hatte Jouwer am Telefon gesagt.

«Die beiden de-Meer-Brüder kamen an einem Sonntagmorgen zu uns», begann Jouwer, nachdem er Demandt eine Tasse Kaffee hingestellt und sich in einem blassgeblümten Ohrensessel niedergelassen hatte. Von hier aus konnte der alte Mann durchs Fenster hinaus auf die verkehrsberuhigte Straße sehen, wo schon am frühen Vormittag Kinder spielten. Über sein Gesicht fiel ein Sonnenstrahl, der ihn nicht zu irritieren schien, während er erzählte.

«Brüder?», unterbrach Demandt. «Ich dachte, es handelt sich nur um ein Kind? Frank de Meer. Wegen ihm bin ich hier.»

«Um die Geschichte Franks zu erzählen, kann man Ruben nicht aussparen. Die beiden waren auf eine selbstzerstörerische Art und Weise miteinander verbunden.»

Demandt geduldete sich.

«Sie können sich nicht vorstellen», fuhr Jouwer fort, «welche Feindseligkeit zwischen den beiden herrschte. Um genau zu sein, sie ging von Frank, dem älteren, aus. Im Normalfall ist das nichts Ungewöhnliches, dass sich Brüder streiten, wenngleich der Neid eher bei den jüngeren festzustellen ist. Sie müssen sich als Nachkömmling beweisen, um die Gunst und Aufmerksamkeit der Eltern buhlen.

In diesem Fall jedoch war es umgekehrt. Frank war derjenige, der benachteiligt schien. Er machte seinen Bruder dafür verantwortlich, hasste ihn bis aufs Blut.

Ruben litt darunter. Er war vom ersten Tag an ein verstörtes und verschlossenes Bündel. Im Krankenhaus hatte er nicht ein Wort gesprochen, sagten mir die Ärzte.»

«Wieso Krankenhaus?», unterbrach Demandt.

«Ruben hatte Verbrennungen davongetragen, die behandelt werden mussten.»

«Wovon?»

«Vom Brand ... Entschuldigen Sie, das können Sie natürlich nicht wissen. Lassen Sie mich von Anfang an beginnen.»

Demandt nickte, während er einen Schluck Kaffee nahm.

«Ruben war acht oder neun Jahre alt, das weiß ich nicht mehr so genau. Auf jeden Fall hatte er ein schweres Trauma erlitten. Kein Wunder, wenn er mit ansehen musste, was da passiert war.

Es war im Spätsommer gewesen. Die Familie de Meer hatte sich ein Häuschen am Strand von Terschelling, einer dieser westfriesischen Inseln, gemietet. Sie wissen schon, eins von der Sorte, die man schnell und billig für Touristen und Wochenendausflügler hingestellt hatte. Es wurde das Familienfest gefeiert. Was bei den de Meers bedeutete, dass rund ein Dutzend Onkel, Tanten, Neffen und Nichten zusammengekommen waren.

Die Stimmung war ausgelassen, es wurde getrunken und gesungen, bis die Schwester der Mutter auftauchte. Sie war nicht gut gelitten, da sie ein Leben jenseits der Konventionen lebte.»

«Was bedeutete das?»

«Sie hatte sich von ihrem Mann und den Kindern getrennt, um in Amsterdam ihren eigenen Vorstellungen nach zu leben. Das hieß damals, viele Drogen, wechselnde Männerbekanntschaften ... Sie wissen schon, das war die Zeit, in der alle nach San Francisco wollten. Freie Liebe und Selbstverwirklichung.

Wer es jedoch nicht bis nach Kalifornien schaffte, ging nach Amsterdam. So auch sie. Sie hatte auf ihre Schwester eingeredet, ihr nach Amsterdam zu folgen. Da deren Mann als Handelsvertreter die meiste Zeit unterwegs war, fühlte sie sich schnell einsam und folgte ihrer Schwester. Sie kam aber immer wieder zurück, da sie es in Amsterdam doch nicht ganz ohne ihre Kinder aushielt. Besonders wegen Ruben, der ihr vom Wesen her glich.»

«Und Frank?»

«Frank war vor diesem Zwischenfall ein stilles Kind. Sehr in sich zurückgezogen, introvertiert. Äußerst sensibel. Ihn hatten die unsteten Familienverhältnisse wahrscheinlich am härtesten getroffen, wenngleich er nicht darüber sprach. Er war das krasse Gegenteil zum Familienliebling Ruben. So kam es auch, dass Frank immer mehr in Vergessenheit geriet.»

«Wie ist das zu verstehen? *In Vergessenheit geraten.*»

«Kennen Sie den Ausdruck nicht? Bei uns sagt man, dass ein Kind in Vergessenheit gerät, wenn man es nicht wahrnimmt, obwohl es die ganze Zeit um einen herum ist, ohne dass man bewusst etwas von ihm hört oder sieht. In dieser Familie, in der die Streitigkeiten im Laufe der Jahre zugenommen hatten, konnte man sich nur als existent bezeichnen, wenn man sich lautstark an den Diskussionen beteiligte. Aber nicht Frank. Er war der vergessene Sohn der Familie de Meer. Er hatte sich in seine Traumwelt zurückgezogen. Eine Welt, in der es keinen Streit gab und in der Vater und Mutter sich liebten.

Frank wusste nicht einmal, ob er jemals von seiner Mutter angefasst worden war. Können Sie sich das vorstellen? Ein Kind wächst ohne körperliche Nähe zu seiner Mutter auf. Damit war der seelischen Verwahrlosung Tür und Tor geöffnet. Es musste also früher oder später zwangsweise zur Explosion kommen.»

«Wie ist diese Explosion zu verstehen?»

«Es staut sich alles auf. Meistens, ohne dass man es von außen merkt. Und bei einem Kleinkind schon gar nicht. Das nimmt alles gedankenlos hin. Ihm fehlen die Vergleiche mit anderen Familien, um herauszufinden, dass nicht das Kind selbst ein Problem hat, sondern das Umfeld. Dummerweise bildet sich in dieser dynamischen Stresssituation die Vorstellung heraus – egal, ob es tatsächlich so ist, da reicht das subjektive Empfinden völlig aus –, dass man an dem ganzen Schlamassel noch selbst schuld ist. Irgendwann mal platzt dann alles auf. Da reicht ein einziges Wort oder etwas völlig Banales.

Bei Frank war es eben dieses Familienfest.»

Wenngleich Demandt sehr an der Vorgeschichte interessiert war, brannte er nun darauf zu erfahren, was in jener Nacht in dem Haus am Strand passiert war.

«Die Polizei konnte die Umstände nicht mehr genau rekonstruieren», sprach Jouwer weiter, «am Abend hatte das Wetter aufgefrischt, Wind zog auf, und das gemeinsame Essen wurde vom Strand ins Haus verlegt.

Fakt ist, dass nur Frank und Ruben dieses Unglück überlebten. Es muss ein Brandbeschleuniger, Benzin beispielsweise, im Spiel gewesen sein. Auf jeden Fall brach Feuer aus, das schnell um sich gegriffen hatte. Wahrscheinlich war es durch den Wind noch zusätzlich angefacht worden. Alle verbrannten bei lebendigem Leib. Ich glaube, zwei oder drei haben es noch zur Tür hinaus geschafft, doch die starben später im Krankenhaus an den Verletzungen.»

«Und wie überlebten die Brüder?»

«Ruben muss sich als Einziger im Schlafraum aufgehalten haben. Er entkam über das Fenster, das nicht verriegelt war. Es ging zu den Dünen hinaus.»

Demandt merkte, dass sich am Ton Jouwers etwas verändert hatte. «Dann hatte Ruben ja richtig Glück gehabt.»

«Sicher.»

«Aber?»

«Es hat fast ein Jahr gedauert, bis ich aus Ruben etwas über diese Nacht herausbekommen habe. Bis dahin war er völlig teilnahmslos. Wenn die übrigen Kinder spielten, hielt er sich am Rand auf, blickte leer in den Raum hinein. Als er merkte, dass ich mich ernsthaft um ihn bemühte, sprach er bruchstückhaft über seine Erlebnisse. Seine Worte waren voller Verzweiflung und Angst. Dazu kam, dass er sich die Schuld an dem Unglück gab.»

«Hatte er denn Schuld?»

«Wo denken Sie hin?! Selbst wenn, ich meine, wie sollte er das gemacht haben?. Ein Kind mit acht Jahren hat grundsätzlich keine Schuld. Es weiß noch nicht mal, was dieses Wort bedeutet.»

«Gut, drücken wir es anders aus: Hat er seine Familie umgebracht?»

Jouwer zögerte mit der Antwort. «Ich weiß es nicht.»

Demandt spürte, dass er das Gespräch wieder auf Frank lenken musste. «Und wie überlebte Frank?»

«Nach seiner Aussage war er die ganze Zeit in den Dünen gewesen. Die Mutter muss ihn dorthin geschickt haben, nachdem es zu einem Streit gekommen sein soll. Was der genaue Grund war, habe ich niemals aus ihm herausbekommen.

Nach seinem Bericht über die Geschehnisse jener Nacht hat er die Familie bei lebendigem Leib verbrennen sehen. Und die Schuld an dem Feuer gab er Ruben ...»

«Also doch.»

«Völliger Unsinn», widersprach Jouwer, «ich wiederhole es, es gab keinen einzigen Beweis, dass der kleine Ruben daran in irgendeiner Weise beteiligt war.»

«Aber Frank beschuldigte ihn.»

«Ich werte das als Kompensation. Irgendwie musste ein Schuldiger für die Katastrophe gefunden werden. Und da griff Frank auf seinen Bruder zurück und gab ihm die Schuld für das Unglück.

Bei jeder Gelegenheit lagen sie sich in den Haaren, prügelten sich unentwegt, sodass wir sie schließlich trennen mussten. Doch das hielt Frank nicht auf. Eines Nachts machte er Ernst.»

«Was tat er?»

«Nach einem Kontrollgang brach Feuer im Schlafsaal aus. Ein Erzieher, der durch das Geschrei der Kinder alarmiert wurde, berichtete, dass Frank seinen schlafenden Bruder Ruben mit Benzin übergossen und angezündet hatte.»

Demandt horchte auf. «So sehr hasste Frank seinen Bruder, dass er ihn auf dieselbe Art sterben sehen wollte, wie seine Eltern gestorben waren?»

«Leider ja.»

«Was passierte dann? Wie ging es mit Frank und Ruben weiter?»

«Ruben überlebte den Anschlag mit ein paar Brandwunden. Nichts, was nicht wieder verheilte. Allerdings wogen die Wunden, die er sich in seiner Psyche zugezogen hatte, weitaus schlimmer. Nachdem er aus dem Krankenhaus zurückgekehrt war, hatte sich etwas in ihm verändert. Ich hatte das Gefühl, dass nicht mehr der kleine Ruben mit mir sprach, sondern jemand anderer, den er sich ausgedacht hatte. Etwas in ihm war mit dem Anschlag gestorben. Ein Teil seiner Persönlichkeit.

Es schien so, als hätte er das frühere Leben abgelegt und sich ein neues zugelegt. Auch sein Name, Ruben, gefiel ihm nicht mehr. Er gab sich ständig neue. Überraschenderweise lebte er dadurch auf, wenngleich das nur ein Täuschungsmanöver war, um weiterleben zu können.

Tja, und dann war er verschwunden. Als ich aus dem Urlaub zurückkam, war er weg. Eine Familie hatte ihn adoptiert, obwohl ich mich vorher, wohl wissend, dass so etwas jederzeit in einem Waisenhaus passieren kann, vehement dagegen ausgesprochen hatte. Er war einfach noch nicht so weit.»

«Wer war die Familie?»

«Ich weiß es nicht. Jemand mit Einfluss. Ein Politiker, nehme ich an. Die Akte war mit ihm verschwunden. Die Adoptiveltern legten wohl großen Wert darauf, dass von dem ganzen Unglück am Strand im Nachhinein nichts ans Tageslicht kommen sollte.»

«Und Frank? Was passierte mit ihm?»

Ein bitteres Lächeln huschte über Jouwers Gesicht. «Eine Tragödie. Zum zweiten Mal drohte er in Vergessenheit zu geraten, nachdem ihm sein Bruder bei der Adoption vorgezogen wurde. Es fehlte ihm nun an der Projektionsfläche für seine Schuldzuweisungen.

Er suchte sich stattdessen neue. Er piesackte jeden mit bösen Streichen. Als er sich dann aber an einem kleinen Mädchen verging, mussten wir ihn aus der Gruppe herausnehmen.»

«Was hat er dem Mädchen angetan?»

Jouwer musste sich zwingen, die Worte in den Mund zu nehmen. «Er quälte es mit einem Messer.»

12

Hortensia Michaelis verließ die Wohnung über dem Fronteingang um Punkt sieben Uhr dreißig. Ihr Wagen, ein dunkelblauer BMW, stand keine zehn Meter entfernt am Straßenrand.

Levy beobachtete sie von einem Taxi aus. Er hatte dem Fahrer sein Vorhaben angekündigt, sodass der nicht alle zwei Minuten nach dem seltsamen Verhalten seines Fahrgastes fragte. Während der Taxameter lief, las der Taxifahrer zufrieden in einer Zeitung.

Nachdem Michaelis den Wagen gestartet und gewendet hatte, kam sie ihnen entgegen. Levy machte keine Anstalten, sich zu verstecken, er rechnete damit, dass Michaelis mit ihren Gedanken ohnehin schon im Büro war.

«Folgen Sie dem Wagen, aber in angemessenem Abstand», sagte Levy rasch.

Der Taxifahrer legte gemächlich die Zeitung auf den Beifahrersitz und tat, wie ihm befohlen.

Levy hatte den Rest der Nacht über nicht gut geschlafen, wenn überhaupt eine halbe Stunde. Anubis hatte es geschafft, ihn gehörig zu verunsichern. Levy wollte Gewissheit, sicher auch Beruhigung seines schlechten Gewissens, da er sich Michaelis als seine Todfeindin ausgedacht hatte.

Um sicherzugehen, hatte er beschlossen, sie zu überwachen. Zumindest für einen Tag. Danach würde er vielleicht den Mut finden, sie anzusprechen und vor Anubis zu warnen. Oder, und das war wahrscheinlicher, er würde es ganz lassen, da sie ihm ohnehin nicht glauben würde – er glaubte ja selbst noch nicht mal richtig daran.

Er hatte auch versucht, Demandt an diesem Morgen im Büro zu erreichen. Vielleicht konnte er mit ihm über seinen Verdacht sprechen. Doch Demandt war nicht da. Alexej wollte gleich gar nicht mit ihm sprechen, schaltete den Anruf gleich weiter zu Luansi, als er die Nummer auf dem Display erkannte. Luansi verneinte, niemand in der Abteilung wusste, wo Demandt war. Auf dessen Handy lief die Mailbox.

Was hatte Anubis vor? Wollte er ihn mit der Ankündigung, dass einer von Levys Todfeinden das nächste Opfer sei, aufschrecken oder ihn auf eine falsche Spur setzen? Und es musste eine Frau sein, und Anubis wusste bestimmt, dass Michaelis und Levy sich nicht grün waren – und dass Michaelis perfekt in sein Beuteraster, das er ihm am Telefon genannt hatte, passte: Vorlaut und sie mischte sich in alles ein.

Dann war da ja auch noch dieser Name, Frank de Meer, den Anubis genannt hatte.

«Was jetzt?», holte ihn der Taxifahrer in die Gegenwart zurück.

Levy orientierte sich.

Michaelis' Wagen hielt vor einem Park. Sie stieg aus und ging über einen Weg geradewegs auf eine Gruppe zu, die im Kreis auf dem Rasen spielte. Allem Anschein nach handelte es sich um körperlich und geistig behinderte Menschen. Jeder der Rollstuhlfahrer hatte einen Begleiter bei sich, der ihn zum Mitmachen animierte.

Michaelis nahm eine junge Frau im Rollstuhl in den Arm. Sie herzte und drückte sie, wie Levy es sich in seinen kühnsten Träumen nicht hätte vorstellen können. Sie hob sie aus dem Rollstuhl, und unter Schwierigkeiten gingen sie zu einem Karussell, das eigentlich für Kinder bestimmt war. Michaelis musste die Frau stützen, während sie sie im Kreis drehte.

Die beiden lachten viel und teilten offenbar eine Geschichte, von der Levy bisher nichts gewusst hatte. Wenn er genauer hinschaute, dann schätzte er die Frau auf Ende zwanzig. Könnte sie die kleine Schwester der Michaelis sein? Sie sahen sich nicht unähnlich.

Nach zirka fünfzehn Minuten verabschiedete sich die Michaelis. Sie ging schnell, fast hatte es den Eindruck, dass sie wegrannte. Als sie näher kam, erkannte er Tränen in ihrem Gesicht.

Das war also ihr Geheimnis. Die bärbeißige Karrieristin hatte doch ein Herz, so wie es Alexej vermutet hatte. Morgens spielte sie wie ein kleines Kind mit einer Freundin oder engen Verwandten, um kurz danach bei der Arbeit die strenge Einsatzleiterin zu mimen. Wenn das kein Doppelleben war.

Die Fahrt ging ohne Unterbrechungen weiter und endete schließlich vor der Einsatzzentrale. Der BMW verschwand in der Tiefgarage. Zuvor musste er eine Schranke passieren, die mit einer Sicherheitskarte zu öffnen war.

Die Mittagspause war noch gut vier Stunden entfernt. Wenn Michaelis keinen Termin außerhalb hatte, würde das für Levy bis dahin ein sehr teurer Vormittag werden. Er beschloss, den Taxifahrer zu bezahlen und sich ein paar Meter weiter in ein Café zu setzen.

13

«Dr. Renden?»

Demandt stand in der offenen Tür eines zwei mal drei Meter kleinen Raumes. Das Fenster war vergittert und die Einrichtung spärlich. Lediglich ein Bett, Tisch und Stuhl und eine Toilette aus Edelstahl füllten die kleine Zelle.

An der Wand hatte der letzte Insasse mit deftigsten Schmierereien seinen abnormen Wünschen freien Lauf gelassen. Sie zeigten hastig hingekritzelte Zeichnungen von nackten Frauen in verrenkten Positionen und ejakulierende Penisse.

Der Mann im weißen Kittel lag auf dem Bett. Er schreckte hoch und griff müde nach seiner Brille am Boden.

«Ja, was gibt's?»

Demandt trat näher und stellte sich vor.

Dr. Renden war älter, als Demandt erwartet hatte. Zumindest sah er mit seinem schütteren Haar älter aus. Die angeschwollenen Tränensäcke wiesen auf wenig Schlaf und viel Arbeit hin.

«Nils Jouwer hat mir Ihren Namen gegeben», begann Demandt, während er sich ungefragt auf dem Stuhl niederließ. «Es handelt sich um einen Patienten, der vor rund dreißig Jahren hierher überstellt worden ist. Sein Name ist Frank de Meer ...»

Demandt stockte. Im Augenwinkel sah er jemanden an der Tür vorbeihuschen.

«Frank de Meer», rätselte Dr. Renden. Seine Augen gewöhnten sich nur langsam an das helle Tageslicht. Während er sich den schmerzenden Nacken massierte und an die Decke schaute, suchte er dem Namen ein Gesicht zu geben. «Was war noch mal sein Problem?»

«Schwere Traumatisierung mit anschließenden fremd aggressiven Neigungen», antwortete Demandt.

«Haben Sie es nicht genauer? Das haben neun von zehn Patienten hier im Haus.»

«Bruderhass.»

«Wie hieß der Bruder?»

«Ruben.»

Jetzt war die Erinnerungslücke überwunden. «Frank und Ruben. Richtig, ich erinnere mich.»

Wieder musste Demandt zur Tür schauen. Da war jemand, der sie belauschte. Er sah die Person nicht, hörte nur ein Kratzen an der Wand. Auch Dr. Renden bemerkte es, maß ihm jedoch keine weitere Bedeutung zu.

«Was will ein deutscher Bundespolizist über Frank de Meer wissen?», fragte Dr. Renden.

Er schien nun völlig wach zu sein, gemessen an dem Lächeln und dem klaren Blick seiner Augen.

«Mich interessiert, welche Entwicklung Frank genommen hat, nachdem er aus dem Waisenhaus hierher überstellt worden ist.»

«Sie wissen natürlich, dass ich ohne richterliche Verfügung nicht über einen Patienten sprechen darf. Schon gar nicht mit einem Ermittler aus einem anderen Land.»

«Sicher», wiegelte Demandt ab. «Dennoch möchte ich Sie

bitten, mir ein paar Anhaltspunkte zu seiner Entwicklung zu geben. Die Details hole ich ein, wenn das Amtshilfegesuch genehmigt worden ist.»

«Ihr Deutschen», wunderte sich Dr. Renden, «immer korrekt den Dienstweg einhalten. Wenn Sie mir versprechen, was ich Ihnen sage, nicht gleich an die große Glocke zu hängen, dann geht das erst mal auch ohne die Erlaubnis eines Richters. Nicht, dass ich das Recht eines Patienten auf Verschwiegenheit regelmäßig verletze, aber bei Frank de Meer scheint mir eine Ausnahme vertretbar.»

«Vielen Dank. Ich weiß Ihre Bereitschaft zu schätzen.»

«Also, Frank, Jan, Ruben oder wie er sich zurzeit auch sonst wieder nennt: Was hat er angestellt?»

«Ich verstehe nicht. Wieso all die Namen?»

«Nun, das ist ein Teil seines damaligen Zustandes: die permanente Selbsterfindung.»

Demandt horchte auf. Hatte nicht Jouwer etwas über das sonderbare Verhalten von Ruben erzählt, als er nach dem Brandanschlag ins Heim zurückgekehrt war?

«Wir sprechen über Frank de Meer, nicht über seinen Bruder Ruben», wiederholte Demandt, um sicherzugehen, dass sie über dieselbe Person sprachen.

«Richtig», bekräftigte Dr. Renden, «trotzdem werden Sie die Leidensgeschichte Franks nur verstehen, wenn Sie sein Verhältnis zu Ruben mit einbeziehen.»

Das kam Demandt bekannt vor. Auch Jouwer hatte so argumentiert. Wieder huschte jemand an der Tür vorbei, darauf folgte das Kratzen an der Wand. Demandt und Dr. Renden registrierten es zur gleichen Zeit. Doch nur Demandt ließ sich dadurch beunruhigen.

«Können wir nicht die Tür schließen», schlug er vor, «ich habe das Gefühl, dass unser Gespräch nicht unter vier Augen bleibt.»

«Das geht leider nicht», widersprach Dr. Renden. «Wenn tagsüber eine Tür geschlossen ist, dann stehen im Handumdrehen zwei meiner Kollegen davor und schauen nach dem Rechten.» Dr. Renden wandte sich zur Tür, seine Stimme wurde lauter. «So ist es doch, Billie. Die Tür bleibt offen.»

Im Türrahmen erschien eine Hand, die das Taucherzeichen für ein Okay gab. Dann verschwand sie wieder.

«Machen Sie sich wegen Billie keine Gedanken», erklärte Dr. Renden, «er ist einfach sehr neugierig. Dennoch kann er intime Details für sich behalten.»

Wieder erschien das Handzeichen für ein Okay.

«Übrigens, das ist eine Eigenschaft, die Frank ebenso charakterisiert», fuhr Dr. Renden fort.

«Die Neugier?»

«Da war zum einen dieser fest verwurzelte Hass auf seinen Bruder und zum anderen seine außerordentliche Fähigkeit, alles zu tun, um es ihm heimzuzahlen.»

«Wie äußerte sich diese Fähigkeit?»

«In seiner Intelligenz und seinem Drang zu lernen. Er hatte das System schnell kapiert. Nach einer Akuttherapie wurde er in eine betreute Wohngruppe eingewiesen, unter der Auflage, dass er zwei Mal die Woche zur Therapie erscheinen musste.

Er lernte seine Triebe zu ergründen. Das ist, nebenbei gesagt, weit mehr, als draußen im normalen Leben von einem erwartet wird, zumindest was das Verständnis der Triebe angeht. Das hatte er recht schnell geschafft, wenngleich nur auf rationaler Ebene.»

«Was meinen Sie damit?»

«Er verstand den Trieb, doch er konnte ihn nicht zügeln. Das Unterbewusstsein, aus dem die Emotionen keimen, ist selbst für uns erfahrene Psychologen ein undurchdringbares Meer, in dem wir mit bloßen Händen im Trüben fischen. Was sich jenseits der Armlänge auf dem Wasser oder gar in seinen Tiefen abspielt, ist nach wie vor unbekanntes Gebiet.»

«Wie reagierte Frank auf diese Erkenntnis?»

«Er wollte von mir lernen. Die Psychologie erforschen, um in ihr Antworten auf seine Fragen zu finden. Natürlich verweigerte ich ihm diesen Wunsch. Viel zu spät habe ich festgestellt, dass er sich in meiner Bibliothek bedient hatte. Nach drei Jahren war er so weit, dass er das Examen an jeder Universität bestanden hätte. Wohlgemerkt, wir sprechen hier von einem Jugendlichen zwischen dem zwölften und dem fünfzehnten Lebensjahr. Er war außergewöhnlich. Es ging so weit, dass er die ersten Computer hier im Hause wartete und die Einführungskurse für das Personal abhielt. Er war nach kurzer Zeit für den reibungslosen Ablauf in der computergestützten Verwaltung unverzichtbar. Das war das eine Gesicht, das andere war weitaus besorgniserregender.»

«Und das war?»

«Frank ließ dem Drang freien Lauf, seine erlernten Erkenntnisse skrupellos in die Tat umzusetzen. Statt zwei Mal die Woche zu erscheinen, kam er täglich. Nicht zu seinen eigenen Sitzungen, sondern er führte Gespräche mit anderen Patienten. Es endete damit, dass er die Schwächen und Probleme seiner Patienten ausnutzte und sie gegeneinander aufhetzte.»

«Er praktizierte als Psychologe?», fragte Demandt.

«Natürlich nicht. Aber er führte eine Sprechstunde ein und begann zu therapieren. Als ich davon erfuhr, schritt ich sofort ein. Aber für einen Patienten kam jede Hilfe zu spät. Er hieß Rocco und litt unter anderem an einer Zwangsstörung. Er hatte panische Angst vor Höhen und Tiefen, und dennoch fühlte er sich von ihnen angezogen. Er verspürte den nicht mehr zu kontrollierenden Drang zu springen, wenn er einer Tiefe ausgesetzt war.

Wie auch ich es gelernt habe, gibt es neben der medikamentösen Erstbehandlung eigentlich nur eine Methode, die auf Dauer Linderung verspricht.»

«Die kognitive Verhaltenstherapie», ergänzte Demandt.

«Richtig. Also, Rocco und Frank stiegen aufs Dach. Frank exponierte ihn an der höchsten Stelle und forderte ihn auf, dem Drang zu springen zu widerstehen.

Rocco aber sprang. Er war sofort tot. Und Frank fiel nichts Besseres ein, als den Vorgang akribisch auf dem Patientenblatt festzuhalten. Keine Emotion, keine Trauer und keine Selbstvorwürfe quälten ihn. Er war ruhig und gelassen. Kalt wie ein Fisch. Er jagte mir an diesem Tag zum ersten Mal wirklich Angst ein.»

Demandt ließ die Worte auf sich wirken. Dieser Frank schien die besten Anlagen zu besitzen, um in späteren Jahren zu einem reuelosen Killer aufzusteigen.

«Sie sprachen vorhin von der permanenten Selbstfindung Franks», griff Demandt auf. «Wie äußerte sich diese bei dem Jungen?»

«Nach seiner kurzen, aber verhängnisvollen Tätigkeit als Psychologe schwenkte er um und widmete sich fortan einem anderen Teil der menschlichen Biologie.»

Demandt ahnte, welche das war. «Die Anatomie.»

Dr. Renden zeigte sich wenig überrascht. «Richtig. Doch dieses Mal achtete ich sehr darauf, dass er seinen Wissensdrang nicht stillen würde. Dennoch gelang es ihm, Hilfspersonal zu überzeugen, das geeignete Material zu beschaffen. Sie besorgten ihm die Bücher und das Werkzeug. Erst als wir eine tote Katze im Keller fanden, wussten wir, dass Frank wieder in Aktion war.

Das arme Vieh war völlig zerlegt. Sie hatte sich in den

Keller zurückgezogen, um zu werfen. Fragen Sie besser nicht, was er mit den jungen, noch ungeborenen Kätzchen angestellt hat. Sie hingen wie ausgeweidete Wäschestücke auf einer Leine.

Als ich Frank zur Rede stellte, kam es mir vor, als sei seine Krankheit in ein neues Stadium übergetreten. Er wünschte mit dem Namen Ruben angesprochen zu werden, bestritt jegliche frühere Identität als Frank.»

«War das das erste Mal, dass Sie eine Identitätsstörung bei ihm feststellten?»

«Ich hatte sie vorher durchaus in Betracht gezogen, aber nichts Eindeutiges diagnostizieren können. Als es so weit war, brachen alle Dämme. Er machte in dem folgenden Jahr einen Persönlichkeitswandel durch. Er ging völlig in der Rolle als Ruben auf, begann plötzlich den Hass, den Frank auf seinen Bruder projiziert hatte, aufzusaugen und in Zuneigung umzukehren.»

«Hielt die Persönlichkeitsspaltung an?», fragte Demandt.

«Eine ganze Weile, ja. Fast genau ein Jahr vor seinem achtzehnten Geburtstag kam der Durchbruch. Ich unterzog ihn, auf seinen eigenen Wunsch, einer hypnotischen Behandlung, um an die verschütteten und verdrängten Erinnerungen seines Unterbewusstseins zu gelangen. Es war ein langer und aufreibender Prozess, obwohl er aus medizinischer Sicht höchst erfüllend war.

Ich konnte rund zehn Persönlichkeitsmuster diagnostizieren, die er sich im Laufe der Jahre zugelegt hatte. Jede einzelne war ein Rettungsboot, in das er flüchtete, wenn er ein Problem in einer anderen Persönlichkeit nicht lösen konnte.»

«Sind Sie zu seiner Hauptpersönlichkeit, ich meine die des ehemaligen Frank de Meers, vorgedrungen?»

«Nur in Ansätzen. Hin und wieder blitzte eine Erinnerung aus dem Dunkel auf. Sie hatte mit Gewalt, Erniedrigung, Hass und Feuer zu tun. Diese kleinen Fenster schlugen jedoch schnell wieder zu, und Ruben – oder wer auch immer für das Leid Franks dann einsprang – übernahm das Ruder erneut. Selten habe ich eine derart ausgeprägte und scheinbar nicht zu therapierende Störung an einem so jungen Menschen gesehen.»

«Wieso sagen Sie *scheinbar nicht zu therapieren*?»

«Frank wurde kurz nach seinem Geburtstag als geheilt entlassen. Seitdem habe ich jeden Kontakt zu ihm verloren.»

Für Demandt ging das alles zu schnell. «Entschuldigung, wie hat er das denn geschafft?»

Dr. Renden lächelte. «Wie ich schon sagte: Frank war ein äußerst aufgeweckter junger Bursche. Er hatte sich rechtzeitig und ausgiebig auf das jährliche Bewertungsgespräch vorbereitet. Zudem hatte er die Volljährigkeit erreicht. Ab dann war er für sich selbst verantwortlich, wie jeder Erwachsene sonst auch.

Er kehrte zurück in die Identität als Frank de Meer. Die Behandlung unter Hypnose schien erfolgreich zu verlaufen. Die anderen Identitäten verabschiedeten sich, eine nach der anderen. Entweder hatte er gelernt, die Hypnose nur vorzugaukeln, mir und einem weiteren Arzt das zu erzählen, was wir hören wollten, oder die Therapie schlug tatsächlich an. Nach allen möglichen Tests stand er schließlich der Kommission gegenüber und machte einen überzeugenden Eindruck.

Es blieb uns gar nichts anderes übrig, als ihn als geheilt zu entlassen. Einzig mein Einwand, dass er monatlich zur Nachsorge erscheinen sollte, wurde ihm auf seinen weiteren Weg mitgegeben.»

«Und Sie hörten nie wieder von ihm?»

«Nicht unter dem Namen Frank de Meer.»

«Vielleicht als Ruben?»

«Auch das nicht. Ich habe keine Ahnung, wer da draußen mit dem Ego eines Frank und mit den Ausweispapieren eines Ruben de Meer herumläuft. Oder er nennt sich mittlerweile ganz anders. Es könnte jeder sein, dessen Gesicht man noch nicht gesehen hat. Vielleicht ist er Chef eines Unternehmens, ein Priester oder einfach nur ein willkürlich gewählter Name aus dem Telefonbuch.

Vergessen Sie nicht, dass er die erschreckende Fähigkeit besitzt, reuelos zu handeln und sich in jede beliebige Person zu verwandeln. Er hat dafür das Talent und den notwendigen Willen. Fest steht jedoch, dass er die Identität eines Frank niemals ablegen wird. Er kann es gar nicht, da es seine Urpersönlichkeit ist. Wenn diese wieder zum Vorschein kommt und er damit einen bestimmten Plan verfolgt, dann gnade Gott denjenigen Menschen, die in seine Hände gelangen.»

Demandt war beeindruckt. Nicht nur von der Offenheit Dr. Rendens, mehr noch von den klaren und bestürzenden Worten, die er über Frank de Meer gesagt hatte.

Er hatte jetzt eine ungefähre Vorstellung, mit wem er es zu tun hatte, sofern Frank de Meer tatsächlich der Mann war, den er suchte. Noch war nichts bewiesen. Alles gründete auf einen Anfangsverdacht, im eigentlichen Sinne auf noch weniger. Es war bisher nur eine Spur, eine Vermutung, dass dieser Frank de Meer von der Liste der ehemaligen Mitarbeiter der *Körperwelten* erschreckende psychopathologische Ausprägungen besaß, die ihn zum Serienmörder machen könnten.

Demandt erhob sich. «Ich danke Ihnen für das Gespräch. Sie haben mir sehr geholfen.»

Auch Dr. Renden stand auf, reichte ihm die Hand zum Gruß. «Ich hoffe, Sie finden, wonach Sie suchen. Es wäre dennoch schön, wenn es nicht Frank wäre, den Sie verdächtigen. Sollten Sie ihn treffen, dann richten Sie ihm bitte aus, dass ich mich auf ein Wiedersehen freuen würde.»

Demandt versprach es ihm und ging zur Tür. Jetzt endlich sah er die Person, die die ganze Zeit über vor der Tür wie ein Wachbeamter ausgeharrt hatte.

«Billie, du bist so nett und geleitest unseren Gast hinaus?», rief Dr. Renden.

Das Okayzeichen erschien. «Roger», antwortete Billie erstmalig.

Er war ein schmächtiger, kleinwüchsiger Mittvierziger mit zerzausten, strähnigen Haaren. Er trug eine kurze Hose, aus der der Zipfel seines Hemdes herausschaute. Einen Arm hielt er angewinkelt, so als trage er ein Haustier darauf. Er streichelte ihn unentwegt. Weitaus auffallender war jedoch, dass er mit dem linken Bein hinkte und nur gebrochen Deutsch sprach. Und das, was er von sich gab, war seltsam zerhackt und schnell gesprochen.

«Du-du suchst Ruben?»

«Eigentlich heißt er Frank», antwortete Demandt, während er auf die erste verschlossene Tür am Ende des Korridors zuhielt.

Der Wachmann erkannte ihn und öffnete. Billie blieb an seiner Seite. Er besaß offensichtlich einen erweiterten Aktionsradius.

«Frank-Ruben-Blödsinn», antwortete Billie.

Demandt schmunzelte. Das also hielt der Sonderling von seiner Theorie, dass Frank-Ruben de Meer ein potenzieller Serienmörder war.

«Kennst du Frank oder Ruben?», fragte Demandt.

Billie nickte. «Dr. Ruben.»

«Entschuldigung, Dr. Ruben, natürlich», antwortete Demandt.

«Da-da kannst lang suchen.»

«Ich hoffe nicht.»

Wieder eine verschlossene Tür, wieder das Klacken eines sich öffnenden Schlosses und noch immer Billie an seiner Seite.

«Was ist eigentlich mit deinem Bein passiert?», fragte Demandt. Irgendwie musste er die Zeit überwinden, solange sein Begleiter ihn führte.

«Flight can-cancelled», stotterte Billie.

«Was meinst du damit?», fragte Demandt.

«Flight cancelled», wiederholte Billie und zeigte auf eine Narbe, die vom Oberschenkel über das Kniegelenk bis zur Wade reichte.

Demandt betrachtete sie im Gehen und machte ein kindlich anerkennendes *Oh*, das er gleich darauf bereute. Er war es nicht mehr gewohnt, mit psychisch schwer gestörten Menschen einen halbwegs normalen Umgangston zu pflegen. «Tut mir Leid, ich wollte nicht ...»

Billie überging es und drückte mit dem angewinkelten Arm eine Glastür auf, die in den nächsten Trakt führte. Er tat das ziemlich ungelenk, und Demandt fragte sich, wieso er sich für die einfache Armbewegung so verrenkte. Billie hätte nur den Arm ausstrecken müssen. Dann ahnte er es, da der Arm unbewegt im gleichen Winkel an den Körper zurückging. «Hast du ein steifes Armgelenk?»

Billie schüttelte den Kopf. «Flight cancelled.»

Er hielt den Arm hoch und zeigte ihm eine weitere Narbe. Sie war nicht weniger beeindruckend lang.

«Was meinst du mit *Flight cancelled*?», fragte Demandt.

Ein Wachmann öffnete die letzte Tür, die hinaus auf den Vorhof ging. Noch ein Tor, und Demandt war wieder in Freiheit.

«Ein verrückter Kerl hat ihm das angetan», schaltete sich

der Wachmann ein. «Billie wollte springen wie ein Känguru und fliegen wie ein Kranich, hoch über die Mauern der Anstalt hinweg.»

«Dr. Ruben», sagte Billie. «Gu-guter Mann. A-aber gaga.»

Der Wachmann schüttelte mitleidig den Kopf. Er verweigerte Billie weiterzugehen. Hier endete der Flug des Kranichs.

Demandt war tief getroffen. Das war also das erste Opfer des wahnsinnigen Dr. Ruben, das Demandt zu Gesicht bekam. Er hatte nicht so schnell mit einem Ermittlungserfolg gerechnet. Es hätte ruhig noch etwas dauern können.

Als für Demandt das letzte Tor aufgesperrt wurde, blickte er nochmals zurück. Billie stand in der noch offenen Tür, winkte und rief ihm etwas zu.

«Kol-kol-ber.»

Demandt hörte es, machte sich aber keine weiteren Gedanken darüber. Kurz winkte er Billie zum Abschied zu.

14

Würde er dem Handel mit Anubis zustimmen, wenn er sich in der genannten Praxis über Frank de Meer informieren würde?

«Psychotherapeutische Praxis Safranski. Was kann ich für Sie tun?»

«Mein Name ist Balthasar Levy. Ich möchte mich nach einem Frank de Meer erkundigen.»

«Wer soll das sein?»

«Wahrscheinlich ein Patient.»

«Tut mir Leid, wir haben keinen Herrn de Meer bei uns.»

«Sind Sie sicher?»

«Natürlich.»

«Schauen Sie doch bitte in Ihren Unterlagen nach. Vielleicht hat er sich irgendwo versteckt.»

«Bei uns versteckt sich niemand. Es tut mir Leid, wenn ich Ihnen nicht weiterhelfen kann.»

«Dann verbinden Sie mich bitte mit Ihrem Chef.»

«Doktor Safranski ist in der Gruppe. Sie können ihn erst heute Abend zwischen achtzehn und achtzehn Uhr dreißig erreichen.»

«So lange kann ich aber nicht warten.»

«Wir haben Wartezeiten bis zu vier Wochen. An Ihrer Stelle ...»

Levy klickte das Gespräch weg. Es war 12.15 Uhr. Michaelis hatte seit einer Viertelstunde Mittagspause. Er konnte sich nicht erinnern, ob sie sie je außerhalb des Gebäudes verbracht hatte. Wenn ja, dann musste sie jeden Moment im Eingang erscheinen. Eine Stunde war schnell vorbei, und in den Cafés und Restaurants in der Straße war es nicht leicht, zur Mittagszeit einen Platz zu finden.

Er wartete noch eine Weile. 12.30 Uhr. Nein, sie würde nicht außerhalb essen, die Kantine war ihre Anlaufstelle.

Wenn Anubis tagsüber zuschlagen wollte, so hätte er wenig Chancen. Das bedeutete, er würde entweder den geeigneten Moment am frühen Morgen abwarten, wenn sie von der Wohnungstür zum Auto auf die Straße ging, oder er konzentrierte sich auf den Feierabend. Auch die Michaelis musste irgendwann einkaufen, Besorgungen erledigen. In der Dienstzeit hatte sie als Ermittlungsleiterin kaum Gelegenheit dazu, selbst bei einem Auswärtstermin.

Levy brach die Aktion ab. Anubis würde nicht hier zugreifen, wo ihm hunderte Beamte binnen Minuten auf der Spur wären.

Levy winkte ein Taxi heran und fuhr in in seine Wohnung zurück. Am Abend, wenn Michaelis Dienstschluss hatte, würde er nochmals vorbeischauen.

15

Sven Demandt rief den deutsch-holländischen Verbindungsbeamten vom BKA an. Er musste wissen, was aus Frank de Meer nach dessen Entlassung geworden war.

Die restliche Heimfahrt über ließ er sich die Geschichte, die ihm Nils Jouwer und Dr. Renden über Frank de Meer erzählt hatten, ein ums andere Mal durch den Kopf gehen. Dabei dachte er auch an seinen eigenen Jungen, den er mit seiner Exfrau hatte. Er war jetzt dreizehn Jahre alt, aus dem Gröbsten raus, lebte bei seiner Mutter in Kiel. Alle vierzehn Tage hatte Demandt sich ein Besuchsrecht erstritten. Wenn es hochkam, dann nahm er es ein Mal im Monat wahr, je nachdem, was gerade im Job los war.

War er ein Rabenvater – ständig auf Reisen, den Kopf gleichzeitig in drei Fälle vertieft und dann noch die Abteilung, die er zu leiten hatte? Seine Frau hatte sich deswegen von ihm getrennt.

Seit dieser Zeit war Demandt noch einsamer geworden. Wenn er nachts nach Hause kam, wartete noch nicht einmal ein Streit auf ihn, der ihn an seine Vaterschaft und seine Rolle als Ehemann erinnerte. Seit damals war er alleine.

Und schließlich trat Levy in sein Bewusstsein. Es gab eine Zeit, in der er sich für ihn genauso verantwortlich fühlte wie ein Vater für seinen Sohn. Er hatte ihm alles beigebracht, war mit ihm auf Lehrgänge und zu Betriebsfeiern gegangen. Er verbrachte mit ihm die Zeit, die er gerne seinem eigenen Sohn geschenkt hätte.

In beiden Fällen war Demandt gescheitert.

Das Handy klingelte. Es war die Michaelis.

«Wo steckst du?», fragte sie ungehalten. Sie wusste nichts von seinem Spontanausflug nach Groningen.

«In zwei Stunden bin ich da. Dann können wir reden.»

«Es wird auch Zeit. Um drei habe ich ein Gespräch mit dem Polizeipräsidenten.»

«Ich habe eine interessante Geschichte für dich.»

«Ich will Ergebnisse, Sven, keine Geschichten.»

Es war dieser unwirsche und gängelnde Ton, den Demandt bereits bei seiner Exfrau bis aufs Blut hasste. Er verkniff sich eine spontane Antwort, die ihr schlicht den Mund verboten hätte, dieser neunmalklugen Schnepfe. «Bis dann.» Demandt legte, ohne eine Antwort zuzulassen, auf. Er betete zu Gott, dass dieser Fall bald abgeschlossen sein möge.

16

Die Zeit bis achtzehn Uhr verbrachte Levy mit Warten. Er saß vor seiner Wand und stierte auf die Notizen, die er zu Anubis gemacht hatte. Er zögerte noch, die neue Information hinzuzufügen. Noch war sie nicht überprüft.

Frank de Meer. Das war bis jetzt nur ein Name.

Levy legte noch eine Viertelstunde drauf, wenngleich es ihm schwer fiel. Er wusste, dass der Therapeut nach acht Stunden Gruppenarbeit eine Pause zum Erholen benötigte.

«Safranski», hörte er ihn müde sagen.

Levy stellte sich vor und teilte ihm mit, worum es ging.

«Sie wissen, dass ich Ihnen keine Auskünfte zu Patienten geben darf», gab Safranski zu bedenken.

«Natürlich. Nur dieser Fall liegt etwas anders.» Levy erzählte ihm in Stichworten den Hergang der Ermittlungen. Er hoffte, dass er ihn damit erweichen konnte. Nun läge es an ihm, einen Serienmörder zu fassen. Safranski dachte eine Zeit lang nach, seufzte, machte sich die Entscheidung nicht leicht.

«Was ich Ihnen sagen kann, ist», begann er schließlich, «dass ein Frank de Meer nicht zu meinen Patienten zählt. Ich habe die Praxis von meinem Vorgänger vor zehn Jahren übernommen. Ich weiß aber, dass Frank de Meer Patient bei ihm war.»

Levy stutzte. Wieso konnte sich Safranski an einen Patienten von vor zehn Jahren erinnern, der heute keiner mehr war?

«Ich habe während meines Studiums in der Praxis gearbeitet», sprach er weiter. «Dr. Weingarten, mein damaliger Chef und späterer Kollege, hatte neben der normalen Gesprächstherapie auch zwei Gruppen in Familienaufstellungen. In einer dieser Gruppen befand sich ein Privatpatient namens Frank de Meer. Er verfügte über erstaunliche psychologische Kenntnisse. Es schien fast, als könnte er uns etwas beibringen, anstatt wir ihm. Dennoch, er bestand darauf, als Patient aufgenommen zu werden. Er hatte, nach eigener Aussage, bereits verschiedenste Therapien hinter sich gebracht, doch keine hatte sein Problem gelöst.»

«Das da war?»

«Jetzt im Nachhinein sehe ich alles etwas deutlicher, damals jedoch war es ein einziger Dschungel an Gewaltphantasien. Er hatte das Trauma um den Verlust seiner Familie nicht überwunden. Wir versuchten, ahnungslos, wie wir am Beginn dieser neuen Therapieform waren, an ihm das Gleiche wie bei den anderen in der Gruppe. Wir ließen ihn seine Familie aufstellen. Sie wissen, wie eine Familienaufstellung vor sich geht?»

«In groben Zügen. Jemand wählt aus einer Gruppe stellvertretend seine Eltern und nahen Verwandten aus und platziert sie im Raum. Es geht um die so genannten *wissenden Felder*. Die Stellvertreter beschreiben aus ihrer Position im Raum ihr Empfinden, ob und bei wem in der Familie Konflikte bestehen. Am Ende erarbeitet der Therapeut mit dem Klienten und der Gruppe Lösungsansätze, um bestehende Verstrickungen zu lösen. Die Methode ist allerdings umstritten.»

«Frank de Meers Familienaufstellungen unterschieden sich nicht sonderlich von denen der anderen. Immer gibt es einen, dem man Vorwürfe macht. Nur bei Frank war die Intensität Besorgnis erregend. Er wurde außergewöhnlich aggressiv, ging auf die Stellvertreter los, drohte sie zu verletzen, wenn ihr Verhalten nicht seinen Vorstellungen entsprach.»

«Wer stand im Mittelpunkt seiner Aggressionen?»

«Sein jüngerer Bruder.»

«Hat er dessen Namen jemals genannt?»

«Sicher. Er hieß Ruben. Der blanke Hass spiegelte sich in seinem Verhalten wider», fuhr Safranski fort. «Er erstreckte sich von Ruben auch auf seine Mutter und deren Schwester. Wir mussten schließlich seine Aufstellungen vorzeitig abbrechen, da er nicht mehr zu beruhigen war. Es ging so weit, dass wir ihn aus der Gruppe nehmen und der Praxis verweisen mussten.»

«Wie hat er darauf reagiert?»

«Ich weiß es nicht mehr. Es war die Zeit, als ich mich auf mein Examen vorbereiten musste und keinen großen Kontakt mehr zur Praxis hatte. Dr. Weingarten hätte mehr über ihn erzählen können.»

«Können Sie mir seine Nummer geben? Ich würde gern mit ihm sprechen.»

«Dr. Weingarten lebt nicht mehr.»

«Oh, das tut mir Leid. Woran ist er gestorben?»

«Er hat abends die Praxis verlassen und ist bis heute nicht wieder aufgetaucht. Seine Familie hat ihn vorletztes Jahr für tot erklären lassen.»

«Gab es einen Grund, wieso Dr. Weingarten verschwunden ist? Ich meine, einen Hinweis, wie einen Abschiedsbrief oder ein ... außereheliches Verhältnis.»

«Keins von beiden. Dr. Weingarten war bei seinem Verschwinden fünfundsechzig Jahre alt. Weder war er dafür bekannt, dass er eine Vorliebe für eine einsame Insel noch für eine Geliebte hatte.»

«Wissen Sie, was aus Frank de Meer geworden ist?»

«Ich hörte auf einem Therapeutenkongress, dass de Meer erfolgreich behandelt worden sein soll und sich dann selbst der Psychologie zugewandt hat.»

«Praktiziert er?»

«Das weiß ich nicht. Doch er hat vor Jahren in einem Fachblatt mal etwas über Gewaltverbrecher und deren Therapierbarkeit veröffentlicht. Eines seiner Studienobjekte war der berüchtigte Schlitzer von der Ems, Wilhelm Kolber.»

Kolber, dachte Levy, ja, auch er kannte ihn. Er hatte ihn im Zuge seiner Forschungsarbeit in Eickelborn, Europas größter Justizvollzugsanstalt für psychisch kranke Gewaltverbrecher, interviewt – so wie es nahezu alle Kollegen in der psychiatrischen Forensik taten. Kolber war ein Musterexemplar der Nichttherapierbarkeit. Er war einer derjenigen Serienmörder, die ihre Taten im Nachhinein nicht bereuten und sich vehement gegen die lebenslange Sicherheitsverwahrung nach Ablauf ihrer Strafe wehrten. Er war der Meinung, dass die Gesellschaft ihm zu Dank verpflichtet sei, weil er sie von den Huren befreit habe.

«Meinen Sie, dass Kolber mir etwas zu Frank de Meer sagen kann?»

«Es ist ein Versuch wert.»

17

Hortensia Michaelis stand im Nachthemd im Bad und putzte sich die Zähne. Sie wollte so schnell wie möglich diesen Tag vergessen. Das Gespräch beim Polizeipräsidenten hatte bis halb neun gedauert.

Morgen würde sie ein Tag erwarten, an dem sie die Anweisungen ihres Chefs umzusetzen hatte. Und das hieß: Einen kompletten Bericht ausarbeiten, in dem detailliert festgehalten war, welche Spuren mit welchen Ergebnissen bisher bearbeitet worden waren.

Anschließend galt es, einen Maßnahmenkatalog zu erstellen, der Aufschluss über die nächsten Schritte gab, um endlich einen Ermittlungserfolg herbeizuführen.

Der Polizeipräsident entließ sie nicht ohne den klaren und unmissverständlichen Hinweis, dass er bei Nichtbeachtung oder unzureichenden Vorschlägen zum weiteren Vorgehen den Fall jemand anderem übergeben werde. Der Bericht hatte in zwei Tagen fertig gestellt zu sein.

«Verdammtes Arschloch», nuschelte sie zwischen Zahnbürste und Schaum. Sie spuckte aus. «Wie soll ich das schaffen, he?», blaffte sie ihr Spiegelbild an. Hätte sie nur früher reagiert und Levy gleich am ersten Tag rausgeschmissen, dann wäre sie gar nicht erst in diese Situation geraten. Und Demandt? Von ihm hatte sie auch mehr erwartet, als vor dem Telefon zu sitzen und darauf zu warten, dass der Mörder sich freiwillig stellte. Was dachten sich diese BKA-Psychos überhaupt? Glaubten die wirklich, dass es so einfach war?

Sie hatte noch nicht mal Zeit gefunden, Lebensmittel einzukaufen. Eine gefrorene Pizza von der Tanke und eine Flasche Rotwein waren ihr mageres Abendessen.

Sie schlurfte in den Gang zurück, löschte alle Lichter und hatte die Klinke der Schlafzimmertür schon in der Hand, als das Telefon läutete. Sie zögerte. Vielleicht war es wichtig, vielleicht war es das Wohnheim, wo ihre kleine Schwester Valerie untergebracht war. In der letzten Zeit kamen zu ihrem beruflichen Stress auch noch Nachrichten über den sich verschlechternden Gesundheitszustand Valeries hinzu. Die Beschwerden, die die Mukoviszidose auslöste, waren mittels Antibiotika kaum noch zu lindern. Eine Spenderlunge war längst beantragt. Michaelis hatte alle Hebel in Bewegung gesetzt. Bisher ohne Erfolg. Valerie blieben nur noch ein paar Jahre, bevor sie an ihrer eigenen Schleimproduktion zu ersticken drohte.

Sie ging ins Wohnzimmer, schnappte sich den Hörer.

«Ja?»

«Spreche ich mit Frau Michaelis?», fragte eine Männerstimme zaghaft.

Sie stutzte. Die Stimme kam ihr bekannt vor. Wo hatte sie sie schon mal gehört? «Das tun Sie. Was gibt es noch so spät?»

«Sind Sie die Halterin eines blauen BMWs, der in der Virchowstraße 23 steht?»

«Verdammt, ja. Was ist damit?» Böses ahnend ging sie zum Fenster, schob die Gardinen beiseite und blickte hinunter. Tatsächlich, ein Wagen hatte sich in die linke Tür ihres BMWs verkeilt.

«Eine Nachbarin, die gerade ihren Hund spazieren führte, gab mir Ihre Nummer», sagte die Stimme kleinlaut.

«Sind Sie in mein Auto gefahren?», fragte sie zornig.

«Es tut mir Leid.»

«Verdammt, der Wagen ist kein Jahr alt.»

«Was sollen wir nun machen? Wollen Sie unbedingt die Polizei holen, oder können wir das nicht unter uns regeln?»

«Die Polizei kommt noch früh genug», antwortete sie. «Ich komme runter und schau mir das an.» Sie klickte das Telefonat weg und nahm ihr Handy. Am Schreibtisch stand die Schublade halb offen. Der Lederriemen ihres Pistolenhalfters schaute hervor. Sie überlegte kurz, ließ es aber dann doch bleiben. Einen Verkehrsunfall regelt man nicht mit der Waffe, sagte sie sich.

Im Bademantel auf der Straße angekommen, ging sie schnurstracks auf die beiden Autos zu. Der fremde Wagen war eine Art Kleinbus, der mit der Schnauze leicht versetzt an der linken Seite des BMWs klebte. Sie beugte sich über die Stelle, wo die Autos sich berührt hatten. Gott sei Dank keine Delle. Ein wenig könnte der Lack beschädigt sein. Doch in der Dunkelheit konnte sie keine Details erkennen.

Erleichtert wandte sie sich der Fahrerkabine des Kleinbusses zu. Sie klopfte gegen die Scheibe. «Hallo. Steigen Sie bitte aus.»

Nichts geschah. Wieder klopfte sie. Keine Reaktion.

«Hallo, wo sind Sie?», rief sie und drehte sich um. Keine Spur. Dann ging sie um den Wagen herum ans Heck. Durch das Fenster schaute sie ins Innere des Wagens, konnte aber nichts erkennen.

Es dauerte eine Sekunde, bis ihr etwas auffiel. Kleinbus. Van. Dunkel.

In dieser Zeit wurde die Tür aufgestoßen, sie stolperte zurück. Sie sah ein Gesicht, den Bruchteil einer Sekunde.

Ihre Augen öffneten sich weit, ein Fuß setzte zur Flucht an.

«Lev ...»

Der Faustschlag traf sie hart. Sie taumelte, hörte ein Knacken und spürte, wie das Blut durch die enge Nasenöffnung nach draußen schoss. Der zweite Schlag traf sie in den Bauch. Sie konnte nicht mehr atmen und kippte nach vorne über, direkt in die Arme des Angreifers.

Er zog sie schnell über die Heckklappe ins Innere. Kurz darauf startete der Motor. Leise und ohne Aufsehen zu erregen, verschwand er im Dunkel hinter der nächsten Straßenbiegung.

18

Guter, alter Thijs, erinnerte sich Jan.

An jenem Abend vor drei Jahren hatte er zum ersten Mal, unter der Aufsicht von Thijs, seine Familie aufstellen dürfen. Die Gruppe bestand aus acht Leuten, fünf Männern und drei Frauen. Frank war einer von ihnen. Der Raum, in dem sie sich versammelt hatten, war bis auf einen Tisch und ein paar Stühle leer. Nichts sollte die Aufmerksamkeit mindern.

Thijs stellte sich vor die Gruppe. «Frank ist neu in der Gruppe. Er wird uns heute seine Familie präsentieren.»

Ein vorlauter Teilnehmer unterbrach. «Was ist sein Problem?»

«Ich weiß es nicht, und ich will es auch gar nicht wissen. Genauso wie ihr wäre ich voreingenommen, wenn ich es wüsste. Damit die Aufstellung funktioniert, ist die Unkenntnis über seine Geschichte Voraussetzung. Das Einzige, das wir wissen müssen, ist, ob Frank uns seine Gegenwartsfamilie oder die Herkunftsfamilie zeigen will.»

Thijs wandte sich Frank zu.

«Die Familie, aus der ich stamme», antwortete Frank. «Die Gegenwartsfamilie kann ich nicht ...»

«Stopp», unterbrach Thijs barsch, «ich will nicht mehr wissen. Wir beginnen mit dem engsten Familienkreis. Also Eltern, Geschwister und sehr nahe stehende Verwandte. Frank, wähl nun die Stellvertreter für sie aus. Achte nicht auf Kleidung oder Aussehen bei den Leuten aus der Gruppe. Das ist unwichtig. Lediglich das Geschlecht muss stimmen. Für deinen Vater wählst du einen Mann aus der Gruppe, für deine Mutter eine Frau. Denk nicht so viel darüber nach. Lass dein Gefühl sprechen. Platziere die Stellvertreter im Raum so, wie du die jeweiligen Familienmitglieder in ihrem Verhältnis zu den anderen siehst.

Und noch ein Wort zu den Stellvertretern: Wenn Frank euch platziert, achtet auf euer Gefühl, auf die Veränderungen, die sich in eurer Befindlichkeit einstellen – wenn euer Herz schneller schlägt, ihr zu Boden schauen wollt oder ihr euch schwer oder leicht, wütend oder traurig fühlt. Das ist wichtig. Lasst die Bilder zu, die auftauchen, achtet auf die inneren Geräusche und Worte, wenn sie sich euch aufdrängen.»

Thijs trat zurück, überließ Frank die weitere Aktion.

Frank erhob sich, stellte sich vor die Gruppe. Eine Frau fiel ihm auf, die ihn erwartungsvoll anschaute. Sollte sie seine Mutter sein?

Thijs unterbrach. «Frank, hör auf zu denken. Ich sehe, dass du abwägst. Handle spontan. Tu es. Jetzt!»

Frank fühlte sich gedrängt. Eigentlich wollte er seine Familie gut überlegt zusammenstellen. Viel zu oft war er in vorhergehenden Sitzungen bei anderen Therapeuten schon gescheitert. Dieses Mal sollte es klappen.

«Frank, wähle!», pfiff ihn Thijs an.

Frank ließ die Frau, die sich ihm aufgedrängt hatte, bleiben. Stattdessen wählte er einen Mann und führte ihn auf die noch leere Fläche vor der Gruppe. Er fasste ihn unsanft an die Schulter, stellte ihn inmitten des Raumes. Dann griff er sich eine Frau. Auch sie spürte die Gewalt in seinen Händen. Sie landete einen Schritt vor dem Mann. Als Nächstes wählte er seinen Bruder. Wer könnte diese Aufgabe übernehmen?

«Frank!», hörte er die Ermahnung.

Er packte einen jungen Mann aus der Gruppe am Arm, zerrte ihn vor die Mutter, stellte ihn aber aufrecht hin.

Zum Schluss standen die Tante, die Schwester seiner Mutter, und er selbst noch zur Wahl. Die Frau kam links hinten in die Ecke, sein eigener Stellvertreter rechts hinten.

«War es das?», fragte Thijs.

Frank nickte und setzte sich zurück in die Gruppe. Thijs gab den Stellvertretern und Frank nun Zeit, die Aufstellung auf sich wirken zu lassen.

Als Erster reagierte der junge Mann, den Frank für seinen Bruder ausgewählt hatte. Er schaute um sich, sah sich in dieser für ihn fremden Familie exponiert.

«Irgendwie mag ich das gar nicht», sagte er.

«Was genau?», fragte Thijs.

«Ich stehe allen voran. Ich mag das nicht.»

In Frank begann Unmut über die Äußerung aufzukommen. «Unsinn. Natürlich fühlst du dich gut. Du genießt es sogar, an der Spitze der Familie zu stehen. Dabei bin ich der Ältere von uns beiden.»

«Frank, sei still», fuhr Thijs dazwischen. «Du kannst dich später dazu äußern. Jetzt sind die Stellvertreter dran.»

«Aber ...»

«Halt die Klappe!»

Die Frau, die hinten links Franks Tante mimte, begann plötzlich zu weinen.

«Was ist mit dir?», fragte Thijs.

«Ich möchte hier nicht stehen», schluchzte sie.

«Sondern?», fragte Thijs.

«Ich will zu meiner Schwester und meinem Schwager da vorne.»

«Das hat sie nie gewollt», protestierte Frank. «Im Gegenteil, sie hat alles dafür getan, etwas Besonderes zu sein. Sie ist eine verschlagene, hinterlistige Schlampe.»

«Frank», rief Thijs ihn zur Ordnung, «hör endlich auf damit. Hör und sieh dir an, was die Stellvertreter über dich und deine Familie sagen.»

Doch Frank war nicht mehr zu bremsen. Er stand auf, ging auf den Stellvertreter seines Bruders zu und warf ihn zu Boden. «Was soll der ganze Mist?! Ich gehöre hier hin. Und die anderen ...»

«Schluss», schritt Thijs ein. «Wir brechen hier ab. Frank, komm mit mir.»

19

Die Tür fiel laut ins Schloss. Luansi, Falk, Alexej und Naima blickten hoch. Ein sichtlich mürrischer Sven Demandt überwand mit hastigen Schritten die zehn Meter zu seinem Schreibtisch. Er sah nicht gut aus, schien die letzte Nacht wenig geschlafen zu haben.

«Irgendwelche Anrufe?», fragte er grimmig die Runde.

Alle bis auf Luansi wandten sich wieder ihrer Arbeit zu.

«Von jemand Bestimmtem?», antwortete er freundlich.

Demandt schaute ihn an. Abwägend, ob er nicht verstanden hatte oder ihn ärgern wollte. «Was glauben Sie denn, auf welchen Anruf ich seit gestern warte?»

Der deutsch-holländische Verbindungsbeamte hatte sich tags zuvor nicht mehr gemeldet, obwohl Demandt ihn nochmals angerufen und um eine schnelle Bearbeitung seiner Anfrage gebeten hatte. Nun waren mehr als zwölf Stunden vergangen, ohne dass Demandt einen Hinweis auf den Verbleib Frank de Meers hatte. Er steckte fest und war auf Hilfe angewiesen. Beide Zustände konnte er nicht gut aushalten.

Luansi war nicht nach Streit zumute. Er schüttelte verneinend den Kopf und gab sich wieder seiner Arbeit hin.

Demandt ließ nicht locker. Es schien, als suche er einen Rammbock, an dem er seine Laune auslassen konnte. «Ist Hortensia schon im Haus?»

Keine Reaktion, keiner würdigte ihn eines Blickes. Demandt formulierte seine Frage neu. «Ist Frau Michaelis bereits zum Dienst erschienen?»

«Nein», antwortete Luansi, ohne den Blick zu heben.

«Weiß dann jemand, wo sie steckt?»

Kopfschütteln.

«Dann muss ich wohl selbst herausfinden, wo eure Vorgesetzte steckt.» Demandts Trotz motivierte sie nicht, genauso wenig, wie er jemanden zum Einlenken bewegte.

Er wählte ihre Nummer. Das Freizeichen erstreckte sich auf eine Minute. Dann das Handy. Nach dreißig Sekunden schaltete sich die Mailbox ein. Demandt gab auf.

Er schaute auf die Uhr. Acht Uhr zwanzig. Eigentlich war das überhaupt nicht ihre Art, zu spät zu kommen, sie war die Erste, die morgens zum Dienst erschien.

«Hat sie sich vielleicht krankgemeldet?», fragte er ein letztes Mal um eine klärende Antwort bemüht.

«Uns liegen keine derartigen Informationen vor», antwortete Luansi im Stil eines seelenlosen Beamtendeutsch. Naima und Alexej verbissen sich ein Grinsen. Kurz trafen sich ihre Blicke, wanderten dann zu Luansi, dem sie Humor in dieser Situation gar nicht zugetraut hatten.

Demandt spürte die schlechte Stimmung im Raum. Sie war sein Echo. Kurz stellte sich etwas wie Einsicht bei ihm ein, wurde aber schnell durch Unmut überdeckt. «Ihr könnt mich mal», knurrte er.

Aus dem Speicher des Telefonapparats holte er eine Nummer und bestätigte. Noch bevor der Angerufene sich melden konnte, überfuhr ihn Demandt mit einem Vorwurf. «Wie lange muss ich denn noch auf deinen Rückruf warten?»

«Hör zu, Sven, ich bin an der Sache dran. Doch ich kann nicht zaubern. Gedulde dich ein wenig.»

«Zeit ist ungefähr das Letzte, was ich habe. Wo liegt das Problem?»

«Dass ich nicht alle Informationen zusammenhabe. Und außerdem: Heißt dein gesuchter Mann nun Frank oder Ruben? Sind das zwei Brüder oder nur eine Person?»

«Frank, verdammt», fuhr Demandt ihn an. Jetzt ging das wieder los. Kein Wunder, dass er seit gestern auf eine Antwort wartete, wenn der Kollege noch nicht einmal den Namen richtig notiert hatte.

«Bist du sicher?»

«Ja.»

«Ich meine, bist du sicher, dass es sich tatsächlich um zwei Personen handelt und nicht nur um eine?»

«Wieso fragst du?»

«Weil es mein Kontaktmann unter den beiden Namen probiert hat. Und bei Ruben ist es noch schwieriger, an Informationen zu kommen. Es schaut fast so aus, als sei der überhaupt nicht existent.»

«Wie meinst du das?»

«Aus den holländischen Registern ist sein Name vor über dreißig Jahren verschwunden.»

«Kein Wunder, er wurde auch adoptiert.»

«Selbst dann müsste ein Vermerk da sein. Ein Hinweis auf die neue Familie, den Namen, den er angenommen hat, die Anschrift und so weiter. Es schaut aber so aus, als sei er verstorben oder habe das Land verlassen. Aber selbst dafür gibt es keine Belege, weder Sterbeurkunde noch Adoptionsschein oder Pass. Dieser Ruben hat sich einfach in Luft aufgelöst. Seine Akte ist verschwunden. Jemand muss sie mitgenommen, ausgeliehen oder verlegt haben.»

«Verstehe ich nicht. Wenn eine Akte entnommen wird, dann wird das doch vermerkt. In Deutschland zumindest.»

Allmählich wurde die Verbindung zwischen Frank und Ruben, die sowohl Nils Jouwer als auch Dr. Renden betont hatten, äußerst augenfällig. An Frank war ohne Ruben nicht heranzukommen. Beider Schicksal war bis über die Trennung im Waisenhaus hinaus miteinander verknüpft.

«Es ist nicht so, dass sie noch vor zwei Tagen da war und jetzt verschwunden ist», sprach der Kollege weiter, «mein Kontaktmann im Ministerium vermutet, dass sie von Anfang an nicht an dem Platz war, wo sie eigentlich hingehört.»

«Wie ist das möglich?»

«Gerade das will er herausfinden.»

Demandt fragte sich, wer die Macht hatte, eine Akte unbemerkt verschwinden zu lassen und etwaige Nachforschungen zu blockieren. «Wer, glaubst du, steckt dahinter?»

«Es muss jemand sein, der von anderer Seite gedeckt wird. Sven, gib mir noch ein paar Stunden. Ich melde mich. Bis dahin lass mich in Ruhe arbeiten. Ich weiß, was ich tue.»

«Trotzdem, konzentriere dich auf Frank. Dieser Ruben spielt nur eine Nebenrolle.»

«Wenn du es sagst ... bis später.»

Demandt nahm einen Schluck aus der Kaffeetasse, bemühte sich, die schlechte Laune in den Griff zu bekommen. «Tut mir Leid», sagte er ansatzlos in die Runde.

Ein Lächeln kam zurück.

«Was machen eure Nachforschungen in den Präparationsschulen?»

20

Levy kämpfte mit der Müdigkeit. In aller Frühe war er mit dem Zug in das nordrhein-westfälische Lippstadt aufgebrochen. Dort, in der Justizvollzugsanstalt Eickelborn, würde er mit dem Schlitzer von der Ems, Wilhelm Kolber, zusammentreffen. Von ihm erhoffte sich Levy weitere aufschlussreiche Informationen zu Frank de Meer.

Als Reiselektüre hatte Levy aus seinen Unterlagen die Interviews herausgesucht, die er vor über drei Jahren mit ihm geführt hatte.

Kolber war ein Serienmörder par excellence. Aus einem verkorksten Elternhaus stammend, mit der klassischen Konstellation des Vaters als Säufer und Gelegenheitsarbeiter und der Mutter, die sich Lust und Unabhängigkeit auf dem freien Markt versilberte, verbrachte er die ersten Jahre seiner Jugend in einem Heim. Bereits dort zeigten sich Auffälligkeiten in seinem Verhalten. Er war ein Sonderling, hatte mit den anderen Kindern und Jugendlichen nichts gemein. Aggressionen waren ihm fremd, solange er sich nicht in die Enge getrieben fühlte. Falls doch, schlug er mit unbarmherziger Härte zu. Einen Jungen kostete es das Augenlicht, als er sich über sein Hobby lustig machte.

Willis Faible lag in der Biologie von Kleintieren. Er hatte sich Bücher besorgt und studiert. Bei Ausflügen setzte er sich schnell von der Gruppe ab, um unbeobachtet seinen Streifzügen nachzugehen. Die Aufsicht fand ihn schließlich, als er dabei war, den aufgeblähten Bauch eines toten Hasen zu öffnen. Auf die Frage, wieso er das tat, antwortete er, dass er wissen wolle, was den Unterschied zwischen dem Leben und dem Tod ausmachte. Auf dem Heimgelände stellte er Katzen nach, die er, laut Heimleitung, sadistisch tötete.

Als Jugendlicher ging er zu größeren Tieren über. Es konnte ihm nie nachgewiesen werden, aber seine nächtlichen Streifzüge deckten sich mit der Misshandlung von Pferden in der Gegend, insbesondere schwangere Stuten wurden am nächsten Morgen mit aufgeschlitztem Bauch gefunden.

Mit der Volljährigkeit trat er ins Berufsleben ein und bezog seine erste eigene Wohnung. Die Lehre zum Dachdecker hatte er zwar abgeschlossen, doch schmissen ihn die wechselnden Arbeitgeber bald wieder hinaus, da er als unzuverlässig galt und bei Zurechtweisungen aggressiv wurde.

Mit einem alten Toyota, den er sich von dem wenigen Geld hatte leisten können, streifte er nachts scheinbar ziellos durch die Gegend. Erste Beschwerden von Prostituierten bei der Polizei über einen irren und sadistischen Freier kamen auf. Einer soll er nach dem gescheiterten Geschlechtsverkehr wegen Erektionsschwierigkeiten eine selbstgebaute Waffe in die Hand gedrückt und sie gebeten haben, ihn zu erschießen. Als sie es nicht tat, nahm er ein Tapeziermesser und machte sich über die Gefesselte her. Schwer im Unterleib und an den Geschlechtsorganen verletzt, überlebte sie nur knapp. Ein LKW-Fahrer las die stark blutende Frau am Straßenrand auf.

Wenige Wochen später die erste Tote. Man fand sie ohne Kopf und Hände im Graben einer einsamen Nebenstraße. Kurz darauf die nächste. Auch ihr fehlten Hände und Gesicht. Letzteres war mit einem Stein derart zertrümmert, dass eine Identifikation nicht mehr stattfinden konnte. Die Ermittlungen ergaben schwere, auch innere Verletzungen, die ein scheinbar von Hass zerfressener Mörder an seinen Opfern verübte, bevor er sie tötete.

Das dritte Opfer, eine achtzehnjährige Holländerin, war auf dem Weg nach Italien per Anhalter unterwegs. Sie war laut Zeugenaussagen in einen alten Toyota eingestiegen und nicht mehr gesehen worden. Das Autokennzeichen führte die Ermittler zu Willi Kolber. In seinem Auto fanden sie Vorrichtungen, wie sie das erste überlebende Opfer beschrieben hatte. Auch das Tapeziermesser konnte sichergestellt werden. Bei einer feinstofflichen Untersuchung des Wageninneren stießen die Kriminaltechniker auf eine Faser, die exakt zu einem Pullover der verschwundenen Holländerin passte. Ihr halb bekleideter Körper war wenige Tage zuvor in einem Steinbruch entdeckt worden. Ein Spaziergänger und sein Hund hatten im Sand eine Hand entdeckt.

Die dazugerufenen Beamten gruben den Körper frei und sahen Schreckliches. Dem Mädchen waren der Leib geöffnet und die inneren Organe entnommen worden. Ihre Geschlechtsteile fehlten auch. Was mit ihnen und dem Rest passiert war, darüber schwieg sich Willi Kolber bis zum heutigen Tag aus.

Das Oberlandesgericht verurteilte ihn zu zwei Mal lebenslänglich mit anschließender Sicherheitsverwahrung. Noch im Gerichtssaal beschimpfte er die Richterin als dreckige Fotze, die ihm nur ja in die Finger kommen solle. Er würde ihr schon beibringen, was es heißt, über das Leben anderer zu entscheiden. So weit die Fakten.

Levy hatte sich damals dem Mann, der äußerlich sehr gepflegt und ausgeglichen aufgetreten war, offen und vertrauensbildend genähert. Er wollte herausfinden, was die treibende Kraft hinter seinem Hass auf Frauen war und wieso er mit einer bis dahin nicht da gewesenen Brutalität gegen sie vorgegangen war.

Kolber hatte Levy lange beobachtet, bevor er ihm antwortete. Er schien abzuwägen, ob Levy ihn, wie die anderen Forensiker, lediglich als Forschungsobjekt betrachtete oder ob er sich tatsächlich für die Gründe seiner Taten interessierte. Kolber hatte ihm einen Handel vorgeschlagen. Einen Rollentausch. Levy würde sich in die Lage Kolbers versetzen, und Kolber würde ihm sagen, wieso er so und nicht anders gehandelt hatte.

Es war der Beginn von langen und intensiven Gesprächen.

21

Nach dem ersten Klingeln hatte Sven Demandt den Hörer am Ohr. «Na, endlich», sagte er, nachdem er hörte, wer dran war. «Hast du was rausbekommen?»

Der Verbindungsbeamte des BKA gab sich zurückhaltend. «Kommt drauf an, wie man es sieht. Zuerst zu diesem Frank de Meer: Nach seiner Entlassung verschwand er einige Jahre spurlos. Wahrscheinlich war er im Ausland. Darüber liegen mir keine weiteren Informationen vor. Dann, vor zirka fünf Jahren, reiste er wieder ins Land ein. Er lebte bis vor drei Jahren im grenznahen holländischen Enschede. Dort hat er sich einen zweifelhaften Ruf als Psychoanalytiker gemacht.»

«Wieso zweifelhaft?», unterbrach Demandt.

«Sein Spezialgebiet war die Therapierbarkeit von Sexualstraftätern, im Besonderen von Pädophilen. Er vertrat unter anderem die Meinung, dass Kinderschänder schon in den eigenen Familien zu dem gemacht werden, was später aus ihnen herausbricht. Er machte in einigen Publikationen die heutige Gesellschaft dafür verantwortlich. Sie sei daran schuld, dass auffällige Personen nur unzureichend behandelt würden, es an einer fundierten Ausbildung für Psychotherapeuten fehle und dass der Staat das Problem viel zu lange nicht wahrnehmen wollte.

Er forderte schließlich, verurteilte Straftäter aus den Gefängnissen und Nervenheilanstalten in den freien Vollzug zu entlassen, damit sie unter professioneller Anleitung lernten, ihr Problem zu lösen. Lebenslanges Wegsperren helfe nicht, im Gegenteil, es sei ein weiterer Beweis für die Unwilligkeit des Staates, sich mit dem Problem zu befassen. Mit dieser Einstellung machte er sich nicht gerade Freunde. Er wurde als Verrückter abgetan und schließlich gemieden.»

Demandt war irritiert. «Trotzdem, warum habe ich noch nie von ihm gehört? Ein Psychoanalytiker, der diese Meinung vertritt, wäre mir doch aufgefallen.»

«Weil er nicht unter seinem richtigen Namen in Erscheinung trat. Deshalb hatte es mein Kontaktmann auch so schwer, mehr als die Personalien über Frank de Meer herauszubekommen. Aus Solidarität mit verurteilten Straftätern nahm er deren Namen an.»

«Stimmt», erinnerte sich Demandt, «ich habe mal was gelesen über so einen sonderbaren Kauz in Holland, der für die Rechte von Sexualstraftätern einstand. Wir haben ihm weiter keine Aufmerksamkeit geschenkt, weil er mit seinen Ideen und Forderungen die Straftäter schneller auf die Straße zurückgeschickt hätte, als wir sie überführt haben. Was ist aus ihm geworden, wo lebt er heute?»

«Seine Spur verlor sich. Vor drei Jahren verschwand sein Name aus den Registern und aus der Öffentlichkeit. Nur ein einziges Mal tauchte der Name de Meer wieder auf. Und zwar unter dem Vornamen Ruben.

Jan Roosendaal, ein ehemaliger Staatssekretär und seit seinem Ausscheiden aus dem Dienst Anwalt mit Kanzleien in Amsterdam und Brüssel, bearbeitete die Forderungen gegen einen gewissen Boris Gruyter, einen Verwandten der de Meers. Es ging um Schulden, die die Gläubiger des Verstorbenen bei den noch lebenden Verwandten eintreiben wollten. Der Vorgang wurde von diesem Roosendaal für Ruben de Meer bearbeitet, und die Forderungen wurden schließlich abgewehrt.

Tja, und nun halt dich fest. Die verschwundene Akte Ruben de Meers ist seit über zwanzig Jahren im Besitz dieses Anwalts. Er vertrat die Familie, die Ruben adoptiert hatte. Die Akte sollte eigentlich nur kurzfristig an den Anwalt ausgehändigt werden, doch sie kehrte nie zurück. Ich habe bereits mit Roosendaal telefoniert. Wie zu erwarten war, beruft er sich auf das Mandantengeheimnis. Er will nichts dazu sagen.»

«Hast du ihn gefragt, wieso er sich so sperrt?»

«Er sagt, er handle auf Bitten der Familie.»

«Nun gut, dann soll er einfach die Akte wieder rausrücken.»

«Habe ich schon veranlasst. Mein Mann im Ministerium hat jedoch darum gebeten, eine offizielle Anfrage über das BKA oder besser gleich das deutsche Innenministerium zu stellen. Das würde die Sache erheblich beschleunigen.»

«Das werde ich veranlassen. Melde dich bitte sofort, wenn es etwas Neues gibt. Und vielen Dank. Das war eine große Hilfe.»

22

«Lange nicht mehr gesehen, Doc», sagte Wilhelm Kolber. Er setzte sich an den Tisch und zündete eine Selbstgedrehte an. In seinen Augen spiegelten sich Neugierde und Vorfreude. Was wollte der ihm scheinbar gut bekannte Levy dieses Mal von ihm, schien er sich zu fragen. Aber er übte sich in Geduld und ließ sich nicht dazu herab, diese Frage auch zu stellen.

«Sie wissen doch, dass ich kein Doktor bin», antwortete Levy und setzte sich. «Wie geht es Ihnen?»

Kolber war von der Distanz, die Levy ihm entgegenbrachte, überrascht. Er schaute sich um, ob noch jemand im Raum war, der sie belauschen konnte. Hoch oben im Eck war die Videokamera angebracht, die die Unterhaltung aufzeichnen konnte. Er wusste nicht, ob sie angeschaltet war. Normalerweise war sie nur an, wenn gewalttätige Übergriffe der Inhaftierten zu befürchten waren.

«Wieso so förmlich?», fragte Kolber. «Bisher haben wir uns doch ganz gut verstanden.» Er lächelte.

Levy wusste nicht, was er damit meinte. Er überging es. «Ich brauche Ihre Hilfe.» Levy wählte gezielt diese Eröffnung des Gesprächs. Kolber sollte sich geschmeichelt fühlen, von ihm gebeten zu werden.

«Gerne», antwortete Kolber. «Worum geht es dieses Mal?»

«Ich bin auf der Suche nach einem Mann, einem Psychologen», begann Levy, «er hat Sie vor einigen Jahren interviewt ...»

«Kein Interesse», unterbrach Kolber schroff. «Ich habe mit diesen Idioten nichts mehr zu tun. Sie sind anmaßend und dumm.»

«Immerhin sprechen Sie mit mir. Auch ich bin Psychologe.»

«Du bist ... Sie sind die Ausnahme.»

«Danke. Was macht mich so außergewöhnlich?»

Kolber lächelte. «Spielen wir wieder Spielchen?»

«Was meinen Sie?»

«Ich denke, das wissen Sie ganz genau.» Kolbers Augen wiesen nach links oben, dort, wo die Kamera angebracht war.

Levy verstand. Kolber dachte, dass ihr Gespräch aufgezeichnet wurde. Dem war nicht so. Er hatte extra mit dem Hinweis, es bestünde keine Gefahr, darum gebeten.

«Bevor ich auf den gesuchten Mann eingehe, erzähle ich Ihnen die Vorgeschichte. Vielleicht hilft es.»

«Wenn es sein muss.» Kolber lehnte sich zurück und war nun ganz offensichtlich gespannt.

Levy erzählte von Anfang an. Von dem ersten Fund, dann dem zweiten, der Festnahme der Satanistengruppe, den Gesprächen mit Dirk Sauter, dem Hohepriester und auch von dem Kontakt mit Anubis. Er ließ nichts aus.

Kolber hörte sich, ohne zu unterbrechen, die Geschichte an. Gelassen drehte er sich derweil eine Zigarette.

Als Levy am Ende angelangt war, kam er zu der alles entscheidenden Frage. «Ich weiß, dass Frank de Meer Sie besucht hat. Worüber sprach er mit Ihnen?»

Kolbers Miene verfinsterte sich. «Was soll der Scheiß?»

23

Keine fünf Minuten nach dem Anruf aus dem Ministerium bei der Kanzlei von Jan Roosendaal war Sven Demandt am Apparat.

«Sie können alles der Akte entnehmen», sagte Roosendaal, der ihn schnell abfertigen wollte.

«Ich weiß. Dennoch möchte ich Sie bitten, mir vorab einige Informationen zu geben. Es ist sehr wichtig. Sie können helfen, dass nicht noch weiterer Schaden für Ihren Mandanten entsteht.»

«Meine Mandanten sind seit Jahren tot.»

Demandt spitzte die Ohren. «Sie sind doch noch immer der Rechtsbeistand von Ruben de Meer?»

«In erster Linie war ich sein Vormund, nachdem seine Eltern verstorben waren. Ich habe mein Möglichstes für den Jungen getan. Alles Weitere liegt nicht mehr in meinen Händen. Hören Sie, ich muss ...» Roosendaal war kurz davor aufzulegen.

«Warten Sie», bat Demandt. «Was meinen Sie damit: *Sie haben Ihr Möglichstes getan*?»

«Dass ich nichts mehr für ihn tun kann. Er braucht Hilfe von anderer Seite.»

Demandt wurde aus den Andeutungen des Anwalts nicht schlau. Er musste nachlegen. «Ruben de Meer steht in Verbindung mit einer Reihe von Todesfällen. Sie können helfen, etwaige Verdachtsmomente gegen ihn zu entkräften.»

Demandt hörte Roosendaal seufzen, schließlich einlenken. «Was wollen Sie wissen?»

«Erzählen Sie mir von ihm, am besten von Anfang an.»

«In Ordnung, ich mache es jedoch kurz. Als ich damals in das Waisenhaus kam und nach einem geeigneten Adoptivkind Ausschau hielt, ist mir der kleine Ruben aufgefallen. Er saß verschüchtert und still in einer Ecke. Als ich erfuhr, was kurz davor passiert war, stand mein Entschluss fest. Er musste sofort von seinem Bruder Frank weg. Es bestand akute Lebensgefahr.»

«Sie meinen den Brandanschlag im Schlafsaal?»

«Ja. Dieser Frank machte einem Angst. Er war getrieben von einem Hass, wie ich ihn bis dahin nicht gesehen hatte.»

«Wieso suchten Sie überhaupt ein Adoptivkind?», unterbrach Demandt.

«Im Auftrag meiner Mandantschaft. Sie müssen das verstehen. In solch exponierter Position ging man nicht einfach in ein Waisenhaus und zeigte auf irgendein Kind. Es wollte gut ausgewählt sein.» Ein Seufzen. «Ich hätte wissen müssen, dass es nicht funktionieren würde.»

Demandt wurde ungeduldig. «Was meinen Sie?»

«Haben Sie etwas Nachsicht, es fällt mir nicht leicht, darüber zu sprechen.»

Demandt zügelte sich mit weiteren Nachfragen.

«Der zukünftigen Mutter erging es genauso wie mir. Als wir zusammen ins Waisenhaus zurückkehrten und sie Ruben sah, stand ihr Entschluss fest. Sie bat mich, sofort die notwendigen Unterlagen zur Unterschrift vorzubereiten.

Anfänglich ging alles gut. Der kleine Ruben lebte sich ein, und er entwickelte sich normal. Er war von anderen Kindern nicht mehr zu unterscheiden, schloss Freundschaften, wurde zu Kindergeburtstagen und zum Spielen eingeladen. Er war Teil einer neuen Familie und eines neuen sozialen Umfelds geworden.

Natürlich hatte ich mich vorher informiert, aus welchen Verhältnissen er stammte und was mit den Eltern im Strandhaus passiert war – auch dieses gewisse Verdachtsmoment der Polizeibehörden blieb mir nicht unbekannt. Sie wissen wahrscheinlich, was ich meine.»

«Die ungeklärte Brandursache?»

«Natürlich war es absoluter Irrsinn, Ruben damit in Verbindung zu bringen. Dennoch, so etwas bleibt hängen.»

«Die Adoptivfamilie war also nicht unbekannt in Holland?»

«Keineswegs. Es war Vorsicht geboten, und es galt, Verschwiegenheit zu bewahren, bis man sichergehen konnte, dass Ruben gut in die Familie passte und jede weitere Beschuldigung eingestellt war. Ich konnte anschließend die Überstellungsakte dauerhaft in der Kanzlei halten und den Kollegen im Amt die Hintergründe verständlich machen.

Dann kam jedoch der Tag, als Rubens neuer Vater ins Ausland abberufen wurde. Damit nahm alles seinen Lauf.»

24

«Hör zu», sagte Kolber eindringlich. Er lehnte sich über den Tisch, damit die hinter ihm hängende Kamera seine Worte nicht aufnehmen konnte. «Ich weiß nicht, was für ein Spiel du hier spielst, aber hör auf, mich zu verarschen. Das nehme ich dir übel, und du weißt, was das für dich bedeutet.»

Levy horchte auf. Wovon sprach Kolber? «Sprechen Sie ruhig offen aus, was Sie meinen. Keine Sorge wegen der Kamera, sie ist nicht eingeschaltet. Wir sind hier ganz unter uns.»

Kolber entspannte sich. «Wenn du es so willst. Auf deine Gefahr hin.»

«Ich denke, ich kann das verantworten.»

«Was soll dieses ganze Gequatsche über Frank de Meer? Du bist es selbst. Du bist der, den du suchst.»

Auf Kolbers Gesicht spiegelte sich ein Lächeln, das Levy nicht einschätzen konnte. Was wollte Kolber damit bezwecken? Ihn verunsichern? Richtete sich seine Aggression gegen Psychologen nun auch gegen ihn? Es war bei Strafgefangenen nicht ungewöhnlich, dass sie sich mit Übertreibungen und Falschaussagen in den Vordergrund spielten. Es war die gleiche Eigenschaft, die sie letztlich ins Gefängnis gebracht hatte – ein gestörtes Verhältnis zu sich und der Umwelt.

«Was bringt Sie dazu anzunehmen, dass ich Frank de Meer sei?», fragte Levy ruhig.

«Na, du selbst. Denkst du vielleicht, ich spreche mit jedem Quacksalber, der hier hereinkommt und mein Hirn durchleuchten will? Ich habe mir deine wissenschaftlichen Arbeiten, die du über psychisch kranke Gewaltverbrecher verfasst hast, zeigen lassen. Erst dann habe ich zugestimmt, mit dir zu sprechen. Wir haben uns gut verstanden. Sehr gut sogar.»

Levy blieb ob dieser klaren Worte unberührt. Kolbers Zustand musste sich seit ihrem letzten Gespräch enorm verschlechtert haben. Sicher hatten sie früher Kontakt gehabt. Ausgiebigen sogar. Allerdings schien der Geltungsdrang Kolbers dessen Realitätsempfinden stark beeinflusst zu haben. Levy musste dem entgegensteuern, sonst war ihr Gespräch sinnlos.

25

Rubens neuer Vater, ein Deutscher, war als Handelsattaché in der Botschaft tätig», sagte Roosendaal. «Das bedeutete, dass er sich nicht länger als zwei oder drei Tage an einem Ort aufhielt. Natürlich hätte er die neue Stelle im Hinblick auf Ruben ablehnen können, im Nachhinein hätte er es sogar müssen, aber er traf diese Entscheidung nicht allein.»

Demandt erriet es. «Seine Frau wollte es auch.»

«Sie war im Grunde ein guter Mensch. Ihr Problem war die Familie. Sie stammte von altem holländischen Adel ab. Ihre Vorfahren haben viel für das Land und die Wirtschaft getan. Dennoch blieb ihr die Bestätigung in ihrem Leben versagt. Daher auch die Bitte, mich nach einem Kind umzuschauen. Sie war unfruchtbar. Ich denke, das war ein weiterer Grund für ihr Verhalten. Nun, als ihr Mann die neue Stelle antrat, wollte sie auf eine weitere Bestätigung auf diesem Feld nicht verzichten, sie wollte wieder eine Rolle im politischen und wirtschaftlichen Leben spielen, wie damals ihre Familie es getan hatte. Sie brachte Ruben in einem Internat unter und dachte, damit habe sie zwei Fliegen mit einer Klappe geschlagen.»

«Ruben fühlte sich erneut verlassen.»

«Er litt. Nicht nur unter der Trennung, sondern plötzlich rissen alte Wunden wieder auf. Er verfiel in ein Phlegma. Den Kontakt zu seinen Mitschülern mied er. Die hingegen hatten ein dankbares Opfer für ihre Streiche gefunden. Die Lage spitzte sich über Monate hinweg zu. Ich habe ihn im Internat besucht, wenn seine Eltern auf Reisen waren. Er hatte mich angefleht, ihn mitzunehmen. Doch ich konnte nicht. Er begann seine Eltern zu meiden, wünschte keinen Besuch mehr von ihnen.»

«Und dann?»

«Ihr Flugzeug stürzte über Afrika ab. Sie waren auf der Stelle tot.»

«Was wurde aus Ruben?»

«Er zeigte eine Reaktion, die ich mir immer noch nicht erklären kann. Zuerst empfand er so etwas wie Genugtuung, dann aber kam der Rückschlag. Ruben fing an, sich Vorwürfe zu machen. Dass er den Tod der Eltern herbeigeführt hatte.

Ich musste ihn von der Schule nehmen und ihn in psychotherapeutische Behandlung geben. Er stimmte zu, unter einer Bedingung: Er wollte nicht noch einmal in eine Familie abgeschoben werden. Ich sprach mit den Verwandten und dem behandelnden Arzt darüber. Nach allen Abwägungen kamen wir überein, dass er bis zu seiner Volljährigkeit unter meiner Vormundschaft bleiben sollte.»

«Und wie hat er sich entwickelt?»

«Ich habe noch nie in meinem Leben so versagt. Ich tat, was ich nur konnte. Er jedoch wechselte die Therapien und die Schulen. Nirgends kam er zurecht. Ein Zuhause, ein wirkliches, konnte auch ich ihm nicht geben, dafür war ich viel zu beschäftigt. Ich habe Kanzleien in Holland und in Brüssel aufgebaut. Das ist auch ein Grund, warum ich unverheiratet geblieben bin.»

«Haben Sie noch Kontakt zu ihm?»

«Kaum. Nur wenn er dringend etwas braucht, meldet er sich. Ich tue dann, was ich kann, um ihm zumindest das zu geben, was er sich wünscht.»

Eine Pause trat ein. Demandt fühlte, wie der plötzlich alt wirkende Mann auf der anderen Seite in Schuldgefühlen versank.

«Wo hält Ruben sich jetzt auf?», fragte Demandt.

«Er lebt seit langem in Deutschland.»

«Was ist sein Beruf?»

«Er ist Psychologe.»

Demandt horchte auf. «In welchem Bereich der Psychologie arbeitet er?»

«Er ist jetzt selbständig. Früher war er fest beim BKA angestellt. Eine gute Stelle, die er sich gewünscht und auf die er hingearbeitet hatte. Doch sein Vorgesetzter mochte ihn nicht, hatte er mir erzählt. Er war sehr enttäuscht. Seine Depressionen und die Persönlichkeitsstörungen kehrten zurück. Dann fing er wieder mit dem Trinken an. Schrecklich.»

Demandts Gedanken überschlugen sich. Er kannte keinen Ruben de Meer beim BKA. Doch dann dämmerte es ihm. Der Pass lief unter dem Namen seiner neuen Eltern.

«Wie hieß die Adoptivfamilie?»

«Levy.»

26

«Oh Mann, bist du kaputt», verhöhnte Kolber ihn. «*Du* solltest an meiner Stelle hier einsitzen. Im Gegensatz zu dir habe ich ja noch alle Tassen im Schrank. Ich weiß zumindest noch, was ich getan habe und wer ich bin.»

In Levy wuchs ein unbehagliches Gefühl, das ihn tief verunsicherte. «Seit wann haben Sie die Vorstellung, dass ich ein anderer sei?»

Kolber lachte laut. «Du bist kein anderer, du bist zwei.»

«Beschreiben Sie mir diese *zwei*. Einen nach dem anderen.»

Kolbers Antwort klang drohend. «Wie du willst. Du kamst wie alle anderen hier an, die sich ihr Wissen aus Büchern und Praktika zusammengeklaubt haben. Von der Realität, die in mir steckt, hattest du nicht den blassesten Schimmer. Aber du warst mir sympathisch. Ich spürte von Anfang an, dass da etwas in dir war, das mir gut bekannt ist.»

«Und das war?»

«Dieser unstillbare Drang nach Gerechtigkeit. Ein Feuer, das weitaus heller und verzehrender brennt als alles andere. Ich hatte dir einen Handel vorgeschlagen. Ich forderte dich auf, *mein* Leben von Anfang an nochmals zu durchleben. Im Gegenzug gab ich dir einen Schatz: die Wahrheit über mich. Das, worauf du und deine Kollegen ja so scharf seid – in die Psyche eines Serienmörders blicken zu können.»

«Und Sie», fragte Levy, «was erhielten Sie im Gegenzug von mir?»

«Den Beweis, dass du an meiner Stelle nicht anders gehandelt hättest als ich. Du hattest gute Anlagen, konntest den Schmerz des Verlassenwerdens und der Einsamkeit so erleben, wie ich ihn damals erlebt habe, so, als würde einem die Seele aus dem Leib gerissen. Und je weiter ich dich in mein Leben hineinführte, desto leichter wurde es für dich, mich zu verstehen. Es war, als wärest du den gleichen Weg gegangen wie ich, bis zur letzten Konsequenz. Zuerst fehlte dir der Mut, die Schwelle zu überschreiten ... danach jedoch warst du mir ein Bruder geworden, im Geiste – und im Leben.»

Levy fiel es schwer, sich dem durchdringenden Blick Kolbers zu entziehen. Was hatte er damit gemeint: *im Geiste und im Leben*? Er stand auf, versuchte, sich die aufkeimende Unruhe nicht anmerken zu lassen.

«Ich kann nicht glauben», sprach Kolber weiter, «dass du das alles nicht mehr wissen willst.»

Levy wehrte sich gegen die Einvernahme. «Ich habe überhaupt keine Ahnung, wovon Sie sprechen.»

«Oh, doch. Du weißt es, und ich weiß es. Nur willst du es nicht mehr wahrhaben. Du wehrst dich dagegen, so zu sein wie ich. Dabei hast du es lange Zeit genossen. Du hast von mir gelernt. Wie man es anstellt und welche wunderbare Erfüllung einen dabei überkommt. Das Fleisch, das Blut, ihre Gesichter und Augen, die dich anflehen aufzuhören. Du hast die Macht, die ich dir über deine Opfer geschenkt habe, genossen. Jeden einzelnen Augenblick. Du hast mir alles erzählt, als du zu den Interviews zu mir kamst. Wie du es ihnen zurückgezahlt hast. Jede verdammte Lüge und jeden Schmerz, den sie dir bis an dein Lebensende ins Herz eingebrannt haben.

Als ich dich dann im Fernsehen wieder gesehen habe, als du diese Satanisten ausgehoben hast, war mir klar, dass du zu mir zurückkehren würdest.»

Die Gedanken in Levys Kopf überschlugen sich. Bilder

von Anubis tauchten auf, die Worte, die er gesprochen hatte, das Blut, das Herz und die Aufforderung, sich mit ihm zu vereinigen.

«Sie wollen mich für die Taten gewinnen, die Sie zu verantworten haben», sagte Levy, «so wie Sie es auch bei den anderen versucht haben.»

«Ja, nur waren die bei weitem nicht so talentiert und aufgeschlossen wie du.»

«Dennoch haben Sie damit bei mir keinen Erfolg. Ich weiß genau, wer ich bin. Ich bin Balthasar Levy, Kriminalpsychologe und ...»

«... Serienmörder», führte Kolber den Satz zu Ende. «Auf deinem Bauernhof, den du dir eigens für deine Rache zur Schlachtbank ausgebaut hast, bist du ein anderer. Den anderen Levy gibt es dann nicht mehr. Jedes Mal, wenn du zu Bett gegangen bist, bist du zehn Minuten später als Frank de Meer aufgewacht und hast getan, was getan werden musste. Kapier das endlich.»

«Wie kommen Sie darauf?»

«Du hast es mir erzählt.»

Levy beschloss, das Interview abzubrechen. «Ich denke, diese Unterhaltung ergibt keinen Sinn, solange Sie versuchen, Ihre Taten auf mich abzuwälzen.»

Kolber holte aus zum finalen Stoß: «Sprichst du immer noch mit ihm in deinen Träumen?»

Levy merkte auf. «Was meinen Sie?»

Auf Kolbers Gesicht zeigte sich grenzenlose Schadenfreude. «Du weißt, von wem ich spreche. Diesem Anubis. So nennst du dich doch. Oder?»

27

Sven Demandt hatte sich während des Gesprächs mit Jan Roosendaal Notizen gemacht. Das, was ihm der frühere Anwalt der Familie Levy und Balthasars Leumund gesagt hatte, war ungeheuerlich.

Ruben de Meer war Balthasar Levy.

Ruben und Balthasar hatten das kindliche Trauma der Familienentzweiung und den Tod der Familie nie richtig überwunden. Daraus resultierte bereits in Kindheitsjahren eine dissoziative Identitätsstörung, die bis heute nicht erkannt, geschweige denn behandelt wurde. Die Gedächtnislücken, die Demandt als Aussetzer bezeichnete und Levy vorgeworfen hatte, waren in Wirklichkeit Amnesien. Sie traten bei Identitätsstörungen nahezu zwingend auf, um das verletzte Ich zu schützen.

Verdammt, wieso hatte Demandt das nicht früher bemerkt? Er hatte Levy doch während der Ausbildung und später im Dienst nahezu täglich vor Augen gehabt. Hatte er es sich ähnlich leicht gemacht wie die Psychologen, die Levy aufgrund seines Alkoholkonsums behandelten? Wollten sie nicht sehen, dass sein Problem ganz anderer Natur und der Alkohol nur eine Nebelwand war, hinter der sich das Grauen einer ruinierten Kindheit verbarg?

Demandt musste blind gewesen sein.

Bevor er die notwendigen Schritte einleitete, musste er die Information gegenprüfen. Er griff zum Telefon und rief in der Personalabteilung an. «Suchen Sie bitte die Akte Balthasar Levy heraus.»

Es dauerte eine Weile. Dann: «Was brauchen Sie?»

«Den Geburtsort.»

«Groningen.»

Also doch. Hatte er beim Einstellungsgespräch noch etwas übersehen? «Taucht der Name Ruben de Meer irgendwo auf?»

«Einen Moment.» Schließlich: «Nein, den sehe ich hier nicht.»

Gott sei Dank, beruhigte sich Demandt. Das fehlte ihm noch, dass ein möglicher Serienmörder im eigenen Haus aktenkundig war. Der Verdacht ließ sich trotzdem nicht länger leugnen. Wenn Demandt eins und eins zusammenzählte, überkam ihn eine fürchterliche Ahnung: Konnte Levy Frank de Meer sein?

Selbst wenn er es nicht war, schlüpfte er zeitweise in dessen Identität? Oder hatten sich die beiden Brüder versöhnt und eine mörderische Allianz gebildet?

Frank und Ruben. Ruben und Frank.

Tatsache war, dass beide existierten. Tatsache war weiterhin, dass beide eine gestörte Persönlichkeit hatten und beide ihre Identitäten wechselten. Die entscheidende Frage lautete nicht, ob Levy nun Frank oder Ruben war, sondern ob Levy die Voraussetzungen erfüllte, um dem Profil von Anubis zu entsprechen. War er dazu fähig?

Er besaß alle notwendigen Kenntnisse, sowohl in der Anatomie als auch bei den Ermittlungen. Kein Wunder, dass sie niemals auch nur in die Nähe des Mörders gekommen waren. Levy hatte sich vor der Aufdeckung selbst geschützt.

Nächtens ging er morden, und tagsüber ermittelte er gegen sich selbst. War Levy sich dessen bewusst?

Wenn ja, dann war es ein perfekt inszenierter, perfider Plan; wenn nicht, dann lief er ahnungslos im Kreis. Fragte sich nur, wann er das nächste Mal in die Rolle von Anubis schlüpfte.

So oder so, Demandt musste Levy zur Rede stellen. Günstigstenfalls war Levy der Bruder von Anubis. Das machte ihn zu dem wichtigsten Zeugen der Ermittlungen, zum Dreh- und Angelpunkt.

Bevor er eine Fahndung nach ihm in Gang setzen konnte, musste er die neuen Erkenntnisse mit Michaelis besprechen. Verdammt, wo steckte sie nur?

28

Woher wusste Kolber von Levys Träumen? Levy hatte mit niemanden darüber gesprochen. Dessen war er sich sicher. Es war sein ureigenes Geheimnis. Was aber, wenn Kolber ihn nicht belogen hatte?

Die Unsicherheit ließ ihm keine Ruhe. Er hatte die Wohnung gleich nach seiner überhasteten Rückkehr aus Eickelborn komplett auf den Kopf gestellt. Er hatte nach Hinweisen gesucht, die auf eine zweite Person, Frank de Meer, würden schließen lassen. Auch sein Computer wollte darauf keine Antwort geben. Levy hatte ihn nach auffälligen Dateien und Mails durchforstet. Wenn Kolber Recht hatte, dann musste irgendwo etwas zu finden sein.

Erschöpft sank er an der Wand mit den Notizen zu den vier Opfern und zu Anubis zu Boden. Er hatte nichts gefunden. Die innere Unruhe, die ihn aus der Haftanstalt nach Hause getrieben hatte, wollte nicht weichen. Zigmal hatte er sich während der Zugfahrt eingeredet, dass Kolber nur ein hinterlistiges Spiel mit ihm trieb. Doch woher wusste er von seinen Träumen über Anubis?

Levy riss sich zusammen, rief sich die Symptome einer Identitätsstörung in Erinnerung, so wie er sie im Studium gelernt hatte. Erste Anzeichen waren Gedächtnislücken, kleine Amnesien. Den *Multis*, wie sie in der Psychoszene genannt wurden, fehlte Zeit. Die verlorene Zeit konnte sich über Stunden, aber auch über Wochen und Monate erstrecken. Während dieser *blackouts* übernahm die andere Identität das Ruder und knipste das eigentliche Ich, soweit es das überhaupt noch gab, aus. Der Multi bekam davon nichts mit.

Erst, wenn dieser auf vermeintlich fremde Gegenstände in der Wohnung traf, an deren Anschaffung er sich nicht erinnern konnte, oder wenn er Notizen fand, die von fremder Hand zu stammen schienen, aber persönliche Details beinhalteten, begann er sich zu hinterfragen.

Levy konnte sich aber nicht erinnern, dass er jemals unter voll ausgebildeten Amnesien gelitten hatte. Hin und wieder vergaß auch er etwas, doch das war normal. Jeder tat das. Konnte es aber sein, dass er selbst das Vergessen nicht mehr erinnern konnte?

Unangenehm berührt fiel ihm der letzte Besuch von Demandt ein. Der Hausmeister ... Schnell wischte er den Gedanken beiseite. Er war betrunken gewesen.

Er musste weiter zurückgehen.

Eine Aufspaltung in mehrere Identitäten wurzelte gemeinhin in einem Trauma. Dieses musste regelmäßig und über einen längeren Zeitraum auf die Person eingewirkt haben. Besonders bei Kindern lag die Wahrscheinlichkeit einer Persönlichkeitsspaltung hoch. Sie konnten sich gegen die psychische Gewalt am wenigsten wehren. Sie reagierten mit Flucht in einen anderen Bewusstseinszustand. Nach und nach bildete sich eine andere Identität heraus, die angemessen auf die traumatisierende Situation reagieren konnte.

Hatte er den Trennungsschmerz von seinen Eltern und

ihren Flugzeugabsturz mit der Ausbildung einer zweiten Identität überwunden? Wenn ja, wer war sie, diese andere Person? Kannte er sie, war er ihr schon mal begegnet?

Seine Wohnung hatte ihm darauf keine Antwort liefern können. Sie war frei von Hinweisen. In dieser Wohnung lebte Balthasar Levy und niemand anderer.

Noch etwas fiel ihm ein. Um in einen anderen Bewusstseinszustand zu wechseln, bedurfte es eines Auslösers, eines *triggers*. Das konnten Bilder, Geräusche, Gerüche, Situationen oder einfach Wörter sein. Beim Hören, Lesen, Schreiben oder Sprechen löste eine bestimmte Abfolge eine Assoziationskette aus, die in die andere Person hinüberführte.

Levy schüttelte den Kopf. Verdammt, das konnte alles sein. Wie würde er den Schlüssel finden können, wenn er noch nicht mal wusste, wie dieser aussah?

Der Schlaf, schoss es ihm durch den Kopf. Kolber hatte etwas über seinen Schlaf und seine Träume gesagt. War es das? Glitt er etwa im Schlaf hinüber? Dann musste er wach bleiben. So lange es nur irgendwie möglich war. Levy erhob sich. Er musste sich bewegen, Zeit gewinnen, bevor er sich doch an den Schlaf verlor. Wo hatte er noch nicht nach Hinweisen gesucht?

Hier oben in der Wohnung war alles überprüft. Blieb nur noch der Keller. Dort hatte er ein kleines Abteil, das er seit seinem Einzug nicht mehr aufgesucht hatte.

Wann war er eingezogen, fragte er sich. Er wusste es nicht genau. Irgendwann vor ein paar Jahren. Und zuvor? Wo hatte er da gelebt? In Wiesbaden. Wie sah seine Wohnung dort aus? Er hatte keine genaue Erinnerung.

Begann nun eine Amnesie just in diesem Moment, in dem er sich einer möglichen zweiten oder dritten Identität bewusst werden wollte?

Der Aufzug und eine Treppe führten ihn in den letzten Winkel eines verstaubten und dunklen Kellers.

Welches war sein Abstellraum? Der Schlüssel, den er in der Hand hielt, gab keinen Aufschluss. Er probierte ein Schloss nach dem anderen, bis er das richtige fand.

Kartons waren an der einen Seite bis zur Decke gestapelt, an der anderen hing ein Fahrrad an einem Nagel. Gehörte das ihm? Gegenüber an der Wand stand ein Spind aus Metall. Er trug kein Schloss.

Levy öffnete die Tür. Ein ausgewaschener, blaugrauer Overall hing an einem Haken. Er zog ihn ein Stück weit heraus. Er könnte ihm passen. An den Oberschenkeln und im Schoß war er stark verschmutzt. Levy strich mit dem Finger darüber. Etwas Schmieriges, halb Verkrustetes blieb an der Fingerkuppe hängen. Im schwachen Licht konnte er es nicht erkennen und schnippte es weg.

Am Boden standen Schnürstiefel. Sie waren auffällig stark verdreckt. Er nahm einen zur Hand, hielt ihn zum Vergleich an seine Sohlen. Könnte passen. Der Schmutz war nicht gehärtet, sondern leicht angetrocknet. Das konnte nicht sein. Er war bestimmt seit Monaten nicht mehr hier unten gewesen.

Hatte noch jemand anderer Zugang?

Er öffnete die zweite Spindtür. Die Regale waren nahezu leer. Nur in einem lag etwas. Er ergriff einen Schlüsselbund.

Das waren Hausschlüssel, keine neuen, wie sie bei Sicherheitsschlössern verwendet wurden. Diese waren auffallend groß, mit sehr grobzackigem Bart und abgenutzt. Sie mussten für ziemlich alte Schlösser sein.

Ein zweiter Schlüsselring war an dem Schlüsselbund befestigt. Da war ein kleiner, wie er zu einem Schließfach oder zu einem Fahrradschloss passen konnte.

Und da war noch ein großer Schlüssel. Es war ein Autoschlüssel. Aber das konnte nicht sein. Er besaß seit Jahren kein Auto mehr, nachdem das letzte den TÜV nicht überlebt hatte. Der Kunststoffkopf zeigte ein Emblem, das eines VWs.

Es war einer derjenigen modernen Schlüssel, die mit einem Pieps oder einem Lichtsignal die Zentralverriegelung des Wagens betätigten. Der konnte unmöglich seiner sein.

Er verließ das Kellerabteil. Am anderen Ende des sonst dunklen Ganges war eine Tür mit einer kleinen Lampe darüber. Er ging auf sie zu und öffnete sie. Er war in einer Tiefgarage.

Er begann zu zittern. Die Hand nach vorne gestreckt, drückte er auf den Kunststoffkopf des Schlüssels. Piep-piep. Wo kam das her? Er ging ein Stück weiter. Nochmals drückte er. Piep. Welcher Wagen war es?

Noch einmal. Das Geräusch kam aus einem der Schächte mit den zweistöckigen Duplexgaragen.

Piep-Piep. Er stand genau davor. Doch die stählerne, kurze Auffahrt war leer. An einem Betonpfeiler war ein unscheinbares, silbernes Schloss angebracht. Er steckte den kleinen Schlüssel hinein und drehte ihn um. Die Rampe bewegte sich. Er sah nun das Dach eines großen Wagens. Ein Van. Sein Herz pochte. Was, wenn es der gesuchte Wagen war? Die Rampe rastete ein. Der schwarze Wagen zeigte das Emblem eines VW Sharan. Levy duckte sich in den schmalen Aufgang der Rampe. Seine Hand ging zum Türgriff. «Bitte nicht», murmelte er. Er zog am Griff, und die Tür öffnete sich.

Es war der Wagen. Seiner.

Er setzte sich auf den Fahrersitz, blickte sich im Inneren um. Die Rückbank fehlte. Stattdessen offenbarte sich ihm ein großer Kofferraum, in dem man leicht auf einer Matratze übernachten konnte.

Das Handschuhfach. Vielleicht war hier etwas zu finden. Die Fahrzeugpapiere oder ein anderer Hinweis. Er griff hinein. Etwas raschelte in seiner Hand. Die spärliche Innenbeleuchtung erhellte den Blick auf Tankquittungen. Er ging sie durch. Sie waren alle von derselben Tankstelle. Sie befand sich in einem Ort rund fünfzig Kilometer entfernt.

Er zögerte. Wenn er jetzt nicht sofort handelte, würde er niemals herausfinden, ob er Balthasar Levy oder ein anderer war.

Er steckte den Schlüssel ins Schloss und drehte ihn. Der Wagen sprang sofort an. Seine Hand ging zum Schaltknüppel – und fand den Rückwärtsgang auf Anhieb.

29

Der Hausmeister öffnete die Tür zur Wohnung von Hortensia Michaelis. Es war ihm nicht ganz wohl dabei. Er kannte sie und ihre Eigenarten. Daher hatte er sich vorsorglich die Namen auf den Dienstausweisen der Kripobeamten notiert.

«Vielen Dank», sagte Luansi, «Sie können hier draußen warten.»

Der Hausmeister nickte. Es war ihm ganz recht.

Sven Demandt und Luansi gingen hinein. Die Wohnung war abgedunkelt, die Vorhänge, die bei Anbruch der Dunkelheit zugezogen werden, waren noch immer geschlossen. Demandt überkam ein ungutes Gefühl. Das war kein gutes Zeichen. Genauso wenig, dass ihr Wagen noch immer unten auf der Straße geparkt war.

Sie schauten in alle Zimmer und tauschten fragende Blicke, als sie in einem der Zimmer ein Krankenhausbett und medizinische Apparaturen vorfanden. In den Schränken Frauenkleider, die jedoch nicht Michaelis gehören konnten, Konfektionsgröße und Stil passten nicht zu ihr. Auch im Bad fanden sich Spuren einer zweiten weiblichen Person. Die Borsten der Zahnbürsten waren trocken, das Duschbecken auch.

Sie gingen zurück ins Wohnzimmer. Ihre Kleidung vom Vortag lag wie gerade eben ausgezogen in einer Ecke. Die Kaffeemaschine war unbenutzt, keine Anzeichen von gebrauchtem Frühstücksgeschirr. Im Abfalleimer fanden sie den Karton einer Fertigpizza.

Alles machte den Anschein, als ob Michaelis den Abend zuvor nach Hause gekommen war, gegessen hatte, sich aber nicht zu Bett begeben und auch nicht in der Wohnung übernachtet hatte. Ihr Aktenkoffer und die Handtasche lagen auf dem Schreibtisch am Fenster. Daneben stand das gerahmte Bild eines jungen Mädchens, das Ähnlichkeit mit Michaelis hatte.

Um keine möglichen Spuren zu verwischen, setzten sie sich nicht hin, um die Befunde zu erörtern, sondern stellten sich in den Flur. Noch war dies hier kein Tatort, dennoch war Vorsicht geboten.

«Das Bett ist unberührt», sagte Luansi. «Die Decke ist zurückgeschlagen, so, als wollte sie gerade zu Bett gehen.»

Demandt nickte. Seine Gedanken kreisten um das Unvorstellbare. Was bedeutete es, wenn Michaelis und Levy nahezu gleichzeitig verschwunden waren? Er wagte es nicht, sich darauf eine Antwort zu geben. Er hatte mit Luansi zuvor über die neuen Erkenntnisse gesprochen. Auch er hielt sich mit einer vorschnellen Antwort zurück. Dennoch, der Verdacht war begründet. Eigentlich wussten sie das beide.

Noch bevor er mit Luansi die nächsten Schritte besprach, wählte er Levys Nummer. Er ließ es klingeln, bis der Anrufbeantworter ansprang. Er kämpfte mit sich, ob er nach dem Pieps eine Nachricht aufsprechen sollte. Wenn sich der Verdacht gegen Levy bestätigen sollte, würde er ihn somit warnen. Noch eine letzte Chance, sagte er sich.

«Wenn du zu Hause bist, dann geh ran. Wir brauchen dringend ein paar Informationen von dir.»

Demandt drückte das Gespräch weg. Er sah Luansis verständnislosen Blick. «Sie wissen, dass Sie ihn nun gewarnt haben», sagte Luansi.

Demandts Selbstbeherrschung verließ ihn für einen Moment. «Ja, verdammt. Das weiß ich ganz genau. Aber was soll ich tun, er ist unsere einzige Chance.»

Luansi antwortete nicht darauf.

«Hat die Ortung von Hortensias Handy etwas ergeben?», fragte Demandt.

Luansi schüttelte den Kopf. «Es muss abgeschaltet sein.»

«Was schlagen Sie vor?»

«Ich denke, das wissen wir beide», antwortete Luansi. «Wir müssen die Fahndung einleiten, nach ihr und nach Levy.»

Demandt nickte. «Rufen Sie den Polizeipräsidenten an?»

Unvermittelt stand der Hausmeister mit einer Frau an seiner Seite in der Wohnung. «Entschuldigen Sie», sagte er vorsichtig, «das hier ist Frau Schneider. Sie wohnt eine Wohnung weiter. Sie glaubt, etwas gesehen zu haben, was wichtig sein könnte.»

Frau Schneider war nicht mehr die Jüngste. Sie mochte die siebzig bereits hinter sich gebracht haben. Dennoch, ihr Blick schien wach.

«Erzählen Sie bitte, Frau Schneider. Jeder Hinweis kann wichtig sein», sagte Luansi.

«Es war letzte Nacht, so gegen elf Uhr», begann sie. «Ich hörte etwas unten auf der Straße. Mein Schlafzimmer geht nach vorne raus, so kann ich fast alles hören, was dort vor sich geht.»

«Was hörten Sie genau?», fragte Demandt ungeduldig. Er war sich nicht sicher, ob er es mit einer ernst zu nehmenden Zeugin zu tun hatte oder mit einer gelangweilten alten Dame, die sich in Szene setzen wollte.

Frau Schneider schreckte ob des harschen Tons zurück.

«Entschuldigen Sie», schritt Luansi ein. «Wir sind alle wegen des Verschwindens von Frau Michaelis etwas beunruhigt. Bitte sprechen Sie weiter.»

Frau Schneider fasste neuen Mut. «Ich sah Hortensia auf der Straße. Sie ging um einen Wagen herum, der gleich neben ihrem stand. Sie sprach mit jemandem. Es kam mir seltsam vor, weil sie im Bademantel auf die Straße gegangen war.»

Demandt und Luansi merkten auf. «Haben Sie gesehen, wie die Person aussah?», fragte Demandt.

«Nein, das war ja das Seltsame. Da war niemand. Zumindest konnte ich nirgends jemanden erkennen.»

«Was passierte dann?», fragte Luansi.

«Die Tür hinten am Wagen ging auf, und dann war sie nicht mehr zu sehen.»

«War sie einfach verschwunden?», fragte Demandt.

«Ja. Ich dachte, dass sie in den Wagen eingestiegen sein muss, weil er gleich darauf weggefahren ist und sie nicht mehr zu sehen war.»

«Was war das für ein Wagen?», fragte Luansi.

«Ich weiß nicht. Ich kenne mich mit Autos nicht aus.»

«Versuchen Sie doch einfach, ihn uns zu beschreiben. Welche Größe hatte er?»

Frau Schneider dachte nach. «Es war so einer, wie er in

der Fernsehwerbung zu sehen ist. Einer, in dem eine ganze Familie Platz findet.»

«Welche Farbe hatte er?», fragte Demandt aufgeregt.

«Er war dunkel. Ich schätze, so wie ihr Wagen. Auf gar keinen Fall weiß oder etwas Helles.»

«Haben Sie das Kennzeichen erkannt?»

«Nein.»

Demandt wandte sich an Luansi. «Geben Sie die Fahndung raus. Die gesuchten Personen sind Hortensia Michaelis und Balthasar Levy.»

30

Die Tankstelle lag am Ortsausgang einer Fünfhundert-Seelen-Gemeinde in der Nähe von Winsen an der Luhe, rund fünfzig Kilometer südlich von Hamburg.

Levy stellte den Van an der kleinen Servicestation für die Luftdruckmessung ab. Er atmete tief durch. Was würde passieren, wenn er jetzt das Fahrzeug verließ und das Kassenhäuschen betrat? Würde man ihn erkennen?

Es gab kein Zurück mehr. Er hatte die Grenze seiner Ahnungslosigkeit überschritten, als er den Wagen gestartet hatte. Die einzige Richtung, die er jetzt nur noch einschlagen konnte, lag vor ihm. Er musste herausfinden, ob Kolber Recht behalten würde.

Levy stieg aus und betrat den Kassenraum. Hinter der Theke bediente eine junge Frau einen Kunden. Sie blickte auf, als sie das kurze Klingeln der Türglocke vernahm. Levy versuchte, seine Anspannung unter Kontrolle zu halten. Während er auf sie zuging, rechnete er damit, dass sie ihn erkennen würde, wenn er häufiger hier getankt haben sollte. Die Ortschaft lag an keiner Autobahn und auch nicht an einer viel befahrenen Bundesstraße, sodass es nicht wahrscheinlich war, unter der Masse der Kunden unerkannt zu bleiben. Das hier war eine Tankstelle mit einer kleinen Reparaturwerkstätte, die wohl fast ausschließlich von Ansässigen genutzt wurde.

Die junge Frau zeigte keine Reaktion. Sie wandte sich wieder ihrem anderen Kunden zu.

Levy war erleichtert, sein Herzschlag verlangsamte sich wieder. Das war ein gutes Zeichen. Sie hatte ihn nicht erkannt. Er stellte sich hinter dem Mann an. In wenigen Sekunden, Auge in Auge mit ihr, würde er die endgültige Sicherheit bekommen, ob er ein Serienmörder oder einfach nur ein unbekannter Kunde war.

Die Abbuchung des Tankbetrages über das Kreditkartensystem machte Schwierigkeiten. Ein ums andere Mal zog sie die Karte durch den Schlitz. *Fehler, Vorgang abgebrochen.*

«Tut mir Leid», sagte sie zum Kunden vor ihr. «Irgendwie ist da heute der Wurm drin.» In ihrer Not nahm sie das Telefon zur Hand, wählte eine kurze Nummer. Dann beugte sie sich zur Seite, sah und sprach Levy direkt an. «Bitte gedulden Sie sich noch einen Moment. Wir haben das Problem gleich gelöst.»

Verdammt, schoss es Levy durch den Kopf. Die Kleine war neu. Eine erfahrene Kraft hätte nach einer EC-Karte oder Bargeld gefragt.

Aus der Tür neben der Kasse trat ein Mann in den Raum. Er trug einen verschmutzen Overall und reinigte sich im Gehen die ölverschmierten Hände mit einem Lappen. Ohne die beiden Männer direkt anzusehen, bat er um etwas Geduld. Doch als er vis-a-vis mit dem anderen Kunden und Levy stand, erhellte ein Lächeln sein grimmiges Gesicht.

Er sah Levy vertraut in die Augen. «Hallo Jan, auch wieder mal im Lande?»

Levy stockte der Atem. Zur Sicherheit drehte er sich um, suchte nach einem weiteren Mann hinter ihm. Nur war da niemand. Levy drohte vor Aufregung die Stimme zu versagen. «Meinen Sie mich?»

Der Mann blickte auf. Er schien die Situation vor dem unbekannten Kunden nicht überreizen zu wollen, machte auf freundlich. «Ja, Herr Roosendaal, ich meine Sie.»

«Sie halten mich für Jan Roosendaal?», fragte Levy.

«Das kann man so sagen», antwortete der Mann, der sich nun hinter die Kasse gestellt hatte. Er schmunzelte, schien die Sache für einen Scherz zu halten. Er ging darauf ein. Seine Aussprache nahm einen gespielt offiziellen Ton an. «Sie waren zwar schon lange nicht mehr in unserer Gegend, aber es freut mich, Sie wiederzusehen.»

Levy konnte keinen klaren Gedanken mehr fassen.

«So, bitte schön», sagte der Tankstelleninhaber und verabschiedete den Kunden. Dann wandte er sich Levy zu. Er merkte, dass mit ihm etwas nicht stimmte. «Jan, was ist los mit dir? Du schaust nicht gut aus.»

«Wieso nicht?»

«Du hast mindestens fünf Kilo abgenommen, und irgendwie kommst du mir verändert vor. Magst du vielleicht einen Kurzen?»

«Nein, danke. Sagen Sie mir nur, ob ich hier in der Gegend wohne.»

Über eine einsame Landstraße gelangte Levy zum einzigen Straßenschild mit Durchfahrtsverbot, hier sollte er in den Feldweg einbiegen. Dann wäre es noch ein Kilometer zu einem einsam stehenden Gehöft, das hinter einer Baumgruppe in der weiten Landschaft versteckt liegen sollte.

Die Fahrt wurde in gebührendem Abstand zum Bauernhof unversehens gestoppt. Ein Gatter mit einem Schild *Privatbesitz* versperrte den freien Zugang. Levy stieg aus.

Der Postkasten war mit einem Namen versehen: Jan Roosendaal.

Aber das war nicht möglich. Jan besaß oder bewohnte keinen Bauernhof in Deutschland. Das hätte er ihm doch bestimmt gesagt. Oder hatte er das auch vergessen oder verdrängt, wie das Gespräch mit Kolber, den Sharan und wer weiß, was sonst noch?

Das Gatter war mit einer Kette und einem Schloss gesichert. Er prüfte den Schlüsselbund, den er im Spind gefunden hatte, auf einen geeigneten Schlüssel. Einer passte.

Der Weg führte zu einem mit Schotter bedeckten Vorhof. Von hier aus gab es nur einen Zugang zum Gebäude.

Die massive Tür war nur angelehnt. Levy schob sie vorsichtig auf. Regungslos verharrte er auf der Türschwelle, blickte in den dunklen Gang hinein. Was wird mich in diesem Haus erwarten?, fragte er sich. Auf wen werde ich treffen? Bin ich stark genug?

Wer bin ich?

«Ich bin Balthasar Levy», antwortete er entschieden.

Dann setzte er den ersten Schritt.

Beim zweiten spürte er den Angriff seines Unterbewusstseins.

31

Die Fahndung nach Michaelis und Levy war drei Stunden alt. Bisher ohne Ergebnis.

Die Polizeidirektionen in Umkreis von einhundert Kilometern waren informiert und mit einem Bild Levys bestückt worden. Es war allerdings nicht mehr das neueste. Es stammte aus seiner Personalakte beim BKA. Das Bild zeigte einen Levy, zirka zehn Jahre jünger als heute, mit vollerem und längerem Haar. Das war der Levy, bevor er in die Therapien und durch die Hölle des Alkoholismus gegangen war. Ein entspannter, lebensfroher junger Mann.

Am liebsten hätte Demandt das Bild überhaupt nicht freigegeben. Es war der Garant für zahlreiche Falschmeldungen und würde die ohnehin knappen Personalresourcen schnell binden. Aber er hatte kein anderes.

Das Bild von Hortensia Michaelis war aktueller. Sie achtete darauf, dass bei jeder Leistungsbewertung eine dynamische und vielversprechende Mitarbeiterin zu sehen war.

Doch das sollte ihr in diesem Moment nicht helfen. Die Rückmeldungen der Streifenbeamten beliefen sich auf null. Hortensia Michaelis war und blieb verschwunden. Autokontrollen wurden nur noch stichpunktartig durchgeführt. Anders war es nicht zu schaffen, den abendlichen Pendlerverkehr zwischen Hamburg und dem Umland nicht völlig zum Erliegen zu bringen.

Die Beamten meldeten bereits nach kurzer Zeit Land unter. Nur wenn sie einen Mann am Steuer eines dunklen Vans erkannten, hielten sie den Wagen an und ließen sich die Papiere und den Kofferraum zeigen.

Vor dem großen Plasmaschirm versammelt, verfolgten Demandt und der Rest der Mannschaft immer wieder die kurze Bildsequenz aus der Tiefgarage, in der Tessa Fahrenhorst in Begleitung ihres Entführers zu sehen war.

«Er könnte es durchaus sein», sagte Falk. «Größe und Proportionen stimmen.»

Naima widersprach. «Das sagst du jetzt, weil wir Levy dringend verdächtigen. Vorher, als wir noch keinen konkreten Vergleich anstellen konnten, ist keiner auf den Gedanken gekommen.»

«Dennoch», fügte Luansi hinzu, «ganz auszuschließen ist es nicht. Wenn wir als weiteren Anhaltspunkt den Bericht des BKA über das aufgezeichnete Gespräch zwischen Levy und Anubis hinzunehmen, dann zieht sich die Schleife immer enger um seinen Hals.»

«Was ist das Ergebnis des Berichts?», fragte Demandt.

Luansi nahm das Fax zur Hand. «Neben zahlreichen kleinen Auffälligkeiten treten zwei Verdachtsmomente deutlich hervor. Zum einen ist es der Ton, in dem sich die beiden unterhalten. Er ist familiär, so, als würden sich enge Verwandte unterhalten. Es fehlt jeglicher sprachliche Abstand, der bei Fremden normal wäre. Zum anderen liegt der Stimmenvergleich in einem sehr engen Bereich.»

«Kann die Aufnahme getürkt sein?», fragte Demandt. «Ich meine, sind es tatsächlich zwei verschiedene Personen, die auf dem Band zu hören sind? Oder kann es sein, dass Levy nur einen zweiten Mann vorgetäuscht hat.»

Alexej meldete sich zu Wort. «Die technische Fertigkeit traue ich ihm zu. Wobei er dann die Möglichkeiten der Software nicht ausgeschöpft hätte. Ich habe die beiden Sprachbilder übereinander gelegt. Sie sind sich auffallend ähnlich, insoweit stimme ich den Kollegen vom BKA zu. Wenn Levy also einen Anubis nur vortäuschen wollte, dann war er ziemlich nachlässig.»

«Warum hätte Levy das tun sollen?», fragte Luansi. «Ich meine, wieso hat Levy uns überhaupt die Aufnahme übergeben? Wäre es nicht klüger gewesen, sie ganz verschwinden zu lassen oder das Gespräch erst gar nicht aufzunehmen?»

«Vielleicht wollte er uns auf eine falsche Fährte locken», antwortete Demandt, «uns vorgaukeln, wir hätten es tatsächlich mit einem zweiten Mann zu tun.»

«Könnte es aber nicht sein, dass es tatsächlich einen Anubis gibt und Levy und er Partner sind?», warf Falk ein.

Naima führte den Gedanken fort. «Du meinst, so wie Frank und Ruben Brüder sind?»

«Das ist ja die Krux», antwortete Demandt, «die Spur dieses Frank de Meer bricht vor drei Jahren ab. Bisher haben wir nur die Existenz von Ruben de Meer, alias Balthasar Levy, bestätigen können. Wir haben keinen Beweis dafür, dass Frank noch lebt. So wie sich die momentane Sachlage gestaltet, müssen wir vermuten, dass Levy die Identität seines Bruders angenommen hat.»

«Hat er das wissentlich getan?», fragte Luansi.

«Beim typischen Krankheitsbild dissoziativer Identitätsstörungen eher nicht. In der Regel wechselt der Betroffene in eine andere Personifizierung, ohne dass er etwas davon mitbekommt, geschweige denn, dass er etwas dagegen unternehmen kann.»

«In diesem Sinne wäre Levy gar nicht schuld an seinem Verhalten.»

«Streng genommen nicht.»

Naima schritt ein. «Trotzdem bleibt die Frage, was aus dem wirklichen Frank de Meer geworden ist. Levy musste damit rechnen, dass er früher oder später wieder auftaucht. Um sicherzugehen, dass Frank ihm nicht mehr in die Quere kommt, hätte er ihn beiseite schaffen müssen.»

«Dann müssen sie sich irgendwann mal getroffen haben», sagte Luansi.

«Davon hat der Vormund Levys, dieser Jan Roosendaal, nichts gesagt», widersprach Demandt. «Er war sich sicher, dass Levy alles, was vor seiner Adoption lag, ausgeblendet hat. Ähnlich hat sich Dr. Renden geäußert ...»

Demandt stockte. Etwas an dem Gespräch mit Dr. Renden fiel ihm ein. Er sagte, dass Frank den Abschluss in Psychologie an jeder Universität bestanden hätte. Dass Frank ein schlauer Kopf sei, der sich mit aller Akribie auf neue Sachverhalte einstellen konnte und ... Nein, das war es nicht, was Demandt beschäftigte. Irgendetwas anderes machte ihm zu schaffen. Was war es nur?

Flight cancelled. Billie. Was hatte er gesagt, als Demandt sich nochmals zu ihm umgedreht hatte?

Kol-Kol-ber.

«Ich Idiot», platzte es aus Demandt heraus. «Wilhelm Kolber.»

«Der Schlitzer von der Ems?», fragte Luansi. «Was ist mit ihm?»

«Jeder, der sich mit psychiatrischer Forensik beschäftigt, hat mit dem Fall Kolber irgendwann zu tun. So auch Levy. Ein Insasse der Nervenheilanstalt hat mir bei dem Gespräch mit Dr. Renden den Namen genannt. Wenn er, dieser Billie, den Namen kannte, dann wusste auch Frank oder, wie er sich ausdrückte, sein Freund Dr. Ruben davon. Ich wette, dort sind sie sich begegnet.»

«Wieso Dr. Ruben?», fragte Falk. «Ich dachte, Ruben sei Levy. Und der war doch nie in einer Nervenheilanstalt.»

Demandt winkte ab. «Das dauert zu lange, um dir das zu erklären.» Demandt schaute auf die Uhr. Für einen persönlichen Besuch in Eickelborn war es eigentlich zu spät. Dennoch, er musste es probieren. Er griff zum Telefon. «Ich brauche einen Hubschrauber.»

32

Ein neuer Versuch.

Frank war mit der Reaktion der Stellvertreter auf seine Familienaufstellung nicht zufrieden gewesen.

Thijs hatte ihn nur mühsam beruhigen können. «Auch wenn es dir nicht gefällt, du musst das aushalten können.»

«Aber das tue ich doch schon seit dreißig Jahren», widersprach Frank. «Sie lügen, wenn sie sagen, dass sie sich in der Position, die ich ihnen zugewiesen haben, nicht wohl fühlen.»

«Sie lügen nicht. Du tust es.»

Der anfängliche Respekt, gar die Bewunderung, die Frank für Thijs und seine Arbeit übrig gehabt hatte, schien nun vollends ins Gegenteil umgeschlagen zu sein. «Willst du mich fertig machen?», drohte er Thijs.

«Nein, ich will dir helfen. Dazu musst du dir aber auch helfen lassen. Du steckst voller Hass und Uneinsichtigkeit, wenn du keine andere Wahrnehmung als die deine zulässt. Das muss sich ändern, sonst macht das alles keinen Sinn.»

Frank haderte mit sich. Wollte Thijs ihm wirklich helfen, oder wollte er ihn wie einen Tanzbär vorführen? «Was verlangst du von mir?»

«Dass du die Schnauze hältst und abwartest, bis die Stellvertreter ihre Gefühle dir und deiner Familie gegenüber geäußert haben.»

«Und danach?»

«Danach bist du dran ... sofern du dann noch sprechen kannst.»

«Wieso sollte ich das nicht mehr können?»

«Wir werden sehen. Und jetzt komm.»

Die Gruppenmitglieder verstummten augenblicklich, als Frank und Thijs den Raum betraten.

«Alle wieder auf eure Positionen», bestimmte Thijs, «wir machen an dem Punkt weiter, wo ich abgebrochen habe.»

Zögernd kamen sie der Anweisung nach. Frank setzte sich zurück in die Gruppe. Der Mann neben ihm ging auf Abstand.

«Vater», sprach Thijs den Mann in der Mitte an, «wieso höre ich nichts von dir? Du bist doch das Familienoberhaupt.»

In Frank rebellierte es erneut. Ein wütender Blick von Thijs genügte, um ihn zur Räson zu bringen.

«Ich weiß nicht», sagte der Vater, «was ich hier an dieser Stelle überhaupt soll. Meine Frau steht vor mir, mein jüngster Sohn noch weiter. Ich fühle mich übergangen.»

Frank nickte zustimmend.

«Wo solltest du denn stehen?», fragte Thijs.

«Die Frage ist, wo die anderen stehen. Meine Frau sollte zu meiner Linken und meine Söhne, einen Schritt zurück, an meiner rechten Seite sein. So wie es jetzt ist, fühle ich mich krank.»

Wieder pflichtete ihm Frank bei.

«Was sagt die Mutter?», fragte Thijs.

Die Frau war sich ihrer Vormachtstellung nicht bewusst. Sie besaß keine Kenntnis darüber, dass sie in Lebensgefahr schwebte, gemessen an den Blicken, die Frank ihr zuwarf.

«Frauen waren schon immer die Leidtragenden und Benachteiligten in den Familien», begann sie, «es ist Zeit, dass wir ...»

Thijs schnitt ihr das Wort ab. «Ich will keine politischen Statements von dir hören, sondern was und wie du fühlst.»

Die Frau überlegte einen Moment. Dann: «Gut.»

Frank schoss der Zorn ins Gesicht. «Du ...»

«Frank, halt dich zurück», fuhr ihn Thijs an. «Ich nehme an, dass die Stellvertreter sich nun nach deiner Erwartung verhalten.»

Frank nickte.

Thijs wandte sich nun dem Mann zu, der hinten rechts stellvertretend Franks Rolle in der Familie eingenommen hatte. «Was fühlst du, wenn du deine Familie hier siehst?»

Der Mann hatte sich bisher ruhig verhalten. Aus gutem Grund. Er fürchtete, ins Fadenkreuz von Franks unvorhersehbaren Reaktionen zu gelangen.

Dennoch sprach er mutig auf. «Ich bin ausgegrenzt, genauso wie meine Tante dort drüben. Der innere Zirkel ist besetzt.»

«Durch wen?»

«Meine Mutter und mein Bruder stehen im Mittelpunkt. Ich bin wütend.»

Thijs blickte zu Frank hinüber. Er verhielt sich ruhig.

«Stimmst du dem zu, was dein Stellvertreter über dich gesagt hat?», fragte er.

Frank nickte stumm. Zum ersten Mal in seinem Leben hatte er das Gefühl, verstanden zu werden. Diese Familie hatte ihn aus ihrer Mitte verstoßen. Der Platz, der ihm zustand, war durch einen anderen besetzt worden. Sein Vater und seine Mutter hatten nichts dagegen unternommen, die Mutter hieß es sogar gut.

«So, wie die Familie jetzt steht, ist sie krank», sprach Thijs und mischte sich unter die Stellvertreter. «Diese Krankheit ist auf das Kind, das am meisten darunter leidet, übergesprungen. Um diese Verstrickung, die aus falsch verstandener Liebe entstanden ist, wieder rückgängig zu machen, muss eine neue Ordnung geschaffen werden.»

Thijs ging in die Ecke und holte den Stellvertreter Franks in die Mitte. An dessen Seite platzierte er den Vater und die Mutter. Den Mann, der für Franks jüngeren Bruder stand, stellte er hinter Frank, die Tante hinter die Mutter. Sie standen nun im Kreis, schauten sich an, und jeder hatte den Platz inne, der ihm gebührte.

«Frank, wie fühlst du dich jetzt?», fragte Thijs.

Franks Herz schlug schneller. Ja, so, wie sie und sein Stellvertreter nun standen, war es richtig. Nach dreißig Jahren war die natürliche Ordnung wiederhergestellt worden. Frank wollte zustimmen, doch die Aufregung war zu groß. Seine Stimme versagte.

Thijs beendete die Aufstellung. «Jedes Mitglied einer Familie gehört dazu und wird geachtet, unabhängig von seinen Qualitäten. Wer zuerst da war, kommt an erster Stelle. Ehepartner wie Kinder. Niemand kann dieser Ordnung entfliehen. Alles, was dafür getan werden muss, ist gut. Selbst, wenn es gegen die Moral und das Gesetz verstößt.»

Das war die Wahrheit. Frank spürte es genau. Er hatte sich in Thijs nicht getäuscht, er hatte sein Problem erkannt und gelöst.

Theoretisch. Denn praktisch bestand die alte Ordnung in Franks Leben noch immer. Aber jetzt wusste Frank, was er zu tun hatte. Er musste schnellstens zurück und das Unrecht auf seine Weise rückgängig machen.

Er hatte auch schon eine Idee. Als Erstes sollte sein Bruder spüren, wie es sich am Abgrund leben lässt. Er sollte leiden, das Gleiche erfahren, was Frank all die Jahre hatte ertragen müssen.

Dann würde er einfordern, was ihm genommen wurde.

Doch nicht einfach so, dazu war es viel zu wichtig. Es bedurfte eines Rituals.

Er würde das Fest seiner Familie vor dreißig Jahren wiederholen. Für die Einladungen an die Verstorbenen hatte er auch prompt eine weitere Idee.

Die rote Warnlampe über der Kellertür blinkte. Jan lächelte zufrieden. Ruben hatte ihn endlich gefunden.

Er legte das Skalpell in die Schale zurück und ging nach oben.

33

«Ich bin Balthasar Levy.»

Die Worte kamen ihm nur noch schwer über die Lippen.

Je weiter er in diese fremde Welt vordrang, desto schwächer wurde sein Widerstand. Eine zweite Person drängte sich in den Vordergrund. Mit der quälenden Gewissheit, dass sie über ihn siegen würde, hörte er aus den Nebeln seines Bewusstseins eine Frauenstimme.

Traumland, Schaumland ...

«Ich bin Balthasar Levy.»

Seine Augenlider wurden schwer. Er ging den Hausflur entlang, vorbei an einer Treppe, die nach oben führte. Er schaute in die Räume, die sich an seiner Seite auftaten.

Der erste war ein Wohnzimmer. Dort standen ein Fernsehgerät, zwei Sessel und eine Couch.

Der nächste Raum. Die Tür stand offen.

Ein langer Tisch war festlich geschmückt. Zwei große Kerzenständer warfen reichlich Licht auf die Teller und Schalen. Seltsam nur, dass sie leer waren. Keine Speisen befanden sich darin. Levy trat näher.

Zwölf Personen saßen bewegungslos an der Tafel. Sie

starrten mit leblosen Mienen vor sich hin. Im Flackern des Kerzenlichtes wirkten sie bizarr, wie Schaufensterpuppen arrangiert. Ihre Haut schimmerte wächsern, die Augen ohne Leben.

Die Versammlung glich einem Wachsfigurenkabinett à la Madame Tussaud. Mit einem Unterschied: Die Exponate waren menschlich. Noch etwas hatten alle gemein: Sie waren nackt, und ein professionell gezogener Schnitt verlief von der Mitte des Schlüsselbeins bis hinunter zu den Genitalien. Er war mit einem starken schwarzen Faden zu einer Naht zusammengefügt worden. Es wirkte, als trügen die Leichen ihre Haut als Kleidung.

Die hohlen Körper besaßen dennoch Stabilität. Durch die Plastination mit Epoxydharz gehärtet und mit Plastikgelenken versehen, konnten sie in unterschiedliche Positionen gebracht werden.

Bei genauerem Hinsehen erkannte Levy in einem Frauenkörper Tessa Fahrenhorst, ihr gegenüber Eberhard Finger.

Die Festgesellschaft kam ihm seltsam vertraut vor, so wie die Sitzordnung. Am Kopfende des Tisches Vater und Mutter, dann Onkel und Tanten und schließlich die beiden streitenden Kinder. Auch die Gesichtsausdrücke dieser Toten waren so genau nachgebaut, dass sie unwiderstehlich die vertrauten Menschen aus seiner Vergangenheit zum Leben erweckten. Schließlich erkannte er in einem Mann Onkel Jaap, der eine zerknüllte Zigarettenschachtel in der Hand hielt.

Ich bin Balthasar Levy, flüsterten seine Lippen lautlos.

Die Stimme in seinem Kopf wurde deutlicher, zog ihn unwiderstehlich hinüber in eine andere Realität.

Es ist eine Spätsommernacht auf einer dänischen Insel, und er sitzt am Tisch zwischen Onkeln und Tanten, Cousinen, Cousins, zwischen Vater und Mutter.

Traumland
Schaumland
schlaf sanft in meinen Armen,
der Sterne Licht vertreibt die Sorgen
und begrüß den neuen Morgen.

Onkel Klaus grinste mit einem entstellten Lächeln, Nichte Teresa war im Streit mit Roy um eine Puppe in der Bewegung erstarrt, und Tante Katie schien mit offenen Augen eingenickt. Ihr Mund stand offen. Eine Fliege lief ungestört auf ihren Lippen entlang, verschwand im Schlund.

Wie ferngesteuert ging Levy auf einen der drei noch freien Stühle zu, setzte sich und blickte in die Gesichter seiner Verwandten.

Ich bin Ruben.

«Soll ich dir Zigaretten holen, Onkel Jaap?», fragte er den Toten an seiner Seite.

Von der Tür her sprach eine bekannte Stimme zu ihm: «Hallo, Ruben. Ich dachte schon, du findest mich nie.»

Ruben drehte sich um.

«Frank?»

34

Ich weiß, dass ich nie wieder hier rauskomme», sagte Wilhelm Kolber. Er steckte sich eine Selbstgedrehte an und blies den Rauch quer über den Tisch in Demandts Gesicht. «Es gibt nichts, was Sie mir anbieten können.»

Wie weit würde Demandt gehen müssen, um Antworten zu bekommen? Diese Frage hatte er sich die ganze Zeit über im Hubschrauber gestellt. Reichte die bloße Androhung von körperlicher Gewalt, oder müsste er noch einen Schritt weitergehen als der Kollege damals in Frankfurt, der das Überleben eines entführten Jungen sichern wollte? Im Nachhinein hatte das Gericht gegen den Ermittler entschieden und dessen Karriere vorzeitig beendet.

Konnte ein Gesetz, das die bloße Androhung von Gewalt eindeutig verbot, tatsächlich über einem gefährdeten Menschenleben stehen?

Die Frage wurde nach Auffinden des toten Jungen heftigst diskutiert. Die einen forderten den Opferschutz im begründeten Einzelfall zu erweitern, die anderen wollten an den Grundfesten des deutschen Rechtssystems nicht rütteln. War die körperliche Unversehrtheit eines Verbrechers tatsächlich dem Überleben eines unschuldigen Opfers vorzuziehen? Demandt befand sich in einem Dilemma. Wenn er es nicht schnell löste, würde zumindest ein Leben in größter Gefahr sein.

Demandt war mit Kolber alleine im Raum. Die Kamera war abgeschaltet. Niemand würde etwas mitbekommen. Damit keine Missverständnisse entstanden, hatte Demandt nach Rücksprache mit dem Direktor gleich zwei Aufsichtspersonen vor der Tür platzieren lassen.

Kolber war sich seiner Überlegenheit bewusst. Er genoss sichtlich die Anspannung, die Demandt nicht verbergen konnte. Ein breites Grinsen zeichnete sich auf seinem Gesicht ab. «Du hast keine Chance, Bulle. Das Gesetz ist auf meiner Seite.»

Ansatzlos huschte Demandts Hand über den Tisch, griff Kolber am Hemd und zog seinen Kopf mit aller Kraft nach unten auf die Tischplatte. Der Aufschlag war dumpf. Aus Kolbers Nase schoss Blut heraus.

«Du verdammte Mistsau», schrie Kolber, der alles andere erwartet hatte, nur nicht das.

Er sprang auf und holte gegen Demandt aus. Die Faust traf nicht, erfüllte aber dennoch ihren Zweck. Durch den Tumult alarmiert, kamen die beiden Aufsichten hereingestürmt. Sie sahen, wie Kolber auf Demandt einschlug und jener sich gegen den unerwarteten Angriff zur Wehr setzte.

Was nun zuerst geschehen war, der Angriff auf einen Beamten des BKA oder die mutmaßliche Gewaltausübung auf einen verurteilten Serienmörder, würde man bei den anschließenden Ermittlungen nicht mehr feststellen können. Im Zweifelsfall hatte der umsichtige Demandt gute Karten, da er darauf gedrängt hatte, dass die Aufsicht verdoppelt wurde.

Erstaunlicherweise war jedoch auch medizinisches Personal schnell zur Stelle. Mit einer Spritze und einer entsprechenden Dosierung stellten sie den wild gewordenen Stier ruhig. Demandt hatte anstatt der wahrheitsfördernden Drogen Scopolamin und Natrium-Penthotal LSD vorgeschlagen.

Das vermeintlich eingeschmuggelte LSD würde einem zweifelnden Richter am ehesten zu vermitteln sein, sofern er fragte, wie Kolber an die Droge gekommen war.

Wenig später saß Kolber wieder auf seinem Stuhl. Die beiden Männer, die ihn niedergerungen hatten, standen neben ihm. Demandt wartete noch ein paar Minuten, bis er erkannte, dass die Droge zu wirken begann. Kolber blickte zur Seite und schreckte zurück. Das Gleiche wiederholte sich, als er zur Decke sah.

«Keine Angst», beruhigte Demandt ihn, «die Wände und die Decke kommen nicht näher. Das ist alles nur Einbildung.»

«Was habt ihr mit mir gemacht?», fragte Kolber.

Seine Augäpfel huschten unstet umher, Unruhe erfasste seinen Körper, er wollte fliehen. Die beiden Männer drückten ihn zurück auf den Stuhl.

«Ich zeige dir, wovor du Angst haben wirst.»

35

«Wir sind für die Feier noch nicht komplett», sagte Frank. «Janis fehlt noch. Komm mit.»

Ruben folgte ihm. Er freute sich, seinem Bruder behilflich sein zu können.

Über eine Tür am Ende des Gangs gelangten sie in eine Werkstatt, von der aus man mit einem großen Auto bequem herein- und hinausfahren konnte. Frank öffnete eine weitere Tür. Ein kalter, feucht-modriger Geruch kam ihnen entgegen. Er tastete im Dunkeln nach dem Lichtschalter und fand ihn nach einigen Sekunden. Eine schwache Beleuchtung zeigte einen Tunnel, mit weißem Kalk flüchtig verschönert.

Sie stiegen drei Stufen hinab und folgten den alten, Spinnweben verhangenen Deckenlampen. Je weiter sie vorwärts kamen, desto muffiger wurde die Luft in dem Kellergang. Asseln und schwarze Käfer mit dürren Beinchen flüchteten sich in Ritzen.

Der Weg endete vor einem Stahlgitter, das anstelle einer Holztür angebracht worden war. Jenseits davon hörten sie ein erschöpftes Wimmern. Frank tastete nach dem Lichtschalter. Nach dem Klick brummten Neonkästen an der Decke und erhellten den Raum. Es war ein langer Gewölbekeller, wie er früher zur Aufbewahrung von geerntetem Gemüse und Obst Verwendung gefunden haben musste.

Ruben fielen auf dem Boden drei große rechteckige wannenartige Becken auf. Sie waren gut zwei Meter lang und beinhoch, und die Wände schimmerten durchsichtig. Er sah, dass sie mit einer Flüssigkeit gefüllt waren, konnte aber nicht sagen, mit welcher.

Aus dem hinteren Teil des Kellers drang eine Frauenstimme an sein Ohr. «Helfen Sie mir», hörte er sie flehen. Ruben ging auf sie zu.

Im Halbschatten erkannte er ein Kreuz an der Wand, auf dem eine Frau an Händen, Armen und Beinen befestigt war. Sie trug einen seidenschimmernden Pyjama. Der Kopf hing vor Erschöpfung nach vorne, ihr Haar verdeckte das Gesicht.

«Wasser», stöhnte sie.

Das Kreuz war über eine Kette und einen Flaschenzug auf gut zwei Meter Höhe gebracht worden. Er musste erst ein Kettenglied unter Aufbringung seiner ganzen Kraft aus der Verankerung lösen, um das Kreuz vorsichtig nach unten gleiten zu lassen.

Am Boden angelangt, lehnte er es an die Wand. Der Kopf der Frau hob sich erwartungsvoll. Ruben strich ihr die Haare aus dem Gesicht.

Auge in Auge stand er der Frau nun gegenüber. Sie blinzelte erschöpft gegen die Helligkeit an, versuchte, in das Gesicht ihres Peinigers zu schauen.

«Sie verdammtes Schwein», sagte sie, «machen Sie mich endlich los.»

«Wer sind Sie?», fragte Ruben.

Die Frau hustete, brachte zunächst keine Antwort zustande, flüsterte dann aber: «Sie wissen, wer ich bin. Ich bin Hortensia Michaelis.»

Ruben schaute sie verständnislos an.

«Los, hilf mir», befahl Frank

Er fasste das Kreuz am unteren Ende, Ruben am oberen. Sie trugen Hortensia Michaelis nach vorne.

Die Zeremonie konnte beginnen.

36

Demandt entnahm der Akte Fotos der Frauen, die Kolber bestialisch getötet und verstümmelt hatte.

Wenngleich Demandt die Wirkung der Droge auf Kolbers Geist nicht selbst erleben konnte, wusste er doch, welche Wirkung die Bilder auf ihn haben würden. Das zweidimensionale Bild bekam plötzlich Tiefe, und Teile in ihm begannen sich zu bewegen. Es musste Kolber vorkommen, als würden Leichen und Leichenteile lebendig.

Kolber schreckte zurück, versuchte, sich dem Einfluss der Toten zu entziehen. Vier starke Arme hielten ihn unerbittlich fest.

«Tu das weg!», schrie Kolber. «Sie sind tot.»

Demandt legte stattdessen weitere Bilder auf den Tisch. Kolber schloss die Augen, konnte den Anblick nicht länger ertragen. Aber auch dafür hatte Demandt eine Antwort. Von einem Diktaphon spielte er die wütenden Anklagen und Anschuldigungen der Verwandten ab, die während des Prozesses gegen Kolber im Gerichtssaal anwesend waren.

In Kolbers Kopf musste sich eine wild gewordene Horde gegen ihn verschworen haben, die ihn bei lebendigem Leibe in Stücke reißen wollte. Durch die Droge tausendfach verstärkt, reagierte Kolber wie jeder andere in seiner Situation. Er suchte Hilfe schreiend die Flucht. Doch wieder drückten ihn vier Arme in den Stuhl zurück.

Der Arzt im Hintergrund wollte bereits abbrechen, als Kolber ihm zuvorkam.

«Hört endlich auf damit.»

Demandt stoppte das Band. «Hat dich je ein Frank de Meer besucht?»

«Wer soll das sein?», entgegnete Kolber viel zu schnell.

Demandt drückte die Play-Taste. Wieder ertönte das wütende Geschrei aus dem Gerichtssaal.

Kolber reagierte sofort. Er bäumte sich auf. «Ja, verdammt. Vor drei Jahren.»

Mit einem Klick beendete Demandt die Aufnahme.

«Was wollte er von dir?»

«Das Gleiche, was alle Psychologen von mir wollen. In meinen Kopf schauen.»

«Hast du es ihm gestattet?»

«Ja.»

Demandt traute ihm nicht. «Einfach so?»

«Ich habe ihm einen Handel vorgeschlagen. Nur wenn er meine Taten genauso erlebt, wie ich sie ausgeführt habe, dann würde ich mit ihm sprechen.»

«Ist er darauf eingegangen?»

«Er ist ein völlig durchgeknallter Typ. Zehnmal gefährlicher, als ich es war. Er war begeistert von dem Angebot. Erst später ist mir aufgefallen, dass er tatsächlich meine Vorgehensweise an seinen Verwandten wiederholt.»

Demandt horchte auf. «Was hat er gemacht?»

«Er suchte nach Leuten, die Ähnlichkeiten mit seinen Familienmitgliedern hatten, die bei einem Brand ums Leben gekommen waren. Nachdem er sie entführt hatte, schnitt er ihnen die Bäuche auf und bearbeitete sie, wie er es gelernt hatte. Sein Spleen war, die Familie wiederauferstehen zu lassen und für die Ewigkeit zu präparieren.

Irgendein Quacksalber hatte ihm eingeredet, dass die wahre Erlösung nur in der Vergebung zu finden sei. Zuvor müsse aber dieser Ruben das Feuer an ihn zurückgeben. Am besten in einem Ritual, was das begangene Unrecht wieder gutmacht. Ich habe tagelang mit ihm darüber gestritten. Schließlich hat er mich überzeugt. Sein Plan war gut.»

«Haben sich Frank und Ruben jemals getroffen?»

«Soviel ich weiß, nicht.»

«Aber Ruben hat auch dich besucht.»

«Ich wusste erst gar nicht, dass er es ist. Dann habe ich Frank erzählt, dass sich ein anderer Psycho namens Balthasar Levy für mich und meine Morde interessiert. Dass die beiden sich so ähnlich sahen, hielt ich für Zufall. Schließlich kam er an und hat mir seinen Plan unterbreitet, wie das Ritual einzuleiten ist.»

«Was musstest du dabei tun?»

«Ihm den gleichen Handel vorschlagen, wie ich es bei Frank getan hatte.»

«Zu welchem Zweck?»

«Franks Plan war, dass Ruben während der Ermittlungen darauf kommt, dass er selbst der Mörder ist und daran verzweifelt. Die Parallelen zwischen den entführten Personen und seiner ehemaligen Familie seien kaum zu übersehen.»

«Aber es kam anders.»

«Frank hatte nicht mit dem labilen Zustand gerechnet, in dem sich Ruben befand. Statt zu erkennen, fing er zu saufen an und flüchtete sich in andere Realitäten.»

Demandt merkte auf. «Woher weißt du ... woher wusste Frank davon?»

«Er hatte Ruben an der Angel. Mit einem Trick rief er ihn immer wieder zu sich. So wie in dem bescheuerten Märchen mit diesem Rattenfänger.»

Demandt glaubte sich verhört zu haben. «Wie soll das funktioniert haben? Ruben hätte doch seinen eigenen Bruder erkannt.»

«Das habe ich auch gedacht, zumal die beiden sich sehr ähnlich sehen. Dieser Frank ist ein schlauer Bursche, er wusste, wo er anzusetzen hatte. Ich weiß nicht genau, wie das alles genau abgelaufen ist, Frank hat es mir mal versucht zu erklären. Es gab da wohl ein Lied, das die Mutter den beiden immer vorgesungen hat. Irgendwas mit Traumland. Auf jeden Fall ist es Rubens letzte Erinnerung an die Mutter und die Familie, bevor alle im Haus verbrannt sind. Sie muss es ihm an dem betreffenden Abend am Bett vorgesungen haben. Für Ruben ist es der Klick, der seine Lampe im Hirn ausknipst.

Frank ruft also Ruben an, singt ihm dieses beschissene Lied vor, und Ruben gehorcht wie ferngelenkt.»

«Was ist da mit ihm passiert?»

«Keine Ahnung.»

Demandt wog die Aussage Kolbers ab. Konnte das alles so passiert sein, wie er es erzählte? Er beobachtete ihn eine ganze Weile. Auf das LSD war Verlass. Kolber hatte sich unter der Last der Bilder und der Aufnahme gekrümmt und gewunden. Er machte nicht den Eindruck, dass er es alles nur erfunden hatte.

Eine Frage blieb jedoch offen. «Wieso hat Frank mit den Morden nicht weitergemacht, nachdem Ruben in die Therapie gegangen war?»

Kolber war sichtlich am Ende. Nur mühsam konnte er sich noch auf dem Stuhl halten. «In Belgien saß er für sechs Monate ein, wegen des Vorwurfs der Leichenschändung. Er wollte an ihnen üben.»

«Wo können wir Frank finden?»

«Ich weiß es nicht.»

Demandt wiederholte die Frage, dieses Mal lauter.

Kolber hielt sich die Ohren zu, seine Sinne waren übersensibilisiert. «Er hat mal was über ein neues Zuhause für die Familie erzählt. Irgendein einsam gelegener Bauernhof.»

«Wo ist dieser Bauernhof?»

«Ich weiß es nicht. Ehrlich.»

37

Die verzweifelten Schreie von Hortensia Michaelis gingen im Höllenlärm der dröhnenden Gitarren unter. Das Musikstück, das Frank für die Zeremonie ausgewählt hatte, kündigte die letzte Stunde für Michaelis an. Danach würde sie den Platz von Janis einnehmen.

Der Chor der schwarzen Engel beschwor das Ende aller Pein; eine grollende Reibeisenstimme führte Frank die Hand.

Die Infusionsnadel stach in ihre Vene, das blutdrucksenkende Mittel begann, den Körper zu überfluten. Frank gab ihr die doppelte Menge. Dieses Mal sollte es so lange dauern wie nie zuvor. Sie hatte es verdient. Sie hatte ihn damals betrogen.

Ruben saß in einer Ecke auf dem Boden. Sein Blick war gesenkt. Obwohl er seinem großen Bruder gefallen, ihn bei seiner Arbeit unterstützen wollte, konnte er dem nicht beiwohnen, was sein großer Bruder Frank im Begriff war zu tun.

Hortensia Michaelis lag nackt auf dem Andreaskreuz, kämpfte einen aussichtslosen Kampf gegen die Fesseln und ihrer um sich greifenden Todesangst.

«Levy!», brüllte sie gegen den ohrenbetäubenden Lärm an. «Mach mich los, du verdammtes Arschloch.»

Levy? Wer sollte das sein? Ruben hörte nicht, so wie auch Frank de Meer nicht.

Sie waren beide an einem anderen Ort.

Ruben war in einem tiefen kindlichen Trauma gefangen, und Frank war dabei, seine Identität in Anubis aufgehen zu lassen.

Und bei ihm würde Michaelis nicht auf Einsicht stoßen. Er hatte einen Auftrag zu erfüllen. Wer auf seinem Kreuz zu liegen kam, hatte das letzte Gnadengesuch hinter sich. Er war derjenige, der die Menschen auf ihren Übertritt ins Reich der Toten vorbereitete und nicht darüber zu entscheiden hatte, welcher Verfehlungen sie angeklagt waren. Er war kein Richter, er war Vollstrecker.

Ein ums andere Mal zog er das Skalpell über das Lederband, um der Schneide den letzten Schliff zu verleihen. Als er fertig war, legte er es zur Seite und entkleidete sich, bis er ganz nackt war. Die Knochenzange platzierte er neben das Kreuz auf einen Beistelltisch, wo auch die anderen Werkzeuge lagen. Sie musste griffbereit sein, wenn er sie brauchte.

Nun war es so weit. Die Zeremonie konnte beginnen.

Anubis nahm das Skalpell wieder zur Hand. Er positionierte sich zwischen die Beine von Michaelis. Sie starrte ihn mit verständnislosem Blick an. Sie ahnte, was nun geschehen würde. Verzweifelt schrie sie ihn an aufzuhören. Doch ihre Worte erreichten sein Ohr nicht. Und wenn, hätten sie keine Aussicht auf Erfolg gehabt.

Sie rief stattdessen wieder Levy zu Hilfe.

Ruben stand auf. Er ging zwei Schritte auf sie zu, verharrte und ging wieder zurück. Der Drang, ihr zu helfen, aber auf halbem Weg einzuhalten, wiederholte sich.

Es war, als durfte er seinem Bruder nicht Einhalt gebieten. Er war der Ältere, er wusste, was er tat.

Das Skalpell senkte sich.

Es berührte zuerst ihre Stirn. Die Schneide lag flach auf der Haut und fuhr dem Haaransatz entlang. Strähnen lösten sich und sorgten dafür, dass Anubis ihr die ganze Zeit über in die Augen sehen konnte. Entlang der Schläfe und des Ohrs glitt das Skalpell am Hals hinunter – sachte, fast so, als würde das Opfer liebkost.

Michaelis wagte nicht, sich zu bewegen. Sie spürte das Blatt der Schneide, spürte, wie es sie streichelte. Ihr Zittern jedoch konnte gefährlich werden. An der Halsschlagader vorbei kam es nach dem Schlüsselbein auf der Brust zur Ruhe. Sie blickte Anubis in die Augen, als ob sie versuchte zu lesen, was er vorhatte. Doch sein Blick war leer.

«Levy, bitte!», flehte sie ein letztes Mal.

Dann spürte sie, wie sich die Schneide zwischen ihre Brüste bohrte. Es war ein kleiner, nicht zu tiefer Schnitt, horizontal geführt. Michaelis bäumte sich auf, drohte sich das Werkzeug selbst ins Herz zu treiben. Doch Anubis hatte das Skalpell schon wieder aus dem Fleisch gezogen. Er legte seine Hand auf die klaffende Wunde. Blut drang unter seinen Fingern hervor.

Die so geweihte Hand führte er über sein Gesicht und die Brust, und sie stoppte erst, als er seinen Schwanz berührte. Die Lust in ihm explodierte, pumpte ihn rasch voll. Sein Aufschrei übertönte die Musik und verfing sich in den kahlen Wänden des Kellers.

Er würde diese Frau nicht ganz öffnen, so wie er es bei den anderen getan hatte. Sein Ziel lag direkt vor ihm. Franks Auftrag lautete: Schneid ihr das Herz heraus!

Langsam, ohne Hast, wollte er sich an der offenen Brust und am Schlagen des Muskels erfreuen, diesem rhythmischen *tu-tumms*, während er sich tief in sie bohrte und seinen Samen in sie schoss.

Ruben trat an Anubis heran.

38

Sven Demandt hatte die Mannschaft während des Rückflugs ausführlich über das Gespräch mit Kolber informiert. Jetzt galt es schnell zu sein und den Bauernhof, den Kolber als wahrscheinlichsten Aufenthaltsort von Frank de Meer genannt hatte, aufzuspüren.

Mit hastigen Schritten stürmte ins Büro. «Habt ihr schon ein Ergebnis?»

Luansi verneinte. «Wir haben alle Melderegister nach Balthasar Levy, Frank und Ruben de Meer durchforstet. Kein Eintrag. Das Gleiche mit den Grundbucheintragungen und den Kfz-Zulassungen. Nichts.»

«Irgendwo muss es aber etwas geben. Niemand kann sich in Deutschland aufhalten, ohne dass er eine Spur hinterlässt. Zumindest nicht auf Dauer. Was ist mit Kreditkarten, Bankkonten, Krankenkassen, Fernmeldeanschluss et cetera?»

«Nur die uns bekannten Daten von Levy sind gemeldet», antwortete Naima. «Keine Spur von einem Frank oder Ruben unter einer anderen Adresse.»

«Und von Hortensia?»

Kopfschütteln.

«Was wissen wir sonst noch über Levy?», fragte Falk. «Hat er Freunde oder einen Unterschlupf, den wir laut seiner Akte nicht kennen?»

Demandt verneinte. «Er war immer ein Einzelgänger. Freundschaften interessierten ihn nicht. Dafür steckte er viel zu sehr in seiner Arbeit. Das war sein Hobby.»

«Ist das wirklich wahr», fragte Alexej besorgt, «das mit der Identitätsstörung bei Levy?»

«Ich fürchte, ja», antwortete Demandt. «Kolber hat es glaubhaft versichert. Und bei den schweren Traumatisierungen, denen Levy als Kind dauerhaft ausgesetzt war, ist es kein Wunder, dass da etwas nachhaltig durcheinander geraten ist. Die regelmäßigen Untersuchungen konnten diesem Problem offensichtlich nicht Herr werden.»

«Sind diese Tests nicht umfangreich?», fragte Falk. «Wie konnte das passieren?»

«Kein System ist hundertprozentig sicher. Immer wieder rutscht jemand durch. Und zum anderen kann man auch nur das feststellen, was an die Oberfläche dringt. Noch können wir nicht in das Unterbewusstsein hineinschauen, wie bei einem Computer, und prüfen, ob ein Teil schadhaft ist. Wenn es zu einem Konflikt der unterschiedlichen Manifestationen während der Tests gekommen wäre, dann hätte man vielleicht etwas merken können.»

«Läuft er jetzt wie ein ferngesteuerter Roboter durch die Gegend, oder wie muss ich das verstehen? Ich weiß zwar, dass der KGB früher mit solchen Techniken experimentiert hat, aber habt ihr das auch im Westen gemacht?»

Naima lächelte gequält. «So wie die CIA und der Mossad ...»

«... und die Stasi», fügte Luansi hinzu.

«... und der BND», sagte Falk.

«Alle Geheimdienste haben im Kalten Krieg mit der einen oder anderen Methode gearbeitet. Unterstützt wurden sie auch von deutschen Pharmaunternehmen, die ihre neuesten Erfindungen testen ließen. Aber das war bei Levy nicht der Fall. Frank de Meer hatte es bedeutend leichter, er musste keine Drogen einsetzen. Er kannte ein viel stärkeres Narkotikum.»

«Das da ist?», fragte Falk.

«Den Schmerz. Die menschliche Psyche schaltet ab oder wechselt in einen anderen Bewusstseinszustand, wenn er zu groß wird. Und wenn Levy, besser gesagt, der kleine Ruben tatsächlich die Familie hat verbrennen sehen, dann kann man sich leicht vorstellen, dass da eine Sicherung durchgebrannt ist. Das ist im eigentlichen Sinne auch gut so. Denn diese Sicherung schützt uns vorm Verrücktwerden. Sie hilft uns weiterzuleben. Jeder von uns hat zahlreiche kleine Persönlichkeitsspaltungen, mit deren Hilfe er auf die unterschiedlichsten Probleme anders reagiert. Niemand ist grundsätzlich eins. Wir sind viele.»

«Aber jedem normalen Menschen ist bewusst, dass er in bestimmten Situationen anders reagiert, als er es sonst tun würde», sagte Luansi.

«Richtig. Wenn zum Beispiel Scham eine Rolle spielt oder ein psychischer Schmerz droht, die aktuelle Personifizierung zu überfordern. Und genau das scheint bei Levy der Fall zu sein. Allerdings schaltet er dann völlig ab. Bei einer Persönlichkeitsspaltung ist es keine Seltenheit, dass der Betroffene nicht nur eine, sondern theoretisch eine unbegrenzte Anzahl anderer Identitäten aufbaut – jede für sich separat, ohne dass die eine von der anderen weiß. Und dieser Frank muss den Auslöser kennen.»

«Ist Levy unheilbar krank?», fragte Alexej.

«Das ständig wiederkehrende Trauma muss aufgelöst werden. Dann sollte es auch keinen Grund mehr geben, in andere Personifizierungen zu flüchten.»

«Also besteht noch Hoffnung für Levy?»

Demandt nickte, wenngleich er wusste, dass Levy in akuter Gefahr war. Wenn er resümierte, was er in seinen Gesprächen alles über die beiden Brüder erfahren hatte, dann war Levys Leben von Franks Plan abhängig. Doch wie sah dieser Plan aus?

Demandt rief sich die Grundregel der Fallanalytik in Erinnerung. Verhalten spiegelt Persönlichkeit.

Wie verhielt sich Frank de Meer in Bezug auf Levy?

Eine Antwort lautete: Er machte ihn zu einem willfährigen Knecht seiner Wünsche.

Wieso tat er das? Der eigenen Befriedigung wegen. Es bereitete ihm Genugtuung, über seinen Bruder schalten und walten zu können, wie es ihm beliebte.

Wie tat er das? Mittels eines Auslösers. Kolber sprach von einem Lied, das die Mutter den beiden vorgesungen hatte. Es war der Schlüssel zu Levys Bewusstsein.

Wo trafen sich Frank und Levy? Kolber sprach von einer Sprechstunde. Sie würde keinesfalls in der Öffentlichkeit stattfinden. Die Gefahr, dass Levy erkannt und angesprochen würde, war viel zu groß. Folglich musste es einen abgeschiedenen Ort geben. War es der Bauernhof, den Kolber erwähnt hatte?

Wenn keine Grundbucheintragungen auf die Namen de Meer und Levy vorlagen, musste ein Mietverhältnis bestehen. Was aber, wenn der Vermieter mal vorbeischaute? Die Gefahr war zu groß. Die Präparationsgeräte benötigten viel Platz. Man konnte sie nicht schnell hinter der Gardine verschwinden lassen. Eine Stadtwohnung fiel deswegen auch durch. Zu viele mögliche Zeugen auf zu engem Raum.

Wo hatte Frank das Geld her? Einen Bauernhof in Deutschland bezahlte man nicht einfach aus der Portokasse. Da es keine Bankkonten auf den Namen gab und somit auch keine Kreditverträge, musste ausreichend Bargeld vorhanden sein oder ...

Demandt hatte eine Idee.

Wenn sich Frank des Bewusstseins von Levy schon bemächtigt hatte, wieso nutzte er nicht auch dessen Geld? Da es keine großen Bewegungen auf Levys Konto gegeben hatte, musste es woanders hergekommen sein.

Welche Quelle konnte Levy nutzen, um an die geforderte

Menge Geld zu kommen? Enge Freunde, die ihm etwas leihen konnten, waren Demandt nicht bekannt. Verwandte auch nicht, er war ja ab seinem zwölften Lebensjahr ... Richtig, ein Mündel. Ein Name fiel ihm ein. Jemand, der in Schuldgefühlen versunken war und der für Levy alles tun würde, was in seiner Macht stand. Er verfügte über ausreichend finanzielle Mittel. Dafür hatte er sein Privatleben geopfert.

«Versuchen Sie es mit *Jan Roosendaal*», befahl Demandt dem Beamten am Computer. Er buchstabierte den Nachnamen.

Während die Maschine eine Verbindung zu den Registern aufbaute, dachte Demandt über seine Idee nochmals nach. Wenn es stimmte, was der Vormund Levys und der Rechtsbeistand der Familie, Jan Roosendaal, über seinen Schützling gesagt hatte, dann war das eine nahe liegende Möglichkeit. Wieso kam er erst so spät darauf? Wertvolle Zeit war verstrichen.

«Treffer», verkündete der Mann am Computer. «Wir haben einen Jan Roosendaal. Er ist Eigentümer eines Grundstücks und Bauernhofes nicht weit von hier.»

«Gut», sagte Demandt knapp, auch wenn es ihm schwer fiel, seine Aufregung unter Kontrolle zu halten. Er wollte eine zweite Bestätigung. «Versuchen Sie es noch einmal bei den Kfz-Eintragungen.»

Wieder wurde der Computer in Bewegung gesetzt.

«Auf den Namen Jan Roosendaal ist ein VW Sharan, Baujahr 2001, zugelassen.»

«Das ist ein Van, oder?», fragte Demandt, um sicherzugehen.

Der Beamte nickte.

«Stimmen die beiden Adressen überein?»

Der Vergleich folgte auf dem Fuß. «Ja.»

Falk und Naima griffen zu ihren Jacken.

«Wartet», befahl Demandt. «Ich komme mit.»

39

«Gibt es nicht einen anderen Weg?», fragte Ruben zaghaft.

Anubis drehte sich zu ihm um. «Was meinst du?»

«Sie hat nichts mit unserer Familie zu tun.»

«In wenigen Minuten wird sie es ... als ein vollwertiges Mitglied. Denk an das Strandhaus.»

Ruben schloss die Augen. Eine Explosion drückte Wände und das Dach beiseite, umhertorkelnde menschliche Fackeln schrien, während Ruben, in der Hand das Feuerzeug, von der Düne hinabblickte. *Du bist schuld.*

Ruben hielt sich die Ohren zu und wollte verzweifelt die Schreie und die Bilder aus seinem Kopf schütteln.

Anubis wandte sich wieder seinem Opfer zu. Er setzte die Spitze am oberen Brustkorb an, dort, wo der Brustknochen an Luft- und Speiseröhre endet. Er musste vorsichtig sein, dass er sie nicht verletzte und sie nicht an ihrem Blut erstickte. Mit der anderen Hand stützte er sich auf ihre Schulter.

«Hör auf!»

Anubis drehte sich um.

Ruben ließ keinen Zweifel daran, dass er meinte, was er sagte. In der Hand hielt er ein Messer. «Es muss eine andere Lösung geben.»

Anubis hielt inne, überlegte. Mit Blick aufs Messer, das gegen ihn gerichtet war, entschied er: «Wenn du es so willst. Dann machen wir es auf deine Art.»

40

Das Auto durchbrach das verschlossene Gatter und kam wenig später auf dem Vorhof zum Stehen.

Falk und Naima gingen mit gezogener Waffe voran. Demandt folgte ihnen ins Haus.

Im Esszimmer flackerte das Kerzenlicht gegen den Windzug an. Falk und Naima stürzten hinein, riefen ihre Kommandos den toten Leibern entgegen. Erst als der Raum gesichert war, erkannten sie, dass es sich um leblose Körper handelte, die um einen Tisch herum versammelt waren.

«Was ist das?», fragte Naima.

Demandt beugte sich über einen der Körper, berührte dessen Gesicht. «Präparierte Körper.» Er nahm einen der Kerzenleuchter und führte ihn an die anderen heran. Am Kopf des Tisches saß eine Frau mit blondem Haar.

«Tessa Fahrenhorst.»

Ihr gegenüber ein Mann. Das Licht schien auf einen leblos versteinerten Eberhard Finger.

«Wer sind die anderen?», fragte Falk.

«Keine Ahnung.»

«Er wird noch hier sein», sagte Naima mit Verweis auf die brennenden Kerzen.

Demandt nickte. «Seid vorsichtig.»

Falk tastete sich als Erster in den Hausgang zurück. Mit vorgehaltener Waffe gab er Naima das Zeichen zum Nachrücken. Während er die anderen Räume im Erdgeschoss überprüfte, ging sie vorsichtig die Treppe ins Obergeschoss hinauf.

Oben angekommen, teilte sich der Gang. Sie begann mit

der linken Seite zuerst. Drei Türen öffnete sie und fand in jedem Raum ein Schlafzimmer vor. Die Betten waren leer, in den Schränken versteckte sich niemand.

Der rechte Gang führte sie in einen einzigen, großen Raum. Der Lichtschalter war gleich an der Eingangstür. Sie betätigte ihn. Das Licht fiel auf mehrere Gestalten. Reflexartig richtete sie ihre Waffe auf die erste, während sie die anderen zu erkennen suchte.

Im Spalier bauten sich zwei Reihen vor ihr auf. Auf jeder Seite waren es auf den ersten Blick rund fünf Personen, die wie Schaufensterpuppen im Lager abgestellt waren. Sie betastete die nächststehende. Die Gestalt war nackt, und die Haut fühlte sich wie ein Stück Kunststoff an.

Naima ging weiter in den Raum hinein. Einige der Figuren waren in einem fürchterlichen Zustand. Sie schienen unfertig oder einfach schlecht präpariert. Gliedmaßen standen verkehrt, Gewebe hing in Fetzen herunter, und an einer fraß sich Schimmel seinen Weg. Naima kämpfte mit dem krampfhaften Aufkommen eines Brechreizes. Sie trat zurück, hielt sich die Hand über Mund und Nase. War das die geheime Werkstatt Frank de Meers, ein chronologischer Abriss seiner völlig verrückten Präparatorenkarriere?

Vom Gang her hörte sie plötzlich ihren Namen. Falk bat sie herunterzukommen.

«Riechst du das auch?», fragte Demandt sie, sobald sie unten angekommen war.

41

Hinter dem Bauernhaus war ein Scheiterhaufen aufgerichtet. In der Mitte steckte ein mannshoher Pfahl. An ihm war Michaelis festgebunden, ihr Kopf hing vor Erschöpfung vornüber. Die Haarspitzen klebten am blutverschmierten Oberkörper.

«Eigentlich wollte ich die Scheite erst dann anzünden, wenn du mir das Feuerzeug zurückgegeben hast», sagte Frank. «Doch so erfüllt es auch seinen Zweck.»

«Was meinst du?», fragte Ruben.

«Es ist das Gesetz der Familienaufstellung: Alle Verstrickungen, die sich in Liebe ergeben haben, können auch nur in Liebe gelöst werden. Damit ich dich wieder lieben kann, musst du zuerst deine Schuld abtragen. Dazu gehört die Rückgabe dessen, was du mir genommen hast.»

«Das Feuerzeug?»

«Es ist das Zeichen der Anerkennung meines Vorrechtes als ältester Sohn in der Familie. Seit Jahrtausenden wird es so gehandhabt, wenn die Flamme vom Vater an den ältesten Sohn weitergereicht wird. Du hast damals diesen Kreis unterbrochen, nun kannst du ihn wieder schließen.»

«Nun gut. Wo ist ein Feuerzeug? Ich gebe …»

«So einfach ist das nicht. Du hast Schuld auf dich geladen. Damit ich dich wieder lieben kann, musst du büßen … oder jemand anderer tut es für dich.»

Ruben ahnte, wen er damit meinte. Er blickte hinüber zur Michaelis, die kraftlos am Pfahl hing. «Du willst, dass ich sie verbrenne?»

«Du hast es schon einmal getan.»

«Ich bereue es aus tiefstem Herzen. Reicht dir das nicht?»

«Nein, denn ich weiß, dass du stark sein kannst, wenn du es willst. Tu es. Befreie dich von deiner Schuld.»

Frank griff zu einem Kanister. «Komm, ich helfe dir.» Er schüttete Benzin über die Scheite. «Es geht schnell. Sie wird nichts spüren.»

Glucksend ergoss sich das Benzin über die Scheite, machte sie zu einer explosiven Grundlage für das Feuer, das die beiden Brüder nach so vielen Jahren wieder vereinigen sollte. Der Geruch des Benzins kroch Ruben die Nase hoch, brannte auf den Schleimhäuten und schien seine Sinne zu vernebeln.

Bilder von jener Nacht, als er alleine im Schlafraum des Strandhauses lag, stiegen in ihm auf. Er sah, wie die brennende Kerze über den Rand des Bettes kullerte und auf dem Holzboden das Feuer entzündete.

Doch das ging alles viel zu schnell. Selbst wenn der Boden morsch und das Holz trocken gewesen waren, so schnell konnte er sich nicht entzündet haben. Da war noch etwas anderes im Spiel.

Es war Benzin.

Nicht er hatte den Tod seiner Familie verschuldet, sondern der, der das Benzin im Schlafraum verteilt hatte. An diesem Abend waren jedoch alle am Strand gewesen. Alle bis auf einen.

«Du warst es», sagte Ruben. «Du hast unsere Familie getötet.»

«Bist du verrückt? Ich habe sie geliebt.»

«Ja, alle bis auf mich. Du warst in jener Nacht bei mir im Zimmer und hast Benzin ausgeschüttet, so wie du es wenige Tage später auch im Waisenhaus getan hast. Du wolltest mich aus dem Weg haben.»

Frank stellte den halb leeren Kanister beiseite, griff in

die Hosentasche und holte eine Streichholzschachtel heraus. «Du bist schwach, du warst es immer gewesen. Es durfte nicht sein, dass du mir vorgezogen wurdest. Lange bevor ich das Benzin im Haus verschüttet hatte, hast du dich gegen mich und die gesunde Familienordnung aufgelehnt. Hättest du dich untergeordnet, wäre von all dem nichts geschehen.

Nicht ich bin es, der Schuld auf sich geladen hat, sondern du. Wärst du nicht gewesen, hätte mein Leben den vorbestimmten Weg eingeschlagen. Du hast mich um mein Leben betrogen. Selbst jetzt lehnst du dich gegen mich auf, gegen mich, den Älteren.»

Frank nahm ein Streichholz heraus, setzte es auf die Reibefläche. «Muss ich erneut das Schicksal für uns beide in die Hand nehmen? Bist du nicht einmal dazu fähig?»

Ruben antwortete nicht. Stattdessen schauten sie sich stumm in die Augen.

Erst als das Ratsch des Streichholzkopfes erklang und die Spitze sich entzündete, war Ruben klar, dass sein Bruder ihn erneut mit dem Tod eines unschuldigen Menschen belasten wollte. Das musste jetzt ein für alle Mal ein Ende haben. Er hatte sein ganzes Leben darunter gelitten.

Ruben machte einen schnellen Schritt auf Frank zu. Doch das Streichholz war bereits im Flug. Es landete am Fuß eines Scheites und schien sich schwächer werdend zu Tode zu züngeln.

Wäre da nicht ein Tropfen Benzin gewesen, der mühsam über die Kante zitterte, um die schwache Glut erneut zu entfachen. Im Nu kletterte das Feuer am Scheit nach oben und spuckte seine Flammen auf die nächstliegenden. Schnell hatte sich ein Ring aus Feuer um Michaelis geschlossen. Sie hob erschöpft den Kopf, erkannte die Gefahr und rüttelte an ihren Fesseln.

Ruben eilte ihr zu Hilfe.

Doch er kam nicht weit. Frank zog ihn von den brennenden Scheiten weg, stieß ihn zu Boden.

«Willst du mit ihr verbrennen?!» schrie er.

Ruben kam wieder auf die Beine. «Du hast mich all die Jahre in dem Glauben gelassen, dass ich für den Tod der Familie verantwortlich bin. Dabei warst du es. Sie wird nicht dein nächstes Opfer sein.»

Ruben sprang in den Kreis aus Feuer. Die Flammen fraßen sich zu ihren Füßen weiter den Weg an den Pfahl. Er zerrte an den Fußfesseln. Die eine ließ sich lösen.

«Hilf mir», rief er.

Dann die zweite. Blieben noch die Handfesseln.

Durch die Flammen hindurch sah er, wie Frank sich bückte, den Kanister nahm und ihn ins Feuer warf. Er kam eine Armlänge von Ruben entfernt in den brennenden Scheiten zum Liegen. Ruben blickte zurück. Ihre Blicke trafen sich. Sein Bruder würde ihn nochmals töten; dieses Mal endgültig.

Die Flucht aus dem Feuerkranz war unmöglich geworden. Die Flammen loderten mannshoch, und der Rauch fraß sich in seine Augen und Lungen.

Noch eine Fessel löste sich. Michaelis fiel ihm entgegen. Doch sie hing mit einem Arm noch fest. Er rüttelte und zerrte, hustete und schnappte nach Luft. Der Rauch würde ihm gleich die Sinne nehmen. Dann sah er, wie weißes Pulver zischend von oben auf ihn herabregnete.

Zu spät. Ein Knall. Kurz darauf noch einer.

Die Wucht erfasste ihn und Michaelis, schleuderte sie auf den Flammenring zu.

In dem kurzen Moment, bevor sein Bewusstsein schwand, kam es ihm vor, als würde er dreißig Jahre zurück an das brennende Strandhaus auf Terschelling katapultiert.

42

Es war, als würde er auf einer Wolke reiten.

Nur vom Rot einer untergehenden Sonne und der Laune des Windes begrenzt, ließ Levy sich treiben. Er sah hinunter auf einen weiten Sandstrand. Seine Familie stand um ein Lagerfeuer herum, auf einer Düne saß Frank.

Levy dachte sich zu ihm hinunter, setzte sich an dessen Seite. Frank haderte verbittert mit seinem Schicksal. Dann schlichen sie sich die Düne hinunter und drangen über ein Fenster ins Strandhaus ein.

Frank schnitt eine Kerze in zwei Stücke. Den kleinen Stummel platzierte er auf einen Teller voll mit Benzin und stellte ihn an Rubens Bett, den vollen Kanister Benzin, den der Vater für nasses Holz mitgebracht hatte, gleich daneben.

Während Frank über das Fenster hinaus wieder die Düne erklomm, kam Sturm auf.

Die Familie rettete sich ins Haus. Aus dem hinteren Fenster flüchtete Ruben vor den Flammen. Eine Explosion zerriss das Haus und die Menschen, die sich darin befanden.

Auf der Spitze der Düne standen sich die beiden ungleichen Brüder gegenüber. Zu ihren Füßen verbrannte ihr Leben.

«Du bist schuld», schrie Frank, «du hast unsere Familie umgebracht.»

Ruben starrte in seine Augen. Es war der Augenblick, in dem er starb.

Levy hörte Stimmen um sich herum. Er öffnete die Augen, blinzelte gegen das Tageslicht an. Als Ersten erkannte er Demandt, dann Naima und Falk. Sie sprachen mit einer Frau, die an Levys Bett saß. Sie war an Gesicht und Hals mit Brandpflastern beklebt. Die vormals langen Haare waren einem Ultra-Kurzhaarschnitt gewichen. Erst nach einer Weile erkannte er Hortensia Michaelis.

«Er wacht auf», sagte sie verhalten zu den anderen, die sofort einen Schritt herantraten.

«Wo bin ich?», fragte Levy aus einem trockenen Hals.

Das Sprechen fiel ihm schwer. Auch er hatte Brandverletzungen davongetragen, die noch immer unter den Verbänden schmerzten.

«Sie sind in Sicherheit», sagte Michaelis und legte behutsam ihre bandagierte Hand auf seine Schulter.

Levy suchte eine Verbindung zu seiner letzten Erinnerung herzustellen. «Was ist passiert?»

«Du hast den ersten Preis für den Sprung durch den Feuerreif gewonnen», antwortete Demandt.

«Nur hat sich der Löwe dabei sein Fell gehörig verbrannt», fügte Falk hinzu.

Naima schmunzelte. «Dennoch, der Salto war einmalig. Habe ich so bisher noch nicht gesehen.»

«Sie haben mir das Leben gerettet», sagte Michaelis. Sie strahlte Levy dankbar an. «Vielen Dank.»

Gedankensplitter blitzten vor Levys innerem Auge auf. Weiße Flocken regneten vom Himmel. Ein Knall, dann ein weiterer. Eine Feuerwand tat sich vor ihm auf, gefolgt von einer heißen Faust, die ihn ausknockte.

«Falk hat am schnellsten von uns reagiert», sagte Demandt. «Er hat den Feuerlöscher aus dem Auto geholt und auf euch beide gerichtet. In Zukunft geht keiner mehr von euch ohne einen Löscher aus dem Haus.»

Gelächter.

«Und Frank?», fragte Levy. «Er war doch auch da. Oder habe ich das nur geträumt?»

Die fröhliche Stimmung war plötzlich wie ausgeschaltet. Keiner wollte eine Antwort geben, alle schauten betreten zur Seite. Nur Naima stellte sich schließlich.

«Ich musste schießen», gestand sie.

«Ist er tot?», fragte Levy.

Demandt schaltete sich ein. «Er ist schwer verletzt. Die Ärzte wissen noch nicht, ob er überleben wird.»

«Danke, Naima», sagte Levy zaghaft und nicht vollends überzeugt. «Dann haben Sie mir wohl das Leben gerettet.»

Naima wischte es mit einer Handbewegung weg. Die Tür ging auf. Eine Krankenschwester trat herein.

«Genug für heute, Herrschaften», sagte sie entschieden. «Herr Levy braucht seine Ruhe.»

Als Levy seinen Namen hörte, legte er zufrieden seinen Kopf zur Seite.

Balthasar Levy. Der Name fühlte sich gut an.

Vor ihm stand die Michaelis auf. Sie war in ein Nachthemd gekleidet, das das Krankenhaus zur Verfügung stellte. «Wir sehen uns später», sagte sie, während sie mit den anderen den Raum verließ.

Levy schaute ihnen müde nach. Sein Blick haftete jedoch auf Michaelis. Sie hatte sich irgendwie verändert. Zu ihrem Vorteil, wie er meinte.

«Ich kann Ihr nacktes Hinterteil sehen», rief er ihr nach.

EPILOG

Die schlimmsten Feinde eines Mannes
sind jene seines eigenen Hauses.

(William Blake)